Geld

Roman

von

Lena Voß

Verlag von Georg Wigand / Leipzig

ERSTES KAPITEL

Die Familie Ochse saß beim Abendbrot. Auf dem mit schwarzem Wachstuch überzogenen Sofa saß der Klempnermeister, ihm gegenüber seine Frau, an den Schmalseiten des Tisches die beiden Söhne. Mutter Ochse zog geschäftig die Pellkartoffeln ab, schnitt die Sülze auf und teilte ihren Männern das Essen zu.

„Guck mal, Vater, da kommt ein Hoflakai gerade über die Straße auf unser Haus zu," rief Fritz, der jüngere Sohn, und schon schallte die blecherne Klingel der Haustür durch die abendliche Stille der winkeligen Mauerstraße. Der fünfzehnjährige Fritz schoss hinaus und kam nach wenigen Augenblicken in das Wohnzimmer zurück.

„Vater," rief er aufgeregt, „du möchtest sofort zu Exzellenz Merbach kommen, dort ist große Gesellschaft, und der Badeofen ist geplatzt, das Wasser"

„Sag` nur, ich käme gleich," unterbrach Meister Ochse den Redefluss seines Sohnes und gab sich bedächtig Zwiebelsoße über seine Kartoffeln, „erst muss ich fertig sein mit Essen."

„Er will aber nicht fortgehen," redete Fritz eifrig weiter und deutete mit dem Finger in der Richtung nach dem Flur, auf dessen rotem Ziegelboden der Lakai unruhig hin und her trat, „er sagt, du möchtest auf der Stelle mit ihm kommen, das Wasser stände schon auf dem Fußboden der Badestube, und wenn du nicht sofort kämest, liefe es über den Korridor die Treppe hinunter."

„Sag` ihm, er möchte vorangehen und dafür sorgen, dass der Hauptwasserhahn abgestellt wird, ich komme gleich nach. Du, Karl, krieg` das Handwerkszeug zusammen, bis ich noch esse."

Karl, der achtzehnjährige Sohn, knurrte unwirsch in sich hinein, weil er seine leckere Mahlzeit unterbrechen musste. Er schob noch schnell

3

ein Stück Sülze in den Mund und ging dann nach der Werkstätte, um den väterlichen Befehl auszuführen, während Fritz auf dem Flur liebenswürdig und zungengewandt dem Lakai klarmachte, dass in dem freiherrlichen Hause der Haupthahn der Wasserleitung abgestellt werden müsse.

Das hochmütige Bedientengesicht verzog sich zu einem spöttischen Lächeln. „So klug sind wir von alleine, jungen Mann," erwiderte er sehr von oben herab, „ein geplatzter Badeofen lässt sich eben nicht abstellen, und wenn der Meister sich nicht bald bequemt, wird er unsere Kundschaft los."

„Mein Bruder holt schon das Handwerkszeug," entgegnete Fritz geschmeidig, „und Vater zieht nur eben seinen Rock an."

Wirklich trat auch Meister Ochse jetzt auf den Flur, nahm seine Mütze vom Haken und rief Karl, der aus der Werkstätte herbeieilte.

„Nur schnell, Herr Ochse," drängte der Lakai ungeduldig und eilte voran über das holperige Pflaster der Mauerstraße.

„Eile mit Weile," mahnte Meister Ochse. „Wie ist das denn gekommen mit Ihrem Badeofen?"

Erst am Ausgang der Mauerstraße auf den altertümlichen Schafmarkt wandte sich der Lakai nach den beiden Klempnern um. „Die Gans, die Kammerjungfer, ist schuld daran. Kurz von Gedanken, wie die Weiber nun mal sind, hat sie das Gas brennen lassen, nachdem die Gnädige gebadet hatte, da ist der Ofen übergekocht," berichtete er.

Vom Schafmarkt führte eine niedrige breite Steintreppe auf die Wallanlagen, die wie ein grüner Kranz die alte Herzogstadt umgaben.

Es war ein milder Maiabend, auf den Wallanlagen blühten Flieder und Goldregen, und die beiden mächtigen Springbrunnen, die dem

Brunnenwall seinen Namen gaben, sprühten ihre schimmernden Perlenschnüre über den samtgrünen Rasen fast bis an das gewaltige Standbild des Herzogs Kasimir, dessen eherne Gestalt, vom Schimmer der Patina überhaucht, auf trotzig sich bäumendem Ross, durch die zarten Blätter der Kastanien über das Gewirr der roten Ziegeldächer der Altstadt zu blicken schien, bis zu den ragenden Türmen des altersgrauen Domes.

Das schönste Haus am Brunnenwall, ein stattlicher Bau im späten Barockstil, von einem parkartigen Garten umgeben, gehörte Seiner Exzellenz dem Hofmarschall Krüger von Merbach. Durch ein Seitenpförtchen führte der Lakai die beiden Handwerker zum Kücheneingang und über eine Hintertreppe in das im ersten Stockwerk gelegene Badezimmer der Baronin. Ein Mädchen war damit beschäftigt, das Wasser, das unaufhörlich aus dem beschädigten Ofen sickerte und schon handhoch den Marmorfußboden bedeckte, auszuschöpfen.

Eifrig machten sich die Klempner an die Arbeit, das Mädchen blieb in der offenen Tür stehen und streifte die hochgeschobenen Ärmel ihres schwarzen Kleides hinunter. Ein leises Rascheln ließ Karl aufblicken. Eine junge Dame, von schimmernden weißen Seidenfalten umflossen, einen Hermelinkragen über den entblößten Schultern, ging über den Flur. Wie gebannt blickte Karl auf die schöne Frau, die in zierlichen Atlasschuhen, die lange Schleppe über den Arm gelegt, die Treppe hinunterschritt.

Wie sie geht, dachte der verzückte Bursche, wie unserem Herzog seine Schimmelstute. Eine Wolke zarten Duftes umschwebte die schöne Frau, derselbe Duft, der auch das Badezimmer erfüllte. „Wer war das?" stieß Karl mühsam hervor.

„Ihre Exzellenz die Frau Baronin von Merbach," kicherte die Zofe und strich ihre weiße Schürze glatt, „als sie vor dem Ankleiden badete, ist ja das Unglück mit dem Ofen passiert."

Karl drehte sich alles vor den Augen in dem Gedanken, dass die herrliche Frau noch vor kurzer Zeit in demselben Raum geweilt hatte, in dem er jetzt arbeitete. Alles Blut drängte zu seinem Herzen in der Vorstellung, dass ihre weißen Glieder in der Wanne geruht hatten, über deren Rand seine Finger in scheuer Zärtlichkeit hinstrichen. Er war so erregt, dass er seinem Vater höchst ungeschickt zur Hand ging, und erst ein derber Anschnauzer des Alten brachte ihn wieder einigermaßen zur Besinnung.

Das Mädchen lief hastig davon, als man Wagen auf Wagen heranrollen hörte und das Gesumme vieler Stimmen aus der Halle nach oben tönte. Karl entdeckte, dass man über das Geländer der Galerie hinunterblicken konnte. „Lass mich ein bisschen gucken, Vater," bat er aufgeregt. Gutmütig nickte der Alte Gewährung, und während er emsig weiterarbeitete, legte sich sein Sohn bäuchlings auf den teppichbelegten Gang und drückte sein Gesicht an das vergoldete Gitterwerk, das ihm den Durchblick in die sich durch zwei Stockwerke erstreckende Halle erlaubte.

Inmitten der Halle stand ein hochgewachsener Herr mit grauem Vollbart in goldstrotzender Uniform, neben ihm die schöne junge Dame. Das Diadem in ihrem silberblonden Haar schoss Strahlen nach allen Seiten, wenn sie den lieblichen Kopf zum Gruße neigte. Die Gäste, die die große Empfangshalle immer mehr füllten, waren ebenso prächtig gekleidet wie die Gastgeber, die Herren fast alle in bunten Uniformen, einige wenige, die den Frack trugen, hatten zahlreiche Orden auf der Brust, die Damen waren tief ausgeschnitten und zogen lange Schleppen hinter sich her, aber so schön wie die junge Baronin von Merbach war keine von ihnen. Es gab Karl einen Stich ins Herz, dass jeder der ankommenden Herren der Baronin die Hand küsste. Dass ihr Mann, der Hofmarschall, das erlaubte! Jetzt tat sich eine breite Flügeltür auf, eine lange Tafel, mit schimmerndem Damast gedeckt, mit Blumen verschwenderisch geschmückt, das Licht von

Hunderten von Kerzen brach sich in kostbaren Geräten aus Silber und Kristall. Ein Heer von Lakaien, in schwarzseidener Kniehose und scharlachrotem Frack, der Livree der herzoglichen Hofhaltung, stand im Hintergrund des Speisesaals, ein unnahbar aussehender Herr trat in die Türöffnung und sagte laut und ernsthaft: „Frau Baronin, es ist angerichtet." Musik ertönte, die Herren boten den Damen ihren Arm und führten sie an die prunkvolle Tafel. Karl konnte gerade das eine Ende übersehen, an das sich die Baronin setzte, und der Herr neben ihr, mein Gott, das war ja der Herzog in höchsteigener Person. Karl stand fast das Herz still vor Ehrfurcht.

„Der Herzog," flüsterte er seinem Vater atemlos zu, der neben ihn getreten war, um auch etwas von der Herrlichkeit da unten zu erspähen.

Eine Hand zupfte Karl am Ärmel. „Na, junger Mann, Sie wollen auch wohl ein bisschen was sehen? Sind Sie fertig, Herr Ochse?" Es war die Zofe, die zurückgekehrt war und sich an der Verlegenheit von Vater und Sohn weidete. „Ja," sagte sie wohlgefällig, „es ist eine Pracht, seit unser Herr das schöne junge Hoffräulein geheiratet hat. Das Diadem, das sie im Haar trägt, hat ihr das Herzogspaar zur Hochzeit geschenkt. Es ist heute die erste Gesellschaft, die wir geben, seit die junge Frau im Hause ist. Wollen Sie mal ihr Schlaf-zimmer sehen? So was Schönes gibt es auf der ganzen Welt nicht mehr."

Die Zofe öffnete eine Seitentür im Badezimmer und führte Vater und Sohn durch einen zierlichen Ankleideraum zu einer zweiten Tür. „Nun passen Sie auf," ermahnte sie wichtig, und ein achteckiges Zimmer, in dem die Wände vom Fußboden bis zur Decke aus Spiegelglas bestanden, zeigte sich den erstaunten Blicken. Das Zim-mer enthielt keine anderen Einrichtungsstücke als ein breites golde-nes Himmelbett mit purpurseidener Decke, einige Polstersessel und zwei kleine Tische zu beiden Seiten des Bettes. Ein weicher hell-grüner Teppich bedeckte den Fußboden, von der kuppelförmig gewölbten Decke hing an goldenen Ketten ein Kronleuchter aus Kristall, der ein trauliches rotes Licht in dem Zimmer verbreitete.

Der alte Klempner stand verlegen und ungeschickt da, aber Karl sagte mit leuchtenden Augen: „Wie im Märchen ist es hier."

„Ja," berichtete die Zofe geschmeichelt, „ein Prinz hat das Zimmer auch eingerichtet. Die Geliebte des Herzogs Kasimir, die schöne Frau von Bellini, hat hier gewohnt, ihr Bild hängt noch im Museum. Bei unserer Herrschaft war das Zimmer immer unbewohnt, bis die schöne Hofdame ins Haus kam, die passt aber auch rein. Nun will ich Sie aber nach der Haustür bringen, gleich nach der, die auf den Madamenweg führt."

An das Spiegelzimmer schloss sich ein kleiner Saal mit schöner Rokokodecke, an der einen Längswand befand sich zu beiden Seiten je ein viereckiges Kabinett, in der Mitte eine breite Flügeltür, die durch ein Vorzimmer auf eine bequeme Treppe führte. Vorsichtig folgten die beiden Männer der Zofe, die zierlich wie eine Bachstelze über das glatte Parkett tänzelte. In einem kleinen Vestibül machte das Mädchen halt, zog einen Schlüssel aus der Tasche und öffnete die Haustür. Die enge Straße, die sich vom Schafmarkt bis an das Süd-portal des herzoglichen Schlosses hinzog, hieß der Madamenweg. Vor der Tür, aus der die beiden Handwerker in den dämmernden Maiabend traten, hatte manches Mal die Sänfte gestanden, die Madame zu den Hoffestlichkeiten trug oder auf den Herzog Kasimir wartete, der bei seiner Freundin weilte. Einen Augenblick blieb die Zofe noch in der offenen Tür stehen und blickte enttäuscht Karl Ochse nach, der nach kurzem Abschiedsgruß mit seinem Vater in der Richtung nach dem Schafmarkt davonschritt. Sie wäre gern mit dem stattlichen Meisterssohn am Sonntagnachmittag ausgegangen, und nun war er ein solcher Stoffel!

In den Fliederbüschen auf dem Brunnenwall schlug eine Nachtigall. Ihr süßer sehnsüchtiger Sang zitterte über den Schafmarkt hin, wo die Bürger vor den Haustüren saßen und den milden Abend genossen. Karl dachte an all die Herrlichkeit, die er gesehen hatte, er hörte den Liebessang der Nachtigall, und würgend stieg es ihm im Halse hoch: Wieviel Glück und Reichtum gab es in der Welt, und er war ein so armer Bursche!

Als er nach Hause kam, brannte in der Wohnstube Licht. Die Mutter saß im Sofa, das Strickzeug lag in ihrem Schoß, in der Hand hielt sie ein Buch und fragte Fritz französische Vokabeln ab. Fritz besuchte die Oberrealschule, er hatte einen hellen Kopf und wollte Kaufmann werden. Meister Ochse setzte sich neben seine Frau in das Sofa und steckte sich seine Pfeife an. Fritzens lebhafte braune Augen liefen neugierig zwischen Vater und Bruder hin und her. „Wie war es denn im Madamenschlößchen?"

„Wie im Märchen!" Ein Seufzer hob Karls breite Brust, und er erzählte Mutter und Bruder, was er an Pracht und Üppigkeit gesehen hatte. „Aber wie nanntest du doch das Haus am Brunnenwall?" wandte er sich fragend an Fritz.

„Das Madamenschlößchen. So heißt es noch von der Zeit her, als dort die Frau von Bellini, die Favoritin des Herzogs Kasimir, wohnte. Sie war übrigens so eine wie die Lady Milford in 'Kabale und Liebe', in dem Theaterstück von Schiller, das wir vorigen Winter in der Schülervorstellung gesehen haben."

„Was du auch alles weißt, Fritz," sagte Karl bewundernd.

„Ich entsinne mich noch, wie unser alter Herzog das Madamen-schlößchen an den Kammerherrn Krüger von Merbach verkaufte, der ein eleganter Kavalier war und das Geld verstreute, bis es alle war und für seinen Sohn, den jetzigen Hofmarschall, nichts übrigblieb," erzählte der Vater.

„Das Geld der Familie Krüger von Merbach wurde adelig ausge-geben, war aber nicht adelig verdient," mischte sich die Mutter in das Gespräch. „Der Großvater von dem eleganten Kammerherrn stand in dem Dorfe Merbach hinter der Theke und schenkte den Bauern und den durchziehenden Soldaten Branntwein aus. Der Krüger von Merbach war ein findiger Kopf, er verkaufte seinen Krug und trieb Geschäfte in der Stadt. Zur Zeit der Napoleonischen Kriege ist mancher arm geworden in Deutschland und mancher reich, und zu letzteren gehörte der schlaue Krüger. Er hielt für seinen Sohn einen Hofmeister und ließ ihn zu einem feinen Herrn erziehen. Nach den Freiheitskriegen kaufte er das überschuldete Rittergut Holckenbusch, als der letzte Graf Holck und sein Sohn in Flandern gefallen waren. Der Krügerssohn heiratete die verarmte Gräfin Holck, und der Herzog machte ihn zum Freiherrn Krüger von Merbach. Als die Hochzeit des jungen Herrn Barons mit der Gräfin in Schloss Holckenbusch gefeiert war, verschwand der alte Krüger; die Bauern in Merbach sagten, der Teufel hätte ihn geholt."

„Ist das wahr, Mutter?" fragte Fritz aufgeregt.

„Gewiss ist das wahr, meine Großmutter war eine Merbacherin, auch eine geborene Krüger, und wenn der stolze Kammerherr hoch zu Ross durch die Straßen ritt, dann sagte sie, sein Großvater, ihr Oheim, sei nicht mehr gewesen als ihr Vater, bloß klüger und streb-samer sei er gewesen und hätte die Zeitläufte zu nutzen gewusst, darum seien seine Nachkommen große Herren geworden, und sie und ihre Geschwister seien bescheidene Bauers- und Handwerkersleute geblieben. An diese Erzählung knüpfte sie immer die Ermahnung: Seid fleißig und strebsam, Kinder, dann kann es euch ergehen wie dem Krüger aus Merbach."

„Mutter," rief Karl und schlug mit der geballten Faust auf den Tisch, „so soll es mir ergehen, ich werde auch ein reicher und mächtiger Mann, das kannst du mir glauben."

Vater Ochse war in seiner Sofaecke eingenickt nach seiner anstrengenden Tagesarbeit. „Geht zu Bett, Jungens," mahnte die Mutter, „Vater muss nun Ruhe haben."

Als die Brüder in ihr Giebelstübchen hinaufgestiegen waren, setzte sich Karl auf sein schmales Bett und stützte den kräftig modellierten Kopf mit dem widerspenstigen blonden Haarschopf in beide Hände. „Das müsste anders werden, das mit den Büchsen," sprach er langsam vor sich hin, „dass man auf jede Büchse den Deckel mit der Hand lötet, das ist nicht mehr zeitgemäß, das müsste eine Maschine tun, die müsste täglich auf viele tausend Büchsen die Deckel aufpressen, aber wie? Wenn ich das herausbringen könnte und solche Büchsen herstellen, alle Konservenfabriken würden Büchsen von mir kaufen, ich würde ein Patent auf meine Erfindung nehmen..."

„Karl, denk' dir das doch aus mit der Maschine, die die Büchsen verschließt," drängte Fritz glühend vor Eifer, „wir gründen dann zusammen eine Fabrik, ich leite den kaufmännischen Betrieb und du machst das Technische. Das c aus unserem Namen streichen wir – Ohse-Werke nennen wir unsere Firma. Wir werden beide angesehene Männer."

„Ja," sagte Karl mit einem Seufzer, „wir kämen heraus aus der dumpfen Mauerstraße, wir kauften ein Rittergut und ein prächtiges Haus am Wall und führen vierelang wie unser Herzog."

„Solche Dummheiten machte ich nicht, ich ließe mich in den Landtag wählen."

„Immer ehrgeizig wie unsere Mutter," neckte Karl den Bruder, der unter die Bettdecke kroch und die großartigsten Zukunftspläne entwarf, bis seine regelmäßigen Atemzüge verkündeten, dass er eingeschlafen war.

Karl konnte lange keine Ruhe finden. Noch durch seine Träume zog das Bild einer schönen blonden Frau und spukte eine Maschine, die schnell und sicher blanke Konservenbüchsen verschloss.

ZWEITES KAPITEL

Die Witwe des Klempnermeisters Heinrich Ochse, Frau Karoline Ohse, wie sich die Familie seit dem Tode des Vaters nannte, saß auf dem Fenstertritt in ihrer guten Stube. Es war Sonntagnachmittag, Frau Ohse trug ein feines schwarzes Wollkleid, dessen Stehkragen eine schwere goldene Brosche schloss, und eine schwarzseidene Schürze.

Karl Ohse ging unruhig im Zimmer hin und her, die Hände in den Taschen seines blauen Jackettanzuges vergraben. Er war jetzt fünfundzwanzig Jahre alt, seine Gestalt war immer noch breit und untersetzt, aber beim Militär hatte er eine gute Haltung und stramme Bewegungen bekommen.

„Gib dich drein, Mutter," bat er.

„Ach Karl," klagte sie, „dass es nun gerade die Mamsell aus dem Goldenen Löwen sein muss, du könntest doch eine ganz andere Frau bekommen. Wenn ich so an Minchen Thöle denke, die hat die Töchterschule besucht und spielt so hübsch Klavier, und neulich auf dem Vortragsabend im Bürgerverein sagte Sattlermeister Thöle noch zu mir, wenn Minchen einen tüchtigen Geschäftsmann heiratete, käme es ihm nicht darauf an, ihr ordentlich was mitzugeben, denn er sei fürs Weiterkommen. Minchens einer Bruder studiert auf den Oberlehrer, und die Schwester ist verlobt mit einem Apotheker. In was für eine Familie kämest du da."

„Aber das Minchen, das kleine Ding, gefällt mir nicht. Meine Hanne ist ein stattliches Mädchen, und arbeiten kann sie für zwei. Sie stammt aus achtbarer Bauernfamilie und ist nur von Hause gegangen, weil sie nicht mit ihrer Stiefmutter auskommen konnte. Ein paar tausend Taler Geld von ihrer seligen Mutter hat sie auch."

„Das ist ja alles ganz schön, Karl, aber wer in der Welt weiterkommen will, muss beim Heiraten daran denken, sich mit einer angesehenen Familie zu verbinden. Wenn es dir glückt mit deiner Büchsenschließmaschine und du vom Handwerker zum Fabrikanten aufsteigst, wirst du es bereuen, nicht eine gebildetere Frau geheiratet zu haben."

Karl lächelte. „Ich weiß ja, Mutter, du bist immer für das Feine, und seit Fritz durch seine ehemaligen Schulfreunde in den feinen Tanzzirkel gekommen ist, bist du rein versessen auf Beziehungen zu angesehenen Familien. Du passt ja auch dafür. Wenn du des Nachmittags mit deinem Plüschmantel und deinem schwarzen Federhut ausgehst, siehst du aus wie eine Beamtenfrau. Fritz ist ebenso wie du, immer für das Noble, der heiratet gewiss mal nach deinem Geschmack. Ich bin ein derber Bursche, ich bin mehr nach Vater geartet, lass mir meine Hanne, die passt zu mir."

Als die Mutter wieder dagegen angehen wollte, grub sich eine Falte zwischen Karls blonde Brauen. „Ich brauche Ruhe, Mutter, weil ich scharf arbeiten muss und vorwärtskommen will. Die Hanne macht mein wildes Blut ruhig, und darum heirate ich sie. Geht`s nicht im Guten, dann geht's im Bösen."

„Um Gottes willen, Karl," beschwichtigte Frau Ohse, „wir wollen doch keinen Streit miteinander anfangen." Die Tränen traten ihr in die Augen. „Ich will doch dein Glück, aber ich hielt es für meine Pflicht als Mutter..."

„Lass gut sein, Mutting," sagte Karl schnell versöhnt, „ich weiß alleine, was ich will. Nun hol` mal den Kaffee, und dann wollen wir Zukunftspläne machen." Frau Ohse schluckte ihre Tränen hinunter und ging hinaus. Karl setzte sich auf das grüne Plüschsofa und nahm die Zeitung in die Hand. Plötzlich spannten sich seine Züge, eine großgedruckte Familienanzeige las er langsam durch. Frau Ohse kam mit dem Kaffee herein, ordnete zierlich Tassen und Teller auf der blendend weißen Serviette und schob ihrem Sohn die Schüssel mit dem knusprigen Zuckerkuchen zu.

„Hast du gelesen, Mutter," sprach Karl hastig, „dass die junge Baronin von Merbach bei der Geburt einer Tochter gestorben ist?"

„Gib mal her." Frau Ohse nahm Karl die Zeitung aus der Hand, sie interessierte sich brennend für alle Vorkommnisse in den vornehmen Gesellschaftskreisen der Stadt. „Gott wie traurig," meinte sie, „erst achtundzwanzig Jahre alt."

Karl trank schweigend seinen Kaffee. Das Bild der schönen Frau von Merbach hatte durch seine Phantasie gespuckt, bis er Hanne kennengelernt hatte. Die war groß, schlank und blond wie die Baronin, und Karls Herz fiel ihr zu wie eine reife Frucht.

„Ich will bald zu Hanne gehen," sagte er unruhig.

„Wenn es denn nicht anders sein kann," seufzte Frau Ohse, „so bring` deine Braut in Gottes Namen zu mir."

„Du wirst sie liebhaben, wenn du sie kennenlernst," versicherte Karl herzlich. „Wenn ich heirate, bekommst du es auch bequemer, Mutter, du nimmst dir dann eine gemütliche Etage, und Hanne und ich wirtschaften hier in dem alten Hause. Du sollst mal sehen, wie wohl du dich fühlst, wenn du dich nicht mehr um das Geschäft zu kümmern brauchst. Du kannst dann jeden Nachmittag nach irgendeinem deiner vielen Vereine gehen, und abends abonnierst du im Hoftheater, wir haben`s ja dazu."

„Ja," entgegnete Frau Ohse beglückt, „wer hätte gedacht, dass unser Vater ein so hübsches Vermögen zusammengespart hatte? Aber, Karl, du sollst alles, was mir gehört, im Geschäft behalten, ich brauche nicht viel, ich bin mein Leben lang an Sparsamkeit gewöhnt, und die Hauptsache ist, dass unser Geschäft aufblüht und meine Söhne es zu etwas bringen."

DRITTES KAPITEL

Auf dem Brunnenwall rauschten die Fontänen. Auf einer Bank saß eine rosige junge Frau unter den blühenden Kastanien und stickte. Ein Bübchen von vier Jahren lief auf den Kieswegen um das Denkmal des Herzogs Kasimir und suchte kleine Steinchen in einen Eimer, die er jauchzend seiner Mutter in den Schoß schüttete. Eine ältere Dame in einem schwarzen Spitzenumhang kam die Kastanienallee hinuntergeschritten.

„Oma, Oma!" rief das Bübchen und lief ihr entgegen. Die alte Frau Ohse blieb stehen und fing den kleinen Blondkopf in ihren ausgebreiteten Armen auf, dann setzte sie sich auf die Bank neben ihre Schwiegertochter.

„Hanne," fragte sie nach den üblichen Begrüßungsreden, „hast du das Buch schon gelesen, das ich dir neulich mitgegeben habe?"

Der jungen Frau stieg das Blut bis unter die blonden Haarwurzeln, kurz angebunden sagte sie: „Ich hab` noch keine Zeit zu gehabt."

„Aber Hanne," entgegnete ihre Schwiegermutter vorwurfsvoll, „seit du ein Mädchen hast..."

„Glaubst du, ich hätte überhaupt nichts mehr zu tun."

„Als ich in deinem Alter war," fuhr Frau Ohse unbeirrt fort, „hatte ich zwei kleine Kinder, zwei Gesellen und einen Lehrling zu beköstigen, und keine Hilfe für meinen Haushalt, und die Bestellungen für das Geschäft musste ich auch noch annehmen."

„Dass ich faul bin, hat mir noch niemand vorgeworfen," fuhr Hanne auf.

„Ich sage auch gar nicht, dass du faul bist, ich sage nur, dass du nicht Zeitmangel vorschützen sollst, wenn du kein Interesse hast, das Buch zu lesen, das ich dir gab."

„Ich weiß wohl," erwiderte Hanne gekränkt, „dass ich dir nicht fein genug bin, immer hast du an mir herumzukritteln, nichts ist dir recht, was ich tue."

„Hanne," begütigte Frau Ohse, „du bist eine junge Frau, und dein Mann kommt voran in seinem Geschäft, da musst du dir Mühe geben, dich zu bilden. Karl ist jetzt Fabrikant, und wenn er in den Union-Klub aufgenommen wird und dich zu einem Damenabend dorthin mitnimmt..."

„Will ich mich schon richtig benehmen, da kannst du dir darauf verlassen," trumpfte Hanne auf.

„Kind, du solltest nicht so ablehnend sein, ich meine es nur gut mit dir. Sieh mal, ich bin nur von einfachem Herkommen und bin eine alte Frau; aber ich habe mich immer bemüht, etwas dazuzulernen, und bin immer bestrebt, mich zu vervollkommnen."

„Heini wird müde, Mutter, ich muss nach Hause," brach Hanne das ihr unangenehme Gespräch ab.

„Karl hat angerufen, ich möchte noch mal herauskommen, wir können zusammen gehen."

Die beiden Frauen standen auf und nahmen das Kind in die Mitte. Frau Ohse überflog mit missbilligendem Blick die Erscheinung ihrer Schwiegertochter. Das hellblaue Kleid war überreich mit gelben Spachtelspitzen verziert, auf dem großen Florentiner Strohhut wogte ein ganzes Rosenbeet. Hanne neigte mit ihren achtundzwanzig Jahren schon allzusehr zur Fülle, die durch die auffällige Kleidung noch mehr betont wurde.

Eine Hofequipage kam in scharfem Trab den Wall entlang gefahren, der Hofmarschall und ein junger Offizier saßen auf dem Vordersitz, ihnen gegenüber ein kleines Mädchen mit langen blonden Locken, das einen dicken roten Ball auf dem Schoß hielt.

„Gott, so feine Herrschaften!" Bewundernd blieb Hanne stehen.

„So weit können es deine Kinder auch mal bringen, wenn sie klug und fleißig sind," bemerkte die alte Frau Ohse nicht ohne eine gewisse Schärfe.

„Ach nee doch, Mutter, was du auch immer denkst, zwischen solche Herrschaften passte unsereins doch gar nicht zwischen."

Als der Wagen in die Einfahrt des Madamenschlößchens bog, sprang der Gummiball dem Baronesschen vom Schoss und dem kleinen Heini Ohse gerade vor die Füße, der ihn mit seinen dicken Händchen aufhob und glückselig an seine Brust drückte.

Sowie der Wagen hielt, kam das kleine Mädchen herbeigelaufen, ihr weißes Kleid war sehr kurz, die langen schlanken Beine in niedrigen Wadenstrümpfchen flogen durch die Luft, als sie die abschüssige Einfahrt hinunterrannte. „Gib mir meinen Ball wieder," sagte sie herrisch. Heini drückte den Ball noch fester an sich und sah scheu und trotzig zu dem fremden Kinde auf, plötzlich rannte er mit dem Ball davon, so schnell ihn seine kurzen Beinchen trugen.

„Liane, venez chez moi," ertönte eine schrille Stimme aus dem Hause. Die Kleine stand unschlüssig da, ihre Lippen zuckten von verhaltenen Tränen.

„Wir bringen dir deinen Ball gleich wieder," tröstete Frau Ohse und folgte ihrer Schwiegertochter, die dem kleinen Ausreißer nachgelaufen war.

„Liane, où restez-vous donc?" klang wieder die scharfe Stimme der französischen Bonne. Ein Diener kam und sagte: „Schnell, Baronesschen, Mademoiselle wartet mit dem Kakao."

„Jean, holen Sie doch meinen Ball, zwei Damen auf dem Wall bringen ihn," rief Liane und folgte gehorsam dem Ruf der Bonne. Jean tat einige Schritte auf die Straße und blickte sehr von oben herab auf Hanne Ohse, die mit dem Ball angelaufen kam. Ohne eine Miene zu verziehen, nahm er ihr den Ball ab und ging damit ins Haus.

Nicht mal danke sagen kann der eingebildete Kerl, dachte Hanne wütend und nahm ihren Jungen auf den Arm, der mörderlich schrie. „Sei still, mein Heining, Pabba kauft dich 'nen viel schöneren und dickeren Ball," tröstete sie den Kleinen.

Ihr Weg führte die beiden Frauen vom Brunnenwall an das Magdeburger Tor an den zwei Torhäuschen vorbei, die hier noch Wache hielten wie in den Zeiten, da die Stadttore abends verschlossen wurden, und weiter die lange Magdeburger Straße entlang, an deren äußerstem Ende sich die Blechwarenfabrik der Brüder Ohse befand. Am Eingang zu dem ausgedehnten Fabrikgrundstück lag das Wohnhaus; im Erdgeschoss waren die Kontore untergebracht; den ersten Stock bewohnte Karl mit seiner Familie. Hanne ging nach oben und sah mit verbissenem Ärger, wie ihre Schwiegermutter in das Kontor eintrat. Es kränkte Hanne, dass ihr Mann so oft geschäftliche Dinge mit seiner Mutter besprach.

Als Hanne den kleinen Heini ins Bett gebracht hatte und mit Hilfe des Mädchens das Abendbrot zurechtstellte, kam ihr Mann herauf und brachte Mutter und Bruder mit. Karl war recht stark geworden, sein kurzer Hals quoll aus einem niedrigen Klappkragen, und aus seiner offenen gelben Waschjoppe hob sich ein stattliches Bäuchlein.

„Na, Hanning, mein Deern," rief er fröhlich, „nun tisch' uns mal ordentlich was auf. Ich hab' Mutter und Fritz mitgebracht zum Abendbrot, wir wollen eine Pulle Wein trinken."

Hanne war nicht erfreut über die unerwarteten Gäste; kam sie schon mit ihrer Schwiegermutter nicht gut aus, so fühlte sie sich dem Schwager gegenüber geradezu unbehaglich. Fritz war als junger Kaufmann in England und Amerika gewesen; den deutschen Kleinbürger merkte ihm niemand an. Seine braunen Augen blickten noch ebenso lebhaft wie in der Knabenzeit, sein schmales glattrasiertes Gesicht zeigte einen Ausdruck von Selbstbeherrschung und durchdringender Klugheit. Er war tadellos gekleidet, Hanne nannte ihn im stillen einen Modeaffen. In der unerschütterlichen Höflichkeit, die Fritz ihr gegenüber immer bewahrte, lag eine verborgene Ironie, und bei seiner Begrüßung empfand Hanne peinlich, dass ihre Schürze, die sie beim Nachhausekommen schnell über ihr gutes Kleid gebunden hatte, recht unsauber war und ihre Stirnlöckchen sich bei dem warmen Wetter gelöst hatten und wie Fransen um ihr erhitztes Gesicht hingen. Verwirrt nahm sie aus dem reichgeschnitzten Nussbaumbüfett zwei Teller und zwei silberne Bestecke und legte sie auf den schon gedeckten Abendbrottisch. Auf dem bunten Tischtuch stand eine Schüssel mit Würsten, Käse, Eiern, Butter und Brot. Karl nahm aus den Schränkchen, die den Umbau des bunten Plüschsofas bildeten, Weingläser und Untersetzer, zog eine Flasche Rheinwein auf und ließ sich dann schwer und behaglich auf seinen Stammsitz im Sofa fallen. „Komm ran, Mutter," rief er, „setz` dich hin, Fritz."

„Ich will bloß noch etwas Schinken schneiden," stotterte Hanne hastig und eilte hinaus. In der Küche legte sie ihre Brennschere auf Gas, und abwechselnd schnitt sie eine Scheibe von dem gewaltigen Schinken ab und brannte sich ein Löckchen.

Als sie wieder in die Stube trat, hörte sie gerade noch, wie ihre Schwiegermutter sagte: „Ein reines Tischtuch hätte Hanne auch wohl anwenden können," und sah, wie sie die Zucker- und Weißbrotkrümchen zur Seite strich, die vom Kaffee liegengeblieben waren.

„Lass gut sein, Mutting, die Hauptsache ist doch, dass ordentlich was draufsteht auf dem Tisch, daran lässt es mein Hanning nie fehlen," begütigte Karl. „Guck mal den schönen Schinken und die leckeren Würste, das hat uns alles mein Schwager auf seinem Hof mit eingeschlachtet, und Hanne ist hingefahren und hat mitgeholfen. Kochen und alles, was dazu gehört, kann sie man einmal gut, meine Hanne. Nun lang` zu, Mutter."

Karl schnitt von den verschiedenen Wurstsorten dicke Stücke auf, und Frau Ohse sah mit Erstaunen, welche Mengen von Wurst und Schinken Karl und seine Frau verzehrten. „Du solltest nicht so viel Fett essen, Karl," ermahnte sie ihren Sohn, „du wirst zu stark."

„Wir vom Lande sind für ordentliches Essen," erwiderte Hanne kampfbereit, „wer tüchtig arbeitet, muss auch tüchtig essen. Es können nicht alle Leute so schlank sein wie du und Fritz."

Karl lachte. „Ich geh` nächstes Jahr nach Marienbad oder wie das Nest heißt, wo die dicken Leute hingehen, ich kann mir das nun leisten, und Hanne nehm` ich mit, die wird auch immer kompletter." Dabei gab er seiner Frau einen Klaps auf ihren prallen Arm. „Na, nun Prost! Nun wollen wir auf das gute Geschäft trinken. Denk` nur, Hanne, wir haben die Büchsenlieferung gekriegt für Dammeyer und Co., die größte Konservenfabrik am Platze. Fritz hat das Geschäft gemacht. Wir müssen nun vergrößern, wir haben alles Gelände aufgekauft bis zu dem Güterbahnhof hin, und wenn wir noch etwas weiter sind, machen wir eigenen Gleisanschluss. Die gute Mutter will ihre letzten Konsols verkaufen, die Vater zusammengespart hat, um uns die Anzahlung zu erleichtern. Prost, Mutting! Aber dein Schade soll es nicht sein, sechs Prozent Zinsen sollst du haben und nächstes Jahr acht Prozent und so immer steigend; wenn deine Jungens gut verdienen, sollst du es auch gut haben. Prost, Fritz! Junge, du kannst nun heiraten! Na, so trink` doch aus. Prost, Hanne, du sollst auch ein Vergnügen haben, ich kauf` dir ein Abonnement im Hoftheater, nobel, zweiten Rang."

„Ach nee, Mann, da hab` ich gar nichts drum, ich geh` viel lieber mal öfter nach dem neuen Kino."

„Kannst du auch, Hanning, wie du willst, komm bei mich, meine Deern. Wenn denn niemand mehr was mag, wollen wir uns mal `ne rechte Männerzigarre anstecken. Krieg` sie her, Fritz, auf der Konsole vor dem Spiegel stehen sie."

Während Fritz sich umwandte nach den Zigarren, drückte Karl seiner Frau einen Kuss auf ihren weichen Speckhals. Sie sah ihn verliebt an und tätschelte unter dem Tischtuch sein rundes Knie.

Karl paffte dicke Rauchwolken in die Luft, trank ein Glas nach dem andern und hielt seine Frau zärtlich im Arm. Er redete ohne Unterlass, und als Mutter und Bruder um halb zehn aufbrachen, rief er bedauernd: „Wozu solche Eile, ihr kommt ja noch hin. Ihr denkt wohl, wir wollen zu Bett? Brauchst nicht rot werden, Hanning, bist ja ehrlich verheiratet. Nummer zwei könnte nun bald kommen, was, Mutter? Woll'n sehen, was sich tun lässt."

Hanne stieß ihren Mann in die Seite. „Mach' nicht solche Witze, Karl," flüsterte sie.

Als Fritz mit seiner Mutter auf der Straße stand, schüttelte er sich. „Scheußlich," sagte er.

Frau Ohse seufzte. „Wir wollen nicht weiter drüber reden, sie ändern sich doch nicht."

Sie nahm den Arm ihres Sohnes, den er ihr ritterlich bot. „Fritz,“ begann sie zögernd, „nun hättest du doch die Mittel, einen Hausstand zu gründen, du bist zu ängstlich...“

„Denk` dir mal die Familie Röber und die da oben,“ er deutete rückwärts auf Karls Haus, „denk` dir die mal zusammen.“

„Ach was,“ meinte Frau Ohse, „Gertrud Röber heiratet nicht deine Verwandtschaft, sondern dich. Sie denkt an dich, Fritz, du kannst mir das glauben. Im Nähverein bei Frau Pastor Kleine ist Frau Landgerichtsdirektor Röber immer so besonders liebenswürdig zu mir, so als wäre ich ihresgleichen. Neulich ist sie sogar ein Stück mit mir gegangen, und als wir ins Gespräch kamen über unsere Kinder, da seufzte sie und sagte: 'Mit Söhnen ist es doch leichter als mit Töchtern, da ist nun meine Gertrud, die hätte so gute Gelegenheit gehabt sich zu verheiraten. Aber sie wollte nicht. Auf die Bälle im Juristenklub will sie auch nicht mehr, sie fühlt sich mit vierundzwanzig Jahren zu alt dazu. Sie will Schwester werden. Ich glaube, sie hat eine Neigung von der Tanzstunde her und fürchtet wohl, ihr Vater würde diese Neigung nicht billigen. Aber ich würde da schon vermitteln, wenn ich nur von Gertrud herauskriegen könnte, um wen es sich handelt, sie ist leider so verschlossen.'“

„Hat Frau Landgerichtsdirektor das wirklich gesagt, Mutter?“ fragte Fritz erregt. „Warum erzählst du mir das erst heute?“

„Du warst in letzter Zeit fast immer auf Geschäftsreisen und hattest den Kopf so voll, da wollte ich dich nicht ablenken von deiner Arbeit. Lass mich nur machen, Fritz, ich sorge dafür, dass Röbers dich als willkommenen Freier aufnehmen. Frau Landgerichtsdirektor hat mich aufgefordert, sie zu besuchen; morgen gehe ich hin.“

„Ach, Mutter!“ Weiter sagte Fritz nichts, aber seine Mutter verstand ihn. Als sie in einer Vorstadtstraße ihre nette kleine Wohnung erreicht hatten, in der alles gepflegt und geschmackvoll war, schloss Frau Ohse ihren Sohn zum Gutenachtsagen in die Arme. „Ich möchte dich doch glücklich sehen, mein lieber Junge," sagte sie innig.

VIERTES KAPITEL

Im Hoftheater war Galavorstellung. Der Herzog und seine durchlauchtige Gemahlin begingen das Fest ihrer silbernen Hochzeit, und Fürstlichkeiten aus allen Teilen Deutschlands waren als Gäste des hohen Jubelpaares in die Residenz gekommen.

Der Zuschauerraum des Theaters war mit Blumengirlanden reich geschmückt, die Treppen zum ersten Rang mit Palmen bestellt und der Aufgang durch davorgezogene, rotseidene Schnüre und zwei unnahbar dreinschauende Hoflakaien für das Publikum gesperrt. Diese Plätze waren heute den geladenen Gästen des Herzogspaares vorbehalten. Hier saßen die auswärtigen Fürstlichkeiten, der Adel des Landes und die Spitzen des Militärs und der Beamtenschaft mit ihren Damen.

Die Parkettsitze wurden von den Bewohnern der Residenz eingenommen, die durch Verdienst und Würden oder durch gute Beziehungen zu verdienstvollen und würdigen Persönlichkeiten über die belanglose Menge der getreuen Untertanen emporragten, welche die übrigen Ränge des Theaters bis zum letzten Platz füllte. Im Parkett saß der Stadtrat Fritz Ohse, den Kronenorden vierter Klasse im Knopfloch seines Fracks, neben ihm seine Mutter in schwarzer Seide, und seine Frau, Gertrud, geborene Röber, eine zierliche Brünette in gelblichen Spitzen. Sie nickte lebhaft und erfreut ihren Eltern zu, die die letzten Plätze einer Loge im ersten Rang innehatten. Von diesen Plätzen aus sah man nur wenig von der Bühne, hatte aber die Befriedigung, hinter zwei Prinzessinnen, einem Grafen und einem kommandierenden General zu sitzen. Der Landgerichtspräsident Röber nahm sich stattlich aus in seiner Galauniform, seine kleine dicke Frau sah im Hofausschnitt mehr komisch denn würdig aus, strahlte aber vor befriedigter Eitelkeit, heute vor aller Welt ihre Zugehörigkeit zur Hofgesellschaft zu zeigen. Sie nickte ihren

Kindern huldvoll zu. Gott sei Dank, dass es ihrem Manne wenigstens gelungen war, seinem Schwiegersohn Fritz den Stadtratstitel zu verschaffen. Frau Präsident Röber war zwar sehr für die Heirat gewesen, trotzdem ein Handwerkerssohn für eine Juristentochter eine Mesalliance war, aber Fritz war wirklich ein feiner Mann, wenn er auch nur Kaufmann war, er zog sich immer gut an, und Gertrud war sehr glücklich mit ihm, und die Verhältnisse waren gut. Aber es hatte Frau Präsident doch immer einen Stich ins Herz gegeben, wenn sie in Gesellschaft vorstellte: Mein Schwieger-sohn, Herr Ohse. Herr Stadt-rat Ohse, das wirkte ganz anders.

Zur Silberhochzeit des Herzogs hatte Fritz nun auch noch den Orden bekommen, ein Kompliment des Herzogs an ihren Mann, den Präsi-denten. Frau Röber machte einen langen Hals, um den Orden am Frack ihres Schwiegersohnes zu sehen, und überlegte: Wenn Fritz weiter so gut verdiente, konnte er eine größere Summe stiften für das Kinderheim, das die Herzogin gegründet hatte. Er wurde dann sicher-lich herzoglicher Kommerzienrat, und dann war ihre Gertrud hof-fähig. Aber ein Klopfen störte die ehrgeizige Dame aus ihren rosigen Zukunftsplänen auf.

Die imposante Gestalt des Hofmarschalls Krüger von Merbach ward sichtbar am Eingang zur großen Hofloge, mit dem Marschallsstab gab er das Zeichen des Eintritts der höchsten Herrschaften. Das Publikum erhob sich von seinen Sitzen und sah mit ehrfürchtigem Schauer, wie das Kaiserpaar und das herzogliche Jubelpaar an der Logenbrüstung der Bühne gegenüber Platz nahmen. Einige Sekunden herrschte andächtige Stille. Als das Licht im Zuschauerraum erlosch, nahm das Publikum seine Plätze wieder ein, und das Orchester intonierte das Vorspiel zu „Hoffmanns Erzählungen". In der ersten Pause richteten sich aller Blicke neugierig und bewundernd auf das glänzende Bild im ersten Rang. Am eifrigsten stierten Karl und Hanne Ohse, die im zweiten Rang saßen. Sie hatten keinen Titel und keine Beziehungen, sie hatten nur Geld und hatten einen Eilboten morgens um sieben vor das Theater gestellt, der ihnen auch richtig zwei Eintrittskarten besorgt hatte. Hanne konnte sich nicht satt an dem Kaiser sehen, der sich lebhaft mit der Herzogin unterhielt. Karl vergaß die Fürstlichkeiten vollständig und blickte wie gebannt auf eine junge Dame im weißen Kleide; ein Hermelinkragen lag lässig über ihren entblößten Schultern und ein Brilliantdiadem blitzte in ihrem silberblonden Haar.

In der großen Pause drängte sich Karl die Treppen hinunter, um in den Wandelgängen des Parketts seine Schwägerin Gertrud, die alle vornehmen Leute der Residenz kannte, nach dem Namen der jungen Dame zu fragen. Gertrud Ohse war nicht erfreut, als sie ihre Verwandten in dem Gedränge auf sich zusteuern sah. Hanne, in einem grasgrünen Kleide mit Goldtresse, war wieder völlig unmöglich, und Karl verstand den Frack auch noch nicht zu tragen. Die kluge Gertrud verfolgte diesen unliebsamen Verwandten gegenüber ihres Mannes Taktik. Sie war korrekt und höflich, aber sie ließ keine Vertraulichkeit aufkommen.

„Die junge Dame in der Eckloge? Das wird Liane von Merbach sein, die kürzlich aus der Pension gekommen ist, die müsst ihr doch von Ansehen kennen, sie ist ja beinahe eure Nachbarin auf dem Brunnenwall. Aber ihr entschuldigt mich, ich habe so viele Bekannte zu begrüßen." Und Gertruds schlanke Gestalt verschwand in der Menge.

„Sind wir dazu die vielen Treppen hinuntergeklettert, um uns von der hochmütigen Gertrud so kurz abfertigen zu lassen?" sagte Hanne ärgerlich.

Karl war ganz in Gedanken versunken. Also war sie die Tochter der schönen Frau, die in seinem Jünglingsherzen den ersten Sturm entfacht hatte! Liane! Wie weich der Name klang.

„Das hätte ich dir auch sagen können, dass die Blonde mit der Boa die Merbachsche ist, die reitet jeden Morgen, wenn du schon in der Fabrik bist, bei uns durch, der Herr mit dem Monokel, der hinter ihr sitzt, immer mit, und ein Diener hinterdurch."

Karl Ohse hatte vor kurzem ein Einfamilienhaus am Brunnenwall, nahe am Magdeburger Tor, gekauft. Die Wohnung auf dem Fabrikgrundstück war zu eng geworden bei drei heranwachsenden Kindern. Ein Dekorateur hatte die Zimmer im Erdgeschoss nach der neuesten Mode eingerichtet, und Ohse hatte ein Klavier angeschafft, weil die neunjährige Erna Musikunterricht haben sollte. Die eleganten Zimmer wurden zwar kaum benutzt, weil Hanne sich nicht wohl darin fühlte, nur das Herrenzimmer hatte Ohse regelrecht in Gebrauch genommen. Am Morgen nach der Galavorstellung setzte er sich mit der Zeitung an das Fenster seines Zimmers. Hanne kam herein, Ausklopfer und Bürsten unter dem Arm. „Nanu," rief sie erstaunt, „du bist noch da? Du gehst doch sonst immer gleich nach dem Kaffee fort. Ich kann dich hier gar nicht gebrauchen, wir wollen dein Zimmer gründlich rein machen."

Ohse errötete wie ein ertappter Verbrecher, er murmelte etwas Unverständliches von einer halben Stunde, die er heute später weggehen wollte, zog aber doch seinen Überzieher an und verließ das Haus. Ganz gegen seine Gewohnheit ging er nicht direkt in die Fabrik, sondern bummelte auf dem Brunnenwall herum, bis das Gittertor des Madamenschlößchens geöffnet wurde und die schöne Baronesse Merbach herausgeritten kam in Begleitung ihres jüngsten Bruders und gefolgt von einem Reitknecht. Ohse blickte ihr bewundernd nach. Wie stolz und anmutig saß sie zu Pferde! Als die Reiter seinen Blicken entschwunden waren, sah er auf die Uhr, die schon neun zeigte. Ohse war ärgerlich, dass er seine kostbare Zeit vertrödelt hatte, und eilte in sein Kontor, wo er sonst schon um acht Uhr die Morgenpost durchzusehen pflegte.

Am anderen Tage drehte er sich aber wieder ganz zwecklos auf dem Brunnenwall herum und wartete, bis die freiherrlichen Herrschaften an ihm vorbeiritten. Er entschuldigte sich vor sich selber damit, dass der Arzt ihm schon lange einen Morgenspaziergang angeraten hatte, um seiner Anlage zur Korpulenz entgegenzuwirken. Ohse hatte sich nie entschließen können, diesen Rat zu befolgen, jetzt fand er plötzlich, dass eine Morgenpromenade etwas sehr Angenehmes sei. Die Bewegung in der schönen Frühlingsluft bekam ihm ausgezeichnet, und der Anblick der eleganten Reiterin wurde ihm so zum Bedürfnis, dass er den ganzen Tag schlechter Laune war, wenn er sie einmal nicht sah. Sie beachtete ihn zwar nie, was Ohse eigentlich ein wenig kränkte, der als Nachbar sich gern das Recht genommen hätte, sie zu grüßen.

Als die Frühlingswärme sich in Sommerhitze wandelte, wurden die Jalousien am Madamenschlößchen hinuntergezogen, und das Gittertor öffnete sich nicht mehr, um die schöne Reiterin hinaus-zulassen. Der Hofmarschall war mit seiner Tochter in die Schweiz gereist, und Karl Ohse fand, dass es für Morgenspaziergänge zu heiß geworden war, und ging wieder um acht Uhr in sein Kontor, bis er seine jährliche Kur in Marienbad antrat.

Als der September die Bewohner des Brunnenwalls in ihre Häuslichkeiten zurückführte, nahm Ohse seine morgendlichen Promenaden wieder auf, aber nur selten sah er die schöne Liane ausreiten. Sie hatte sich mit dem Freiherrn von Erb verlobt, einem Gardeoffizier aus Berlin. Die Ohseschen Kinder, die auf dem Brunnenwall um das Denkmal des Herzogs Kasimir herumspielten, hatten Freundschaft geschlossen mit einem der Lakaien, der gegen Abend auf dem Wall Luft schöpfte. Er schenkte den Kindern zwei Eintrittskarten zu der Trauung der Baroness, die Ende Oktober in der Hofkirche stattfinden sollte. Erna kam ganz aufgeregt nach Hause. „Ich möchte die Hochzeit sehen, Mutter, aber Waldy sagt, er ginge nicht mit."

„Das ist kein Vergnügen für einen Jungen," erklärte der achtjährige Waldemar verächtlich. Hanne beruhigte Erna durch die Versicherung, sie werde mitgehen; als aber der festliche Tag kam, lag sie erkältet zu Bett.

„Ich begleite dich, Ernachen, du sollst nicht um dein Vergnügen kommen," sagte Ohse zärtlich. Ihm war der Zufall erwünscht, die schöne Liane als Braut zu sehen. In der Hofkirche war eine glänzende Hochzeitsgesellschaft versammelt. Ohse wurde an sein Jugenderlebnis im Madamenschlößchen erinnert. Inzwischen war er ein anderer geworden, war vom Handwerker zum wohlhabenden Fabrikanten aufgestiegen, und doch: Welch unüberbrückbare Kluft trennte ihn von diesen Männern in goldstrotzenden Uniformen, diesen Damen der großen Welt, für die der Herr erst mit dem Leutnant begann! Was war ein Mann wie Karl Ohse in den Augen der Angehörigen dieses bevorzugten Kreises? Ein Nichts, ein Mann, über den man hinwegsah wie über Untergebene und Lakaien.

„Vater, wird meine Hochzeit auch mal so schön? Krieg` ich auch einen Bräutigam in Uniform?" fragte die kleine Erna und zupfte den Vater ungeduldig am Ärmel.

Aber Ohse hörte nicht. Er war ganz gefangen vom Anblick der Braut, die, von schimmernden weißen Falten umwogt, am Arm eines schlanken dunkelhaarigen Mannes durch den Mittelgang der Kirche zum Altar schritt. Ohse empfand eine ihm selbst ganz unerklärliche Wut auf den Bräutigam in seiner prachtvollen Paradeuniform; ihm war überhaupt ganz merkwürdig zu Sinn. Ein trauriges Gefühl, als sei etwas Wunderschönes für ihn unerreichbar geworden, drückte schwer und schwerer auf ihn. In ähnlicher Stimmung war er nur einmal im Leben gewesen, als er an einem Maienabend über den Schafmarkt gegangen war und die Nachtigall hatte schlagen hören. Wie lange war das her, mehr als fünfundzwanzig Jahre!

Ohse war froh, als die Trauung vorbei war und er wieder draußen stand. Er nahm den Hut vom Kopfe und ließ sich den kühlen Herbstwind um die heiße Stirn wehen. Die eingeschlossene Luft in der Kirche, der Duft der vielen Blumen, vermischt mit dem Geruch der Wachskerzen, hatte ihm wohl das Herz zusammengepresst. Er atmete tief auf und hieb mit dem Spazierstock ein paarmal durch die Luft. Gut war es doch, dass diese schöne Liane fortkam aus der Stadt. Ohse lachte ärgerlich auf: was ging ihn, einen verheirateten Mann und Familienvater, überhaupt die adlige junge Dame an! Nie in seinem Leben würde er in irgendwelche Berührung kommen mit den vornehmen Kreisen, in denen sie lebte. Er nahm Erna an die Hand, die zierlich neben ihm hertrippelte. Wie sich das Kinderhändchen so warm und vertrauensvoll in seine Finger schmiegte, wurde Ohse wieder ruhig zu Sinn. Mit zärtlichem Blick sah er auf sein reizendes Töchterchen. Sie war sein Liebling. Sein zweites Kind, ein Mädchen, hatte Ohse an Diphtheritis verloren. Zwei Jahre später wurde Erna geboren, als langersehnter Ersatz für den schmerzlichen Verlust mit doppelter Freude begrüßt.

Im Weitergehen überlegte sich Ohse, wieviel Freude er doch an seinen Kindern hatte. Heini, der älteste, machte nun schon bald sein Abiturientenexamen; er war ein echter Ohse, fleißig und strebsam. Erna war sein Sonnenschein, immer artig, immer freundlich. Waldy war zwar ein fauler Strick, aber er war ja erst acht Jahre alt und ein so schöner kräftiger Junge, dass es wohl verzeihlich erschien, dass er als jüngster der ganze Verzug der Mutter war.

Ja, die Mutter! Ohse seufzte. Sie meinte es in ihrer Art ja gut und sorgte und mühte sich redlich für die Ihren. Aber je mehr Ohse geschäftlich vorankam, je schmerzlicher empfand er die Bildungsunfähigkeit seiner Frau, die für seinen gesellschaftlichen Aufstieg ein schweres Hindernis war. Da hatte es sein Bruder Fritz besser. Der war durch seine Heirat mühelos in die besten Kreise gekommen.

Wäre Hanne anders, so hätte man den Eintritt in die Gesellschaft wohl durch Fritz und Gertruds Haus gefunden, aber die Schwägerinnen standen sich nicht gut. Seit Ohse geschäftlich sicheren Boden unter den Füßen hatte, war der mütterliche Ehrgeiz auch in ihm erwacht, und er bedauerte oft, bei der Wahl seiner Lebensgefährtin nicht vorsichtig genug gewesen zu sein. Wieder seufzte er.

„Was fehlt dir, Väterchen? Bist du traurig, weil Mutter krank ist?" fragte Erna besorgt.

Ohse nahm sich zusammen. Ein leises Schuldgefühl seiner Frau gegenüber stieg in ihm auf. Er ging in eine Konditorei und kaufte feines Kaffeegebäck und eine Flasche süßen Likör. „Das bringen wir Mutter mit," sagte er zu Erna, die vorsichtig und beglückt die Kuchen nach Hause trug. Etwas Gutes zu essen und zu trinken war immer das Schönste für seine Hanne. Eine gutmütige und fleißige Frau war sie doch.

FÜNFTES KAPITEL

Auf dem Bahnhof der alten Herzogsstadt herrschte jenes fieberhafte Leben, wie es nach Ausbruch des Krieges auf allen größeren Bahnhöfen Deutschlands herrschte. Tag und Nacht kamen Militärzüge angerollt, um nach kurzem Aufenthalt nach dem Westen weiterzufahren. Damen der Gesellschaft, die Rote-Kreuz-Binde um den Arm, eilten mit Erfrischungen hin und her, Kaffee, Fleischbrühe, Butterbröte und Zigarren wurden den Soldaten an die geöffneten Türen der Wagenabteile gebracht. Verließen Truppenteile der einheimischen Regimenter die Stadt, so wurden sie mit Liebesgaben aller Art überschüttet, und mancher der ausziehenden Krieger äugte über seine ihm das Geleite gebenden Angehörigen hinweg nach einem der weißgekleideten Mädel, um einen letzten zärtlichen Blick zu erhaschen.

Auch die junge Frau von Erb, ein Tablett in der Hand, bot an jedem Abteil eines zur Abfahrt an die Front bereitstehenden Zuges Zigaretten an. Manch blitzenden Blick aus bewundernden Augen fing die schöne Frau auf, und mit schlagfertigem Witz wusste sie auf jede allzu kecke Huldigung zu erwidern. Ein stattlicher Kriegsfreiwilliger, der, auf dem Trittbrett des Zuges stehend, mit seinen Angehörigen sprach, funkelte aus blauen Augen die herankommende Liane entzückt an. Eltern, Großmutter und zwei jüngere Geschwister traten zurück, um der jungen Dame Platz zu machen.

Heinrich Ohse lächelte, dass seine weißen Zähne mit seinen Augen um die Wette blitzten. „Ich danke sehr, gnädige Frau, mit Rauchmaterial bin ich überreich versehen, aber eine andere Abschiedsgabe wünsche ich mir von Ihnen: die Rose von Ihrer Brust."

Liane blickte den Sprecher erstaunt an und zögerte, seine Bitte zu erfüllen. Blitzschnell griff seine Hand nach der Rose und zog sie aus dem Ausschnitt ihres weißen Kleides. Er drückte die Rose an seine Lippen und schob sie dann zwischen die Knöpfe seiner Uniform.

Halb trotzig, halb verzagt blickte der junge Räuber auf Liane herab. Sie war verwirrt, irgendeine ganz vergessene Erinnerung stieg in ihr auf, wollte aber keine feste Gestalt annehmen. Ehe Liane eine passende Antwort gefunden hatte, rief Ohse lachend seinem Sohn zu: „Donnerwetter, Heini, wenn du die Feinde auch so schneidig anpackst wie die Rose, haben wir den Krieg bald geschafft."

Ohse drängte Hanne zur Seite. Die günstige Gelegenheit, eine Bekanntschaft mit der heimlich angeschwärmten Nachbarin anzuknüpfen, wollte er sich nicht entgehen lassen. Aber Liane beachtete ihn gar nicht, sie rief seinem Sohn ein Abschiedswort zu und bot ihre Zigaretten im Nebenabteil an. Hier fand sie dankbare Abnehmer, ihr ganzer Vorrat wanderte in die Taschen der ausziehenden Vaterlandsverteidiger.

Als sich Liane umwandte, fiel ihr Blick auf Großmutter Ohse. Wo hatte sie vor langer, langer Zeit diese gütig aussehende, schwarzgekleidete Frau schon gesehen? Liane ging auf dem Bahnsteig auf und ab und grübelte nach. Plötzlich stand deutlich ein kleines Erlebnis aus ihrer Kindheit vor ihr. Ein Bübchen lief mit ihrem neuen roten Ball davon, und eine freundliche alte Dame sprach: „Wir bringen dir deinen Ball gleich wieder." Der Verlust des Balles war der erste Schmerz ihres Lebens gewesen. Wie viele Schmerzen würden folgen? Ihr junger Gatte war am zweiten Mobilmachungstage ausgerückt, seit fast acht Wochen wusste sie ihn in ständiger Lebensgefahr. In ihrem Berliner Heim hatte es Liane ohne ihn nicht ausgehalten, sie war zu ihrem Vater gereist und hatte sich in ihrer Heimatstadt sogleich beim Roten Kreuz zum Bahnhofsdienst gemeldet. Nur nicht allein sein, nur nicht nachdenken!

Das Zuschlagen der Türen weckte Liane aus ihren Grübeleien. Die Musik spielte, und unter brausenden Hurrarufen verließ der Zug die Bahnhofshalle. Hanne Ohse stützte sich schluchzend auf den Arm ihres Mannes, der sie mit trostreichem Zuspruch nach Hause geleitete. Die Sonne schien warm wie im Hochsommer, trotzdem der September seinem Ende entgegenging, aber das Grün der Kastanienblätter auf dem Brunnenwall wurde fahl und schickte sich an, ins Gelbliche überzugehen. Es wurde Herbst. – –

Als die Kastanien ihr goldenes Sterbegewand anlegten, ging Hanne Ohse im schwarzen Kleide, und in das zufriedene Gesicht ihres Mannes hatte der Schmerz sein Zeichen gegraben. Heinrich Ohse war in Belgien gefallen, noch ehe die rote Rose auf seinem Herzen sich ganz entblättert hatte. Liane von Erb trug den Witwenschleier und sah aus erloschenen Augen dem Spiel des Herbstwindes zu, der die goldenen Blätter von den Zweigen pflückte und durch die feuchte Luft wirbelte, bis sie matt und todesreif zu Boden sanken.

Die junge Witwe tat Ohse aufrichtig leid. Vor einem Jahr schmiegte sich der Brautschleier um ihr Blondhaar, das jetzt aus dem düsteren schwarz des Trauerschleiers hervorleuchtete. Und doch war ein merkwürdiges Gefühl der Befriedigung in ihm, sie nicht mehr an einen Mann gefesselt zu wissen. Er schämte sich dieses Gefühls und konnte es doch nicht unterdrücken. Gar zu gern hätte er sich einen nachbarlichen Gruß gestattet, wenn er die Baronin auf dem Wall traf, aber er fand keine Gelegenheit, einen Gruß anzubringen, bis ein Zufall ihm zu Hilfe kam.

Auf einem Grundstück des Brunnenwalls war eingebrochen worden. Daraufhin schaffte sich der Hofmarschall einen rassereinen Schäferhund an, und Karl Ohse nahm einen wachsamen Rattenfänger in sein Haus. Die Hunde pflegten sich an den Spaziergängen ihrer Herrschaften zu beteiligen, und als Herr Ohse mit seinem Ali auf dem Wall vor dem Madamenschlößchen herumbummelte in der Hoffnung, sich einmal wieder an dem Anblick der schönen Liane zu weiden, gestaltete sich die erhoffte Begegnung sehr kriegerisch. Die beiden Hunde waren im Nu zu einem wütenden Knäuel verbissen. „Am Schwanz auseinanderziehen," rief Liane und fasste die buschige Rute ihres Roland, während Ohses Hand sich mit Todesverachtung in Alis stacheligen Stummelschwanz krallte. Mit einem Schneid, den Ohse bewunderte, hieb Liane mit ihrer Lederpeitsche auf die Schnauzen der beiden Kämpfer, bis sie voneinander ließen. Roland hatte eine blutige Nase davongetragen. Als ihn seine Herrin an die Leine nahm, blickte er verächtlich auf seinen Feind hinunter, dem das Blut aus einer Halswunde rann.

Von da an ließ Ohse den gekränkten Ali unbarmherzig zu Hause, trotzdem er ihm zu der Ehre verholfen hatte, vor der Freifrau von Erb grüßend seinen Hut ziehen zu dürfen. Sie dankte stets höflich, aber doch in einer Weise, die selbst dem annäherungssüchtigen Ohse nicht geraten erscheinen ließ, sie nachbarlich anzureden.

SECHSTES KAPITEL

Am Schlossgraben, dem herzoglichen Residenzschloss gegenüber, lag das Kavalierhaus. Seine grünen Fensterläden waren jahrzehntelang geschlossen gewesen, nur an sonnigen Herbst- und Frühlingstagen war der Kastellan mit einem großen Schlüssel gekommen und hatte Türen und Fenster geöffnet, damit die Moderluft abzog, die sich in dem alten Gebäude eingenistet hatte. Seit den Zeiten des Herzogs Kasimir waren keine Kavaliere mehr hier abgestiegen und keine Kammerkätzchen mehr mit zärtlichen Briefchen die breiten weißen Treppen hinangetrippelt. Wie Dornröschens Schloss lag das stattliche grau gestrichene Fachwerkhaus da, und sein geschweiftes Schieferdach blickte grämlich auf das moderne Großstadttreiben zu seinen Füßen.

Es war kein Kavalier in Seidenstrümpfen und Spitzenjabot, der das ehrwürdige Gebäude zu neuem Leben erweckte, es war nur das Komitee des Roten Kreuzes, dem der Herzog das alte Haus für die Dauer des Krieges zur Verfügung gestellt hatte. Die Amoretten, die ihre Rosengirlanden über Wände und Decken zogen, sahen verwundert auf das ungewohnte Treiben, das sich in ihrem Reich breitmachte. Damen in weißen Schürzen ordneten Wäsche, Kleidungsstücke, Lebensmittel und Bücher, die von der Bevölkerung in Stadt und Land dem Roten Kreuz gestiftet und von hier an die Lazarette verteilt oder zu Sendungen für das Feld zusammengepackt wurden. Vom Morgen bis zum Abend herrschte geschäftiges Leben im Kavalierhause. Ballen und Pakete wurden die Treppen hinauf und hinunter geschleppt, Soldaten kamen und gingen, eifrige Frauenstimmen schallten durch die Säle und Gänge, und an den Wänden die Bildnisse, die sich gar nicht mehr recht am Platze fühlten, hatten nur einen Trost: sie sahen nach wie vor auf eine vornehme Gesellschaft herab, denn die Damen, die hier arbeiteten, gehörten alle den ersten Kreisen an.

An der Spitze stand die Gräfin Deutz, zweite Vorsitzende war Frau Kommerzienrat Ohse, die als Tochter des Landgerichtspräsidenten und Gattin eines Industriellen trefflich geeignet war, die in diesem Falle notwendige Verbindung zwischen der exklusiven Hofgesellschaft und der zahlungsfähigen Industrie herzustellen. Alle Damen waren von dem eifrigen Wunsch beseelt, sich in den Dienst des Vaterlandes zu stellen, und von dem Gefühl durchdrungen, in selbstloser Weise Zeit und Kraft zu opfern. Aber gleichzeitig erwarteten sie auch von ihrer Arbeit eine Art Ersatz für die in der schweren Kriegszeit fast ganz ausfallende Geselligkeit und hielten streng darauf, möglichst unter sich zu sein. Die adligen Damen gaben dem Kreise das Ansehen nach außen, die Frauen des höheren Beamtentums leisteten die mühevollste Arbeit im Innern, und die Gattinnen der reichen und angesehenen Patrizier zahlten die höchsten Beiträge.

Doch mit jedem Jahre wurden die Zuweisungen an Geld und Sachen geringer, und als es galt, die Bescherung für das vierte Kriegsweihnachtsfest vorzubereiten, waren die verfügbaren Vorräte so gering und das Geld so knapp, dass Gräfin Deutz sämtliche Helferinnen zusammenrief, um zu beraten, wie dem Mangel abzuhelfen sei. Eine Liste zahlungsfähiger Einwohner der Residenz ward aufgestellt, und jeder Dame wurden mehrere Besuche zudiktiert, um bei den Herrschaften Geld locker zu machen.

„Also, Frau Kommerzienrat Ohse, Sie übernehmen wohl Ihren Herrn Schwager, von dem wir doch sicher eine größere Zuwendung erwarten dürfen?" bestimmte die energische Gräfin.

Aber ebenso energisch lehnte Gertrud Ohse diesen Auftrag ab. „Ich würde gar keinen Erfolg bei meinem Schwager haben, er ist durch die Abwesenheit meines Mannes mit Arbeit überlastet, und seine sozialen Interessen sind nicht sehr rege. Bei ihm kommt alles darauf an, dass eine Bitte in angenehmer Form an ihn herantritt. Ich würde vorschlagen, dass eine der Merbachschen Damen die Güte hat, meinen Schwager aufzusuchen."

Liane sah ihre Schwägerin Frau von Merbach an, die seit einem halben Jahr mit ihrem Töchterchen im Madamenschlößchen wohnte. Ihr Mann war gefallen, und da sie ohne eigenes Vermögen, nur auf ihre Hauptmannspension angewiesen war, hatte sie das Anerbieten ihres Schwiegervaters, zu ihm zu ziehen, dankbar angenommen. „Ich bin noch zu fremd in der Stadt, um für einen derartigen Auftrag in Frage zu kommen," entgegnete Frau von Merbach.

„Also Sie, Frau von Erb," sagte Gertrud Ohse, „Sie und meine Verwandten sind doch seit Jahren so halbe Nachbarn auf dem Brunnenwall. Daraus ergibt sich eine natürliche Anknüpfung. Wählen Sie, bitte, den Sonntagmorgen zu Ihrem Besuch, da treffen Sie meinen Schwager mit ziemlicher Wahrscheinlichkeit zu Hause."

„Abgemacht," entschied Gräfin Deutz, „weiter in der Liste. Konservenfabrikant Behrens. Welche von den Damen übernimmt diesen Besuch?"

SIEBENTES KAPITEL

Am Sonntagmorgen gegen halb zwölf klingelte Liane an dem Hause Brunnenwall Numero zwei. Das öffnende Mädchen, eine weiße Schürze nachlässig über die bunte Küchenschürze geworfen, nahm mit feuchten Fingern die Karte in Empfang und rannte davon. Liane stand wartend in dem Flur, in dem es herrlich warm war, und den ein lieblicher Duft von Gänsebraten durchzog. Mit rotem Kopf kehrte das Mädchen zurück und öffnete die Tür. „Sie möchten ´reinkommen."

Liane trat in einen Salon, der mit imitierten Empiremöbeln und Damastsitzen den Geschmack des Dekorateurs verriet. Fragwürdige Nippes standen auf den nagelneu aussehenden Schränken und Tischen, verschwenderisch reiche Damastfalten, von unzähligen Quasten und Schnüren gehalten, umrahmten die Fenster. Breite Schiebetüren nach den angrenzenden Zimmern waren geöffnet, alle Räume waren behaglich durchwärmt.

Heereslieferanten, dachte Liane, die solchen Überfluss an Kohlen bekommen für ihre Fabrik, dass sie ihr ganzes Haus damit heizen können, während wir frieren müssen. Sie setzte sich auf das schwellende Polster eines kleinen Ecksofas und hatte die peinliche Empfindung, ungelegen zu kommen, denn niemand ließ sich blicken. Aus einem der anstoßenden Zimmer ertönte Klavierspiel, ein Menuett von Beethoven wurde in einzelnen Takten, mit Pausen dazwischen, geübt.

Im Hause hörte man Türen schlagen. Hanne war gerade damit beschäftigt, eine Gans zu braten. Sie schickte das Mädchen mit der vornehmen Visitenkarte zu ihrem Mann, der sich oben zum Ausgehen fertigmachte. Ohse eilte hinunter und fand seine Frau ganz verstört den kostbaren Vogel begießend. „Ich geh` hier aber nicht von, Karl, die Gans kostet hundert Mark," rief sie ihm entgegen.

„Und wenn sie zweihundert kostete! Anna kann doch auch die Gans begießen, schnell, zieh dein blaues Tuchkleid an und komm in den Salon," entgegnete Ohse bestimmt.

„Verzeihen Sie, gnädige Frau," sagte er, in das Empfangszimmer tretend, „dass ich nicht gleich am Platze war."

Liane erwiderte einige verbindliche Redensarten und trug dann gleich mit höflichen Worten ihre Bitte vor. Ohse ließ sie reden und sah sie ganz verzückt an. Der undefinierbare Reiz der großen Dame, der von ihr ausging, berauschte ihn ebensosehr wie ihre Schönheit. Liane trug ein schmuckloses schwarzes Jackenkleid, aber es war in einem erstklassigen Atelier gearbeitet, bei jeder Bewegung rauschte die schwere Seide des Unterkleides, und ein diskreter Duft flog aus den schwarzen Falten zu Ohse hinüber. Er hörte ihr gar nicht recht zu, sah nur immer auf die stolz geschwungenen roten Lippen, erst als sie schwiegen, raffte er sich zusammen. Jetzt musste er etwas sagen.

„Erna," rief er laut, „hör` auf mit Klavierspielen und sag` mal guten Tag." Liane sah den dicken Herrn, der sich mit dem Taschentuch über die Stirn fuhr, belustigt an. Ein dreizehnjähriges Mädchen, dem lange dunkelblonde Locken über den blauen Samtkittel fielen, erschien im Türrahmen. Strahlende braune Augen sahen die Besucherin in unbefangener Neugier an. In zierlichen Lackschuhen ging das Mädchen auf Liane zu, gab ihr die Hand und machte einen Knicks.

„Bist du eine solche Musikfreundin, dass du auch Sonntags übst?" fragte Liane.

„Ich übe heute nicht für die Klavierstunde," entgegnete Erna fröhlich, „nach dem Menuett will ich tanzen, und da spiele ich mir die einzelnen Takte vor, um mir die Schritte dazu auszudenken."

„Unsere Tochter ist nämlich sehr talentiert für Tanzen," erklärte der Vater stolz, „wir lassen sie ausbilden bei der Ballettmeisterin vom Hoftheater."

„Da willst du wohl Tänzerin werden?" wandte sich Liane wieder an die Kleine.

„Sie möchte schon," antwortete Ohse, „aber ich will davon nichts wissen. Meine Tochter hat nicht nötig, für Geld zu tanzen, aber so in der Gesellschaft, wenn die großen Wohltätigkeitsfeste sind, da ließe ich sie gern ihre Kunst zeigen."

Liane blickte Ohse fragend an, und er begriff, dass sie nun endlich eine Antwort auf ihre Rede erwartete. Sein einziger Anhaltspunkt war: Kavalierhaus. Er entsann sich, dass dort die vornehmen Damen irgendwelche Kriegsarbeit verrichteten. „Also Sie arbeiten im Kavalierhaus, gnädige Frau?"

„Ja," erwiderte Liane, froh, ihn auf der richtigen Fährte zu haben, „und wie ich schon sagte, Herr Ohse, ist in diesem Jahre die Not sehr groß. In den ersten beiden Jahren hatten wir einen Überfluss an Sachen, und damals hatten es die Soldaten gar nicht so nötig wie jetzt. Wir müssen unbedingt warme Unterkleidung, Strümpfe und Wollsachen anschaffen, das Geld –"

„Das Geld soll ich geben," unterbracht sie Ohse selbstgefällig. „Das kenne ich schon, wenn die vornehmen Damen zu mir kommen, wollen sie immer Geld von mir haben."

Liane erhob sich. „Es tut mir leid, Herr Ohse, Ihnen mit meiner Bitte lästig zu fallen."

„Nee, nee, gnädige Frau, so war das nicht gemeint, bitte, behalten Sie Platz. Fünfhundert Mark gebe ich immer, wenn sich die Damen selbst zu mir bemühen – immer höflich gegen Damen, ist mein

Grundsatz – und wenn es eine Dame aus der Nachbarschaft ist, und gar eine so schöne –" er blickte Liane bewundernd an – „dann gebe ich tausend Mark." Er zog ein Schlüsselbund aus der Tasche. „Erna, hol` mal aus meinem Schreibtisch tausend Mark." Erna lief davon, und Ohse sprach weiter: „Aber was sind tausend Mark für solch ein Riesenunternehmen?"

„Wenn wir von vielen gütigen Spendern diesen Betrag erhalten..."

„Ist das eine ganz nette Beihilfe, aber bei den heutigen Preisen langt das doch nicht weit. Seien Sie mal ehrlich, gnädige Frau, Sie haben doch gedacht, wenn Sie sich in höchsteigener Person zu dem reichen Ohse begeben, dann rückt er ordentlich was heraus, nicht wahr?"

Liane wurde rot und blass. Ernas Rückkehr überhob sie einer Antwort. Ohse steckte seine Schlüssel wieder ein. „Geh `raus, Ernachen!" Mit einem Knicks verschwand die Kleine. Ohse behielt die Banknoten in der Hand. Wenn er mir nur das Geld geben wollte, damit ich fortgehen kann, dachte Liane ungeduldig, aber Ohses breite Finger hielten die Scheine fest.

„Also, gnädige Frau," begann Ohse von neuem, „Sie brauchen für die Weihnachtsbescherung große Summen, sagen wir mal so zwanzig- oder dreißig- oder vierzigtausend Mark müsste jemand auf einem Brett zahlen, das schaffte, was? Ich wäre ja auch prinzipiell nicht abgeneigt, mich ganz auf ein Wohltätigkeitsunternehmen zu konzentrieren, anstatt wie bisher meine Zuwendungen zu zersplittern, nur müsste dann mein Interesse an ein Unternehmen gebunden sein, ich meine," er räusperte sich leicht, „ich meine also – ich meine – etwa durch eine Beteiligung meiner Familie, vielleicht durch eine Tätigkeit meiner Frau in einem Komitee oder Hinzuziehung meiner Tochter zu Wohltätigkeitsaufführungen oder auch durch Anerkennung meiner Leistungen höheren Orts. Sie verstehen, wie ich es meine, gnädige Frau?"

Liane erhob sich. „Ich verstehe vollkommen, Herr Ohse," antwortete sie mit leise vibrierender Stimme, aber mit unveränderter Liebenswürdigkeit. „Sie wären bereit, dem hiesigen Komitee des Roten Kreuzes größere Zuwendungen zu machen, wenn Ihnen ein gewisses Entgegenkommen gezeigt würde."

„Ganz so meine ich es," rief Ohse erfreut. „Sie sind sehr klug, Frau Baronin. Sie werden meinen Vorschlag überlegen und darauf zurückkommen?"

„Ich persönlich kann wenig dazu tun," entgegnete Liane ausweichend, „ich werde mit der Gräfin Deutz darüber sprechen."

„Ja, bitte, tun Sie das." Treuherzig sah Ohse in Lianes dunkelbewimperte Augen und händigte ihr endlich die Banknoten aus. Als sie, vom Hausherrn geleitet, über den Flur ging, keuchte Hanne die Treppe hinunter. Das gute Blaue saß nur über dem guten Korsett, so war es mit dem Anziehen nicht so schnell gegangen, denn die Frisur war auch auffrischungsbedürftig gewesen. Liane sagte ein paar höfliche Worte, und ehe sich noch die Haustür hinter ihr geschlossen hatte, stürzte sich Hanne schon wieder auf ihre Gans und band Anna auf die Seele, die Brust eifrig zu begießen, bis sie sich des guten Blauen und des engen Korsetts entledigte.

Ohse stand derweil händereibend in der Gartenpforte und sah Liane nach, bis eine Biegung des Weges sie seinen Blicken entzog. Er war sehr zufrieden mit seinen diplomatischen Fähigkeiten und mit dem Verlauf der Unterredung.

ACHTES KAPITEL

Weniger zufrieden war Liane, die bei Tisch von ihrem Besuch bei Ohse erzählte. In dem großen Esszimmer des Madamenschlößchens war es kalt, man konnte nur das Zimmer des Hofmarschalls heizen und das kleine Wohnzimmer; durch die geöffneten Türen drang nur so viel Wärme in den Speisesaal, dass der Aufenthalt darin eben erträglich war. Trotzdem saßen die vier Menschen um den sorgfältig gedeckten Tisch, als sei ihr kaltes Zimmer der angenehmste Aufenthalt von der Welt. Der Hofmarschall war weiß geworden, hielt sich aber kerzengerade in seinem Gehrock, auch die beiden Damen verschmähten jede wärmende Hülle, nur der kleinen Isi war ein wollenes Jäckchen übergezogen.

Friedrich, der alte Kammerdiener Seiner Exzellenz, der seit Kriegsausbruch das Amt eines Tafeldieners mit versah, reichte die einfachen Gerichte mit derselben Sorgfalt herum wie früher die üppigen Speisen. Das Markenfleisch der Woche war zu falschem Hasen verarbeitet. Liane dachte an den Gänsebraten bei Ohses.

„Um noch einmal auf die Ohses zurückzukommen," sagte sie, als Friedrich hinausgegangen war, „sie scheinen mir Menschen zu sein, die wissen, was sie wollen, und mit allen Mitteln arbeiten, um ans Ziel zu kommen. Der Mann machte mir beinahe Spaß in seiner berechnenden Strebsamkeit."

„Du bist sehr unvorsichtig gewesen, Liane, du hast diesen Leuten gegenüber eine peinliche und schwierige Verpflichtung auf dich genommen."

„Es ist mir selbst unangenehm, Papa, aber was sollte ich machen? Es erschien mir nicht richtig, ein Anerbieten abzulehnen, ohne zu versuchen, die daran geknüpften Bedingungen zu erfüllen, da doch durch die Erfüllung vielen armen Menschen eine Freude gemacht werden kann. Es ist natürlich völlig ausgeschlossen, dass Frau Ohse im Kavalierhause aufgenommen wird, so weit reicht die Macht des Geldes denn doch nicht. Eher wäre es möglich, die Kleine in einem Tee als Tänzerin auftreten zu lassen, aber das einfachste wäre, Herrn Ohse einen Orden zu verschaffen."

„Dazu gebe ich mich nicht gern her," erwiderte der Hofmarschall.

„Sei nicht so penibel, Papa. Es wird jetzt so vielen Kriegslieferanten ein Orden in das Knopfloch gehängt, dass ich gar nicht einsehe, warum Herr Ohse nicht auch einen an seinen Rock stecken soll."

„Sympathisch ist mir die Art des Herrn Ohse nicht," wehrte Herr von Merbach.

„Das ist auch gar nicht nötig, Papa," schmeichelte Liane, „wir werden nie wieder mit diesem Herrn in Berührung kommen. Ich gehe auf keinen Fall noch einmal zu ihm. Will die Gräfin Deutz weiterhin seine Hilfe in Anspruch nehmen, so mag sie selber mit ihm verhandeln oder Frau Kommerzienrat Ohse als Unterhändlerin benutzen. Aber in der Ordensangelegenheit könntest du uns wirklich gefällig sein, Papa. Ein Wort von dir Seiner Hoheit gegenüber genügt. Zum Geburtstag des Herzogs pflegen eine Menge Auszeichnungen verliehen zu werden, da könnte Herr Ohse gleich mit bedacht werden."

„Sprich erst mit der Gräfin, Kind, lieber wäre es mir, sie nähme die Sache in die Hand."

Aber die Gräfin dachte nicht daran. „Diese Angelegenheit erledigen Sie, liebste Liane, so glänzend, dass ich mich am besten gar nicht einmische. Ihrem Herrn Vater ist es eine Kleinigkeit, dem ehrgeizigen Herrn den ersehnten Schmuck für sein Knopfloch zu verschaffen, und Sie werden es meisterhaft verstehen, ihm anzudeuten, er möchte uns dreißigtausend Mark überweisen."

Die Gelegenheit, Ohse anzugehen, fand sich sehr bald. Als Liane eines Morgens kurz vor neun Uhr aus ihrem Hause trat, sah sie Herrn Ohse vor dem Denkmal des Herzogs Kasimir stehen und diese Zierde seiner Vaterstadt betrachten, als sei sie ihm gänzlich neu. Er zeigte sich ebenso überrascht wie erfreut, die schöne Nachbarin zu so früher Stunde zu treffen, und ließ es sich nicht nehmen, sie bis an das Kavalierhaus zu begleiten. Auf diesem Wege deutete Liane Herrn Ohse sehr zart an, für eine sofortige Zahlung von dreißigtausend Mark zum Besten des Roten Kreuzes könne er zu Herzogs Geburtstag auf eine Auszeichnung rechnen, und er machte ihr weniger zart klar, ein Orden sei ihm nicht mehr wert als zwanzigtausend Mark, aber für den Titel eines herzoglichen Kommerzienrats sei er zu ganz erheblichen pekuniären Opfern bereit. Doch schien er eingesehen zu haben, dass es sicherer sei, erst mit dem Orden anzufangen. Erna brachte am Nachmittag einen Brief ihres Vaters, in dem ein Scheck über fünfundzwanzigtausend Mark lag, und am Geburtstag des Herzogs war unter den Ordensempfängern im Staatsanzeiger auch Herr Karl Ohse verzeichnet.

Die Sammlung, die im ganzen Herzogtum zum Besten des Roten Kreuzes veranstaltet war, hatte nicht so viel eingebracht, wie man erwartet hatte. Die Müdigkeit, das Nachlassen der Gebefreudigkeit im vierten Kriegswinter machte sich deutlich fühlbar. Die Damen des Kavalierhauses beschlossen, der ermatteten Lust am Wohltun aufzuhelfen durch Veranstaltung eines eleganten Tees zum Besten der Weihnachtsbescherung in den Lazaretten der Residenz. Künstlerisch begabte Damen und Herren der Gesellschaft stellten sich in den Dienst der guten Sache, die ersten Kräfte des Hoftheaters versprachen ihre Mitwirkung, und das Herzogspaar sagte sein Erscheinen zu.

Der „Kavaliertee" war das Ereignis des Winters, ein willkommener Ersatz für die fast ganz ruhende Geselligkeit großen Stiles.

Die Gräfin Deutz beschloss anlässlich dieses Tees, Herrn Ohse noch einmal zur Ader zu lassen, und die Kommerzienrätin musste sich bequemen, dieses Mal die Sache in die Hand zu nehmen. Fritz Ohse war im zweiten Kriegsjahre als Autofahrer ins Feld gerückt. Er hatte sehr schnell Offiziersrang erreicht und fuhr die Herren des Großen Generalstabes, während Karl als unabkömmlich für die Fabrik reklamiert war. Die Trennung der Brüder hatte dazu geführt, dass sich die Familien selten sahen. Um so erstaunter waren Karl und Hanne über eine Einladung ihrer Schwägerin zum Sonntagskaffee. Gertrud stellte ihren Verwandten in Aussicht, dass sie bei dem Kavalierstee ihnen Plätze an ihrem Tisch belegen würde, und dass Erna als Solotänzerin auftreten könne; Karl musste freilich wieder recht tief in den Beutel greifen, aber dieses Vergnügen schien ihm ein erneutes Geldopfer wert.

Die Ballettmeisterin des Hoftheaters erhielt von Ohse den Auftrag, für Erna geeignete Kostüme zu besorgen, und mit Hanne ging er selbst in das erste Modeatelier der Stadt und setzte der Direktrice auseinander, sie möchte seiner Frau zu dem Tee eine erstklassige Toilette arbeiten. Der Preis jagte der sparsamen Hanne einen gehörigen Schreck ein, aber ihr Mann achtete nicht auf ihre Einwände, und Hanne schwieg seufzend still; denn wenn er etwas wollte, gab es keinen Widerstand. Ohse konstatierte denn auch an dem festlichen Nachmittag, dass Hanne in dem neuen Kleide ebenso präsentabel wirkte wie die anderen angejahrten Familienmütter aus bürgerlichen Kreisen. Mit der unnachahmlichen Eleganz der Freifrau von Erb durfte er sie freilich nicht vergleichen.

Sehnsüchtig blickte Ohse über die geputzte Menge, die den großen Saal des Kaiserhofs bis zum letzten Platz füllte. Er sah, wie Liane an ihrem Tisch der Bühne gegenüber den fürstlichen Herrschaften den Tee reichte.

Sie trug ein ausgeschnittenes schwarzes Kleid, ihr helles Haar schmiegte sich in breiten Wellen in den Rand eines großen schwarzen Spitzenhuts. Der Tisch der Hofgesellschaft, an dem Liane die Wirtin machte, war durch niedrige Efeuwände von den übrigen Tischen getrennt. Aller Blicke richteten sich neugierig auf diesen bevorzugten Platz.

Ohse, der sich glühend darauf gefreut hatte, bei dieser Gelegenheit Liane als gesellschaftlich gleichberechtigt gegenüberzutreten, der gehofft hatte, ihrem Vater vorgestellt und von der Gräfin Deutz ausgezeichnet zu werden, war schwer enttäuscht. In grauenvoller Enge saß er eingekeilt zwischen Hanne und einer langweiligen älteren Dame und boste sich, dass niemand ihm Beachtung schenkte. Alle Menschen kannten sich untereinander, hatten sich unendlich viel zu sagen, sprachen von Dingen, die Ohse ganz fern lagen, wie brausende Wellen ging die Unterhaltung über ihn und Hanne hin, die stumm und unbehaglich dasaßen. Nur während der Vorträge trat Stille ein. Sowie der letzte Ton auf der Bühne verklungen war, begann die hundertfältige Zunge der Gesellschaft wieder ihre rastlose Tätigkeit. Ernas sorgfältig einstudierte Tänze lösten rauschenden Beifall aus. Für einen Augenblick wandte sich das Interesse der Tischgenossen den stolzen Eltern zu. Dann begann eine Sängerin von der Oper eine Arie zu schmettern, man flüsterte sich die galanten Erlebnisse dieser Dame ins Ohr, und Karl und Hanne waren wieder sich selbst überlassen.

Als das Herzogspaar mit seinem Gefolge aufbrach, geleiteten Liane und die Gräfin Deutz die hohen Herrschaften bis zum Saalausgang. Ohse hielt es nicht länger aus. Wie er die beiden Damen an ihren Platz zurückkehren sah, drängte er sich zwischen den Tischen hindurch, trat auf Kleidersäume, streifte Hutränder, knickte Federn, und von empörten Blicken verfolgt, landete er atemlos in dem Mittelgang, gerade noch früh genug, um Liane zu stellen.

Die Gräfin, eine stattliche Matrone, warf ihm einen kalten Blick zu und ging weiter, und Ohse musste erfahren, dass die junge Baronin durchaus nicht immer so liebenswürdig war wie damals, als sie eine Gefälligkeit von ihm erbat. Sie reichte ihm nicht einmal die Hand, sagte nur ein paar anerkennende Worte über Ernas Tanz, dann rauschte sie davon und ließ ihn stehen.

Ohse war wütend: „Wenn sie mein Geld will, ist sie liebenswürdig, diese hochnäsige Bande, aber sonst – zugeknöpft bis obenhin!" Von Erna war auch nichts zu sehen, die vergnügte sich mit ihrer Lehrerin im Künstlerzimmer. Verärgert ging Ohse mit Hanne nach Hause.

Als sie ihr kostbares Kleid in den Schrank hing und er seinen Orden aus dem Knopfloch des Gehrockes löste, fragte Hanne: „Na, Mann, war das Vergnügen das viele Geld nun wert? Was haben wir gehabt? Rumgequetscht haben wir uns und dünnen Tee getrunken, und über die Achsel haben sie uns auch noch angeguckt. Wie hat die Merbachsche dich vor aller Augen abfallen lassen."

Ohse knurrte in sich hinein. Eine Zeitlang hielt die Wut bei ihm vor, dann trieb ihn das Verlangen nach Lianes Anblick wieder in die Nähe des Madamenschlößchens. Vielleicht glückte es ihm doch noch, durch ihre Vermittlung den Kommerzienratstitel zu erlangen. Aber Liane erwiderte seinen ehrerbietigen Gruß mit so vernichtender Kälte, dass Ohse tief verletzt sich zuschwor, diese hochmütige Person endgültig zu meiden.

Seine Absicht wurde ihm erleichtert durch eine längere Abwesenheit der Baronin. In der Frühjahrs-offensive war auch der zweite Merbachsche Sohn gefallen, bald nach Empfang der Trauernachricht reiste Liane mit ihrem schwer erschütterten Vater in ein Bad.

NEUNTES KAPITEL

Feucht und schwer hingen die Novembernebel über der herzoglichen Residenz. Nur langsam wurde das Licht des anbrechenden Tages Siegerin über die trübe Dämmerung, die nicht weichen wollte.

Karl und Hanne Ohse saßen beim Morgenkaffee in ihrer Wohnstube. In diesem Zimmer fühlte sich Hanne so recht gemütlich. Hier standen die Möbel von ihrer Ausstattung, das Nussbaumvertiko, der Trumeau, der Nähtisch, das große bunte Plüschsofa, auf dem Hanne ihren Mittagsschlaf zu halten pflegte, und das bei den Mahlzeiten der Platz des Hausherrn war. Breit und behäbig füllte Ohse diesen Platz aus. Hanne, die ihm gegenübersaß, strich ihm ein dickes Wurstbrot, während er die Morgennummer des Staatsanzeigers auseinanderfaltete.

Ohses Augen wurden starr, als er die Zeitung las, er schlug mit der flachen Hand auf den Tisch, dass die Tassen klirrten. „Das ist denn doch unglaublich, das ist denn doch – Wir haben doch nicht den ersten April, wo sich die Zeitungsschreiber einen schlechten Witz erlauben dürfen, wir haben doch den neunten November!"

„Was ist denn los, Mann?" fragte Hanne erstaunt.

„Unser Herzog hat abgedankt. Gestern Abend spät sind Matrosen in das Schloss gedrungen, und noch in der Nacht hat das Herzogspaar im Automobil die Stadt verlassen. Was hat das zu bedeuten? Dass der Kaiser abtreten musste, hat man ja lange vorausgesehen, ist auch nicht schade drum, aber unser guter alter Herzog, mit dem wir alle so zufrieden waren! Das verstehe ich nicht. Und wo kommen hier mitten im Lande Matrosen her?"

An der Haustür klingelte es stürmisch, gleich darauf stürzte Waldy in das Zimmer. „Wir haben Schule frei, es ist Revolution. Hurra!" Er warf seinen Tornister auf einen Stuhl und jagte davon.

„Wohin, Waldy?" rief Hanne.

„Mit Jochen Meier in die Stadt, den Rummel mitmachen!" und fort war er.

Ohse trank schnell eine Tasse Kaffee herunter und machte sich beunruhigt auf den Weg. Schon am Magdeburger Tor grüßte ihn die neue Zeit. Vor den Torhäuschen, die als Polizeiwachtlokale benutzt wur-en, standen zwei verdächtig aussehende Gesellen in fragwürdiger Kostümierung, eine breite rote Binde um den Arm, ein Gewehr nachlässig geschultert. Kopfschüttelnd eilte Ohse die Magdeburger Straße hinunter. Schon von weitem sah er eine große Menschenmenge vor seiner Fabrik versammelt. Ähnliche Gestalten wie die vor den Torhäuschen standen zu beiden Seiten des Eingangs. In Scharen strömten die Arbeiter heraus. Ohse drängte sich energisch durch die gaffende Menge.

„Was geht hier vor sich?" herrschte er die Leute an. Unsicher blickten sie ihn an.

„Heute wird nicht gearbeitet, aber bezahlt wird," tönte eine Stimme aus der Menge.

Einer der verwegen aussehenden Gesellen mit der roten Binde um den Arm trat an Ohse heran. Sein Gewehr hing ihm an einem verknoteten Bindfaden um die Schulter. „Wenn Sie hier der Arbeitgeber sind, lassen Sie sich gesagt sein, dass heute Feiertag ist. Mit dem neunten November 1918 beginnt eine neue Zeit, und der Anfang wird gefeiert."

„Ob neue oder alte Zeit, gehen Sie runter von meinem Grund und Boden, machen Sie Ihre Politik auf der Straße," schrie Ohse den Sprecher an, der ihn verdutzt ansah und sich auch wirklich vor den Ausgang auf die Straße begab.

„Was hat das zu bedeuten, Leute?" wandte sich Ohse an seine Arbeiter, „warum lauft ihr mitten aus der Arbeit?"

Ein älterer Mann, den Ohse seit langen Jahren als ruhig und zuverlässig kannte, sagte halblaut zu ihm: „Es ist Revolution durch ganz Deutschland, Herr Ohse. Die Partei hat befohlen, dass heute nicht gearbeitet wird, wir gehorchen. Mehr wissen wir auch nicht. Am besten ist es, wir sind still und Sie sind still, dann kommt alles am schnellsten wieder in seinen Schick."

In der offenen Tür des Kesselhauses stand der alte Meister Kruschke und winkte Ohse vorsichtig zu sich heran. „Lassen Sie die Leute gewähren, Herr Ohse," flüsterte er, „wir können froh sein, dass sie so ruhig auseinandergehen. In der Stadt sieht es toll aus. Ziehen Sie sich zurück, Herr Ohse, wenn die Leute fort sind, schließe ich das Tor und lasse den Hund von der Kette."

Nach wenigen Minuten hatte sich der Fabrikhof entleert, die gaffende Menge auf der Straße hatte sich verlaufen, und auch die Sendboten der neuen Zeit, die Rotbebänderten, waren verschwunden.

Im Kontor drängte sich das Personal an den Fenstern. „Warum sind Sie nicht an Ihren Plätzen, meine Damen und Herren?" fragte Ohse scharf.

Ein junger Kontorist trat vor. „Entschuldigen Sie, Herr Ohse, wir sind zu aufgeregt, um arbeiten zu können. Es geht etwas vor, etwas Unheimliches, etwas Neues. Wir bitten um die Erlaubnis, heute fortgehen zu dürfen."

Ohse sah die aufgeregten Mienen, die neugierigen Augen. Die Menschen waren heute zu keiner Arbeit zu gebrauchen. „Also gehen Sie," sagte er kurz, und begab sich in sein Privatkontor.

Nach wenigen Minuten traten der erste Buchhalter und der alte Kruschke ein. Ohse legte die Zeitung, die er, noch in Hut und Mantel, durchflog, aus der Hand.

„Sind die Kessel entleert?" fragte er den Werkmeister.

„Die Leute haben alles liegen- und stehenlassen und sind fortgerannt, Herr Ohse."

„Da müssen wir Ordnung schaffen," sagte Ohse grimmig, zog Mantel und Rock aus und stellte seine Röllchen auf das Pult. Mehrere Stunden arbeiteten die drei Männer angestrengt, um die kostbaren Maschinen und Kesselanlagen vor Schaden zu bewahren. Als alles in Ordnung gebracht war, ging der alte Kruschke in seine über den Kontoren gelegene Wohnung, und Ohse machte sich auf den Weg in die Stadt.

Die Straßen der Außenstadt lagen wie ausgestorben, keine Straßenbahn fuhr, kein Wagen war zu erblicken. Im Innern der Stadt war es desto unruhiger. Die ganze Bevölkerung war auf den Beinen, selbst Säuglinge wurden, im Kinderwagen verpackt, von ihren Müttern vor sich hergeschoben, um den denkwürdigen Tag mitzuerleben. Alle Leute trugen ihr Sonntagszeug und waren in erregter Stimmung. In der Kavalierstraße war das Gedränge lebensgefährlich. Trotzdem gelang es Ohse, bis an die Redaktion des „Staatsanzeigers" durchzukommen, um die dort aushängenden Depeschen zu lesen, die von niedergelegten Königs-, Herzogs- und Fürstenkronen berichteten.

Der Menschenstrom wälzte sich über die Kavalierstraße zum Schlossgraben. Die glänzenden Läden, die sich an der einen Seite der

Hauptverkehrsstraße befanden, waren geschlossen, die andere Seite der Straße war vom Gitter des Schlossparkes begrenzt. Hier gab es etwas Luft, die Gittertore waren geöffnet, und ein Teil der Menge flutete auf den mächtigen Platz, der das herzogliche Residenzschloss vom Schlossgraben trennte. Vom Turme der alten Burg flatterte eine gewaltige rote Fahne, in den offenen Fenstern des neueren Schlossflügels lagen Matrosen. Hohe Einfahrwagen des herzoglichen Hofstaats, mit den kostbaren Vollblutschimmeln bespannt, die den Stolz des Marstalls bildeten, jagten im Trab über den Asphalt des Schlossgrabens. Matrosen saßen darauf, Kasten mit Flaschenbier standen zwischen ihnen, eifrig sprachen sie dem Biere zu, die geleerten Flaschen warfen sie auf die Straße. Der Bürger schüttelte entsetzt den Kopf.

Krieg und Hunger haben das Volk verrückt gemacht, dachte Ohse und ließ sich von dem Strom treiben vom Schlossgraben über den Pagenstieg bis auf den Ritterplatz, wo sich die Menge staute und einem Redner zuhörte, der heftig gestikulierend auf dem Balkon des Landschaftsgebäudes stand.

„Wer ist der Mann?" fragte Ohse seinen Nachbarn.

„Der Redakteur vom Volkstribunal, meistenteils saß er wegen Majestätsbeleidigung. Diese Nacht haben sie ihn erst aus dem Gefängnis befreit."

Ohse fing einzelne Worte der Rede auf: „gestürzter Imperialismus – in sich zusammengebrochener Militarismus – morscher Kapitalismus". Faselhans, dachte Ohse, der Kapitalismus ist nicht morsch, der ist kräftiger denn je. Der Imperialismus mag zusammenstürzen, den Militarismus mögt ihr zerbrechen, der Kapitalismus hält.

Hoch oben auf dem Ritterbrunnen entdeckte Ohse seinen Sohn, der sich damit belustigte, den Finger in die Wasserröhren zu stecken und so wieder herauszuziehen, dass Wasserstrahlen in die Menge spritzten. Ohse drängte sich bis an den Brunnenrand durch und befahl seinem Sohne, seine unterhaltsame Beschäftigung einzustellen und herunterzuklettern. Ziemlich durchfeuchtet, aber sehr vergnügt, landete Waldy bei seinem Erzeuger. „Revolution ist herrlich, Vater, die Schule wird jetzt abgeschafft, wir Jungens sind nun auch keine Fürstensklaven mehr, sondern freie Bürger und lassen uns keine Bedrückung mehr gefallen, am wenigsten von den Lehrern."

„Esel seid ihr," brummte Ohse, fasste seinen Jungen hinten in den Kragen und schob sich mit ihm bis an die menschenleere Knochenhauergasse. Als sie aus dem Gewirr der Altstadtstraßen auf den Schafmarkt kamen, befahl er Waldy, im Trab nach Hause zu laufen, damit er sich nicht in den feuchten Kleidern noch eine Grippe holte.

Er selbst stieg langsam die Treppen zum Brunnenwall hinan, in dem geruhsamen Gefühl eines Mannes, der inmitten aller Unrast seiner Umgebung festen Grund unter den Füßen hat. Mochte nun Deutschland Kaiserreich sein oder Republik, das Geld behielt seine Macht. Am Denkmal machte Ohse halt. Es trug auch schon ein Zeichen der neuen Zeit. Dem Herzog Kasimir war eine rote Krawatte umgebunden, und die Zügel, mit denen er sein feuriges Ross bändigte, waren mit rotem Band umwickelt. Das helle Rot musste durch die entlaubten Zweige der Kastanien hinüber leuchten bis zum Madamenschlößchen. Ob die Bewohner die Farbe des Aufruhrs, des Umsturzes, des neuen Lebens gern sahen? Ohse blickte hinüber nach dem Hause Seiner Exzellenz, des ehemaligen Hofmarschalls. Wenn es mit den Fürsten vorbei ist, dachte er, ist es mit dem Adel auch vorbei. Stolze Liane, vielleicht kommt der Tag, wo mein Geld mehr gilt als deine freiherrliche Krone!

ZEHNTES KAPITEL

Seine Exzellenz der Baron von Merbach ging in seinem Zimmer auf und ab. Die hohe Gestalt war gebeugt, der Kopf mit dem schlohweißen Vollbart hing auf die Brust hinab. Sein Gang war schleppend, schwerfällig setzte er sich an seinem Schreibtisch nieder und vergrub das Gesicht in den Händen.

Eine Weile verharrte er so, dann zog er eine Schieblade auf und kramte in alten Papieren. Lange hafteten seine Augen auf einer kleinen Bleistiftzeichnung. „Der Krug in Merbach" stand darunter, und die Jahreszahl 1818. Sein Großvater hatte das Stammhaus gezeichnet. Der Baron legte das Blättchen zur Seite und nahm ein kleines Album, das Aquarelle enthielt, die seine Mutter gemalt hatte. Sie stellten das Schloss Holckenbusch dar, den Park, die Terrasse, die Halle, den See, und alle die Bildchen waren ihm verknüpft mit glücklichen Kindheits- und Jugenderinnerungen. Dahin, alles dahin!

Im Zimmer war es halbdunkel, die schweren Eichenmöbel wirkten wie schwarze Schatten an den Wänden. Der Lichtstrahl der Lampe fiel auf zwei Ölbilder, die merkwürdig lebendig auf den gebrochenen Mann am Schreibtisch blickten. Das eine zeigte eine Dame mit sanftem leidenden Gesicht, das andere einen Herrn mit sprühenden Augen und den markanten Zügen des gräflich Holckschen Geschlechtes.

Ein bitterer Zug grub sich um den Mund des ehemaligen Hofmarschalls, als er das Bild seines Vaters ansah, das aus breitem Goldrahmen überlegen und ein wenig spöttisch zu ihm herniederlächelte. Als großer Herr hatte der schöne Mann gelebt, als großer Herr war er gestorben. Das bürgerliche Reis, das dem Grafenstamme eingepfropft war, hatte den Charakter des alten Geschlechtes nicht ändern können: ritterliches Draufgängertum und sorglose Grandseigneurallüren. Den letzten Kavalier hatte man in der Stadt den Kammerherrn von Merbach genannt. Ein Kavalier vom reinsten Wasser war er gewesen, aber seine Nachkommen mussten seine Lebenslust teuer bezahlen. Das Gut Holckenbusch, das sein sparsamer Vater, der geadelte Bürger, hochgebracht hatte, verwirtschaftete er. Die Merbachs verloren den herrlichen Besitz, den ein Industrieller kaufte, der in den Gründerjahren nach Siebzig reich geworden war und es sich leisten konnte, seinen Sohn Rittergutsbesitzer spielen zu lassen. Aber der Sohn war ein Lebemann und vertat das Vermögen, das sein Vater gewonnen hatte. Seine Erben konnten das Gut nicht halten. Nachdem es mehrmals den Besitzer gewechselt, hatte es der reiche Ohse kürzlich erworben. Der war nun Rittergutsbesitzer, ein Mann, der immer höher hinaufkam. Der Baron lächelte höhnisch: es wiederholte sich alles in der Welt. Die Zeitläufte sind wie Meereswellen, sie heben zur Höhe und ziehen zur Tiefe, je nach der Kraft des Schwimmers.

Mit den Krüger von Merbach ging es hinab, hinab wie damals mit dem Grafen Holck. Die Söhne, die das Geschlecht zu neuer Blüte hätten bringen können, waren in Flandern gefallen. Der Hofmarschall, jetzt der letzte seines Stammes, war ein morscher alter Mann. Was war übriggeblieben von der ganzen Herrlichkeit?

Der einsame Mann nahm eine Photographie zur Hand, das Erbbegräbnis des Grafen Holck am Parkrande von Holckenbusch. Dies Stückchen Erde war das einzige, das ihm geblieben war von dem ganzen reichen Besitz.

Ein Gong schallte durch das Haus, der Baron achtete nicht darauf. Liane steckte den Kopf in die Tür. „Willst du nicht zum Abendbrot kommen, Papa?"

Der Angeredete schrak zusammen. „Ich komme schon," antwortete er zerstreut und folgte seiner Tochter in das kleine Wohnzimmer, in dem der Tisch gedeckt war. Zärtlich umsorgte Liane den Vater. Sie klopfte ihm das Ei auf, strich ihm Brötchen und süßte seinen Tee.

Der alte Herr aß nur wenig. Mit müdem Blick sah er auf die schwarzgekleideten Frauen. Die Schwiegertochter war blass und vergrämt, der Tochter Schönheit wirkte doppelt blühend in dem dunkeln Rahmen. Was sollte aus den beiden einsamen Witwen werden? Er seufzte tief auf.

„Grämst du dich wieder, Papa? Gib dich deiner trüben Stimmung nicht so hin," bat Liane.

„Du hast recht, Kind, ich muss mich zusammenraffen. Dem tatenlosen Hindämmern dürfen wir uns nicht länger überlassen. Wir müssen Zukunftspläne machen. Ich denke, wir lösen den weitläufigen und kostspieligen Haushalt hier so schnell als möglich auf und ziehen in eine kleine Harzstadt. Wir können unter der Hand eine Wohnung bekommen bei der Mutter des Hauptmanns von Wieritz und haben vielleicht sogar Gelegenheit, ihr Grundstück käuflich zu erwerben."

Liane blickte den Vater mit großen erschrockenen Augen an. „Können wir nicht in unserem schönen Hause bleiben, Papa, oder willst du fortziehen, weil dir der Aufenthalt hier durch den politischen Umsturz verleidet ist?"

Der Baron legte die Hand über die Augen. „Wir können das Grundstück nicht halten," sprach er leise, „wir müssen uns ganz anders einrichten. Ich habe, wie ihr beide wisst, nur ein bescheidenes Privatvermögen, wir lebten von dem reichen Gehalt, das mir unser gnädiger Herr aussetzte. Das fällt jetzt fort. Die Pension, die mir bei den völlig veränderten Verhältnissen Seine Hoheit zahlen kann, steht in keinem Verhältnis zu meinen bisherigen Einnahmen. Wir sind gezwungen, unser Leben auf eine ganz andere Basis zu stellen, und das sofort."

„Wir müssen das Haus verkaufen, Papa?" fragte Liane mit zitternder Stimme.

„Es bleibt uns keine Wahl. Ich glaube, dass der Verkauf des Hauses und eines Teiles der Einrichtung so viel einbringen wird, dass wir bei bescheidenen Ansprüchen sorgenfrei leben können."

„Ich wäre dir zu größtem Dank verpflichtet, Papa," sagte Frau von Merbach, „wenn ich mit meinem Kinde weiter bei dir leben dürfte. In einem kleinen Städtchen in schöner Gegend, fern vom Getriebe der Welt, werden wir den traurigen Wechsel aller Zustände leichter ertragen können. Ich bin gewohnt mich einzurichten, und scheue mich nicht vor bescheidenen Verhältnissen. Nur für Liane tut es mir leid, sie ist jung und war in Berlin so verwöhnt."

Lianes Lippen zuckten. „Papa, reichen die Mittel nicht, dass ich in einer Großstadt für mich leben kann? Da ich dich durch Marie so glänzend versorgt weiß..."

„Um mich brauchst du dich nicht zu sorgen, Kind," sagte der Baron mit eigentümlicher Betonung. „Wenn es unsere Vermögenslage irgend gestattet, gönne ich dir gern ein Leben in weiteren Grenzen. Du bist jung und kannst noch umlernen, du wirst dich einfügen in die neue Zeit. Ich bin alt und kann es nicht mehr, ich bin zerbrochen mit dem alten Reich." Er hielt die Hand wieder vor die Augen, seine Stimme brach.

„Lieber Papa," begann Frau von Merbach; da traf sie ein Blick des alten Herrn, ein so todwunder und ein so stolzer Blick, dass sie betroffen schwieg.

„Ich will nicht umlernen, ich will nicht brechen mit den Anschauungen, die durch ein langes Leben hindurch meine Stütze waren. Ich breche, aber biege mich nicht."

Den Kopf erhoben, die Augen ins Weite gerichtet, ging der Baron in sein Zimmer zurück. Er setzte sich wieder an seinen Schreibtisch, seine Feder glitt über einen weißen Bogen, den er faltete und in seine Rocktasche steckte. Aus einer Schieblade nahm er ein Lederetui, zog einen kleinen Revolver heraus, prüfte ihn mit sachkundiger Hand und legte ihn zu der Brieftasche. Dann klingelte er dem Diener und ging zur Ruhe.

Am anderen Morgen fuhr der Baron mit der Kleinbahn, welche die verstreut liegenden Ortschaften des Herzogtums mit der Residenz verband, nach dem Dorfe Merbach. Den Kragen seines Pelzes hochgeschlagen, ging er langsam von dem auf freiem Felde gelegenen Bahnhof dem großen Kirchdorf zu; die Enden seines langen weißen Bartes flatterten im Winde. Eine dünne Schneeschicht bedeckte den leicht gefrorenen Boden. Inmitten des Dorfes lag ein geschmackloses Haus aus roten Backsteinen. „Gastwirtschaft und Ausspann von Otto Krüger" stand auf einem Schilde über der Tür.

Der Baron betrachtete lange das Haus, das an der Stelle des alten Kruges behäbig und breitspurig dalag. Dann ging er hinein. Der Terrazzofußboden des Flurs war feucht und schmutzig, ein außer Betrieb gesetzter Automat stand in einer Ecke, aus der offenen Küchentür drang Essensgeruch und keifende Weiberstimmen. Der Baron öffnete eine Tür mit der Aufschrift „Gaststube".

Glühende Wärme schlug ihm entgegen, die plumpen Holztische waren von mäßiger Sauberkeit, Bierkringel standen darauf, in denen eine Winterfliege schläfrig umherkroch. Auf dem Schenktisch standen verschiedene Flaschen mit einer trüben gelblichen Flüssigkeit. An einem buntgedeckten Tisch vor einem großen Plüschsofa saß als einziger Gast ein sehr alter, anständig gekleideter Mann und aß zu Mittag. Der Baron blickte suchend in dem unwirtlichen Zimmer umher. „Wenn sich der Herr hierher setzen will," sagte der alte Mann freundlich.

Der Baron zog seinen Pelz aus und setzte sich mit einem kurzen „Danke" in eine Sofaecke. Der Alte sah ihn unsicher an. „Herr Krüger," rief er.

Ein breiter untersetzter Mann, dem sich eine dicke goldene Uhrkette über die prallsitzende fettige Weste spannte, schlurfte missmutig herein.

„Kann ich eine Kleinigkeit zu essen bekommen?" fragte der Baron.

„Da sind wir nicht auf eingerichtet," entgegnete der Wirt unfreundlich. „'n Glas Bier oder 'nen Schnaps..."

„In meiner Terrine ist noch Suppe genug, wenn der Herr einen Löffel mit mir essen will," unterbrach der alte Mann den Wirt.

„Wenn Sie die Suppe nich all mögen, Herr Kantor, hab' ich nichts gegen," brummte der Wirt und ließ sich herbei, einen Teller und einen Löffel zu bringen, und verschwand wieder.

„Ich danke Ihnen, Herr Kantor," begann der Baron zögernd.

„Bedienen Sie sich, mein Herr," entgegnete der Angeredete freundlich. „Ich esse hier täglich zu Mittag, weil ich ein einsamer alter Mann bin, der niemand hat, der für ihn sorgt. Mutter Krügersch gibt mir von ihrem Mittagessen, aber immer zu reichlich."

Das kräftige Gericht aus Bohnen und Pökelfleisch mundete dem Baron. „Sie wohnen hier im Dorf?" fragte er, um sich dem Kantor höflich zu erzeigen.

„Ich bin von hier gebürtig und wohne nun über neunzig Jahre in Merbach," berichtete der Gefragte mit der Geschwätzigkeit des Alters. „Wenn man so alt wird, erlebt man viel und wundert sich über nichts mehr. Mein Vater erinnerte sich noch an die Zeit der großen Franzosenkriege vor hundert Jahren, sein ältester Bruder fiel in Russland, und nun sind meine Enkel im Weltkrieg in Russland gefallen, es geht alles rund in der Welt. Damals unter Napoleon wurden Bürger zu Fürsten, und jetzt werden Fürsten zu Bürgern. Es geht immer hinauf und hinab in der großen Welt und in unserem kleinen Dorf auch; es werden Leute reich und es werden Leute arm, hinauf – hinab." Der Kantor hob seine knochige Hand dabei auf und ab.

„Sie kennen wohl die Schicksale aller Familien hier im Dorf?"

„Kenne ich alle. Sechzig Jahre bin ich hier Lehrer und Kantor gewesen, ich habe die Orgel gespielt bei Taufen, die Kinder unterrichtet, sie zur Konfirmation und zum Traualtar schreiten sehen und bei ihren Begräbnissen den Choral angestimmt. Und viel hat mir mein Vater erzählt aus den alten Zeiten! Mein Vater war Schäfer, das ist ein nachdenkliches Geschäft, und wenn ich das alles so bedenke, was ich gehört und gesehen habe, dann wundere ich mich über nichts mehr. Nun haben sie den Kaiser gestürzt und unseren Herzog fortgejagt, und viele, die groß waren, sind klein geworden. Einer aus unserem Dorf war auch unter die vornehmen Leute geraten, ein Krüger hier aus der Gastwirtschaft, dessen Nachkommen sind Barone. Was nützt denen nun der Adel, wenn`s keine Fürstenhöfe mehr gibt? Nun kommt wieder ein anderer Krüger hoch, auch einer aus der Gastwirtschaft hier, der Sohn vom Wirt, das ist ein ganz fixer Kerl, der war in der Stadt auf der Schule, jetzt ist er Getreidehändler und macht viel Geld."

Der Baron horchte auf, als er den Kantor von seinen Vorfahren reden hörte. „Erzählen Sie mir doch die Geschichte von dem Krüger, der ein Baron wurde," bat er.

„Ja, ja, das ist eine alte halbverschollene Geschichte. Ich hab` sie von meinem Vater selig, hab` nie darüber geredet, es interessierte ja auch niemand, sind ja alle tot, die das interessieren könnte. Aber wenn der Herr so alte Geschichten hören mag – ich erzähl's gern. Als hier noch der alte Krug stand, zur Zeit der Franzosenkriege, da hielt die Wirtschaft ein Krüger, der einen hellen Kopf hatte. Die große Heerstraße von Magdeburg ging damals bei uns vorüber, und die Soldaten brachten dem Krüger manchen Taler. Seine Frau war tot, seine schöne Tochter hielt ihm Haus. Die war versprochen mit dem ältesten Bruder meines Großvaters, den schleppten die Franzosen mit in den Krieg. Eines Abends kam ein französischer Kurier ins Dorf und übernachtete in dem Krug. Bei Morgengrauen, als mein Vater, der damals ein halbwüchsiger Bursche war und dem Krüger das Vieh besorgte, aus seiner Kammer herunterkam, stand auf dem Flur die schöne Krügerin und war so kalkweiß wie die Wand. 'Was ist dir?' fragte mein Vater erschrocken. 'Der Franzose, der Hund,' sagte sie, und dann: 'Mit mir ist's aus!' Und läuft zur Haustür hinaus durch den Grasgarten über die Wiese an dem Merbach entlang – mein Vater hinterher – und an den Merbachteich, springt hinein und ist verschwunden. Das ist ein sonderbarer Teich, der Merbachteich, der ist ohne Grund und hat wohl unterirdische Quellen. Der Merbach entspringt diesem Teich, und die Leute sagen, es sei ein Zauberteich; er gibt nie wieder her, was er verschlungen, aber die Gesichter von den Menschen, die in seinen Fluten den Tod fanden, die schwimmen manchmal an der Oberfläche, und wer sie sieht, muss sterben. Ist wohl ein dummer Aberglaube, doch die Leute meiden den Teich."

Der Kantor lehnte sich zurück. „Wie mein Vater das grausige Ende der schönen Dore gesehen, hat ihn die Verzweiflung gepackt, denn er hing an ihr mit ganzer Seele. Er rannte zurück nach dem Krug, ergriff ein Beil, stürzte in die Kammer des Franzosen und erschlug den Schlafenden. Dann weckte er den Krüger und sagte ihm alles. Sie schleppten die Leiche an den Merbach und warfen sie hinein und auch alle Sachen des Toten. Eine Ledertasche war sehr schwer, und als der Krüger sie öffnete, war sie voll französischer Goldmünzen. Da sagte er zu meinem Vater, das Gold wollten sie teilen; aber mein Vater meinte, an dem Golde klebe Dores Blut, es sei Sündengeld, und sie wollten es in den Teich werfen, dem Toten nach. Aber das gleißende Gold hatte den Krüger verhext, er konnte nicht davon lassen. Bald verkaufte er den Krug an einen Verwandten und ging mit seinem Gelde nach der Stadt. Das Sündengeld zog Geld auf Geld nach sich, und der Krüger wurde in wenigen Jahren ein reicher Mann. Er kaufte ein Rittergut, und sein Sohn heiratete eine Gräfin. Als die Hochzeit gewesen war, kam der reiche Krüger wieder einmal in sein Heimatsdorf. Mein Vater war Schäfer und weidete seine Herde nicht weit von dem Merbachteich. Er war der einzige, der keine Angst hatte vor dem verhexten Teich; er saß oft an seinem Ufer und blies auf einer selbstgeschnittenen Flöte. Er hat mir erzählt, dass dann das Gesicht der schönen Dore auf dem Wasser schwamm wie eine bleiche Rose, und er hielt Zwiesprache mit diesem Gesicht, denn er fürchtete sich nicht vor den Seelen der Toten. Auch den schwarzen Kopf des Franzosen sah mein Vater im Wasserspiegel und erschreckte sich nicht. Er fühlte sich nicht als Mörder, sondern als Rächer der geopferten Unschuld. Als nun der reiche Krüger im Dorf war, da sah ihn mein Vater in seinem schönen Tuchrock, ein spanisches Rohr mit einem silbernen Knopf in der Hand, nach dem Teiche gehen. Er ging bis dicht an den abschüssigen Rand ins Schilf und sah in das Wasser. Auf einmal ertönt ein Schrei, und der Krüger ist verschwunden. Mein Vater lief hinzu, in dem dunklen Wasser zogen zitternde Kreise, und in dem Kreise sah er eine abscheuliche Fratze mit blutunterlaufenen roten Augen und gierig gefletschten Zähnen. Das war der Teufel, der hatte den Krüger geholt, der ihm seine Seele verschrieben hatte, als er das Blutgeld behielt."

Der Baron hatte versonnen zugehört. „Mein Vater," so schloss der Kantor seine Erzählung, „ist ein sehr alter Mann geworden und hat viel nachgedacht, wenn er bei seinen Schafen auf der Weide stand, und er sagte, das Geld sei das Lockmittel des Teufels, das er ausstreue, um die Seelen in seine Macht zu bekommen. Der Sohn von dem reichen Krüger, der die Gräfin geheiratet hatte und ein Baron geworden, war ein guter ordentlicher Herr; er war ja unschuldig an dem Sündengeld und wusste nichts davon. Seine Nachkommen sollen in der Residenz bei unserem Herzog in hohem Ansehen stehen. Ja, das ist eine alte Geschichte, Herr, und wenn ich manchmal, als ich noch jung und unvernünftig war, zu meinem Vater sagte, das Geld sei doch nicht immer ein Wechsel, der dem Teufel ausgestellt werde, denn die Herren Krüger von Merbach erfreuten sich ihres Reichtums in bestem Wohlsein, dann sagte mein Vater: 'Sohn, das ist alles nur Schein und vergänglich und hat keinen Wert. Die Herren Barone freuen sich ihres Lebens, weil sie ein gutes Gewissen haben, und der Reichtum ist nichts Besonderes für sie, das gehört zu solchen Herren zu, wie die Arbeit zu unser einem. Sie wären ebenso zufrieden, wenn sie Bauern in Merbach geblieben wären. Das mit dem Baron ist bloß äußerlich, es kommt aber auf das Inwendige an' – damit meinte er die Seele."

„Ja," sagte der Baron, „es kommt nur auf die Seele an. Wenn die Seele gebrochen ist, hat das Leben keinen Wert mehr."

Der Kantor nickte zustimmend. „Alles vergeht, nur das nicht, was wir hier haben," und er schlug auf sein Herz.

„Ich möchte einmal in den Merbachteich blicken," sprach der Baron vor sich hin.

„Glaub' nicht, dass Sie was sehen, Herr," entgegnete der Kantor, „ich habe oft hineingeblickt und nichts gesehen; mein Vater war nachdenklich, wie die Schäfer oft sind, der sah mehr als andere Leute."

Der Baron rechnete mit dem Wirt ab. Mit breiten fettigen Fingern, mit kurzen schwarzen Nägeln daran, nahm er die Scheine. Dem Baron wurde fast übel; hatte so sein Vorfahr, der Krüger, ausgesehen? Er blickte an seiner hohen rassigen Gestalt hinab, betrachtete seine schmalen Hände und Füße – das Bauernblut der Krüger war von dem altgezüchteten Adelsblute aufgesogen wie ein Tropfen eindringenden Wassers von einer Flasche alten Rotweins.

Ein Auto brauste heran, ein junger Mann, in einen eleganten Ledermantel gehüllt, eine Zigarette zwischen den Lippen, lehnte nachlässig auf dem Rücksitz. Der Wirt stürzte hinaus, aus der Küche kam eine ältliche Frau herbeigelaufen, unschwer erriet der Baron, dass der Autobesitzer der hoffnungsvolle Sohn des Hauses war.

„Hinauf," murmelte er, als er, sich von dem Kantor freundlich verabschiedend, die Wirtschaft verließ und auf dem bezeichneten Wege am Merbach entlang nach dem Teich ging. Lange sah er in die Fluten hinab, kein Gesicht zeigte sich ihm, tief, geheimnisvoll, unergründlich wie das Schicksal lag die dunkle Wasserfläche. Mit misstönendem Geschrei flog eine Krähe aus dem Schilf. „Singst mir das Totenlied," murmelte der einsame Wanderer, „nicht nötig, weiß selber, wo mein Weg mich hinführt."

Er schritt quer über die Wiese auf die Landstraße zu, die zum Bahnhof führte. Seine Hand machte die Bewegung, die der Kantor gemacht hatte; leise sprach er: „Hinauf – hinab!"

Auf der Station angekommen, fragte er den Beamten, wann die hier abgehende Post in der Residenz eintreffe, und auf den Bescheid: „Morgen früh!" nahm er den Brief aus der Tasche, den er gestern abend geschrieben, und warf ihn in den Kasten. „Freifrau Liane von Erb" lautete die Aufschrift.

Die Kleinbahn brachte den Baron in kurzer Zeit nach dem Ziel seiner Reise, nach Holckenbusch. Die frühe Dämmerung des Wintertages sank schon herab, als er die kleine Station verließ. Wie ein massiges dunkles Viereck lagen Schloss und Park in der weißen Schneelandschaft. An der Parkmauer entlang schritt der Baron bis zu einer kleinen Kapelle, die, ursprünglich ins Parkgebiet gehörig, jetzt durch ein Gitter von diesem getrennt war. Er nahm einen Schlüssel aus der Tasche, lautlos öffnete sich die Tür der Kapelle, grabeskalte modrige Luft schlug dem Eintretenden entgegen.

Er entzündete die Kerzen vor dem kleinen Altar, deren Schein den Raum mit düsterem Licht füllte. Schwere Eichensärge standen an den Wänden; an einem, der mit einem frischen Kranz geschmückt war, dem Sarg seiner zweiten heißgeliebten Frau, kniete er entblößten Hauptes nieder im Gebet. Dann zog er seinen Pelz aus, breitete ihn auf die kalten Marmorplatten des Fußbodens, legte sich darauf nieder, den Kopf an den Sarg seiner Frau gelehnt. Ein kleines blankes Ding nahm er aus der Tasche und drückte es an seine Schläfe. Ein kurzer Knall – und der letzte Baron Krüger von Merbach teilte den Schlaf, den die anderen seines Geschlechtes in diesem Raume schliefen.

Der scharfe Knall veranlasste zwei Herren, die auf dem breiten Parkwege dem Schloss zuschritten, erschrocken stehenzubleiben. „Wo mag der Schuss herkommen?" fragte Karl Ohse, der neue Besitzer von Holckenbusch, seinen Begleiter und Jagdgenossen Doktor Berg.

„Vielleicht aus der Kapelle. Mir scheint, als sei dort Licht."

Die Herren kletterten über das Gitter und gingen auf die Kapelle zu. Die Tür gab dem Druck nach, und überrascht und erschüttert standen die beiden Jäger auf der Schwelle. Das milde Kerzenlicht floss über die edlen stillen Züge des Toten, der friedvoll dalag: ein erhabenes Bild ewiger Ruhe.

„Hier versagt menschliche Hilfe," brach Doktor Berg leise das ehrfurchtsvolle Schweigen. Stumm zog er sich mit seinem Begleiter ins Freie zurück, und sie überlegten, was zu tun sei.

Ohse ging eilig ins Schloss, um sich telephonisch mit der Staatsanwaltschaft in der Landeshauptstadt in Verbindung zu setzen, während Doktor Berg vor der Kapelle die Totenwache hielt. Der Staatsanwalt erklärte sich bereit, sofort selbst hinauszukommen, wenn Herr Ohse ihm sein Auto zur Verfügung stellte. Ohse gab telephonisch die nötigen Anweisungen nach dem Kontor der Ohse-Werke. Immerhin vergingen fast zwei Stunden, ehe der Beamte eintraf. Er konnte nur den offenbar durch Selbstmord eingetretenen Tod feststellen und die Leiche zur Bestattung freigeben. Der Tote lag in so edler Haltung auf dem ausgebreiteten Pelz und so friedlich, dass die Herren beschlossen, ihn so ruhen zu lassen, bis seine Angehörigen zur Stelle waren.

Der alte Kastellan des Schlosses, der in jungen Jahren Diener bei dem seligen Kammerherrn gewesen war und nun schon die dritte Herrschaft in Holckenbusch erlebte, hielt dem letzten Baron von Merbach die Totenwache. Die Tränen flossen über sein faltiges Gesicht, als er zu dem Verstorbenen trat und die Hände im stillen Gebet faltete. Sie waren zusammen jung gewesen, und auf manch frohem Pirschgang hatte er den Sohn seines Herrn begleitet; nun war er fortgegangen aus der traurigen Welt, wie lange noch – und der alte Klaus ging denselben Weg.

Es war später Abend, als Ohse mit dem Staatsanwalt in die Stadt zurückfuhr. Ihm stand die schwere Aufgabe bevor, Liane von Erb von dem Vorgefallenen in Kenntnis zu setzen. Früh am andern Morgen, als der Briefträger die Runde machte, begab er sich in das

Madamenschlößchen. Er hatte auf seine Visitenkarte geschrieben: „Im Auftrage des Herrn Hofmarschalls Krüger von Merbach." Das Mädchen führte ihn in das Zimmer des Verstorbenen, es war nur schwach geheizt, und Ohse fröstelte vor Erregung während der Minuten, die ihn Liane warten ließ. Er erschrak bei ihrem Anblick, ihr blasses Gesicht erschien wie versteinert. „Was haben Sie mir mitzuteilen, Herr Ohse?" fragte sie mit einer Stimme, die wie aus weiter Ferne zu kommen schien.

„Gnädige Frau, Ihr Herr Vater," begann Ohse, nach Worten suchend.

„Er ist tot," unterbrach sie ihn ruhig, „er hat mir in einem Briefe, den ich soeben erhielt, seinen Entschluss, aus dem Leben zu gehen, mitgeteilt. Aber Sie, Herr Ohse?"

„Ich war als erster zur Stelle, nachdem das Schreckliche geschehen."

„Es ist nicht schrecklich," sprach Liane immer mit derselben Ruhe. „Es ist eine Gnade, wenn ein Mensch, dessen Pflichten erfüllt sind, so klar, so würdig den Schlussstein unter sein Leben setzt, nachdem das Schicksal ihm die Wurzeln abgegraben hat, die dieses Leben nährten. Lieber ein solches Ende als ein elendes Verdorren!"

„Ich bin gekommen, gnädige Frau," fuhr Ohse stockend fort, „um Ihnen meine Dienste anzubieten. Nachdem mich das Schicksal als den Besitzer von Holckenbusch an das Sterbelager Ihres Herrn Vaters geführt hat, ist es wohl nicht unbescheiden, wenn ich Sie bitte, in diesen schweren Tagen über mich zu verfügen."

Liane sah den Herrn, den sie nicht in sehr angenehmer Erinnerung hatte, prüfend an. Eine so aufrichtige Teilnahme sprach aus seinen freundlichen blauen Augen, dass sie mit schwankender Stimme bat: „Bringen Sie mich zu meinem Vater."

„Mein Auto steht den Damen zur Verfügung."

„Meine Schwägerin schläft noch, ich möchte keine Zeit verlieren," sagte Liane jetzt mit merklicher Unruhe in der Stimme.

„Ich werde mit dem Auto so schnell als möglich zur Stelle sein."

Liane neigte dankend das Haupt, und Ohse zog sich mit einer Verbeugung zurück. Aller Groll war aus seinem Herzen gewichen, er war nur von dem Wunsche beseelt, der bewunderten Frau in ihrem Unglück helfend zur Seite zu stehen.

Eine Viertelstunde später jagte das Auto die Magdeburger Straße hinunter. Schweigend saß Liane in einer Ecke. Ein weiter schwarzer Pelzmantel verhüllte ihre Gestalt, ein schwarzes Pelzbarett war tief auf die hellen Haare gedrückt, wie eine weiße Blume leuchtete ihr Gesicht aus der schwarzen Umrahmung.

Ohse wurde wunderlich zumute, als er so mit der schönen Frau Seite an Seite dahinfuhr. Ein leiser Duft umschmeichelte ihn, und Bilder aus lang entschwundenen Zeiten stiegen vor ihm auf. Er war traurig und glücklich zugleich; wieder musste er daran denken, wie er als junger Klempnerbursche über den blühenden Brunnenwall gegangen war, den ersten Brand in seinem jungen Herzen, und wie die Nachtigall gesungen hatte; da war ihm auch so zumute gewesen, so sterbensweh und doch so selig. Wie lange war das nun her? Dreißig Jahre! Nur damals, bei Lianes Trauung, hatte ein ähnliches Gefühl sein Herz erzittern lassen.

Das Auto hielt am Einfahrtstor von Schloss Holckenbusch. Ohse schreckte empor aus seinen Träumereien und half Liane beim Aussteigen. Sie schritten den Fußweg an der Parkmauer entlang. Ohse sah seine Begleiterin schwanken und bot ihr den Arm. Sie war größer als er und stützte sich schwer auf seinen Arm, aber Ohse glaubte auf Wolken zu gehen. An der Kapelle angekommen, winkte er dem alten Klaus, sich zu entfernen, er selbst blieb bescheiden am

Eingang stehen. Liane trat einige Schritte vor, faltete die Hände und sagte langsam: „So schön ist der Tod!" Dann stieß sie einen markerschütternden Schrei aus und warf sich neben ihrem toten Vater zu Boden.

Sie bedeckte sein wächsernes Antlitz mit Küssen, und ein Schluchzen schüttelte sie, so wild, so verzweifelt, wie Ohse nie gedacht hatte, dass Menschen weinen könnten. Er stand erschüttert und ratlos daneben. Als sich Liane gar nicht beruhigte, versuchte er sanft sie aufzurichten. Sie schien ganz willenlos; als er sie von dem Toten fortgezogen, lag sie, von einem Weinkrampf erschüttert, in seinen Armen. Ohse wurde ganz verwirrt. „Wein` nicht so, Liebling," flüsterte er, „ich will alles für dich tun, was du willst; liebe süße Liane, nur weine nicht so schrecklich." Er streichelte ihr seidiges Haar, von dem das Barett zu Boden geglitten war, und flüsterte süßes, törichtes, verwirrtes Zeug; er fühlte sich in einen Abgrund sinken, immer tiefer, immer tiefer, er fiel, fiel – –

Als er wieder zur Besinnung kam, stand Liane neben ihm; ihre Tränen waren versiegt, sie drückte das Taschentuch an die rotgeweinten Augen und sagte mit zuckenden Lippen: „Was müssen Sie von mir denken, Herr Ohse, dass ich meine Selbstbeherrschung so völlig verloren habe? Es ist eben zu viel! Alles hat mir der schreckliche Krieg geraubt: den Gatten, die Brüder und jetzt den Vater, der Deutschlands Unglück nicht überleben konnte."

Ohse zwang sich gewaltsam zur Ruhe, Liane schien seine Verwirrung gar nicht bemerkt zu haben: „Liebe gnädige Frau," antwortete er herzlich, „Sie brauchen sich nicht zu entschuldigen. Der Schmerz um Ihren edlen Vater ehrt Sie nur. Aber jetzt erlauben Sie mir, Sie in das Herrenhaus zu führen, dort wollen wir die nötigen Anordnungen besprechen."

Im Jagdzimmer war es behaglich warm, und ein kräftiges Frühstück stand bereit. Es stellte sich heraus, dass Liane an diesem Morgen noch nichts genossen hatte. Ohse bat sie dringend, etwas zu sich zu nehmen, und bald war sie imstande, ruhig und klar die Bestimmungen über das Begräbnis zu treffen.

„Es beschämt mich, Herr Ohse," sagte Liane im Laufe des Gesprächs, „dass Sie, ein fremder Herr, mir in so selbstloser Weise ihre Zeit und Kraft widmen, und ich weiß nicht, ob ich Ihre Güte noch länger in Anspruch nehmen darf."

Das Wort „fremder Herr" traf Ohse wie ein Dolchstich. „Ich bin glücklich, etwas für Sie tun zu dürfen," entfuhr es ihm.

Die grauen Augen unter den hochgewölbten Brauen sahen ihn so erstaunt an, dass Ohse fühlte, eine Ungeschicklichkeit begangen zu haben.

„Mir ist es in der Kriegszeit so über Verdienst gut gegangen," sprach er hastig weiter, „dass es mich glücklich macht, mit meinen schwachen Kräften anderen Menschen beizustehen, die so schwere Opfer haben bringen müssen wie Ihre Familie."

„Sie beschämen mich durch Ihre Güte," wiederholte Liane ein wenig verlegen. Sie dachte daran, wie wenig liebenswürdig sie Herrn Ohse auf dem Kavaliertee behandelt, wie hochmütig sie seinen ehrerbietigen Gruß erwidert hatte. Und jetzt zeigte sich dieser Mann so hilfsbereit, den sie gering geachtet hatte, weil er kein Meister gesellschaftlicher Formen war und schmucklos ausgesprochen hatte, wonach andere in gefälliger Verschleierung die gleiche Jagd gemacht hatten. Er war doch nicht der einzige Ordens- und Titeljäger gewesen!

Liane fühlte sich hilflos, so unsicher ohne ihren Vater, dass Ohses Beistand ihr eine Wohltat war. Immer war sie von schützenden Männerhänden umsorgt gewesen, schon das kleine Mädchen war verwöhnt worden von den viel älteren Brüdern aus der ersten Ehe des Vaters, der sie hütete wie seinen Augapfel, als Vermächtnis der geliebten Toten. Von ihrem Mann war Liane auf Händen getragen worden, nie war eine Sorge, nie auch nur eine Schwierigkeit an sie herangetreten, in der nicht Vater, Brüder oder Gatte sie beraten hätten. Nun stand sie ganz allein, nur ihre Schwägerin konnte ihr vielleicht ein Halt sein.

In ihrer schmerzlichen Erregung rührte sie der teilnehmende Blick aus Ohses gutmütigen blauen Augen. „Welch guter Mensch Sie sind," sagte sie weich und reichte ihm dankbar die Hand. Zum erstenmal hielt Ohse diese feine weiße Hand unbehandschuht in seinen festen breiten Fingern. Ein süßes Glücksgefühl durchrieselte ihn. Er wagte es und zog die schlanke Hand an seine Lippen.

ELFTES KAPITEL

Als auf dem Brunnenwall die ersten grünen Knospen an Bäumen und Sträuchern aufsprangen, fuhren vor dem Madamenschlößchen die Möbelwagen vor. Die beiden Merbachschen Damen zogen in eine kleine Harzstadt, wo sie billig leben konnten, und der neue Besitzer des kostbaren alten Hauses, Herr Karl Ohse, richtete sich mit Familie und Dienerschaft in dem ehemals fürstlichen Besitz ein.

„Blechbaron," riefen ihm die Kinder nach, die in den Anlagen herumspielten, wenn sein prächtiges Gespann aus dem Gittertor der Einfahrt in den Brunnenwall bog – und „Blechbarönchen" riefen sie Waldemar nach, wenn er, nach der allerneuesten Mode gekleidet, den Madamenweg hinunter in die Konfirmandenstunde ging.

Waldemar fühlte sich geschmeichelt durch den Spottnamen, sein Vater aber empfand den bitteren Hohn, der darin lag.

Karl Ohse war nun auf der Höhe und doch nicht glücklich.

Durch die prachtvollen Zimmer seines Hauses sah er unablässig eine schlanke Frauengestalt schreiten, hörte er eine klangvolle Stimme tönen, und eine unbändige Sehnsucht nach Liane ergriff ihn. Hannes breite Gestalt, die mit plumpen Schritten über das Parkett ging, war seinen Augen eine Qual; er wurde immer unfreundlicher und unduldsamer gegen seine Frau. Wenn die andere hier geschaltet hätte, dann hätte kein unordentliches Dienstmädchen mit blauer Scheuerschürze dem Gast auf sein Klingeln die Tür geöffnet, dann hätte der Diener kein so hämisches Gesicht gezogen, wenn die Dame des Hauses ihm einen Befehl erteilte, kein Straßenkind hätte ihm „Blechbaron" nachgerufen, wenn eine geborene Baronin neben ihm im Wagen gesessen hätte.

Das Glück war mit der Familie Ohse nicht eingezogen ins Madamen-schlößchen. „In unserem alten Hause waren wir so zufrieden, Karl," seufzte Hanne manchmal und wischte sich die Tränen aus den Augen. „Hier passen wir nicht rein, dies ist ein Haus für vornehme Herrschaften, und wenn du nun auch viel Geld verdienst, vornehm werden wir darum doch nicht, da muss man zu geboren sein."

„Unsinn," entgegnete Ohse, „wer das Zeug dazu hat, so vorwärts-zukommen, wie ich im Leben vorangekommen bin, der hat auch das Zeug dazu, das vornehme Auftreten zu erlernen. Dass du das nicht hast, ist ein Unglück, du bleibst eben immer die Mamsell aus dem Goldenen Löwen."

„Hätte ich dich man gar nicht geheiratet," schluchzte Hanne, „ich konnte Männer genug kriegen, hätt` ich man den Konditor Behrens genommen, dem seine Frau kann sich alles leisten, wozu sie Lust hat, und ist angesehen in ihren Kreisen, und mich willst du losreißen von all meinen alten Freundinnen und mich zwischen die feinen Damen schieben, die mir ins Gesicht ganz freundlich sind und hinterher über mich lachen, die falschen Katzen. Du hast das ja gut gelernt, das Katzenbuckeln mit Verbeugungen und Komplimenten und gnädige Frau vorn und gnädige Frau hinten. Ihr Ohses waret ja immer für das Noble. Aber ich lache darüber; die vornehmen Leute sind inwendig nichts besser als unsereiner, bloß nach außen, da tun sie so, als ob Wunder was dahinter steckt."

„Aber Hanne," wollte Ohse ihren Redefluss unterbrechen.

„Ach was," fuhr sie wütend fort, „jetzt rede ich mal, wie`s mir zumute ist. Ich lass` mir das nicht mehr gefallen, ich will so leben, wie mir das Spaß macht. Ich will zum Markt gehen und mir selber das Geflügel aussuchen und will mich selber um meine Küche bekümmern und nicht mehr essen, was die dämliche Person, die perfekte Köchin, kocht. Perfekt ist die noch lange nicht, und betrügen tut sie uns auch. Und der Affenschwanz, der Diener, der mich immer so frech angrinst, fliegt auch mit zum Hause raus."

Ohse trat dicht vor seine Frau hin: „Wenn du dich zu solchen Unbedachtsamkeiten hinreißen lässt, dann fliegst du mit, dann bist du meine Frau die längste Zeit gewesen."

Hanne füllte das Zimmer mit lautem Wehgeheul: „Das ist mir so das Rechte; als du noch `n einfacher Klempnermeister warst, da warst du froh, mit meinem Geld und mit dem, was dir mein Bruder borgte, das Fabrikgrundstück anzuzahlen, und jetzt, wo du ein großer Herr geworden bist, jetzt soll ich rausgeschmissen werden."

Das Ende solcher ehelichen Szenen bestand gewöhnlich darin, dass Ohse das Zimmer verließ und die Tür hinter sich ins Schloss warf, dass das Haus erzitterte, Hanne aber sich laut heulend auf das Sofa warf. Sie pflegte sich dann durch einige Gläschen Likör von solchen Gemütserschütterungen zu erholen, und ihr Sohn Waldemar hatte eine ganz besondere Witterung dafür; wenn seine Mutter die Likörflaschen aus dem Schrank nahm, gesellte er sich zu ihr, und die beiden tranken ein Gläschen nach dem andern.

Der vierzehnjährige Junge hatte eine staunenswerte Fertigkeit darin, die kostbaren Getränke zu „mixen". Er räkelte sich in einem Sessel, rauchte Zigaretten und schimpfte mit seiner Mutter auf den abwesenden „Ollen".

„Weißt du, Olli, du sorgst aber dafür, dass ich zur Konfirmation einen ledernen Klubsessel bekomme, einzig vernünftige Lebenslage in so 'nem Klubsessel. Der Olle hat keine Auffassung dafür, der bildet sich ein, ein junger Mensch müsse schuften, der versteht überhaupt nicht die berechtigten Ansprüche der modernen Jugend."

Die „berechtigten Ansprüche" des hoffnungsvollen Jünglings befriedigte Hanne, indem sie ihm Geld zusteckte, soviel sie nur konnte. Seit ihr ältester Sohn gefallen, hing sie an Waldy mit abgöttischer Zärtlichkeit. Da sie eine so glänzende Einnahmequelle für ihn war, ergriff er in allen Familienfehden kräftig ihre Partei. Die fünfzehnjährige Tochter dagegen hielt zum Vater. Erna hatte das feine Gesicht, die zierliche Gestalt und die dunklen Augen ihrer Großmutter Ohse, von ihrem Vater hatte sie das blonde lockige Haar. Sie war ein reizendes Püppchen und die einzige von der Familie, die in den Luxus der neuen Umgebung passte. Sie war des Hauses Sonnenschein, streichelte dem Vater die Falten von der Stirn, beschwichtigte die Mutter, ermahnte Waldy, den Vater nicht durch Rüpelhaftigkeit zu ärgern, und wurde von den Dienstboten als „herrschaftlich" geachtet.

Hanne fand zwar, Erna liefe zuviel mit Schülern auf den Bummel, aber Erna belehrte sie, dass sei nunmal heutzutage so Sitte, und das täten die Mädchen aus den besten Familien. Hanne war der heranwachsenden Tochter gegenüber unsicher, die ein so natürliches Gefühl für alles Feine und Schöne hatte, und da Erna sonst ein Musterkind war, in der Schule gut vorankam und nie Anlass zum Tadel gab, so ließen die Eltern sie gewähren. Der Vater erlaubte ihr, sich kostbare Kleidungsstücke nach ihrem eigenen Geschmack zu kaufen, fütterte sie mit Schokolade und tat ihr jeden Willen; war dieses Kind doch der einzige Lichtblick in den mancherlei Widerwärtigkeiten seines augenblicklichen Zustandes.

Nicht nur in seiner Familie hatte Karl Ohse Ärger, auch mit seinem Bruder Fritz, mit dem er zwanzig Jahre im besten Einvernehmen gearbeitet hatte, ging es nicht mehr glatt. Der Ankauf des Madamenschlößchens war der erste Anlass zu ernstlichen Meinungsverschiedenheiten. Fritz, der daran arbeitete, die Ohse-Werke in eine Aktiengesellschaft umzuwandeln, war empört, dass sein Bruder gerade jetzt über eine halbe Million Kapitel durch den Erwerb eines so kostspieligen Hauses festlegte. Der Spottname „Blechbaron", der sich an Karl hing, war ein empfindlicher Stachel für Fritzens Ehrgefühl. Er sagte es seinem Bruder gerade heraus, dass der adlige Zuschnitt, den er seinem Hause zu geben versuchte, geschmacklos und lächerlich sei und er dadurch den unliebsamen Spottnamen selbst herausgefordert habe. Karl, dessen einmal wachgewordener Ehrgeiz keine Grenzen mehr kannte, verbat sich in scharfem Ton solche Kritik an seinem Privatleben. Fritz ließ das Wort „Größenwahn" fallen, und der Krach war da.

Er wurde zwar oberflächlich überbrückt, da die beiden Brüder geschäftlich aufeinander angewiesen waren, aber das alte gute Einvernehmen stellte sich nicht wieder her. Für Karl war dieser Bruch sehr empfindlich, da ihm eine Anlehnung an seinen Bruder in gesellschaftlicher Beziehung gerade jetzt erwünscht gewesen wäre. Fritz Ohse war durch seine Frau, durch sein taktvolles Auftreten und durch die gründliche Bildung, die er sich in rastlosem Streben angeeignet, längst als vollberechtigtes Mitglied in jenen Kreisen von Kaufleuten und Industriellen aufgenommen, die, auf ererbten Reichtum und alte Familienkultur zurückblickend, nach dem Erlöschen des höfischen Lebens in der Stadt, jetzt die gesellschaftliche Oberschicht bildeten. Dieser Kreis bezeigte eine eisige Ablehnung gegen die neuen Reichen, welche die politische Umwälzung zur Höhe geschleudert hatte. Nur, wo geschäftliche Verpflichtungen es erforderten, lud man diese Neureichen einmal zu einem offiziellen Abendessen ein, das um sieben Uhr begann, und um elf Uhr hatte der letzte Gast bereits wieder seine Gummischuhe an und glaubte den erleichternden Seufzer des Gastgebers hinter sich herwehen zu hören.

Karl Ohse, der sich mit Recht sagen durfte, für die Industrie seiner Vaterstadt Bedeutendes geleistet zu haben, war tief verletzt über die Ablehnung, die er erfuhr. Nicht mit Unrecht schob er sie zum Teil der Ungeschicklichkeit seiner Frau zu, und ein stiller Ärger auf sie fraß sich immer mehr in sein Herz. Seine Sehnsucht nach Liane war in all den Widerwärtigkeiten des letzten Jahres ganz versunken, aber als er einmal auf einer geschäftlichen Autofahrt durch das kleine Harzstädtchen kam, in dem sie jetzt lebte, sprang die Sehnsucht wie ein verschütteter Quell in seinem Herzen auf, und er beschloss, den Merbachschen Damen einen Besuch zu machen und sich nach ihrem Befinden zu erkundigen.

Er traf es günstig. Frau von Merbach war mit ihrem Töchterchen ausgegangen, und Liane öffnete ihm selbst die Tür. Er sah, dass in ihrem stolzen Gesicht ein Zug nervöser Unruhe lag. Sie empfing den Gast liebenswürdig, aber mit gewisser Zurückhaltung, die Ohse schmerzlich war. Der Zauber, der von ihr ausging, umfing ihn sofort wieder mit alter Gewalt. Er konnte sich nicht von ihr trennen, ohne etwas über ihr persönliches Leben erfahren zu haben. Ohse war einer vornehmen Dame gegenüber nicht mehr der ungelenke schüchterne Mann; das Geld, das ihm zuströmte, hatte sein Selbstbewusstsein gestärkt. Liane merkte sofort die Veränderung, die mit ihrem ehemaligen Nachbarn vor sich gegangen war, ein bitteres Lächeln zuckte um ihre Lippen, die wie ein blutroter Pinselstrich aus dem blassen Gesicht leuchteten. Geld macht frei und Geld macht stolz, Armut macht unfrei und Armut drückt nieder, dachte sie und fühlte sich gedemütigt, weil sie ihre ehemalige Überlegenheit Herrn Ohse gegenüber nicht mehr aufbrachte.

„Gnädigste Frau," bat Ohse, „es ist ein so wunderschöner Herbsttag, hätten Sie Zeit und Lust, eine kleine Autofahrt durch die Berge mit mir zu machen?"

Liane schwebte ein herbes „Nein, ich danke" auf den Lippen, aber dann nahm sie die Aufforderung doch an. Sie hatte so wenig Abwechslung, und es wäre ein falscher Stolz gewesen, den freundlichen

Herrn Ohse, der ihr in den schwersten Tagen ihres Lebens als treuer Berater zur Seite gestanden hatte, durch eine Ablehnung zu kränken.

Während Liane sich fertigmachte, instruierte Ohse den Chauffeur. In gemäßigtem Tempo fuhr man die gut gehaltene Chaussee hinan, die sich in bequemen Windungen zur Höhe zog. Die Sonne überschüttete die niedrigen Tannen zu beiden Seiten des Weges mit goldigen Funken, die roten Beeren der Ebereschen leuchteten wie Korallen. Aber die beiden Menschen, die in die sonnenglühende Herrlichkeit hinausfuhren, hatten kaum einen Blick für die Schönheit der Natur. Ohse war ganz benommen von der Seligkeit, neben der angebeteten Frau zu sitzen, und Liane war abgestumpft für den Reiz der waldigen Berglandschaft, die ihr als Kulisse des einförmigen Lebens, das sie seit anderthalb Jahren führte, beinahe verhasst war. Sie blickte schweigend vor sich hin, genoss die Entspannung, die darin lag, hinauszufliegen aus der beschränkten Enge ihres Daseins, und wiegte sich in der Illusion, neuen, reicheren Lebensbedingungen entgegengetragen zu werden.

In dem Städtchen, in das Liane mit ihrer Schwägerin gezogen war, dem Wunsche ihres verstorbenen Vaters folgend, residierte ein mediatisiertes Fürstengeschlecht, um das herum sich eine große Anzahl von Adelsfamilien, aus pensionierten Offizieren und Beamten bestehend, kristallisierte, also ein Hofleben im kleinsten Stile. Diese exklusive Gesellschaft beherrschte unbesiegbarer Groll gegen die heutigen Verhältnisse, starrer Kastengeist, orthodoxe Frömmigkeit und ein zähes Hängen an überlebten Zuständen. Liane kam sich vor wie auf einer Insel der Verbannten, abgeschnitten von der Welt und vom lebendigen Leben.

Oft schweiften ihre sehnsüchtigen Blicke von den Fenstern ihres hochgelegenen Hauses über die roten Dächer des Städtchens bis in die Ebene, wo der Schienenstrang der Eisenbahn, dieser Schnur, die den idyllischen Winkel mit der Welt verband, im Sonnenlicht blitzte. Ohse sah den gequälten Ausdruck in Lianes schönen Zügen. Die Bitterkeit über ihre bescheidenen Verhältnisse stieg wieder einmal überwältigend in ihr hoch. Allmählich gelang es Ohse, durch teilnehmendes Interesse die Zurückhaltung seiner Begleiterin aufzutauen.

„Ich habe nun einmal gewisse Freundesrechte an Sie, meine liebe gnädige Frau, seitdem Sie mich gewürdigt haben, mit Ihnen an der Bahre Ihres Herrn Vaters zu stehen," sagte er mit einem herzlichen Blick seiner freundlichen blauen Augen.

Die Erinnerung an diese Stunde weckte in Liane dankbare Gefühle für den Mann an ihrer Seite. Vielleicht konnte er, der mitten im tätigen Leben stand, ihr raten, wie sie sich neue günstigere Lebensbedingungen schaffen konnte. Offen und ohne falsche Scham legte sie ihm ihre Verhältnisse dar und empfand es schließlich als Befreiung, sich gegen einen Menschen aus einem ganz anderen Kreise, einem Menschen von heute, über ihre augenblickliche Lage aussprechen zu können.

„Ich weiß nicht, ob Sie es nachfühlen können, Herr Ohse, wie schwer der durch den politischen Umsturz hervorgerufene Wechsel der Verhältnisse für meine Kreise ist," sagte Liane. „Ich leide ebenso darunter wie meine Standesgenossen, aber ich denke, durch nutzlose Klagen und starren Trotz ändert man die Zeiten doch nicht, und es wäre besser, wir versuchten, uns der veränderten Welt anzupassen. Wenn ich denke, dass ich mein Leben lang im Schatten dieser missvergnügten Aristokratie dahinvegetieren soll, werde ich ganz schwermütig."

Ohse empfand eine ihm selbst merkwürdige Befriedigung darüber, dass Liane nicht glücklich war. Vorsichtig erkundigte er sich nach ihrer pekuniären Lage; die war bescheidener, als er gedacht hatte. Das vornehme Auftreten des Barons hatte gute Vermögensverhältnisse vorgetäuscht. Der Luxus, in dem die Familie lebte, rührte allein von der höfischen Würde her: Wagen und Pferde, Dienerschaft und die Loge im Theater wurden von der Hofhaltung ihrem ersten Beamten gestellt. Von der halben Million, die Ohse für das Madamenschlößchen und einige übernommene Möbel gezahlt hatte, war ein Legat an den treuen alten Friedrich gezahlt worden; die Auflösung des großen Haushalts, das fürstliche Begräbnis des Hofmarschalls und der Umzug hatten viel Geld gekostet, so dass den beiden Damen nur ein beschränktes Vermögen blieb. Solange Lianes Schwiegervater lebte, hatte er ihr eine jährliche Rente gezahlt. Nach seinem Tode trat sein zweiter Sohn das Majorat an und erklärte sich außerstande, diese Zahlungen weiter leisten zu können.

Da Liane keine Kinder hatte und ihr Mann gestorben war, ehe er in den Besitz des Familiengutes gelangt war, so hatte sie rechtlich nichts von der Familie der Freiherrn von Erb zu beanspruchen.

„Mein Schwager hat mir angeboten, in seinem Familienkreise auf dem Gute zu leben," erzählte Liane, „aber das erlaubt mein Stolz nicht. Ich will nicht als arme geduldete Verwandte auftreten, wo ich in glücklicheren Verhältnissen Herrin gewesen wäre; trotzdem ich mir ganz klar darüber bin, dass ich bei der täglich zunehmenden Entwertung des Geldes nicht mehr lange privatisieren kann."

„Und was wollen Sie dann beginnen?" fragte Ohse.

Liane zuckte die Achseln: „Da ich mich nicht überwinden könnte, Kontorfräulein oder Empfangsdame beim Zahnarzt zu werden, so bleibt mir wohl nichts übrig, als das gnädige Angebot unserer durchlauchtigsten Fürstin anzunehmen."

„Und das wäre?"

„Hofdame bei Ihrer Durchlaucht, wenn die jetzige Inhaberin dieses Postens eine bessere Sinekure erlangt, nämlich eine Klosterstelle, die frei zu werden verspricht, weil ihre jetzige Inhaberin hoffnungslos krank ist."

Bei dem Wort „Hofdame" empfand Ohse eine gewisse Ehrfurcht.

„Ist ein solcher Posten angenehm?"

„Sehr angenehm," erläuterte Liane, „man braucht nämlich gar nicht mehr selbst zu leben. Man braucht nur der Reflektor der fürstlichen Dame zu sein, natürlich ein schmeichelnder. Man liest ihr die Bücher vor, die sie interessieren, spielt die Klavierstücke, die sie liebt, geht die Spaziergänge mit ihr, die ihr genehm sind, sagt, was sie gern hört, und hat nie eine eigene Meinung. Dafür lebt man sorglos und frei vom Schmutz des Alltags wie ein Vogel im goldenen Käfig. Man bekommt ein Stückchen Zucker, wenn man zwitschert, wie es den durchlauchtigsten Herrschaften gefällt, und wird in die Ecke gestellt, wenn die fürstliche Dame kein Wohlgefallen an dem Gesang findet. Es ist eine entzückende Existenz, Herr Ohse, man nennt es: Auf den Höhen des Lebens!"

Der Spott in der jungen Stimme schnitt Ohse ins Herz. „Liebe Frau von Erb, Sie sind jung, schön, klug, fein erzogen und haben ein wenig Geld. Für Sie finden sich tausend günstigere Lebensmöglichkeiten."

„Wenn Sie von den tausend eine entdeckt haben, bitte ich Sie, mir sie mitzuteilen," sprach Liane in dem immer gleich spöttischen Ton.

„Das soll ein Wort sein, gnädige Frau, ich werde schon etwas für Sie ausfindig machen!"

Durch die braunen Kiefernstämme, zwischen denen das Auto hinschoss, schimmerte es blutrot.

„Die Sonne sinkt," sagte Liane, „wir müssen an den Heimweg denken."

„Wir sind in unmittelbarer Nähe von Harzburg."

„So weit sind wir schon gefahren?" rief Liane erstaunt.

„Ich bitte Sie herzlich, gnädige Frau, im Kurhaus einen kleinen Imbiss mit mir zu nehmen; ich bringe Sie dann auf dem kürzesten Wege in schneller Fahrt nach Hause. Wir müssen sowieso über Harzburg fahren, denn der Rückweg durch die Berge wäre bei der schnell herabsinkenden Dunkelheit nicht ratsam."

„Also muss ich wohl einwilligen," lächelte Liane.

Im Kurhaus herrschte trotz der späten Jahreszeit noch reges Leben. Fast alle Tische in der großen Glasveranda waren besetzt. Ohse bemerkte mit Genugtuung, wie Lianes Eintritt einiges Aufsehen erregte und ihr bewundernde Blicke folgten. Der Kellner beeilte sich, sie auf einen freien Tisch dem Saaleingang gegenüber aufmerksam zu machen.

Als Ohse sich Liane gegenübersetzte, war er erstaunt über den kalten Ausdruck ihres schönen Gesichtes. Die Blicke, die ihr zuflogen, schien sie überhaupt nicht zu bemerken; aus halbgeschlossenen Augen schaute sie über das Publikum. Ein so hochmütiger Ausdruck trat in ihre Züge, dass Ohse ganz bestürzt wurde. Er verhandelte mit dem Kellner, während Liane die Handschuhe abstreifte.

„Fühlen Sie sich hier nicht wohl, gnädige Frau?"

Liane zuckte zusammen, und ihr Gesicht nahm wieder den Ausdruck konventioneller Höflichkeit an.

„Aber sehr wohl, Herr Ohse, ich war ja früher oft hier mit Papa und dachte nur eben darüber nach, wie sehr sich das Bild hier verändert hat. Nicht das äußere Bild. Die grüne Wand des ansteigenden Burgberges umrahmt so lieblich wie immer den schönen Kurplatz. Aber das veränderte Publikum fiel mir auf. Die Erinnerung an früher hier verlebte Abende wurde unwillkürlich lebendig in mir. Aber lassen wir das, es ist hübsch hier, ich beginne mich zu interessieren für die neue Gesellschaft, die sich hier ihres Lebens freut. Ich habe ja nichts von der Welt gesehen seit dem Umsturz; in unserem kleinen Nest merkte man kaum etwas davon. Bei uns stammt alles noch aus dem kaiserlichen Deutschland, selbst der Stockschnupfen des durchlauchtigsten Fürsten."

Lachend hob Ohse den Kelch mit dem perlenden Sekt gegen Liane. „Ihr Wohl im neuen Deutschland, gnädige Frau!"

„Ich glaubte, wir seien ein armes geschlagenes Volk," sprach Liane umherblickend, „der Kreis, in dem ich lebe, ist ganz von dieser Stimmung beherrscht, aber hier ist Lachen, Frohsinn, verschwenderische Üppigkeit."

„Warum auch nicht," antwortete Ohse und aß mit Behagen die auserlesenen Speisen. „Den meisten Leuten geht es glänzend, und wer viel Geld verdient, der gibt`s heutzutage auch wieder aus. Sparen hat keinen Zweck mehr, die Steuerbehörde nimmt uns die Ersparnisse doch weg."

An allen Tischen wurde Wein getrunken, an vielen Sekt. Kellner trugen köstliche Speisen und feinstes Gebäck herbei. Staunend sah es Liane. Wir essen Margarine und leisten uns nur selten etwas Butter für das Kind, und hier wird Schlagsahne in Massen verspeist, dachte sie, und aufsteigende Bitterkeit beeinträchtigte ihr den Genuss des köstlichen Mahles.

Sie war von zwiespältigen Empfindungen hin und her gerissen. Es tat ihr wohl, einmal wieder in einem vornehmen Restaurant zu sitzen, von geschickten Händen lautlos bedient zu werden, feine leichte Gerichte zu essen, guten Wein zu trinken, Musik zu hören und sich die Sorglosigkeit einer bevorzugten Lebenshaltung vorzutäuschen; und dann wieder verachtete sie sich selbst, weil sie hier in dieser Gesellschaft saß und sich freihalten ließ von einem Manne, den sie im Grunde ihres Herzens doch als Kriegsgewinner gering achtete.

Schließlich geriet sie in eine Art Galgenhumor. Also so ging es in der Welt her! Trotz Kriegselend, politischer und sozialer Umwälzung rauschte der Lebensstrom weiter, wie er immer gerauscht; auf seiner Oberfläche war es licht und warm, in seiner Tiefe dunkel und kalt. Glücklich, die da am Lichte schwimmen, wehe denen, die die Tiefe verschlingt! Also musste man darauf achten, oben zu bleiben. Die Genüsse der herrschenden Kaste blieben die gleichen, nur die Kaste, die sich diese Genüsse leisten konnte, wechselte. Kronen waren in den Staub gerollt, das Geld herrschte an ihrer Stelle. Wenn ich aus meiner Kaste austrete, die abgewirtschaftet hat, und eingehe in die Kaste der neuen Herrschenden, dachte Liane, dann hätte sich nichts geändert für mich, dann gehörte ich wieder zu der Oberschicht. Bin ich nicht jung, schön, weltgewandt, schwebt nicht der Vorzug erlesener Rasse wie eine Krone über meinem Haupt und bestimmt mich zur Herrscherin? Sie stürzte ein Glas von dem schweren Burgunder hinunter, den der Kellner zu dem Geflügel einschenkte.

„Ihr Wohl, Herr Ohse," rief sie übermütig, und ein gefährliches grünliches Licht erglomm in ihren Augen; der Brillantring an ihrer Linken schoss Blitze.

„Gnädige Frau," sagte Ohse, „Sie tragen da einen kostbaren Ring, und das erinnert mich daran, dass Sie noch ein Brillantdiadem besitzen, das einen hohen Wert hat. Verkaufen Sie doch die beiden

Sachen. Sie bekommen gewiss so viel Geld dafür, dass Sie damit wieder etwas anfangen können, vielleicht eine Pension hier in Harzburg. Solch ein Unternehmen ist eine Goldgrube, dabei haben Sie ein gutes interessantes Leben und können viel Geld verdienen."

„Also Gastwirtin soll ich spielen?" Ein Ausdruck unbeschreiblichen Hochmuts trat in Lianes Gesicht. „Dazu bin ich nicht geboren, mein Herr Ohse."

„Ich dachte bloß," stotterte Ohse beschämt, „weil doch ein Vorfahre von Ihnen Gastwirt gewesen sein soll."

„Ach so," sagte Liane langgedehnt. „In mir rollt das Blut von Hunderten ritterlicher Ahnen, da verschlägt der eine Tropfen Bürgerblut nichts. Ich kann nichts anderes sein als Dame, können Sie das nicht begreifen, Herr Ohse?"

„Wenn ich Sie ansehe," sprach er mit einem bewundernden Blick, „dann leuchtet es mir ja auch ein, dass Sie zum Herrschen und nicht zum Arbeiten geboren sind. Aber schade ist es doch, dass Sie das nicht wollen, mit einer Pension, das machen viele adelige Damen. Aber wenn Sie Ihre Brillanten mal verkaufen wollen, ich kauf sie Ihnen gerne ab."

„Ich zweifle nicht daran, Herr Ohse," und wieder glomm es grünlich in Lianes Augen auf. „Sie haben unser Familiengut gekauft, mir mein Haus abgekauft, meine alten Möbel, meine Bilder, warum sollten Sie nicht auch meine Brillanten kaufen! Sie haben ja die Mittel dazu. Aber mein Schmuck ist mir noch nicht feil. Ehe ich Krügerin werde, springe ich in den Merbach, das Brillantendiadem auf meinem Kopf."

„Blödsinnige Vorurteile," entfuhr es Ohse.

„Eine Dame, die keine Vorurteile kennt, braucht ihre Brillanten überhaupt nicht zu verkaufen, sondern bekommt noch viele andere dazugeschenkt," entgegnete Liane mit schneidender Schärfe, und ihre Augen schossen Blitze zu ihrem Gegenüber. Ganz verdutzt blickte Ohse die erregte junge Frau an. Sie sah den hilflosen Blick seiner gutmütigen blauen Augen und schlug eine perlende Lache an. Dieser harmlose dicke Mann begriff anscheinend gar nicht, was sie meinte.

„Ihr Wohl, Herr Ohse, machen Sie sich keine Sorge um meine Zukunft. Sollte ich einmal in Not geraten und die Brillanten verkaufen müssen, werde ich sie Ihnen zum Kauf anbieten. Sie werden Ihrer Frau Gemahlin entzückend stehen."

Eine ärgerliche Röte stieg Ohse bis unter die blonden Haarwurzeln. „Sie verspotten mich, gnädige Frau, das habe ich nicht verdient. Ich meinte es nur gut mit Ihnen, ich wollte Ihnen nicht wehe tun, und wenn ich es trotzdem tat, geschah es, weil unsere Ansichten infolge unserer verschiedenen Erziehung in manchen Punkten auseinandergehen."

„Welch liebes gutes Schaf," dachte Liane belustigt. Sie drehte ihr Sektglas hin und her. Das Brillantfeuer an ihrer Hand umspielte den Stil des schlanken Kelches. Im Saale begann der Tanz, Liane sah interessiert zu. Sie kannte die modernen Tänze nur vom Hörensagen. Der Rhythmus prickelte sie bis in die Füße, sie fühlte ihre vierundzwanzig Jahre. „Wissen Sie, Herr Ohse, was ich wahrscheinlich tue? Ich wende einen Teil meines Vermögens an, um eine Saison in einem eleganten Badeorte zu verleben und mir dort einen passenden Mann zu suchen. Ich glaube, dies ist von all meinen Zukunftsaussichten die sicherste. Meinen Sie nicht auch? Sie könnten mich sachgemäß beraten, welche meiner Wertpapiere ich am vorteilhaftesten verkaufe, wollen Sie?"

Ohse fuhr ein eisiger Schreck in die Glieder. Wenn sie diesen Plan verwirklichte, dann war sie ihm verloren. Wie ein Rad drehten sich die Gedanken in seinem Kopf. Natürlich würde die schöne junge Frau bald einen geeigneten Freier finden, sowie sie sich in die große Welt begab. Das musste verhindert werden um jeden Preis. Wie ein erhellender Blitzstrahl fuhr die Erkenntnis in Ohse: Er wollte diese rassige Frau von Erb heiraten! Er war ganz überwältigt von dieser Erkenntnis. Er hatte sich nie Rechenschaft darüber abgelegt, dass er Liane liebte; die Ziellosigkeit seiner Wünsche hatte seine ständig wachsende Neigung im Zaum gehalten. Nun winkte plötzlich ein Ziel, ein ungeahntes, überwältigend schönes Ziel.

Sowie Ohse ein erstrebenswertes Ziel vor sich sah, verfolgte er mit unerschütterlicher Zähigkeit den Weg, der dahin führte. Ihn schreckte kein Hindernis, mit gewandter Schlauheit wusste er es zu umgehen oder mit eiserner Energie es zur Seite zu schieben. Noch befand er sich in wirbelndem Erstaunen über die Kühnheit seines Planes, aber nur Ruhe – es würden sich schon Mittel und Wege finden, um diesen Plan zu verwirklichen. Wo ein Wille, da ein Weg. Sich von Hanne zu befreien, erschien ihm nicht allzu schwierig, das war hauptsächlich eine Geldfrage. Schwerer würde es sein, die junge vornehme Frau zu gewinnen.

„Unter welchen Voraussetzungen würden Sie sich denn verheiraten?" fragte er tastend.

„Entweder müsste ich den Mann sehr lieben," Liane sah über ihr Sektglas sinnend ins Weite – „dann wären mir die äußeren Verhältnisse gleichgültig – "

„Wie müsste der Mann beschaffen sein, den Sie lieben könnten?"

Ohse war ganz heiser vor Erregung. Liane blies den Rauch ihrer Zigarette in kunstvollen Ringen von sich: „Ein ritterlicher Draufgänger, groß, schlank, dunkel, ein gewandter Sportsmann, ein Weltmann: kurz: ein Mann meiner Kreise, ein Kavalier."

Ohse sank in sich zusammen. „Oder?" fragte er tonlos.

„Oder – wahnsinnig reich. Geld füllt jede Kluft aus, es muss nur genug davon da sein."

Ohses Stimmung hob sich wieder, es lag ihm auf der Zunge zu sagen: „Solch ein Mann sitzt vor Ihnen." Da brachte der Kellner den Kaffee. Das starke Getränk ernüchterte Liane, das gefährliche Wetterleuchten in ihrer Stimmung verzog sich, sie wurde wieder die überlegene Weltdame, die liebenswürdig Konversation macht.

Ohse atmete auf. Ihm war während der letzten Viertelstunde sehr unruhig zumute gewesen. Mit den vornehmen Damen war es doch nicht so einfach umzugehen, wie er sich das gedacht hatte.

Bei einer guten Zigarre, bei Mokka und Likör kam er wieder in behagliche Stimmung und war betrübt, als Liane zum Aufbruch drängte. Gern hätte er das Vergnügen, in Gesellschaft einer wirklichen Baronin vor aller Augen dazusitzen, noch länger ausgekostet. So aufmerksam, so achtungsvoll wie heute war er noch nie von einem Kellner bedient worden. Liane schien diesen eingebildeten Schwarzröcken eine unbegrenzte Hochachtung einzuflößen.

Ohse nahm seine Brieftasche heraus; Liane sah im Aufsehen, dass sie angefüllt war mit Hunderttausendmarkscheinen. Einen davon gab er nebst einigen kleinen Scheinen dem Kellner.

Hunderttausend Mark für ein Abendessen! Davon musste sie einen ganzen Monat leben. Schnell eilte sie hinaus in die Garderobe, der dicke reiche Mann war ihr in diesem Augenblick zuwider. In der Tür stieß sie gegen einen distinguierten älteren Herrn, der eben die Veranda betreten wollte.

„Gnädigste Baronin," sagte der Geheime Kommerzienrat Ritterbusch erstaunt, „welch angenehme Überraschung!"

Kaum hatte Ohse bemerkt, dass Liane im Gespräch mit dem Geheimrat am Eingang stand, als er auf die beiden zueilte. Ritterbusch war Vorsitzender der Handelskammer in der Landeshauptstadt, Inhaber einer alten Firma und ein Mann, der sich in allen Kreisen der größten Achtung und des höchsten Ansehens erfreute. Nach der persönlichen Bekanntschaft dieses Herrn strebte Ohse schon lange vergebens. „Ich bitte mich vorzustellen," unterbrach er Liane mitten im Gespräch.

Mit einem herablassenden Blick sah Liane auf ihn herunter. „Herr Ohse," sagte sie dann leichthin, „unser Nachfolger im Madamenschlößchen. Es hat mich gefreut, Herr Geheimrat, eine Empfehlung an Ihre Damen. Ich bin etwas eilig. Herr Ohse hat mir liebenswürdigerweise sein Auto zur Heimfahrt zur Verfügung gestellt."

Der Geheimrat küsste Liane mit respektvoller Verneigung die Hand, würdigte Herrn Ohse nur einer kurzen Verbeugung und ging in die Veranda. Schnell schritt Liane auf das wartende Auto zu. Ohse kochte vor Wut. Diese eingebildete Person! Erst traktierte er sie hier für schweres Geld, und dann verleugnete sie ihn vor ihren noblen Bekannten!

„Warum hatten Sie denn solch Eile?" polterte er los, als sie im Auto saßen, „Leute wie den Geheimrat Ritterbusch trifft man doch nicht alle Tage, solchen günstigen Zufall nützt man doch aus, anstatt davonzurennen, wir hätten noch eine Flasche Sekt mit ihm trinken können."

Im Licht einer vorüberhuschenden Straßenlaterne sah Ohse Lianes Augen in grenzenlosem Staunen auf sich gerichtet, und er hielt erschrocken inne. „Seien Sie nicht böse, wenn ich etwas Dummes gesagt habe," stotterte er, „ich weiß eben nicht immer das Richtige zu treffen. Bitte machen Sie mich aufmerksam auf meine Fehler, von Ihnen möchte ich ja so gern lernen."

Diese Demut entwaffnete Liane sogleich. „Sie sind ein kluger Mann, Herr Ohse, der viel geleistet hat. Die kleinen Feinheiten gesellschaftlichen Lebens, die Ihnen vielleicht noch fehlen, werden Sie sich allein anzueignen wissen."

„Nein," beteuerte Ohse, „allein wird mir das sehr sauer. Ich sehne mich so nach einer Lehrmeisterin." Er suchte im Dunkel Lianes Hand. Da er sie aber nicht fand, sprach er weiter, erst schüchtern, dann immer eifriger. Er erzählte, wie hart er gearbeitet hätte, um in die Höhe zu kommen, und wie er jetzt, wo ihm das Geld zuströmte, so gern die Lebensformen sich aneignen möchte, die erst das volle Auskosten des Reichtums ermöglichen; wie schwer ihm das werde, wie er so oft auf Widerstand stoße bei den Menschen, deren Standesgenosse er doch durch seine beruflichen Erfolge jetzt sei.

Also Reichtum ohne Kultur macht auch nicht glücklich, dachte Liane, aber Kultur ohne Reichtum macht unglücklich; und ein Gefühl grenzenloser Abneigung gegen ihre augenblickliche Daseinsform stieg in ihr auf, als sie die Lichter der kleinen Stadt am Bergeshang im nächtlichen Dunkel auftauchen sah. Enge, Einschränkung, Hemmung überall, dachte sie verzweifelt, als das Auto durch die Straßen der winkeligen Stadt fuhr.

Ohse hatte weitergesprochen von seiner Ehe, von seiner Frau. Liane hatte gar nicht mehr zugehört; was ging sie das alles an? Dieser Mann hatte ja Geld, Geld, den Schlüssel zum Paradiese in dieser Welt, der konnte sich alles kaufen, was er nur wollte, wahrscheinlich auch eine neue Frau, wenn ihm die alte nicht mehr gefiel. Für Geld gab es alles: Butter und Schinken, neue Kleider, Handschuhe, Bücher, Theaterbilletts und Menschen. Menschen waren am billigsten: sie würde sich nun bald an die Fürstin verkaufen, um keine

Margarine mehr zu essen und keine gestopften Handschuhe mehr zu tragen.

Das Auto hielt mit kurzem Ruck, Liane sprang hinaus, reichte Ohse so flüchtig die Hand, dass er sie nicht einmal an seine Lippen ziehen konnte, sagte: „Vielen Dank, Herr Ohse, für den netten Ausflug, kommen Sie gut nach Hause," und ehe er recht zur Besinnung gekommen war, klirrte die Gartenpforte und sauste das Auto mit ihm davon.

Als Liane in das Zimmer trat, saß Frau von Merbach bei der Lampe und stopfte Strümpfe.

„Wie siehst du aus?" rief sie erschrocken.

„Wie soll ich aussehen?" stieß Liane zwischen zusammengepressten Lippen hervor. „Wütend, verzweifelt – ja? Die Welt ist ein großes Kaufhaus; wer kein Geld hat, spielt eine traurige Rolle, mag man nun Baronin oder Bettlerin sein. Aber ich habe diese Misere jetzt satt, ich geh` nach Wiesbaden." Sie schleuderte ihren Mantel auf das Sofa. „Ich fange mir einen zahlungsfähigen Mann, ob Kriegsgewinner oder Valutaschieber, ist mir ganz egal, wenn er nur Geld hat!"

„Du bist außer dir, Liane. Wo bist du gewesen, komm, setz` dich erst mal." Sie drückte Liane in den großen Ohrensessel. „Nun erzähl` mir, Kleine!"

Bunt durcheinander sprudelte Liane ihre Erlebnisse heraus. Ernst ruhten Frau von Merbachs dunkle Augen auf der erregten Schwägerin.

„War das recht, Liane, dass du von dem dir doch wenig bekannten Mann eine Einladung zum Abendessen annahmst?"

Die Gefragte wurde dunkelrot. „Ich hatte das ja auch nicht beabsichtigt, Marie, es machte sich alles so zufällig. Und sieh mal, wie ich diesen Luxus, diese Üppigkeit in dem herrlichen Badeort sah, wie mir klar wurde, dass in unserem Vaterlande gar nicht überall Not, Armut und bedrückte Stimmung herrscht, sondern dass weite Kreise unseres Volkes in sorglosem Überflusse ihr Leben genießen, während wir darben –"

„Jetzt übertreibst du wieder einmal, Liane. Wann hätten wir je gedarbt? Es geht uns besser als Tausenden unserer Standesgenossen. Wir können sorgenfrei leben."

„Sorgenfrei," rief Liane höhnisch, „weil wir ins Spießbürgertum hinabgestiegen sind! Wenn ich Frau Müller oder Frau Meier wäre, genügte mir diese Lebensform vielleicht, aber für die Baronin Erb ist es ein Unglück. Für solch Glück im Winkel bin ich nicht geschaffen und nicht erzogen. Ich war auf der Höhe und will nicht hinab, hinauf will ich wieder, zu den Herrschenden gehören. Ich will zurück in die große Welt, da, wo das Leben heiß pulsiert; ich gehe in eine Großstadt, in einen eleganten Badeort. Bis mein Vermögen aufgebraucht ist, habe ich vielleicht eine passende Heirat gefunden."

„Du willst alles auf eine Karte setzen, Liane, du kennst die Welt wenig. Bisher hat ein Gatte, ein Vater seine schützenden Hände über dich gehalten. Die neue Welt, wie sie sich jetzt gestaltet hat, ist dir gänzlich fremd, mir scheint sie ein brodelnder Hexenkessel zu sein. Da willst du dich hineinstürzen, eine junge, schöne, unerfahrene Frau? Der Ruf einer Frau ist wie ein Spiegel, jeder Hauch trübt ihn. Um sich aus eigener Kraft durch das Leben zu bringen, dazu gehört eiserne Energie und rücksichtslose Härte. Wir Frauen aus alten Familien passen nicht dazu, wir haben nicht diese urwüchsige Kraft. Wenn du nun Schiffbruch leidest im Strudel dieser wildgärenden Zeit, was dann, Liane?"

„Dann gehe ich den Weg, den mein Vater ging."

„Es stirbt sich nicht leicht, wenn man jung ist."

„Gewiss nicht, aber es lebt sich auch nicht leicht abseits, wenn man jung ist. Und wie wir bis jetzt gelebt haben, geht es doch auch nicht lange weiter. Du nennst unser Leben sorgenfrei; das ist es bei unserem bescheidenen Zuschnitt bis jetzt gewesen. Bei der täglich größer werdenden Teuerung wird es das in kurzer Zeit nicht mehr sein. Nur mit Sparen schaffen wir es bald nicht mehr."

„Darüber bin ich mir auch klar und habe bereits meinen Zukunftsplan gemacht. Frau von Wieritz will zu ihren Kindern ziehen, sie kommt mit ihrem Gelde nicht mehr aus; ich werde das Haus kaufen. Unsere Möbel, die jetzt zum Teil auf dem Boden stehen, reichen aus, das Erdgeschoss vollständig einzurichten. Ich habe genügende Vorräte an Betten, Wäsche, Geschirr, Silber, ich eröffne eine kleine Familienpension. Unser idyllisches Städtchen wird von so vielen Sommerfremden aufgesucht, auch Wintergäste kommen –"

„Gastwirtin," höhnte Liane, „dann streiche nur gleich die Freifrau von Merbach und nenne dich Marie Krüger, das passt wenigstens zum Geschäft."

„Ich bleibe, die ich bin, welche Arbeit ich auch verrichte," entgegnete Frau von Merbach mit ruhiger Würde. „Aber sei vernünftig, Liane, treibe nicht alles so auf die Spitze. Dieser Herr Ohse scheint mir eine Giftsaat in deine Seele gestreut zu haben."

„Dazu ist er viel zu unbedeutend."

„Sein Geld hat dich vergiftet."

Liane wurde rot. „Diese Leute, die von unten aufgestiegen sind," knirschte sie, „die keine Bildung, keine Kultur, keine verfeinerten

Bedürfnisse haben, die schwimmen im Gelde, die können sich alles leisten, was das Leben lebenswert macht. Und wir, die wir gewöhnt sind an ein Leben auf der Höhe, die wir dafür geboren sind, wir sind hinabgeschleudert in Dürftigkeit und Enge. Ach, es ist zum Verzweifeln!"

„Herr Ohse ist verliebt in dich?" forschte Frau von Merbach.

„Ich weiß nicht, das ist ja auch vollkommen gleichgültig."

„Liane," sagte Frau von Merbach sehr ernst, „die Berührung mit diesem Manne oder mit dem Gelde dieses Mannes ist ein Verderb für dich. Lass ihn nie wieder an dich herankommen."

„Nachdem er sich bei Papas Tode so hilfreich gezeigt hat..."

„Haben wir ihm viel Entgegenkommen bewiesen beim Verkauf des Hauses und sind wir selbstverständlich bereit ihm gefällig zu sein, wenn sich die Gelegenheit dazu bietet. Aber wir haben keine Veranlassung, mit dem Herrn in gesellschaftliche oder gar freundschaftliche Beziehungen zu treten. Bei der Verschiedenheit der Lebensauffassung und der Lebensverhältnisse kommt nichts Gutes dabei heraus. Versprich mir, Liane, dass du Herrn Ohses Besuch nicht wieder empfangen willst."

„Wenn du es für besser hältst," sagte Liane zögernd.

„Glaub` mir, Liebling, dieser Herr Ohse ist nichts für dich. Aber das sehe ich jetzt ein, du darfst nicht hierbleiben. Für deine in das Leben drängende Jugend ist dieses stille Städtchen nichts. Wir haben so viele Beziehungen und werden ohne Zweifel irgendeine Gelegenheit finden, um dich auf eine dir genehme Lebensbahn zu bringen. Gleich morgen schreibe ich an die Fürstin Hochstein, sie ist sehr reich, lebt in der großen Welt und wird mir gern behilflich sein, dich unterzubringen, vielleicht als Gesellschafterin oder Hausdame in einem großen Hause. Nun wollen wir zu Bett gehen. Schlaf dich aus nach der Aufregung dieses Abends"

Nach einigen Tagen hielt das elegante Auto wieder vor dem einfachen Landhause. In tadellosem Besuchsanzuge entstieg ihm Ohse und blickte suchend zu den Fenstern des ersten Stockes empor, in dem die Merbachsche Wohnung lag.

Mit erblassten Wangen verließ Liane das Wohnzimmer, in dem sie mit ihrer Schwägerin bei einer Handarbeit saß.

„Ich werde ihm, ohne ihn zu kränken, das Wiederkommen unmöglich machen," sprach Frau von Merbach beruhigend. Höflich empfing sie den unwillkommenen Gast.

„Meine Schwägerin ist ausgegangen."

Ohse machte ein sehr enttäuschtes Gesicht. „Dann spreche ich gegen Abend noch mal vor."

„Frau von Erb ist zu einer Teegesellschaft gegangen und wird erst spät zurückkehren."

Ärgerlich biss sich Ohse auf die Lippen.

„Sie verlässt bald unser Städtchen, um der Einladung einer befreundeten Familie nach München zu folgen," erzählte Frau von Merbach weiter.

Ohse erschrak: „Ich hätte Frau von Erb gern gesprochen, vielleicht..."

„Dazu wird sich leider keine Gelegenheit mehr finden, wir sind sehr beschäftigt durch die Reisevorbereitungen."

Ohse begriff, dass ihm die blasse Dame nicht günstig gesinnt war. Suchend blickte er sich um, ob nicht irgendeine Spur von Liane zu entdecken war. Die kostbare Einrichtung des Zimmers fiel ihm auf. „Prachtvolle Möbel haben Sie, ist das Biedermeier?" Und als Frau von Merbach bejahte, fuhr Ohse fort: „Meine Tochter wünscht sich solch ein Zimmer, wollen Sie die Sachen nicht verkaufen? Auf den Preis kommt es mir nicht an."

„Ich bedaure," entgegnete Frau von Merbach kühl und erhob sich.

Ohse begriff, dass er entlassen war, und verabschiedete sich kurz.

Als das Auto davonfuhr, steckte Liane den Kopf zur Tür hinein. „Wie war es?"

„Ich habe ihn mit einer Höflichkeitslüge abgeschoben, ich habe gesagt, du reistest in den nächsten Tagen nach München. Über kurz oder lang gehst du ja auch fort."

Liane seufzte. Die Fürstin Hochstein hatte noch nicht geantwortet. Hatte Herr Ohse auch manche Schattenseiten, er war doch ein einflussreicher Großindustrieller und hätte ihr vielleicht noch nützlich sein können; nun war er ein erledigter Fall.

Aber Karl Ohse fühlte sich keineswegs als erledigt. Nach einigen Tagen kam ein Brief von ihm des Inhalts, er habe eine von den tausend Möglichkeiten herausgefunden, der hochverehrten Frau von Erb einen ihr angemessenen Wirkungskreis zu eröffnen, und wenn sie Interesse für seine Vorschläge habe, so bitte er am Mittwoch oder Donnerstag zwischen elf und ein Uhr in seinem Privatkontor, Magdeburger Straße 52, vorzusprechen. Zu einem nochmaligen Besuche fehle es ihm leider an Zeit.

Liane war sehr erregt über den Brief, den sie ihrer Schwägerin nicht zu zeigen wagte. Eine innere Stimme flüsterte ihr zu, die Aufforderung unbeachtet zu lassen, aber sie wusste, dass sie ihr doch Folge leisten werde.

„Ich möchte wohl Mitte der Woche in die Residenz fahren, um Besorgungen für meine Kleidung zu machen," erklärte sie bei Tisch.

„Einige Anschaffungen sind gewiss nötig, aber fahr` doch lieber nach Magdeburg. Ein Besuch in deiner so traurig für dich veränderten Heimatstadt weckt zuviel trübe Erinnerungen in dir," meinte Frau von Merbach.

„In Magdeburg kenne ich die Geschäfte gar nicht, ich dachte am Mittwoch zu fahren."

Am Mittwoch regnete es in Strömen, Liane konnte nicht fahren. War das ein Wink des Himmels? dachte sie beunruhigt. Da traf ein Brief von Frau von Merbachs Jugendfreundin, der Fürstin Hochstein, ein. Sie schrieb, die Anfrage ihrer lieben Marie sei zur guten Stunden gekommen, die alte Gräfin Aspern, die ihre drei verwaisten Enkelinnen zu sich genommen habe, suche eine vornehme junge Dame, die befähigt sei, die Erziehung der Mädchen zu leiten. Ein hohes Gehalt können sie zwar nicht bieten, aber ein angenehmes Familienleben und die Gelegenheit, mit den heranwachsenden Mädchen Theater, Vorträge und Konzerte zu besuchen; auch bleibe der Dame genug Zeit, ihre eigenen Interessen zu pflegen.

„Ach Liane," rief Frau von Merbach, Tränen der Freude in den Augen, „welches Glück für dich. Du kannst in dem herrlichen München leben!"

„Und Erzieherin spielen!"

Frau von Merbach war sprachlos. „Du bist nicht begeistert?" fragte sie endlich traurig.

„Wir wollen es überlegen, Marie," sagte Liane einlenkend. „Solch ein Entschluss kann nicht in wenigen Minuten gefasst werden."

Wohl hundertmal trat Liane an diesem Tage an das Fenster, um nach dem Wetter zu sehen. Der Regen rieselte ununterbrochen an den Tannen hinunter, der Blick in das freie Land war von feuchten grauen Schleiern verhüllt. Die Briefe des Herrn Ohse und der Fürstin Hochstein knisterten in Lianes Tasche. Der Boden brannte ihr unter den Füßen. Wenn sie nur erst wüsste, welchen Vorschlag ihr Herr Ohse zu machen hatte.

ZWÖLFTES KAPITEL

Am anderen Tage war strahlendes Wetter. Gegen zwölf Uhr traf Liane in der ehemaligen herzoglichen Residenz, jetzigen Landeshauptstadt ein. Energisch drängte sie die wehmütige Stimmung zurück, die sie überfiel, als sie aus dem Bahnhofsgebäude heraustrat. Schnell machte sie sich auf den Weg nach der Magdeburger Straße und stand bald vor dem Verwaltungsgebäude der Ohse-Werke. Aus der Pförtnerloge am Eingang schoss ein grauhaariger Kopf. „Wohin, meine Dame?"

„Zu Herrn Karl Ohse," entgegnete Liane.

„Ihren Namen, bitte. Wenn sich die Dame einen Augenblick gedulden will." Der Pförtner rief durch das Haustelephon: „Frau Baronin von Erb wünscht den Chef zu sprechen." Die Antwort ließ einen Augenblick auf sich warten, dann meldete der Mann: „Herr Ohse lassen bitten, erster Stock, Zimmer 15, bitte einzutreten ohne anzuklopfen."

Liane stieg die breite Steintreppe hinan und durchschritt einen langen weißgestrichenen Korridor, die helllackierten Türen zu beiden Seiten waren mit Nummern versehen. Sie öffnete die Tür zu dem Zimmer Nummer 15: ein kleiner Raum, in der Mitte ein Tisch mit Stühlen herum, eine Kleiderablage, am Fenster ein Tisch mit einer Schreibmaschine. An jeder Seite des Wartezimmers befand sich eine Tür; hinter der einen hörte man Karl Ohses Stimme laut und regelmäßig sprechen. Liane stand einen Augenblick unschlüssig, da verstummte die Stimme, die Tür öffnete sich, und der Fabrikherr erschien auf der Schwelle.

„Willkommen, meine gnädige Frau," sagte er herzlich, „bitte, treten Sie näher, entschuldigen Sie mich noch einen Augenblick, ich stehe sofort zu Ihrer Verfügung." Er geleitete Liane zu einem der schweren Ledersessel, die einen runden eichenen Tisch umstanden.

„Also Fräulein," wandte er sich an ein verblühtes Mädchen, das dem mächtigen Diplomatenschreibtisch gegenüber an einem kleinen Tisch saß, „ich brauche Sie fürs erste nicht, schreiben Sie die Briefe, wie ich Ihnen angegeben habe; ehe ich zu Tisch gehe, unterzeichne ich sie noch."

Das junge Mädchen, das einen schwarzen Rock und eine Hemdbluse aus hellem Flanell trug, raffte Briefe und Papiere zusammen. Das feine Gesicht unter dem glatt zurückgekämmten braunen Haar kam Liane bekannt vor.

„Annemarie!" rief sie erstaunt.

„Guten Tag, Liane," entgegnete die Angeredete freundlich, „wie geht es dir? Bist du für längere Zeit hier, dann besuche uns doch. Mama wird sich freuen. Hoffentlich auf Wiedersehen!" Damit ging sie hinaus.

Ohse schob noch die Polstertür vor die sich schließenden Türflügel. „Sie kennen das Fräulein?" fragte er.

„Es ist die Tochter von Exzellenz Buchholz, eine Jugendbekannte von mir, ihr Bräutigam fiel im Kriege."

„So," entgegnete Ohse gleichgültig, „die Privatverhältnisse meiner Angestellten interessieren mich wenig. Also, meine gnädigste Frau, ich habe sehr bedauert, Sie neulich nicht angetroffen zu haben, um so mehr freue ich mich, dass Sie meiner Aufforderung nachgekommen sind."

„Ich bin begierig zu hören, welchen Ratschlag Sie mir erteilen wollen, Herr Ohse."

Ohse räusperte sich leicht: „Es ist nicht eigentlich ein Ratschlag, es ist mehr ein Vorschlag." Er setzte sich in seinen Schreibtischstuhl, dem er eine leise Drehung gab, so dass er Liane gegenübersaß, doch blieb sein Gesicht im Schatten, während das ihre, dem Fenster zugekehrt, vom Licht hell beleuchtet wurde. „Ich muss etwas weit ausholen, meine gnädigste Frau, um mich verständlich zu machen. Es wird Ihnen bekannt sein, dass die Wohnungsnot in unserer Stadt sehr groß ist; bis jetzt bin ich der Zwangseinquartierung entgangen, aber nach nochmaliger Prüfung aller Räumlichkeiten meines Hauses ist die Wohnungskommission darauf verfallen, dass die hinter dem Spiegelzimmer liegenden Räume, die, wie Sie ja wissen, einen Ausgang nach dem Madamenweg haben, eine abgeschlossene kleine Wohnung bilden können, wenn man das Badezimmer zur Küche einrichten würde. Ein Hinweis auf die künstlerische Bedeutung dieser Zimmer, die einst Frau von Bellini bewohnte, auf den echten Rokokostuck an den Wänden und Decken wurde nicht beachtet, und ich bin der Gefahr, kleine Leute ins Haus zu bekommen, nur entgangen durch die Behauptung, Sie hätten sich beim Verkauf des Hauses diese Räume vorbehalten und würden sie demnächst beziehen."

Liane entfuhr ein Ausruf des Staunens. „Bitte," sagte Ohse, „lassen Sie mich Ihnen erst die verschiedenen Punkte klarlegen, die dazu geführt haben, Ihnen einen Vorschlag zu unterbreiten, der – hem –" er suchte nach Worten – „vielleicht nicht gerade alltäglich ist. Ich komme nun zu einem anderen Punkt: Wie ich neulich schon Gelegenheit hatte, Ihnen zu erzählen, ist meine Frau der Führung eines vornehmen Hausstandes nicht gewachsen. Ich achte meine Frau, sie ist sehr akkurat und wirtschaftlich und wäre in kleineren Verhältnissen eine treffliche Hausfrau, aber sie ist leider gar nicht entwicklungsfähig und lernt nur schwer etwas dazu. Mir ist nun von verschiedenen Freunden der Rat gegeben, mir eine feine Hausdame zu engagieren, die meinem Haushalt einen vornehmen Zuschnitt gibt, meine heranwachsende Tochter zur Dame erzieht, meine Frau berät und vor gesellschaftlichen Entgleisungen bewahrt."

„Und diese Hausdame soll ich sein?" unterbrach ihn Liane.

„Einen Augenblick, meine Gnädigste, es kommt noch ein Punkt." Ohse stand auf und ging unruhig im Zimmer hin und her. An seinen Schreibtisch gelehnt, blieb er stehen. „Ich habe nie ein Hehl daraus gemacht, dass ich aus kleinen Verhältnissen stamme, im Gegenteil, ich bin stolz darauf, dass ich es durch meine Arbeit dahin gebracht habe, wo ich heute stehe. Sie sind stolz darauf, aus einem großen Hause zu stammen, ich bin stolz darauf, ein großes Haus zu begründen. Sie halten mich vielleicht für einen Kriegsgewinner, der bin ich nicht. Ich war schon Fabrikbesitzer und ein wohlhabender Mann, als der Krieg ausbrach. Reich bin ich allerdings erst während des Krieges geworden, aber nicht auf unreelle Weise. Ich konnte gar nicht anders als reich werden. Der Staat zahlte uns für unsere Heereslieferungen Preise, bei denen man reich werden musste. Wir hätten nie daran gedacht, diese hohen Preise zu fordern, die der Staat uns freiwillig gab. Ich bin Kriegsgewinner nur in dem Sinne, wie es alle deutschen Industriellen und Kaufleute sind, die Heereslieferungen gehabt haben. Ich habe immer scharf gearbeitet, aber während der Kriegsjahre habe ich doppelt und dreifach gearbeitet unter den schwierigsten Verhältnissen, und so darf ich wohl behaupten, dass ich letzten Endes meinen Reichtum ebenso sehr meiner Arbeit als der günstigen Konjunktur der Zeit verdanke. Und schließlich ist es ja die Aufgabe des Geschäftsmannes, die Konjunktur auszunutzen. Wer das nicht versteht, ist eben kein tüchtiger Geschäftsmann. Ich bin lebhaft, ich kann nicht stillsitzen, Stillstand ist Rückschritt; ich unternehme die verschiedensten Dinge und bin beteiligt an Unternehmungen aller Art, ich kaufe und verkaufe Papiere und Aktien. Habe ich nun Glück oder einen sicheren Blick für das, was geht, ich verdiene an allem, war ich anfange. Das Geld heftet sich an mich." Er schwieg einen Augenblick.

Liane betrachtete ihn mit immer wachsendem Interesse. Dieser Mann erschien ihr in einem ganz neuen Lichte jetzt, wo er von seiner Arbeit sprach. Sein charaktervoller Kopf mit dem hochstehenden, etwas gelockten, blonden Haar, der kräftig geformten Nase, dem energisch geschnittenen Kinn erschien ihr schön, wie er sich scharf umrissen von dem hellen Hintergrund des Fensters abhob. Aus den blauen Augen, die sie bis jetzt nur voll weicher Freundlichkeit kannte, blitzte Selbstbewusstsein und eine unbeugsame Tatkraft. Um die bartlosen weichgeschwungenen Lippen lag ein Zug von Gutmütigkeit. Aber dieser ausdrucksvolle Kopf saß auf einem dicken Halse. Der sehr breite Oberkörper war zu schwer für die Beine. Fünf Zentimeter Halslänge und fünfzehn Zentimeter Beinlänge mehr, dachte Liane, und Herr Ohse wäre eine imponierende Erscheinung, während er so trotz seiner sorgfältigen Kleidung einen etwas ungeschickten Eindruck machte. Beim Sprechen störten auch seine Zähne, die, gelb und unregelmäßig, den hübschen Mund entstellten.

„Ich habe nun," begann er wieder, „in geschäftlicher Beziehung erreicht, was ich erreichen konnte und wollte. Aber ich fordere noch mehr vom Leben. Ich bin fünfzig Jahre alt und fühle mich gesund und frisch." Liane stimmt dem zu. Seine Gesichtsfarbe war blühend, kein graues Haar mischte sich in sein lockiges Blond. „Ich bin in manchen Dingen unverbraucht wie ein Jüngling" – ein zärtlicher Blick huschte über Liane hin – „und wenn ich vorhin sagte, ich sei stolz darauf, der Gründer eines großen Hauses zu sein, so hätte ich besser gesagt, wenn ich das werden könnte; es gehört dazu eine ebenbürtige Frau. Meine Frau ist eine achtundvierzigjährige, grauhaarige Matrone. Ich glaube kein Unrecht zu begehen" – er trat langsam neben Lianes Sessel, seine kurzen breiten Finger glitten erregt über das glatte Lederpolster, und seine Stimme geriet hin und wieder ins

Stocken – „ich glaube kein Unrecht zu begehen, wenn ich in zwei bis drei Jahren, wenn meine Tochter durch Heirat, mein Sohn durch seine berufliche Ausbildung das Elternhaus verlassen haben" – der Sprecher atmete schwer und stieß die Worte mühsam hervor – „meine Ehe, die bei dem gesundheitlich schwankenden Zustande meiner Frau kaum noch eine Ehe ist, – löse und eine neue Ehe schließe mit –"

In Ohses Gesicht trat jener Ausdruck der Spannung, der in Männerzüge tritt, wenn das erotische Verlangen wach wird.

„Herr Ohse," begann Liane –

„Mit einer Frau," stieß Ohse heiser hervor, „die ich liebe und die durch Herkommen und Erziehung befähigt ist –"

Seine zitternd hin und her gleitenden Hände kamen Lianes Schultern sehr nahe, sein Gesicht zuckte in mühsam verhaltener Leidenschaft.

Liane drückte die Flächen ihrer Hände fest aneinander: „Herr Ohse," schnitt sie dem erregten Manne hastig das Wort ab, „ich weiß nicht, was die persönlichen Wünsche, die für Ihre Zukunft zu hegen Sie gewiss berechtigt sind, mit dem rein geschäftlichen Vorschlag, den Sie mir machen, zu tun haben. Sie suchen eine Ihnen genehme Bewohnerin für die beschlagnahmten Zimmer Ihrer Wohnung, Sie suchen eine Dame zur Unterstützung Ihrer Gattin in der Führung und Repräsentation Ihres Hauses, Sie glauben, ich sei die geeignete Persönlichkeit für diesen Posten."

Ohse trat zurück hinter Lianes Stuhl und zog sein Taschentuch, um die Schweißtropfen von seiner Stirn zu wischen. Er begriff, dass seine versteckte Werbung verfrüht war, und zwang sich zur Selbstbeherrschung.

Liane sprach weiter, so schnell, dass sich ihre Worte fast überstürzten: „Ich kann aber die Stellung einer Hausdame bei Ihnen nicht annehmen, ich habe eine Aufforderung nach München zu der Gräfin Aspern als Erzieherin und Gesellschafterin und werde dorthin gehen." Sie stand tiefatmend auf. „Ich danke Ihnen für Ihr Interesse, Herr Ohse, ich möchte mich jetzt verabschieden."

Ohse trat vor Liane hin, sein Gesicht zeigte wieder den Ausdruck treuherziger Güte, den sie an ihm kannte aus der Zeit nach ihres Vaters Tode.

„Liebe gnädige Frau, verstehen Sie mich nicht falsch und lassen Sie mich zu Ende reden. Nie würde ich wagen, Ihnen eine Stelle als Hausdame anzubieten, dazu sind Sie ebensowenig geschaffen wie für die Erzieherinnenstelle in München. Die Punkte, die ich Ihnen auseinandergesetzt habe, brachten mich auf den Gedanken, Sie zu bitten, die vorhin schon erwähnten Räume in Ihrem Elternhause zu beziehen. Sie könnten auf diese Weise wieder in der Stadt leben, und ich entgehe der Zwangseinquartierung. Sodann würde ich vorschlagen, dass Sie wie auch Ihre Zofe die Hauptmahlzeiten in meinem Haushalt einnehmen, und dass Sie als Gegenleistung meiner Frau beratend zur Seite stehen und bei ihren häufig vorkommenden Unpässlichkeiten als Repräsentantin des Hauses auftreten."

„Herr Ohse, das ist nur eine neue Form für dieselbe Sache."

„Nein, gnädigste Frau, das ist es nicht. Sie sind vor der Welt nicht angestellte Hausdame, Sie leben in Ihrem eigenen feinen, kleinen Heim in einem herrschaftlichen Hause. Sie können Ihren Verkehr pflegen, wie es Ihnen passt. Ihre Wohnung hat vom Madamenweg einen eigenen Zugang. Ihre Gäste kommen mit meinem Hauswesen überhaupt nicht in Berührung. Die Hilfeleistungen, die Sie in meinem Familienkreise verrichten, die gesellschaftliche Unterstützung, die Sie uns zuteil werden lassen, erscheinen lediglich als

Gefälligkeiten, wie sie zwischen Menschen, die unter einem Dache leben, sich ganz von selbst einstellen. Sie sehen, ich biete Ihnen kein pekuniäres Entgelt an. Sie sollen nicht nur Ihre eigene Herrin sein, Sie sollen sich auch als solche fühlen."

„Herr Ohse," sagte Liane gequält, „Ihr Anerbieten ist gut gemeint, aber wie man es auch dreht: Sie sind der Gebende und ich die Nehmende. Ich bin zu stolz, das anzunehmen."

„Für mein Empfinden wären Sie die Gebende. Können Sie sich gar nicht von der engherzigen Auffassung frei machen, dass nur materielle Dinge ein gleichwertiges Austauschmittel zwischen Menschen sind? Sie sind offen gewesen zu mir über Ihre Verhältnisse, ich will offen sein zu Ihnen über die meinen. Ich bin viel reicher, als allgemein angenommen wird, reicher als mein Bruder, meine Mutter, meine Frau ahnen. Ich könnte mir eine fürstliche Lebensführung leisten und möchte sie mir leisten, aber ich verstehe das nicht. Sie können das, Sie haben alles, was dazu nötig ist, nur nicht das Geld. Im Zusammenwirken könnten wir uns auf das vollkommenste ergänzen. Was ich gebe, das Geld, ist in einem Menschenalter verdient; was Sie geben, die feine Kultur, ist in Jahrhunderten herangereift, und wir armen Neureichen können sie mit all unserem Gelde nicht kaufen, wir können ihrer nur teilhaftig werden, wenn einer jener Glücklichen, die diesen kostbaren Schatz in ihrem Blute und in ihren Nerven tragen, uns daran teilnehmen lassen. In dem neuen Zeitalter der Demokratie fallen die Kulturaufgaben der Aristokratie zu, die dieses demokratische Zeitalter hervorbringt, also der Geldaristokratie. Ich bin durchdrungen von der Kulturaufgabe, zu der mein Reichtum mich verpflichtet. Warum wollen Sie, die Aristokratin der vergangenen Epoche, mir nicht helfen, diese Aufgabe zu erfüllen?"

„Sie sind sehr klug, Herr Ohse, und sehr beredt. Sie verkehren mit Ihren geschickten Worten all meine Begriffe. Ich weiß nicht, ob Ihre Auffassung richtig ist; sie scheint mir richtig, ich weiß nur, dass ich nicht die geeignete Persönlichkeit bin, Sie in Ihren großzügigen Plänen zu unterstützen. Ich bitte, bereden Sie mich nicht weiter.“

Aber Ohse redete weiter. Er wusste aus vielen geschäftlichen Erfahrungen, dass zielbewusste Zähigkeit auch den härtesten Widerstand besiegte. Er sah Liane an, die in einem einfachen blauen Schneiderkleide vor ihm saß mit der stolzen Anmut, die ihr eigen war, und heiß rann sein Blut. Seine Linke ballte sich hinter seinem Rücken zur Faust: Ich muss dieses Rasseweib haben, und ich werde es haben, nur Geduld. Ohse hatte alles erreicht, was er erreichen wollte, sollte jetzt sein leidenschaftlich gespannter Wille an dem Willen einer Frau scheitern?

„Ich hatte geglaubt, Sie seien klug genug, um mich zu verstehen und die Bedeutung meines Vorschlages zu würdigen. Haben Sie nicht selbst gesagt, der Adel müsse mit alten Vorurteilen brechen und sich der neuen Zeit anpassen?“

„Gewiss, Herr Ohse, aber Ihr Vorschlag ist so ungewöhnlich –“

Liane stand auf und ging durch das Zimmer. Als Ohse zu sprechen begann, setzte sie sich auf die niedrige breite Lehne des Sofas. Einer ihrer schmalen Füße wippte ruhelos hin und her.

„Ungewöhnliche Zeiten, wie die unseren, erfordern ungewöhnliche Maßnahmen. Wer das nicht begreift, ist der Zeit nicht gewachsen und kommt nicht vorwärts. Und das möchte doch jeder, nicht wahr? Und wer auf der Höhe angekommen ist, möchte doch nicht wieder hinunter? Sie lebten auf der Höhe, Liane –“ mit einem unwilligen Ruck warf die so vertraulich Angeredete den Kopf in den Nacken – „gönnen Sie mir ruhig, Sie in dieser Stunde so zu nennen, Liane, ich bin doppelt so alt wie Sie, ich könnte Ihr Vater sein. Das Schicksal hat mich an Ihre Seite geführt in der Stunde, da Ihr leiblicher Vater starb, an meiner Brust haben Sie Ihre ersten Tränen um den teuren Toten geweint. Wollen Sie sich dieser himmlischen Fügung entziehen? Hat nicht das Schicksal selbst mir ein Recht gegeben, Sie zu beraten? Ich als erfahrener Mann kenne die Welt doch besser als Sie und Ihre Schwägerin."

„Herr Ohse," sagte Liane tonlos, „Sie machen mich ganz verwirrt. Ich weiß gar nicht mehr, was ich tun soll."

„Mir vertrauen," sagte er herzlich. „Ist das so schwer? Begeben Sie sich nicht nach München in abhängige Verhältnisse, Abhängigkeit ist schwer zu ertragen, in jeder Form, in der sie auftritt. Helfen Sie mir in unserer alten Herzogstadt einen Mittelpunkt modernen geistigen und künstlerischen Lebens schaffen! Ich denke, das ist eine Aufgabe, die eine stolze hochgeborene Frau reizen könnte. Schlagen Sie ein, auf gute Kameradschaft und gutes Gedeihen!"

Einen Augenblick zögerte Liane, doch das Leben in Glanz und Üppigkeit, das ihr geboten wurde, reizte sie zu sehr, sie atmete tief und reckte sich, als wolle sie alle Vorurteile von sich werfen.

„Ich – willige – ein – unter der Bedingung, dass ich jederzeit wieder ausziehen kann, wenn sich unser Zusammenleben als unerfreulich erweisen sollte," und sie legte ihre Hand in die sich ihr entgegen-streckende des reichen Mannes.

Ohse öffnete die Tür zum Wartezimmer. „Fräulein, bestellen Sie das Auto, das kleine. Und dann geben Sie mir die Briefe. Entschuldigen Sie mich einen Augenblick, gnädige Frau."

Annemarie Buchholz brachte die Briefe. „Rufen Sie in meiner Wohnung an, ich brächte Frau Baronin von Erb mit zu Tisch. Die Briefe besorgen Sie gleich zur Post."

Das „Fräulein" fiel Liane auf die Nerven. Wie entsetzlich für eine Dame, solch ein „Fräulein" zu sein. Wie konnte Annemarie das ertragen! Liane war nicht zufrieden mit sich selbst; sie hatte sich überrumpeln lassen. Hier in seinem Herrschergebiet war Ohse ihr gegenüber ein anderer als sonst, hier war er der reife, überlegene, lebenskluge Mann, und sie die junge unentschlossene Frau.

Als sie in den weichen Seidenpolstern des eleganten kleinen Autos saß, hob sich ihre Stimmung wieder. Lautlos glitt der Wagen durch die Straßen der Stadt, in denen jetzt um Mittagszeit ein lebhafter Verkehr herrschte. Vor dem ersten Blumengeschäft hielt das Auto, Ohse sprang schnell hinaus und kam mit einem Arm voll der herrlichsten rosa Rosen zurück, die er Liane auf den Schoß legte. Die Fahrt durch die vertrauten Straßen ihrer Heimatstadt weckte in Liane wehmütige Gefühle, die sich zu schmerzlichem Druck steigerten, als das Auto in die Einfahrt des Madamenschlößchens bog. Sie bereute, Herrn Ohses Aufforderung angenommen zu haben, es war zu schwer für sie, als rechtlose Fremde in ihr elterliches Haus zurückzukehren. Mit Mühe schluckte sie aufsteigende Tränen hinunter.

In der geöffneten Haustür trat ihr schon Frau Ohse entgegen. „Das ist aber zu nett, Frau Baronin, dass Sie uns auch mal besuchen!"

„Denk` mal, Hanne," sagte Ohse, so dass der den Herrschaften beim Ablegen behilfliche Diener es hörte, „Frau von Erb will vielleicht wieder nach hier ziehen und von ihrem Recht Gebrauch machen, das sie sich an das Spiegelzimmer und die angrenzenden Räume beim Verkauf des Hauses vorbehalten hat."

Hanne dachte sogleich, dass es ihr Ansehen heben würde, mit einer wirklichen Baronin zusammen zu wohnen. Wenn die eine Gesellschaft bei ihnen mitmachte, das würde ihren Bekannten imponieren. „Das wäre aber zu nett, Frau Baronin, wenn Sie wieder in Ihr Elternhaus ziehen würden, wir würden uns gewiss gut miteinander vertragen."

Ohse war strahlender Laune. Sein Plan gedieh über Erwarten gut. Liane fühlte sich bei Tisch von ähnlichen Empfindungen hin und her gerissen wie damals, als sie mit Ohse im Harzburger Kurhaus saß. Schließlich fasste sie eine Art Galgenhumor, sie redete sich ein, das Leben bei diesen reichen Emporkömmlingen sei immer noch angenehmer als das Hinvegetieren in dem kleinen Harzstädtchen oder das Lehrerinspielen in München. Und die Familie Ohse war netter, als sie gedacht. Die Frau schien gutmütig, der Sohn, groß und breit wie die Mutter, war für seine fünfzehn Jahre erstaunlich gewandt, die sechzehnjährige Tochter, deren braune Augen in unverhohlener Bewunderung auf ihr ruhten, gefiel Liane ausnehmend. Es würde sich leben lassen mit diesen Leuten.

Nach Tisch besah man Lianes künftige Wohnung. Liane war erstaunt, die Räume, die so lange Jahre unbewohnt gestanden hatten, völlig neu hergerichtet zu finden. Zentralheizung und elektrisches Licht war angelegt, der Stuck neu vergoldet, die Wände frisch mit Seide bespannt, die Parkettböden blank gewichst, das Spiegelzimmer mit neuen Teppichen ausgeschlagen.

Um dieses Zimmer war in der Familie Ohse ein heißer Kampf entbrannt. Erna hatte glühend gewünscht, es zu bewohnen, aber der Vater, der sonst seinem Liebling keinen Wunsch abschlug, blieb unerbittlich. Er hielt die kostbaren Zimmer verschlossen, bis die, für die er sie im stillen hergerichtet, sie beziehen würde.

Als Liane abgereist war, von Waldy ritterlich zum Bahnhof geleitet, setzte sich Ohse gemütlich mit der Zigarre zu seiner Frau.

„Weißt du, Hanne, wir wollen den günstigen Zufall, dass die Baronin ins Haus zieht, ordentlich ausnutzen. Wir wollen ihr die vornehme Lebensführung abgucken. Hast du bemerkt, was der Kerl, der Max, heute beim Servieren ergebungsvoll war? Diesem Gesindel imponiert der Adel. Was meinst du, wenn wir die Baronin bäten, mittags mit uns zu speisen? Für eine einzelne Dame vereinfacht das die Haushaltsführung, da doch keine rechte Küche in Ihrer Wohnung ist, und wir verpflichten sie uns dadurch. Als Gegenleistung kann sie unsere Dienerschaft auf den Trab bringen und dich bei ihren vornehmen Bekannten einführen. Wenn sie dann fortgeht – solche junge hübsche Witwe wird sich ja bald wieder verheiraten –, können uns die Leute, bei denen sie uns eingeführt hat, nicht fallen lassen, und wir sitzen dann gesellschaftlich im Sattel. Was meinst du dazu?"

„Du bist man einmal schlau, mein Karl," antwortete Hanne bewundernd.

„Na, Hanning, das ist gut, dass wir mal einer Meinung sind. Gib mir noch eine Tasse Kaffee, dann will ich nach dem Kontor gehen." Gutgelaunt klopfte er seine Frau auf die Schulter. Man muss die Dinge nur von der rechten Seite anpacken, dann geht alles, dachte er, als er mit breiten Schritten, als gehöre ihm die ganze Welt, die Magdeburger Straße hinunterging.

DREIZEHNTES KAPITEL

Was Karl Ohse anfasste, das klappte und das ging schnell. Er schickte zwei Packer und einen Möbelwagen in das Harzstädtchen, und ehe eine Woche vergangen, war Liane umquartiert. Alles war so eilig gegangen, dass die junge Frau kaum zur Besinnung gekommen war. Sie kam sich vor wie eine Pflanze, die von energischen Händen in ein anderes Erdreich versetzt war. Mit ihrer Schwägerin hatte es eine scharfe Auseinandersetzung gegeben. Frau von Merbach war tief traurig über Lianes Entschluss und hatte ihr das Versprechen abgenommen, sofort zu ihr zurückzukehren, wenn sich die eigenartige Lage, in die sie sich begab, als unhaltbar erweisen sollte.

Der Abschied der beiden Frauen, die sich durch ihr Zusammenleben in schweren Zeiten sehr nahegekommen, war schmerzlich und lastete als quälender Druck auf Liane. Auch wurde es ihr schwerer, als sie gedacht hatte, unter so völlig veränderten Verhältnissen in ihr ehemaliges Elternhaus und in ihre Heimatstadt zurückzukehren.

Sie biss die Zähne aufeinander. Jetzt gab es kein Zurück mehr, sie musste mutig weiter auf dem selbstgewählten Weg. Die Familie Ohse machte es ihr leicht, sie überschüttete Liane derartig mit Liebenswürdigkeiten, dass es ihr beinah peinlich war. Doch bot sich ihr sehr bald die Gelegenheit, sich ihren neuen Hausgenossen dankbar und nützlich zu erweisen, durch geschickte Vermittlung in einer heiklen Angelegenheit, in die Frau Ohse zum Kummer ihrer Tochter und zum Ärger ihres Mannes hineingeriet.

Hanne kam abends aus dem Theater. Im Schein der Autolaternen sah sie ein Pärchen in zärtlicher Umarmung im Gebüsch des Vorgartens verschwinden. Sie ließ den Chauffeur halten, sprang heraus und fasste ihre Tochter Erna ab in den Armen ihres Tanzstundenherrn Hans Reinicke, eines verliebten Primaners. Die erboste Mutter versetzte dem erschrockenen Jüngling eine kräftige Ohrfeige, zerrte ihre

Tochter ins Haus und verprügelte sie dort so gründlich, dass Ernas Jammergeschrei alle Hausbewohner erschreckt herbeieilen ließ. Empört riss Ohse die brutale Frau zurück, die blind und toll auf die zierliche Erna einhieb. Hanne fauchte vor Wut.

„Die Prügel hat sie verdient, schämt sich gar nicht, sich 'rumzuküssen mit dem grünen Bengel. Ich war bloß eine einfache Bauerndeern und nicht so fein wie mein Fräulein Tochter, aber mit meiner Mädchenehre war es besser bestellt, nicht rühr` an! Aber du weißt natürlich alles besser als ich, gibst dem Mädel viel zuviel Geld in die Finger für Kleider und Putz, und wenn du jetzt auch noch dafür bist, dass sie küssen darf, wie es ihr passt, wird 'ne schöne Nummer aus ihr werden. Aber das sage ich dir, Mann, wenn ein Frauenzimmer aus ihr wird, kommt`s auf deine Rechnung, ich wasche meine Hände in Unschuld.“

Diese Familienszene hatte ein sehr peinliches Nachspiel. Am anderen Tage war Tanzstunde. Beim ersten Tanz fehlte Hans Reinicke, und Erna blieb sitzen, beim zweiten Tanz das gleiche Schauspiel. Hans Reinicke war zwar wieder am Platz und tanzte vergnügt mit einem anderen Mädel. Aber einer der zwölf Jünglinge war hinausgegangen und erschien erst wieder in der Pause. Beim dritten Tanz war wieder ein Herr verschwunden, und Erna saß als Mauerblümchen da. Die Tränen traten ihr in die Augen, die Tanzlehrerin bekam einen roten Kopf, und die Mütter begannen zu tuscheln. Frau Reichsbankdirektor Eichner, die den Tanzstundenzirkel zusammengebracht hatte und dessen gesellschaftliche Leiterin war, ging auf die im Kreise zusammenstehenden Herren zu und fragte, was ihr merkwürdiges Benehmen zu bedeuten habe, worauf ihr die Antwort zuteil wurde, Frau Ohse habe Hans Reinicke schwer beleidigt, und ehe sie sich nicht bei ihm entschuldigt habe, werde keiner der Herren mit Fräulein Ohse tanzen.

Die Dame kehrte ratlos in den Kreis der gespannt wartenden Mütter zurück. Hanne, die ihren Ärger kaum noch unterdrückte, wollte gerade sprechen, als Erna, die ihre Tränen nicht mehr zurückhalten konnte, herbeigeeilt kam und mit der Bemerkung, sie fühle sich schlecht, die Mutter mit sich zog und fluchtartig mit ihr den Saal verließ.

Als Ohse aus dem Kontor nach Hause kam, fand er seine Frauen im heftigsten Wortwechsel. Erna stieß schluchzend hervor, die Mutter blamiere sie und sich vor der ganzen Tanzstunde durch ihr taktloses Verhalten. Hanne schimpfte über die eingebildete Bagage der Mütter, mit denen sie sich langweilen müsse. In der Tanzstunde, die Frau Konditor Behrens leitete, ginge es viel lustiger zu. Da säßen die Mütter nicht so trocken dabei, sondern labten sich ordentlich an Kaffee und Kuchen und hätten „auch was davon".

Ohse war der peinliche Vorfall äußerst unangenehm. Erna war durch ihre Schulfreundinnen in eine sehr feine Tanzstunde hineingekommen, und ihm lag viel daran, dass sie den Anschluss an diesen Kreis behielt. Er fuhr Hanne so gründlich an, dass sie heulend in einen Sessel sank, und ließ durch Max Frau von Erb herüberbitten.

Als Liane in das Wohnzimmer trat, fand sie Mutter und Tochter, jede schluchzend, in einem Lehnstuhl und den Hausherrn erregt im Zimmer umherlaufend. Alle drei begannen sofort auf sie einzureden, und als sie schließlich begriffen hatte, um was es sich handelte, erbot sie sich, am anderen Vormittag Frau Finanzpräsident Reinicke und Frau Reichsbankdirektor Eichner aufzusuchen, um den unliebsamen Zwischenfall zu schlichten.

Mit Frau Reinicke ging die Sache glatt; sie hatte vier temperamentvolle Söhne, die ihr weidlich zu schaffen machten, und nahm die Ohrfeige, die ihr Hans bekommen hatte, nicht tragisch, aber der Besuch bei Frau Eichner verlief weniger angenehm. Die Dame deutete in sehr vorsichtigen und gewählten Worten an, dass Frau

Ohse wenig beliebt sei, und man darum vorzöge, sie nicht mehr in der Tanzstunde zu sehen. Um das reizende Mädel, die Schulfreundin ihrer Tochter, tue es ihr leid, aber – ein Achselzucken – die Mutter sei nun einmal so eigentümlich.

Liane entschuldigte Frau Ohse mit einer in ihren Jahren liegenden schwankenden Gesundheit, die ihre Nerven ungünstig beeinflusste und die es nötig mache, dass sie eine Zeitlang ganz zurückgezogen lebte, und Erna hätte daher sowieso in anderer Begleitung die Tanzstunde besuchen müssen.

Frau Eichner ergriff den hingehaltenen Anknüpfungsfaden nur zögernd; erst als Liane sagte, dass sie selbst als Mitbewohnerin des Ohseschen Hauses Erna begleiten wollte, wurde die Dame wieder entgegenkommend und war aufrichtig erfreut, durch diese glückliche Lösung die allgemein beliebte Erna in der Tanzstunde behalten zu können.

Als Liane nach Hause kam, stürzte ihr Erna schon auf dem Flur entgegen. Das arme Ding war so niedergedrückt, dass sie sich nicht in die Schule getraut hatte, weil sie den Spott der Freundinnen fürchtete.

„Es wird alles gut, Erna," tröstete Liane.

„Wenn man mich aus der Tanzstunde ausgeschlossen hätte, wäre ich ins Wasser gegangen," rief Erna leidenschaftlich, „die Schande hätte ich nicht überlebt. Aber was sagten denn die Damen?"

„Kommen Sie mit in mein Zimmer, Erna."

Liane ging die Treppe hinauf, Erna folgte ihr kleinlaut.

„Also, Erna," sprach Liane nicht ohne eine gewisse Strenge im Ton, „ich werde Sie von jetzt an in die Tanzstunde begleiten, aber nur unter einer Bedingung: Sie Versprechen mir, dass Sie nie wieder solche Dummheiten machen wie neulich mit Hans Reinicke."

Erna ließ den Kopf hängen: „War das denn so unrecht? Alle meine Freundinnen küssen ihre Verehrer. Das ist heutzutage so Mode."

„Wenn Ihre Freundinnen das tun, so ist es ein Beweis dafür, dass sie sehr schlecht erzogen sind. Feine Mädchen lassen sich nicht von ihren Verehrern abküssen."

Erna wurde dunkelrot, ihre braunen Augen füllten sich mit Tränen.

„Ich nehme jedenfalls nur ein Mädchen unter meinen Schutz, das sich so benimmt, wie es sich für eine junge Dame der Gesellschaft gehört, und das bestrebt ist, von mir zu lernen, was ihr an gesellschaftlicher Schulung noch fehlt. Wollen Sie mir versprechen, Erna, mir gehorsam zu sein und nie und unter keinen Umständen wieder einen jungen Herrn zu küssen?"

Erna stürzte schluchzend zu Lianes Füßen und barg den Kopf in ihrem Schoß: „Liebe Frau von Erb, nehmen Sie mich unter Ihren Schutz, ich will Ihnen in allen Dingen gehorsam sein, ich habe es ja so schwer mit Mutter und weiß oft gar nicht, wie ich mich zu benehmen habe."

Liane hob das reizende Köpfchen empor und sah lächelnd in die feuchten glänzenden Augen. „Haben Sie denn Hans so lieb?"

Erna lachte unter Tränen: „Ach, bewahre, er ist ein guter Junge, aber ich mache mir nicht viel aus ihm. Ich hab` ihn nur als Herrn für die Tanzstunde genommen, weil er hübsch tanzt, und ich habe ihn nur geküsst, weil er es so gern wollte und es in der Tanzstunde so Sitte ist. Da Mutter mit ihren dicken Füßen schlecht gehen kann und wir immer im Auto nach Hause fuhren, hatte ich nie Gelegenheit, Hans den Kuss zu geben. Die anderen Mädel werden von ihren Herrn nach

Hause begleitet, die Mütter gehen hinterher, sind aber ahnungslos, dass hinter jeder schützenden Straßenecke schnell ein Kuss gegeben wird. Aber mir geht's immer so: mach` ich mal eine Dummheit, gleich fall` ich rein dabei."

„Dann seien Sie schon lieber brav. Also es ist abgemacht, Erna, Sie küssen niemand, ehe Sie sich einmal verloben, und ich mache Ihre Ballmutter"

Erna bedankte sich und sprang davon, kam aber bald zurück und berichtet: „Vater ist schon da. Er und Mutter sind gespannt, was Sie ausgerichtet haben, und möchten es gar zu gern noch vor Tisch erfahren."

Liane ging mit Erna hinunter und erzählte so vorsichtig wie möglich die Unterredung mit Frau Eichner. Ohse begriff auch sofort, um was es sich handelte.

„Hanne, wir sind Frau von Erb zu großem Dank verpflichtet, dass sie dich so geschickt als leidend hingestellt hat und dadurch ein Skandal vermieden ist, der Erna sehr geschadet hätte. Leidenden Menschen wird alles verziehen. Um dein Ansehen in der Gesellschaft wieder-herzustellen, ist es am zweckmäßigsten, du verreist auf einige Zeit."

„Fällt mir gar nicht ein," widersprach Hanne; „die eingebildeten Puten aus der Tanzstunde können mir gestohlen werden, ich bleib` da."

Ohse war inzwischen in das nebenliegende Herrenzimmer gegangen; man hörte ihn das Fernamt anrufen. „Ich bringe dich am besten in ein Sanatorium," bemerkte er, in das Wohnzimmer zurückkehrend.

„Am liebsten brächtest du mich gleich in die Irrenanstalt. Sie müssen wissen, Frau von Erb, mein Mann wäre mich gar zu gern los, ich bin ihm nicht mehr nobel genug. Aber ich tu` ihm nicht den Gefallen, ich geh` nicht fort."

Hanne setzte sich breitspurig auf das Sofa und trommelte mit ihren Füßen auf den Teppich.

Im Nebenzimmer klingelte das Telephon. Ohse ging hin, und Hanne sprach weiter: „Mich rausschmeißen, das könnte ihm so passen, aber fällt gar nicht vor! Ich will auch was haben von dem Reichtum und dem guten Leben. Die ewige Zankerei bei uns im Hause stört mich nicht mehr, da hab` ich mich an gewöhnt."

„Aber ich nicht," bemerkte Ohse, in der Tür des Herrenzimmers stehend. „Ich habe scharf zu arbeiten und brauche Ruhe im Hause. Also, Hanne, morgen früh um acht Uhr steht das Auto vor der Tür. Ich bringe dich in das Sanatorium Sonnenblick im Harz, wo ich dir soeben ein Zimmer bestellt habe. Dort wirst du bleiben, bis Ernas Tanzkursus beendet ist."

Hanne wollte empört auffahren, als die Tür zum Esszimmer aufgerollt wurde und Max mit undurchdringlicher Miene meldete: „Gnädige Frau, es ist angerichtet."

Hanne fürchtete sich vor nichts auf der Welt außer vor Max, dessen süffisantes Bedientengesicht bei jeder Gelegenheit die ungeheure Verachtung ausdrückte, die er für sie empfand. Sie nahm sich daher während der Mahlzeit zusammen. Liane empfand die Gewitterstimmung, die zwischen dem Ehepaare herrschte, als äußerst bedrückend und empfahl sich sofort nach Tisch; auch Waldy und Erna suchten das Weite.

Als das Ehepaar allein war, fasste Ohse mit hartem Griff seine Frau am Arm. „Du fährst, Hanne," sprach er langsam, jedes Wort betonend, „und merk` dir ein für allemal, wenn du mich in der Stellung schädigst, die ich mir in saurer Arbeit erobert habe, hat es ein Ende mit uns. Wenn dir daran liegt, meine Frau zu bleiben, parierst du mir, verstanden?"

Hanne sah, dass die Zornesader auf der Stirn ihres Mannes stark geschwollen war, und duckte sich. Als Ohse hinausging, schickte sie ihm einen hassfunkelnden Blick nach. „Das sollst du mir büßen," knirschte sie.

Als Ohse in sein Zimmer gegangen war, begann Hanne zu packen. Die Vorräte, die sie an Wurst, Schinken, Butter und Likören mit sich nahm, hätten für eine zwölfköpfige Familie genügt. Sie jagte die Dienerschaft hin und her, eilige Füße liefen treppauf, treppab, Türen wurden auf- und zugeschlagen, die Unruhe im Hause nahm kein Ende und drang bis in Lianes Zimmer. Die junge Frau fühlte sich äußerst unbehaglich, die ganze Schwierigkeit der Lage, in die sie sich begeben hatte, kam ihr erst jetzt voll zum Bewusstsein. Sie hatte das Gefühl, als müsse sie der verärgerten Hausfrau irgendeine Freundlichkeit erweisen und schickte ihre Zofe zu fragen, ob Frau Ohse den Tee bei ihr trinken wollte. Als sie eine bejahende Antwort erhalten hatte, ging sie in die Stadt, um etwas Gebäck zu besorgen. Am Magdeburger Tore traf sie Annemarie Buchholz, die in die Fabrik ging. Liane verabredete mit ihr, sie am heutigen Abend zu besuchen, und freute sich, durch diesen Besuch von sich und der Familie Ohse abgelenkt zu werden.

Dem Zusammensein mit Frau Ohse sah sie mit einer gewissen Bangigkeit entgegen, aber es verlief besser, als zu erwarten war. Hanne fühlte sich geehrt durch die Aufforderung der Baronin und war glücklich, jemand zu haben, dem gegenüber sie ohne Rücksicht auf ihren Mann schimpfen konnte.

„Das kann ich Ihnen sagen, Frau von Erb, mein Mann ist ein ganzes Ekel. Dass der nicht so freundlich ist, wie er Ihnen gegenüber tut, haben Sie wohl auch schon bemerkt. Na, lernen Sie ihn erst mal kennen; wenn ich weg bin, haben Sie ja dazu reichlich Gelegenheit, dann kriegen Sie ihn bald dicke. Der kommandiert alle Leute, die mit ihm zu tun haben. Früher war er anders, aber seit er das viele Geld verdient, hat er 'nen Größenwahn und glaubt, die ganze Welt müsse nach seiner Pfeife tanzen. Den Zufall, dass Sie bei uns wohnen, will er auch gleich für sich ausnutzen, er will Ihnen die vornehme Lebensweise ablernen. Wenn ihm das gelungen ist, drängelt er Sie aus dem Hause. Da können Sie sich drauf verlassen."

Liane wurde heiß und kalt bei solchen Reden der aufgebrachten Frau, und sie war doch gleichzeitig froh, dass Hanne ohne jede Eifersucht auf sie selbst war. Immer drückender kam es Liane zum Bewusstsein, in welches Gewirr von Falschheiten sie sich hatte hineinziehen lassen.

Als sie durch den dunkeln kalten Oktoberabend zu Exzellenz Buchholz ging, erwog sie ernstlich, wie sie es ermöglichen könne, wieder fortzukommen.

Die Generalin Buchholz bewohnte noch dieselbe hübsche Etage, die Liane aus ihren Mädchenjahren her kannte, doch deuteten zwei Namenschilder unter dem ihren darauf hin, dass sie die Räume jetzt mit Untermietern teilte. Als Liane die Klingel zog, öffnete Annemarie selbst und half ihr beim Ablegen. Das mittelgroße Zimmer, in dem die Generalin den Gast empfing, war als Wohn- und Eßzimmer behaglich eingerichtet, die Flügeltür nach dem angrenzenden Zimmer durch das Büfett zugestellt.

Das Gespräch wandte sich schnell wirtschaftlichen Fragen zu, die den weißhaarigen Kopf der Generalin ganz erfüllten.

„Wir haben zwei möblierte Zimmer an einen Herrn vermietet und zwei andere an das alte Fräulein Baumann abgetreten, wissen Sie, die, deren Vater unter dem hochseligen Herzog Kasimir Minister war. Der geht es nämlich sehr traurig. Ihr Einkommen reicht nicht mehr hin, und sie hat ihre Wohnung aufgeben und viele Sachen verkaufen müssen. Aber wie stehen Sie denn da, Liane, haben Sie zu leben? Wollen Sie einen Beruf anfangen? Wie kommen Sie denn mit den protzigen Ohses aus? Oder sehen Sie nichts von ihnen?"

„Soviel Fragen auf einmal kann Liane unmöglich beantworten, Mama," lachte Annemarie.

„Na, wie finden Sie denn Herrn Ohse? Das interessiert mich nämlich am meisten, weil er doch Annemaries Chef ist. Ich hätte ja viel lieber gesehen, sie wäre zu Kommerzienrat Ohse gekommen, der soll ganz anders sein als sein Bruder, der lädt seine Privatsekretärin öfters ins Haus, sie bekommt häufig Theater- und Konzertbilletts – –"

„Aber, Mama," unterbrach Annemarie den Redefluss der Mutter, „etwas Derartiges erwarte ich ja gar nicht."

„Du kennst Herrn Ohse länger als ich," sagte Liane, „wie urteilst du über ihn? Ist er ein angenehmer Chef?"

„Die letzte Frage ist schwer zu beantworten, ich finde ihn ganz angenehm, seit ich mich an seine kurze Art gewöhnt habe. Der Kommerzienrat ist beliebter, der hat mehr Herz für die Leute. Karl Ohse hat wohl die Härte der Menschen, die sich in saurer Arbeit von unten heraufgearbeitet haben. Er verlangt viel von seinen Unterge-benen, aber er ist gerecht. Jede halbe Stunde, die ich über die Bureauzeit hinaus arbeite, bezahlt er mir extra. Er sieht in mir nur eine lebendige Schreibmaschine; je schneller und je akkurater sie seine Gedanken zu Papier bringt, je besser bezahlt er sie. Ich arbeite nun ein Jahr bei ihm, noch nie ist ein persönliches Wort zwischen uns gewechselt worden."

„Ist diese Art der Arbeit nicht drückend für eine gebildete Frau?" fragte Liane.

„Ich habe mich daran gewöhnt," antwortete Annemarie mit einem etwas wehmütigen Lächeln.

„Ja," sprach die Generalin bitter, „das hat man meiner Annemarie, der einzigen Tochter eines kommandierenden Generals, auch nicht an der Wiege gesungen, dass sie einmal Tippmamsell spielen würde. Wenn ich an die Freude denke, als nach den drei Jungen unser Prinzeßchen geboren wurde! Wie verwöhnt wurde sie von allen Seiten, vom Vater, den Brüdern, und später vom Bräutigam –"

„Mama," bat Annemarie, „sei nicht bitter, es geht Tausenden unserer Standesgenossen viel, viel schlechter als uns. In dieser harten Zeit kann jeder Gott danken, der sich durch ehrliche Arbeit ein auskömmliches Brot verdient. Denk` an das arme Fräulein Baumann, die den ganzen Tag mit ihrem Strickstrumpf in der Volkslesehalle sitzt, um Feuerung zu sparen; ich glaube, vor einigen Minuten klappte die Etagentür, und sie ist zurückgekommen. Ich will sie noch herüberholen, sie kann unseren warmen Ofen mit genießen."

Fräulein Baumann war ein kleines Geschöpfchen, an der alles zerknittert war, ihr schwarzes Kleid, ihr Umschlagetuch, ihre Frisur und ihr Gesicht. Ihre kleinen Korinthenaugen eilten neugierig über Liane hinüber, ihre moderne Frisur, ihr schickes dunkelblaues Kleid, ihre Lackschuhe, ihre gepflegten, mit Ringen geschmückten weißen Hände.

„Sehen Ihrem Großvater ähnlich, mein Kindchen, dem schönen Kammerherrn. Haben wohl auch seine noblen Passionen geerbt, wie? Schlechte Zeit dafür? War ein scharmanter Herr, Ihr Großvater Merbach; als junges Ding habe ich ihn auf den Hofbällen bewundert.

Er tanzte noch in weißem Haar wie ein Gott. Ja, die Zeiten haben sich geändert!"

„Haben Sie Ihre Brillantbrosche gut verkauft?" fragte die Generalin neugierig.

Das alte Fräulein wärmte sich die Hände am Ofen.

„Ja, die Brosche," erzählte sie, „die hat der hochselige Herzog Kasimir meiner Mutter, der Gattin seines Ministers, geschenkt. Jetzt hat sie der Minister Kattentidt für seine Gattin gekauft."

Die Generalin war entsetzt. „Dann haben Sie das Schmuckstück –"

„Das ist doch gerade hübsch, das macht mir einen diebischen Spaß. Das Leben ist eine Komödie, man braucht gar nicht mehr ins Theater zu gehen. Ich habe viel Spaß am Leben, wenn ich nicht gerade zu hungern und zu frieren brauche. Schade, dass ich ihm nur noch so wenige Jahre zusehen kann."

„Aber, liebes Fräulein Baumann," sagte die Generalin, „Sie sind noch so rüstig für Ihre Jahre."

„Was meine Gesundheit anbetrifft, die hielte noch lange, ich bin erst neunundsechzig. Wir Baumanns werden alle über achtzig. Aber mein Geld reicht nicht länger. In zwei bis drei Jahren werde ich aufgegessen haben, was ich besitze. Dann lass` ich abends den Gashahn offen –"

„Wie können Sie so etwas Gottloses sagen?" klagte die Generalin.

„Gottlos!" kicherte die Alte. „Was hat das mit dem lieben Gott zu tun? Poincaré hat gesagt, in Deutschland seien zwanzig Millionen Menschen zuviel. Das sind wir kleinen Rentner und Pensionäre, wir Alten, die wir keine brauchbaren Arbeitsmaschinen mehr sind. Wir müssen so schnell als möglich sterben, das erfordert das Wohl des Vaterlandes. Ich wundere mich immer, dass nicht ein Gesetz herauskommt, wonach alle Staatsbürger über siebzig Jahre vergiftet werden! So ein bisschen Zyankali auf die Zunge –"

„Nun seien Sie aber still, Sie frivole Person," rief die Generalin empört, „trinken Sie lieber eine Tasse Tee."

Wie grauenvoll ist die Armut, dachte Liane, wie entsetzenerregend, eines Tages vor dem völligen Nichts zu stehen. Alles andere ist leichter zu ertragen als das!

Um halb elf Uhr ertönte eine Autohupe, gleich darauf schrillte die Klingel. Annemarie blickte aus dem Fenster.

„Hier der Chauffeur von Herrn Ohse. Ich sollte die Frau Baronin abholen," klang eine Stimme aus dem Dunkel.

Liane war erstaunt, sie hatte ihre Zofe beauftragt, ihr entgegenzugehen. Schnell verabschiedete sie sich.

Fräulein Baumann sah ihr nach, wie sie mit ihrem königlichen Gang die Treppe hinunterschritt.

Kluge Frau, diese junge Baronin, dachte sie, hängt sich an die neuen Reichen, bleibt oben, was man so oben nennt. Findet bloß nicht jeder solch bequemen Haken, vielleicht ist`s auch kein Haken, sondern nur der kleine Finger, den der Teufel der schönen Enkelin des letzten Grandseigneurs hinhält. Hat schon mancher seine Seele verkauft auf der Jagd nach dem Gelde, sie ist die erste nicht und wird die letzte nicht sein. Habe vielen Menschen zugesehen bei dem großen Wettrennen nach Ehre und Reichtum. Das Leben ist eine amüsante Komödie, solange man Geld hat oder angemessene Arbeit, die Geld einbringt. Ist man aber arm und unfähig zur Arbeit, wird eine Tragödie daraus, eine Tragödie.

VIERZEHNTES KAPITEL

Das Leben im Madamenschlößchen ging einen lebhaften Gang. Sowie Ohse seine Frau durch das Sanatorium unschädlich gemacht, hatte er Liane mitgeteilt, was er nunmehr von ihr erwartete, und das war nichts Geringeres, als seinen Hausstand auf eine hochherrschaftliche Basis zu stellen. Er händigte Liane zwei Scheckbücher aus, das eine für Haushaltsausgaben, das andere für ihre Kleidung. Sie wollte es nicht annehmen, aber Ohse setzte ihr mit geschickten Worten auseinander, dass die Dame, die sein Haus repräsentierte, nicht nur die schönste und gewandteste, sondern auch eine der elegantesten Erscheinungen der Stadt sein müsse, wenn er seine ehrgeizigen gesellschaftlichen Pläne erfolgreich durchführen wolle. Ohse erklärte ihr noch einmal, dass Geld für ihn keine Rolle spiele, Geld an sich sei gar nichts, es sei nur Mittel zum Zweck, und es sei kleinlich, ihm gegenüber Geld überhaupt zu erwähnen!

Liane verschrieb sich einen Haushofmeister aus Berlin. Gegenüber Fischers Erhabenheit war Max gar nichts. Fischer war erhaben wie ein Gott und fehlerlos wie ein Gott. Der Haushalt lief glänzend, jeden Morgen erschien Fischer, legte den Speisezettel für den Tag vor, empfing Lianes Befehle und sagte zu jedem mit undurchdringlicher Miene: „Sehr wohl, Frau Baronin." Fischer sah alles, was im Hause vor sich ging, Max konnte keine Weine und Liköre mehr mausen, kaum mal eine Zigarre, die Köchin sich kein Korbgeld mehr machen und das Hausmädchen nicht mehr stundenlang Romane lesen. Liane achtete auf alles, was Fischer tat. Als sie sich überzeugt hatte, dass seine Bücher in guter Ordnung waren und er auf seine geschickt gemachten Einkäufe nur soviel aufschlug, als es für den ersten Diener eines großen Hauses angemessen war, ließ sie ihm freie Hand und widmete sich ganz den „Kulturaufgaben", die Ohse ihr stellte.

Er wollte in Holckenbusch eine große Jagd geben; das Essen sollte im Herrenhaus stattfinden. Dazu lud er sämtliche angesehenen Herren der Stadt und der nächsten Umgebung ein, zu denen er nur irgendwelche Beziehungen hatte. Für Liane wurde ein kostbares Reitpferd angeschafft. Jeden Morgen fuhr sie mit Ohse zur Reitbahn, wo er sich eine halbe Stunde von einem dicken alten Wallach in die Runde tragen ließ, denn der Arzt hatte ihm Bewegung verordnet.

Liane gewann dem neuen Leben von Tag zu Tag neue Reize ab. Ohse ließ ihr nicht nur im Haushalt völlig freie Hand, er ermunterte sie auch, die Einrichtung der Zimmer nach ihrem Gutdünken umzuändern und der ganzen Häuslichkeit prägte sich allmählich der Stempel von Lianes durchgebildetem Geschmack auf. Sie kaufte Antiquitäten, Teppiche, Silber und Kristall, und dieses Wirtschaften aus dem Vollen befriedigte sie und machte ihr täglich neue Freude. Geld spielte keine Rolle dabei, Geld sah Liane überhaupt nicht. Sie brauchte nur Zahl und Namen auf eines jener unscheinbaren Zettelchen zu schreiben, die ihr Ohse als Scheckbuch eingehändigt, um alles zu kaufen, was ihr zur Verschönerung des Hauses nur irgend angebracht erschien. Sie fühlte sich so völlig als Herrin in ihrem ehemaligen Elternhause, dass sie fast das Gefühl hatte, die Ohses seien ihre Gäste, und dieses Gefühl äußerte sich in hausfraulicher Fürsorglichkeit und Verbindlichkeit, die Ohse unendlich entzückte.

Der Hausherr beobachtete einmal, wie Fischer und Max die mit feinstem Geschmack neu geordnete Einrichtung der um die Halle gelegenen Gesellschaftsräume betrachteten, und hörte Max sagen: „Jetzt ist 'n janz anderer Schmiss in den janzen Betrieb hier, man merkt doch gleich, was 'ne jeborene Herrschaft ist und was nicht. Mit der ollen Gnädigen, die sie nach'n Sanatorium abgeschoben haben, war rein gar nischt los.“

Das „geborene Herrschaftliche", dachte Ohse, das ist es, was ihr die Überlegenheit gibt, der sich jeder im Hause willig beugt. Er selbst beugte sich mit. Erna und Waldy konnten sich nicht genug wundern über den Vater, der immer strahlender Laune war und freigebiger denn je. Waldy fehlten zwar die heimlichen Geldzuwendungen der Mutter; denn bares Geld gab ihm der Vater wenig in die Hand. Doch vermisste er trotzdem die ferne Mutter nicht, denn er fand es höchst angenehm, dass sich niemand um ihn bekümmerte. Zu den Mahlzeiten erschien er pünktlich, gut gekleidet und äußerst höflich. Aus der Schule kamen keine Klagen, denn dem findigen Jüngling war es gelungen, des Vaters Handschrift täuschend nachzuahmen, und kaltblütig malte er das K. Ohse unter die Fünfen, die er in allen Klassenarbeiten schrieb. Er hatte sich einen Hausschlüssel heimlich anfertigen lassen, und abends, wenn der Vater ausgegangen war, ging auch Waldy, eine Zigarette zwischen den Lippen, höchst elegant gekleidet seinen Vergnügungen nach. Eine flotte Verkäuferin half ihm dabei und führte ihn in das Leben ein, wie sie das nannte, und auf diesem Gebiete war Waldy ein sehr gelehriger Schüler. Er lernte schnell von ihr, dass es gefällige Leute gab, die dem Sohne des reichen Ohse jede Summe vorstreckten, er brauchte nur seinen Namen quer zu schreiben.

Ohse ging fast jeden Abend mit Liane und Erna aus. Es schmeichelte ihm, sich mit der schönen Frau im Theater, in Konzerten, Vorträgen und Restaurants zu zeigen. Liane hatte viele Beziehungen in der Stadt, sie hatte eine Menge Besuche gemacht, war überall mit offenen Armen aufgenommen worden, und wo Ohse auch mit ihr hinging, traf Liane Bekannte. Ohse wurde vorgestellt, und seine reizende Tochter fand überall Anklang. Von Ohse, der sich klug und taktvoll benahm, hieß es bald allgemein, er sei doch eigentlich ein recht angenehmer Mann. Er verstand es sehr geschickt, überall die Rede auf die bevorstehende Jagd in Holckenbusch zu bringen, und fing sich unauffällig Gäste dazu ein, die durch Rang und Herkommen ein Schmuck für seine Gesellschaft zu werden versprachen.

Die bevorstehende Jagd bildete bald das Gespräch der Stadt und wurde zu einem gesellschaftlichen Ereignis, das Ohses kühnste Erwartungen übertraf.

Als sich am Morgen eines frostklaren Novembertages die Jagdteilnehmer in der weiten Halle des Schlosses versammelten, von deren Wänden die Familienbilder der Grafen Holck herabschauten, überflogen Lianes blitzende Augen die stattliche Versammlung. Die Blechbarone, Maschinengrafen und Ölprinzen waren in der Überzahl; aber bildeten sie nicht das Rittertum der modernen Zeit, die Auslese derer, die den Geist des technischen Zeitalters am besten verstanden? Und waren sie nicht die berufenen Erben der Kultur, die eine niedergehende Kaste der vergangenen Epoche ihnen überlassen musste, weil sie selbst nicht mehr Kraft und Mittel hatte, sich auf der Höhe zu behaupten?

Im ersten Stockwerk des Schlosses war die Flucht der Fremdenzimmer instand gesetzt und geheizt, um den beim Anbruch der Dämmerung zurückkehrenden Jägern Gelegenheit zum Ausruhen und Umkleiden zu geben. Die Ohseschen Autos jagten hin und her und holten diejenigen Gäste aus der Stadt, die nur an dem Essen teilnehmen wollten.

Auf Lianes Bitte hatte sich die alte Frau Ohse nach anfänglichem Sträuben bereitfinden lassen, am Abend die Stelle der Hausfrau einzunehmen, Liane selbst trat als Gast auf. Auf den fehlerlosen Fischer konnte sie sich verlassen; unter dessen Leitung ging alles wie am Schnürchen. Liane hatte Livreen in den Farben des Holckschen Hauses, lila mit Silber, welche die Merbachs übernommen, arbeiten lassen. Dahinein hatte Fischer Lohndiener, Kutscher und Gärtnerburschen gesteckt, die er tadellos anzulernen wusste. Er selbst trug den Frack mit goldenen Knöpfen und wirkte wie der Direktor eines vornehmen Hotels.

Die alte Frau Ohse sah mit ihren schneeweißen Haaren in ihrem schwarzseidenen Schleppkleid, das noch von Fritzens Hochzeit stammte, fein und ehrwürdig aus, als sie neben ihrem Sohn in die Halle trat. „Mutter," flüsterte Karl und drückte ihre Hand, „weißt du noch, wie du uns als Kinder die Geschichte vom Krüger aus Merbach erzähltest? Jetzt habe ich es ebenso weit gebracht, und vieles, was einst sein war, ist jetzt mein."

„Ich bin stolz auf dich," antwortete die Mutter leise, „aber dieser Luxus heute, diese fürstliche Aufmachung mit Dienern in Kniehosen und dem Herrn mit den goldenen Knöpfen macht mir Angst. Das geht zu weit, Karl, das passt nicht für ein bürgerliches Haus, sieh Fritz an, der lebt noch gerade so wie früher."

„Ich bin nicht Fritz, Mutter, mich verlangt es nach großzügigem Leben, und seit wir keine Fürstenhöfe mehr haben, müssen wir reichen Leute die gesellschaftlichen Traditionen hochhalten."

„Das sind Redensarten, Karl," entgegnete die alte Frau, „die großartige Lebenshaltung, die du in deinem Hause eingeführt hast, ist doch nicht dein Werk, das hat die Baronin gemacht. Karl, was hat es für eine Bewandtnis mit dieser Frau, in welch sonderbarem Verhältnis stehst du zu ihr? Die Frau ist dein Unglück, die richtet dich zugrunde."

„Mutter, hab` keine Angst, ich kann den Luxus bezahlen, eine solche Dame in meinem Hause zu haben."

Die ersten Gäste trafen ein. Liane ging die Treppe hinunter, hinter ihr ein hochgewachsener junger Herr, dessen dunkle Augen nicht von ihr ließen. Es war Dr. Kasimir Herzog, ein junger Schriftsteller, der seit kurzem Schriftleiter beim Staatsanzeiger war. Der Volkswitz nannte den auffallend schönen eleganten Mann „Herzog Kasimir".

Dieser elegante Mann bildete eine ernste Beunruhigung für Ohse. War er auch nicht von Adel, so war er zweifelsohne ein Kavalier und hatte eine verdammte Ähnlichkeit mit dem Bilde, das Liane einst von dem Manne entworfen hatte, den sie lieben könnte. Gott sei Dank hatte er kein Geld und kam daher als ernsthafter Bewerber nicht in Frage. Aber Frauen sind unberechenbar, wenn sie sich verlieben. Es verdross Ohse schwer, zu sehen, wie eifrig der gefährliche Mann Liane wieder den Hof machte. Mit welch leuchtenden Blicken sah er sie an, mit welchen Schmeicheleien er sie wohl betörte! Frau Ohse sah mit Sorge, wie die Augen ihres Sohnes immer wieder Liane suchten, von deren Seite Kasimir Herzog nicht wich.

„Sie sind heute schöner denn je, Liane," flüsterte er ihr leidenschaftlich zu.

„Wollen Eure herzoglichen Gnaden nicht Ihre Gunst etwas gleichmäßiger auf die anwesenden Damen verteilen?" scherzte Liane.

„Sie wollen mich von Ihrer Seite entfernen, Sie sind grausam."

„Ich möchte nicht auffallen, Kasimir." Zum ersten Male nannte sie ihn bei seinem Vornamen.

„Ich verstehe und gehorche. Wann darf ich Tee bei Ihnen trinken und Ihnen meine neuesten Gedichte vorlesen?"

„In den nächsten Tagen, vielleicht schon morgen."

Ohse sah mit Erleichterung, dass in der immer mehr wachsenden Menge der Gäste Liane von ihrem eifrigen Verehrer getrennt wurde, und wie er auch spähte, er konnte nicht bemerken, dass sie den schönen Kasimir im Verlaufe des Abend besonders begünstigte.

„War ich brav?" fragte Kasimir beim Abschied.

„Sehr brav," lächelte Liane.

„Ich verdiene eine Belohnung, darf ich morgen kommen?"

Einen Augenblick zögerte Liane, dann sagte sie leise: „Ja."

Kasimir ergriff ihre Rechte und presste seine Lippen auf Lianes Handgelenk. Beglückt fühlte er den stürmischen Gang ihres Pulses. „Auf morgen," flüsterte er leise und sah ihr tief in die Augen.

Liane blieb einen Augenblick hochatmend stehen; nachdem die letzten Gäste die Halle verlassen hatten, gab sie Fischer noch einige Anweisungen. Der Hausherr, der seine Mutter in ihr Zimmer geleitet hatte, kam in bester Stimmung auf Liane zu.

„Ich kann noch nicht zu Bett gehen, liebe gnädige Frau, wir müssen die Ereignisse des Tages noch bereden, leisten Sie mir im Früh-stückszimmer noch ein halbes Stündchen Gesellschaft. Ich muss Ihnen danken für Ihre glänzende Regie."

„Ich bin abgespannt, Herr Ohse, ich möchte mich gern zurück-ziehen."

„Wie schade," rief Ohse enttäuscht, „aber natürlich will ich Ihrem Ruhebedürfnis nicht hinderlich sein, dann gehe ich auch nach oben."

„Sie sind zufrieden mit dem Verlauf des Tages, Herr Ohse," fragte Liane, die Treppe hinaufgehend. Ohse folgte ihr auf dem Fuße. Liane hatte zum heutigen Tage zum erstenmal für Ihre Kleidung von dem Scheckbuch Gebrauch gemacht. Ein ausgeschnittenes schwarzes Paillettenkleid umrieselte wie eine glitzernde Schlangenhaut ihre herrliche Gestalt.

„Zufrieden? Begeistert bin ich!"

Liane hörte schweres Atmen hinter sich. „Wird Ihnen das Treppen-steigen sauer, Herr Ohse?"

Auf der obersten Stufe wandte sie sich um und erschrak vor dem leidenschaftlichen Ausdruck in Ohses Gesicht.

Er trat mit einem schnellen Schritt neben sie, schlug den Arm um ihre Hüfte und zog sie an sich. „Sie sind ein Götterweib, Liane, mit Ihnen erobere ich die Welt."

„Fürs erste sind wir dabei, diese Stadt zu erobern," scherzte Liane und entzog sich geschickt seinem Arm, „ihre Ringmauer ist heute im Sturm genommen."

„Ich wollte, eine andere Festung ließe sich auch im Sturm nehmen," entgegnete Ohse mit heißem Blick.

„Seit wann sind Sie denn so schlagfertig, Herr Ohse?" fragte Liane, die ihm eine so schneidige Bemerkung gar nicht zugetraut hatte.

„Seit Sie mich beschwingen! Ach Gott, Liane, in mir steckt viel mehr, als Sie glauben, wenn Sie nur erlauben würden –"

„Jetzt erlaube ich Ihnen, sich von mir zu verabschieden. Gute Nacht, Herr Ohse, lassen Sie sich Ihren Sieg wohlbekommen."

Damit schlüpfte Liane in ihr Zimmer, wo ihre Zofe sie bereits erwar-tete, während Ohse darüber nachgrübelte, ob er das Wort „Sieg" zu seinen Gunsten deuten dürfe oder nicht.

Liane lag noch lange wach und dachte an Kasimir Herzog. Sie hatte ihn vor vierzehn Tagen in einem Tanzzirkel kennengelernt. Die Tanzleidenschaft, die in den Jahren nach der Revolution in Deutschland herrschte wie eine Epidemie, hatte verschiedene ältere Ehepaare der Residenz veranlasst, sich zusammenzuschließen, um gemeinsam die modernen Tänze zu erlernen. Im Ballsaal des herzoglichen Schlosses, der jetzt als öffentliche Vergnügungsstätte jedermann offenstand, der die hohe Miete dafür bezahlen konnte, fanden an zwei Abenden der Woche diese Tanzstunden statt, an denen Ohse mit Liane teilnahm. Verschiedene Damen und Herren, deren Ehegatten nicht tanzlustig waren, hatten sich Partner aus ihrem Bekanntenkreis gesucht, und so fügten sich Liane und Ohse passend in den bunten Reigen.

Frau Sternauer, die noch schöne, fünfundvierzigjährige Gattin eines reichen Bankherrn, hatte den jungen Dr. Herzog, der ihrem Mann verpflichtet war, als ihren Partner in den Tanzzirkel eingeführt. Sämtliche Damen schwärmten für den schönen eleganten Mann; keine gönnte ihn der koketten Sternauer, die eine gefährliche Männerjägerin war. Da gönnte man ihn lieber der jungen Baronin von Erb. Der hochgewachsene brünette Kasimir und die blonde Liane bildeten ein auffallend schönes Paar. Die leidenschaftliche Huldigung, die Dr. Herzog Liane vom ersten Augenblick an dargebracht hatte, ließ sie nicht gleichgültig.

Mit Kasimir Herzog war etwas ganz Neues in ihr Leben getreten. Einen Mann seiner Art hatte sie nie vorher kennengelernt. Ihr Leben vor dem Kriege hatte sich in Offiziers- und Adelskreisen abgespielt. Sie hatte mit den Herren getanzt, Sport getrieben und geflirtet, die Unterhaltung hatte sich in der Hauptsache um Hof- und Gesellschaftsklatsch bewegt. In Dr. Herzog trat Liane zum erstenmal ein Mann entgegen, der in lebendiger Weise über geistige und künstlerische Interessen zu plaudern wusste.

Er hatte die Sicherheit des Auftretens, die eine gute Kinderstube verleiht, und die Leichtigkeit der Menschen, die gewohnt sind, sich in der großen Welt zu bewegen. Er war ein ganz neuer und interessanter Typus für Liane, für die der Begriff des ebenbürtigen

Mannes bis jetzt untrennbar gewesen war vom Adelsprädikat oder mindestens von Offizierspauletten.

Liane verglich Kasimir Herzog in Gedanken mit den Männern, die sie früher näher kennengelernt hatte. Es waren nicht allzu viele. Sie war in einem Pensionat erzogen, dessen Vorsteherin, eine ehemalige Hofdame, es als ihre wichtigste Aufgabe betrachtete, ihre Zöglinge für die elegante Welt vorzubereiten. Den jungen Mädchen, die ihrer Obhut anvertraut waren, schwebte allen das eine Ziel vor: eine große Partie machen und eine glänzende Rolle in der Gesellschaft spielen.

Als Liane mit achtzehn Jahren den Freiherrn von Erb kennenlernte, der gut aussah, liebenswürdig und gewandt war und künftiger Besitzer eines herrlichen Majorats, besann sie sich keinen Augenblick, seine Werbung anzunehmen. Er war eben die große Partie, auf die sie als schönes Mädchen rechnete. Auch dem Hofmarschall war der Freier willkommen gewesen, der seiner Tochter ein glänzendes Los zu bieten hatte. Die ersten Ehejahre wollte das junge Paar in Berlin bei dem vornehmen Regiment verleben und am Hofe ausgehen, später wollte man sich auf das Familiengut in Schlesien zurückziehen und dort das behagliche großzügige Leben reicher Standesherren führen. Angesichts all dieser Vorzüge, die eine Ehe mit Erb bot, hatte Liane nie darüber nachgedacht, ob sie ihn wirklich liebte. Er war ihr sympathisch, und während ihrer zehnmonatigen Ehe war sie glücklich mit ihm gewesen, glücklich wie es Kinder sind, die alles haben, was sie sich wünschen, und die von ihrer Umgebung geliebt und verwöhnt werden. Als ihr Mann fiel, war sie unglücklich, auf ihren sonnigen Lebensweg war der erste dunkle Schatten gefallen. Sie war knapp neunzehn Jahre, als sie Witwe wurde. In den Kriegsjahren, die sie bei ihrem Vater verlebte, hatte sie zwei Heiratsanträge von adeligen Offizieren gehabt. Eine große Partie war keiner von ihnen, und sie sehnte sich nicht danach, einen Mann zu heiraten, der nach kurzen Flitterwochen wieder in das Feld musste und ihr dort totgeschossen wurde oder als Krüppel zurückkam. Ihr Verstand lehnte diese Freier ab, ihr Herz sprach für keinen von ihnen, ihr Herz hatte noch nie gesprochen.

Es sprach zum erstenmal in dieser Nacht, als sie schlaflos dalag in der altertümlichen Eschenbettstelle im Schloss ihrer Vorfahren. Sie dachte an ihren verstorbenen Mann. Sein Bild war verblasst, so unendlich fern erschien ihr die Zeit, da sie an seiner Seite gelebt hatte. Jeder Zusammenhang mit dieser Zeit schien zerschnitten zu sein. Die Welt hatte ein anderes Gesicht, als sie es damals gehabt; alles, was damals höchsten Wert bedeutet hatte, war eingestürzt, vernichtet, verschwunden. Liane kam es plötzlich zum Bewusstsein, dass nichts übriggeblieben war von ihrer Ehe, nicht innerlich, nicht äußerlich. Hätte nicht der Name, den sie trug, noch eine Verbindung geknüpft zwischen ihr und dem toten Gatten, er wäre eine völlig versunkene Erinnerung für sie gewesen. In dieser Nachtstunde begriff Liane, dass sie Tilo von Erb nicht geliebt hatte, wie sie lieben konnte. Sie hatte nicht gewusst, was Liebe war; in dem Katechismus der Etikette, nach dem sie erzogen, war das Wort Liebe nicht vorge-kommen. Kasimir Herzog war es vorbehalten, sie zu lehren, dass Liebe eine der Mächte ist, die das Leben beherrschen und lenken.

Liane erschrak. Sollte ihr Leben von diesem Mann beherrscht werden, der ihr nicht die glänzenden Verhältnisse bieten konnte, die sie erstrebte? Ohses breite Gestalt schob sich vor Kasimirs lockendes Bild. Der Gedanke, Ohse zu heiraten, erschien ihr nicht mehr so unmöglich, seit sie den verführerischen Reiz des glänzenden Lebens in seinem Hause gekostet hatte. Nach heutigen Begriffen war Ohse die sogenannte „große Partie", sein Reichtum wirkte auf Liane wie süß berauschendes Gift. Ohne Reichtum konnte sie nicht mehr leben, das fühlte sie ganz klar, aber ehe sie den Preis für diesen Reichtum zahlte, war es ihr gutes Recht, ihre Jugend und Freiheit zu genießen. Ihre schönsten Jahre waren so ernst und traurig hingegangen. Jetzt wollte sie auch einmal sich tragen lassen von einer warmen sonnen-durchleuchteten Lebenswelle und sorglos genießen, was der Augen-blick an Glück und Freude bot. Wozu grübeln und sich Sorgen machen um die Zukunft! Süß war das Leben, die Liebe, die Jugend, süß und reich und schön! Und das Süßeste war das Spiel mit dem Feuer. Sie wollte schon die Kraft behalten, dass nicht ein gefährlicher Brand daraus wurde. Nur einmal sich wärmen am Feuer der Liebe!

In diesen Gedanken schlief sie beglückt ein und schlief bis in den hellen Mittag, so dass sie erst zur Tischzeit in der Stadt eintraf. Gleich nach dem Essen besorgte sie Kuchen, Zigaretten und Blumen und richtete ihr Zimmer für die Teestunde her. Sie machte sorgfältig Toilette, und als Kasimir um fünf Uhr an der Haustür des Madamenschlößchens klingelte, saß Liane mit gespannten Nerven in einem Rokokosessel vor dem Kamin. Das Spiel mit dem Feuer konnte beginnen.

Als die Zofe die Tür hinter dem eintretenden Dr. Herzog schloss, begann Lianes Herz stürmisch zu schlagen, und als er ihre Hände an seine Lippen zog und sie mit langen heißen Küssen bedeckte, lief ein Zittern durch ihre Gestalt. Doch schnell fasste sie sich und schlug einen leichten Plauderton an.

Dr. Herzog betrachtete mit entzückten Kennerblicken den wunder-schönen Raum, dessen edler Stil durch Lianes kostbare Möbel voll zur Geltung kam. Immer wieder sprang er vom Teetisch auf, ging durch den kleinen Saal und die angrenzenden Kabinette, besah Möbel, Bilder und Porzellan, und ließ sich von Liane erzählen von der fürstlichen Vergangenheit des Madamenschlößchens.

„Wo geht es denn hier hin?" fragte er neugierig und zeigte auf die weiße Flügeltür neben dem Kamin.

„Halt!" rief Liane, aber schon hatte Dr. Herzog die Tür geöffnet und blieb sprachlos vor Verwunderung stehen. Das einströmende Licht brach sich in dem Schliff der Spiegelwände und füllte das Zimmer mit geheimnisvollem Leuchten.

„Da Sie sich so für Baukunst interessieren, will ich Ihnen das Zimmer zeigen."

Liane stand auf und drehte das elektrische Licht im Spiegelzimmer an. Kasimir lehnte am Türrahmen und sah mit heißen Blicken in den koketten Raum. Liane stand an der anderen Seite der geöffneten Tür und sah Kasimir Herzog an, dessen hohe Gestalt mit dem feingemeißelten brünetten Kopf sich wundervoll von dem weißen Holz der Tür abhob. Nie hatte sie einen schöneren Mann gesehen, und wieder begann ihr Herz zu klopfen.

„Bewohnen Sie dieses Zimmer?" fragte Kasimir mit stockender Stimme. Liane bejahte verwirrt.

„Allein?" fragte er weiter, und seine dunklen Augen brannten auf Lianes Gesicht. Sie fuhr auf: „Das ist eine Unverschämtheit, Herr Doktor!"

„Nein," rief Kasimir, und fasste leidenschaftlich ihre Hand. „Liebe ist es, wahnsinnige eifersüchtige Liebe. Ich muss wissen, ob Sie frei sind, oder ob dieser dicke Herr Ohse – –"

Liane riss sich los und blitze den Sprecher zornig mit ihren grauen Augen an: „Was fällt Ihnen ein, Herr Doktor!" Aber schon fühlte sie sich umschlungen, und glühende Lippen pressten sich auf die ihren. „Ich liebe dich so wahnsinnig, Liane, ich halte die Ungewissheit nicht mehr aus. Liebst du mich ein wenig?" flüsterten diese Lippen zwischen heißen Küssen.

Ein Feuerstrom rann durch Lianes Adern. „Ich liebe, liebe, liebe dich," hauchte sie und ließ sich von den zärtlichen Armen immer fester umschlingen.

FÜNFZEHNTES KAPITEL

An einem kalten Dezembertag hielt gegen Abend eine Mietdroschke vor dem Madamenschlößchen. Fischer ging gerade über den Flur, als die Insassin der Droschke die Klingel zog. Er ließ sich herbei, eigenmächtig zu öffnen, warf einen flüchtigen Blick auf die spießbürgerlich gekleidete Dame, die, mit Handtasche, Schirmhülle und Hutschachtel beladen, vor der Tür stand, und wollte mit einem kurzen: „Die Herrschaften empfangen nicht," die Haustür wieder schließen. Aber die Dame schob ihn einfach zur Seite, ließ ihre Gepäckstücke zur Erde gleiten und setzte sich mit einem erleichternden Seufzer in einen der Korbsessel in der Halle. Gerade als der ganz verblüffte Fischer sich diese Unverschämtheit verbitten wollte, kam Max, ein Paar Lackstiefel in der Hand, die Treppe herunter.

„Ach du meine Güte, die olle Gnädige ist wieder da," rief er.

„Helfen Sie der Dame," entgegnete Fischer eisig.

„Ich muß dem gnädigen Herrn beim Ankleiden behilflich sein, und Klara zieht Fräulein Erna an. Bemühen Sie sich nur selbst." Damit rannte Max davon.

„Wo ist mein Mann?" rief Hanne dem Davoneilenden nach.

„Der gnädige Herr sind in seinem Schlafzimmer," ertönte Maxens Stimme aus dem Gang, der zu den Wirtschaftsräumen führte, in dem er mit seinen Lackstiefeln verschwand.

Fischer näherte sich widerwillig der Dame.

„Darf ich der gnädigen Frau ablegen helfen?"

Hanne sah den Sprecher unsicher an. Die Erhabenheit auf Fischers feistem glattrasiertem Gesicht übertraf ein Dutzend Mäxe, aber er trug keine Livree, und Hanne wusste nicht, was sie aus diesem würdigen Mann machen sollte.

„Mit wem habe ich die Ehre?" fragte sie, allen Mut zusammennehmend.

„Fischer, Haushofmeister im Hause Ohse," entgegnete der Gefragte, immer mit der gleichen erhabenen Miene.

Kopfschüttelnd ließ sich Hanne ihre Sachen abnehmen. Mit spitzen Fingern und verächtlichem Ausdruck trug Fischer den derben Wettermantel, den Hanne über ihre schwarze Kostümjacke gezogen hatte, in die Garderobe. Mit schweren Schritten stampfte Hanne die teppichbelegten Treppenstufen hinan, von Fischers missbilligenden Blicken gefolgt. Stammt noch aus den pauvren Zeiten, stillose Erscheinung, muss verschwinden, dachte er naserümpfend.

Hanne öffnete kurzerhand die Tür zum Schlafzimmer ihres Mannes. Karl Ohse stand in schwarzen Beinkleidern, grauer Tuchweste und einem blütenweißen Oberhemd vor dem Spiegel und prüfte seine Frisur. Er duftete nach Kölnisch Wasser und feiner Seife und sah rosig und vergnügt aus.

„Stiefel in Ordnung, Max?" fragte er, ohne sich umzusehen, als er die Tür gehen hörte.

„Ich bin es, Karl," sagte Hanne.

Ohse fuhr herum, die Schildpattbürste, die seiner Frisur den letzten Schwung geben sollte, entglitt seiner Hand. Er blickte seine Frau an wie einen Menschen, dessen Existenz man halb vergessen hat und einem nun unliebsam ins Gedächtnis zurückgerufen wird.

„Wo kommst du her, Hanne? Warum meldest du dich nicht an? Wie geht`s dir denn?"

Hanne ließ sich schwer in den buntbezogenen Sessel fallen, der vor dem Ankleidespiegel stand, und blickte im Zimmer umher, über die Messingbettstelle, die blankpolierten Palisandermöbel, den marmornen Frisiertisch mit Fläschchen, Bürsten und Feilen, und schüttelte hilflos den Kopf. „Es ist hier alles so anders, Karl," sagte sie unsicher.

„Ich habe mein Schlafzimmer neu einrichten lassen," entgegnete Karl leichthin; „es ist überhaupt manches im Hause anders geworden. Du wirst alles sehen und dich nach und nach daran gewöhnen. Wissen die Kinder, dass du da bist?"

Max erschien mit den Stiefeln. „Benachrichtigen Sie das gnädige Fräulein und meinen Sohn, aber schnell."

Max schoss davon; man hörte Türen klappen, Stimmen schallen.

Erna, einen seidenen Kimono übergeworfen, flog herein. „Mama, wo kommst du her?"

Max kniete vor seinem Herrn nieder und knöpfte ihm die Stoffeinsätze der Lackstiefel zu, dann polierte er ihm die Nägel, nahm den seidengefütterten Smoking vom Bügel und hielt ihn mit geschmeidiger Armbewegung hoch. Ohse schlüpfte hinein, betrachtete sich mit ungeteilter Aufmerksamkeit im Spiegel, zog die Weste nach unten und die Manschetten ein wenig vor, dann winkte er mit der Hand, und Max verschwand.

„Ihr seid ja mächtig vornehm geworden, habt ihr das der Baronin abgeguckt?" fragte Hanne.

Waldy trat ein und begrüßte seine Mutter mit einem Kuss. „Na, Olly, wieder angelangt?"

Auf dem Flur ertönte Lianes Stimme, die kurz und klar Fischer Befehle erteilte: „Sofort die Zimmer von Frau Ohse instand setzen, Teewasser und Brötchen ins kleine Wohnzimmer. Abendbrot für vier Personen ins Esszimmer, morgen früh für Frau Ohse erstes Frühstück ans Bett."

Die Familie verließ das väterliche Schlafgemach. Im Flur eilte Liane herzlich auf Hanne zu: „Meine liebe Frau Ohse, wie nett, dass Sie wieder da sind! Aber warum haben Sie nicht telegraphiert, dann hätten wir Sie festlich empfangen? Doch nun wollen wir Sie erst mal mit einer Tasse Tee erquicken. Zieh dir schnell ein Hauskleid über, Erna. Du gehst natürlich nicht ins Theater, sondern bleibst bei deiner Mutter, und Sie, Waldy, ebenfalls."

Liane schob ihren Arm unter den Hannes und geleitete sie die Treppe hinunter. Max erschien mit kochendem Wasser, Hanne sah mit Verwunderung, wie die Baronin an einem kleinen Tisch, der aus lauter Glasplatten bestand, mit silbernen Geräten hantierte und ihr in unglaublich kurzer Zeit eine Tasse duftenden Tees kredenzte. Dazu brachte Max ein Körbchen mit zierlichen Brötchen.

Liane plauderte ohne Unterlass: „Wie geht es Ihnen gesundheitlich, Frau Ohse? Es tut mir zu leid, dass ich jetzt gleich fort muss, aber ich habe eine Einladung, die ich im letzten Augenblick nicht mehr absagen kann. Doch Sie sind gewiss auch die ersten Stunden nach Ihrer Rückkehr am liebsten mit den Ihren allein. Herr Ohse, vielleicht kommen Sie nach dem Abendessen noch ein Stündchen? Ich werde Sie einstweilen bei Frau Sternauer entschuldigen."

Hanne schaute hinter der Baronin her, die auf ihren schwarzen Atlasschuhen geräuschlos über die Teppiche schritt und im Hinausgehen die breite schwarze Gürtelschleife zurecht zupfte, die ihr kurzes grünes Tanzkleid zusammenhielt.

Ohse, der bis jetzt stumm und missvergnügt in einem Lehnstuhl gesessen, folgte Liane. „Meinen Sie wirklich, dass ich bleiben muss?" fragte er ärgerlich.

„Ich halte das für eine Höflichkeit, die Ihre Gattin beanspruchen kann, und außerdem für klüger."

„Die regiert wohl jetzt das ganze Haus?" fragte Hanne ihre Kinder, als Liane mit Ohse das Zimmer verlassen hatte.

„Und wie!" antwortete Waldy. „Am ulkigsten ist es, wie der Olle ihr pariert, den hat sie ganz am Bändel, dem imponiert sie gewaltig."

„Sie ist einfach süß, Mutter," fiel Erna ein, „und Schick hat sie einfach fabelhaft, pass auf, die muntert selbst dich noch auf!"

Ohse kam zurück. „Nun erzähle mal, Hanne, wie es dir geht, fühlst du dich wieder ganz frisch?"

„Lass doch die Redensarten, Karl, jetzt, wo wir unter uns sind. Ich bin ganz munter, aber mir scheint, hier bin ich völlig über."

Hanne zog ihr Taschentuch und drückte es an die Augen.

„Fängt es schon wieder an!" rief Ohse ärgerlich. „Sei doch nicht so empfindlich, Hanne. Im Hause hat sich allerdings manches geändert."

„Ich kenne mich gar nicht aus," weinte Hanne und schaute durch die Flucht der eleganten Räume, „alles ist anders eingerichtet."

„Sei nicht traurig, Mama, alle Sachen, die du gern hast, stehen in dem Wohnzimmer, das oben neben deinem Schlafzimmer für dich eingerichtet ist," tröstete Erna.

„Ja, Olly, es ist jetzt alles pikfein, du musst dich benehmen, das sage ich dir."

„Halt den Schnabel, naseweiser Bengel," fuhr Ohse seinen Sohn an.

„Ja, liebe Hanne, ich habe den Hausstand jetzt so eingerichtet, wie es meiner sozialen Stellung entspricht. Du wirst dich eingewöhnen. Frau von Erb wird dir behilflich sein, sie ist nicht nur sehr weltgewandt und tüchtig, sie ist auch sehr liebenswürdig. Bald wirst du dich bei der neuen Ordnung der Dinge ebenso wohl fühlen wie wir alle. Ihr fühlt euch doch wohl, Kinder, was?"

„Es ist himmlisch schön in unserem Hause, Papa," sagte Erna, und Waldy knurrte: „Es lässt sich hier leben; ich habe nichts einzuwenden gegen das Noble."

„Siehst du, Hanne, so wird es dir auch bald gehen, sei nur ganz ruhig," sagte Ohse und streichelte gutmütig die Hand seiner Frau. Sie trocknete ihre Tränen, beglückt durch das kleine Zeichen seines Wohlwollens.

„Was hattest du denn heute Abend vor, Karl?"

„Tanzstunde hat er," prustete Waldy los.

Hanne sah verständnislos von einem zum andern. „Wer hat Tanzstunde?"

„Vater! Vater hat Tanzstunde!" schrie Waldy vergnügt.

Hanne sah ihren Mann verblüfft an. „Du alter dicker Kerl lernst tanzen? Bist du denn ganz und gar übergeschnappt, Karl?"

„Na erlaube," erwiderte Ohse gekränkt, „ich bin ein Mann in den besten Jahren, warum soll ich nicht tanzen lernen? Alle Welt tanzt; Herren, die viel älter sind als ich, tanzen."

„Das Tanzen bekommt Papa glänzend," erklärte Erna. „Der Arzt hat ihm doch immer Bewegung verordnet, und Papa tanzt gut, trotz seiner Dicke."

„Mit wem lernst du denn tanzen?" fragte Hanne.

„Na, doch mit unserer Baronin," rief Waldy vorlaut.

Ohse erzählte nun seiner Frau von dem Tanzzirkel und nannte die Namen aller Teilnehmer.

„Das ist doch nichts für die junge Frau von Erb, zwischen all den älteren Herrschaften," meinte Hanne.

„Ach, Mama, für die ist auch ein junger Partner dabei, schön und elegant wie ein Prinz; ich glaube, die beiden heiraten sich noch einmal."

Ohse fuhr auf. „Wie kommst du darauf, Erna?"

„Ich denk` mir das so, Papa," lachte Erna. „Ziemlich verliebt scheinen mir Frau von Erb und Dr. Herzog ineinander zu sein, als ich neulich eurem Tanz zusah."

„Nimm dich in acht mit so dummen Bemerkungen, Erna," sprach Ohse ärgerlich. „Dadurch kannst du Frau von Erb nur ins Gerede bringen."

„Ich glaube, Karl," sagte Hanne, „es wird dir sehr sauer, hier zu sitzen, geh du lieber zu deiner Tanzerei, ich habe die Kinder zur Gesellschaft und bin auch müde von der Reise und will mich bald hinlegen."

„Wenn du meinst, Hanne? Sorgt ihr gut für Mutter, Kinder?"

„Geh ruhig fort," sagte Erna, „ich sorge für alles."

Ohse verabschiedete sich hastig.

Hanne erzählte ihren Kindern von dem Aufenthalt im Sanatorium und von einer Freundschaft, die sie dort geschlossen mit Frau Neubert aus Oldenburg, und dass die neue Freundin sie auf der Rückreise besuchen wollte.

Dieser Besuch führte wieder einen scharfen Ehekonflikt herbei, in dem von Ohse das Wort „Scheidung" wiederholt ausgesprochen wurde. Ohse war empört über seine Frau, dass sie solche Freundschaften ins Haus brachte. Frau Neubert war eine redegewandte Geschäftsfrau, deren Gatte in Oldenburg einen Zigarren- und Konfitürenladen betrieb. Sie war gut geschnürt, gut gekleidet, gut frisiert, und ihr hübsches brünettes Gesicht drückte deutlich aus, dass ihr die Herrlichkeit des Madamenschlößchens gar nicht imponierte. Sie unterhielt den Hausherrn mit Herzählung aller Vorzüge ihres Mannes, und dass sie es auch „sehr gut könnten", und ihre funkelnden Brillanten bestätigten ihren Bericht. Diese Unterhaltungen fanden beim Mittagessen statt, denn sonst vermied Ohse jede Berührung mit der resoluten Dame. Waldy musste den Kavalier spielen und Hanne mit ihrer Freundin abends in Kinos, Kabaretts und Weinstuben geleiten. Liane fühlte sich nicht ganz wohl und ließ sich das Mittagessen in ihre Wohnung bringen. Erna saß stumm und verlegen am Esstisch, Hanne, Waldy und Frau Neubert beherrschten die Situation zu Ohses stillem Ärger.

Hanne fühlte sich durch die Anwesenheit ihrer neuen Freundin sehr gestärkt, und das schüchterne Entgegenkommen, das sie ihrem Mann bei ihrer Rückkehr gezeigt hatte, war ganz verschwunden. Ohse ertrug Frau Neubert, bis sie beim dritten Mittagessen in Gegenwart von Fischer und Max Hanne mit einem kleinen Erlebnis neckte, das sie im Harz gehabt hatte. Einige Sanatoriumsgäste hatten einen Ausflug nach Andreasberg gemacht. In dem Inhaber des Hotels, in dem sie den Kaffee tranken, hatte Hanne den ehemaligen Oberkellner aus dem „Goldenen Löwen", ihren früheren Verehrer, wiedererkannt und mit ihm in Jugenderinnerungen geschwelgt. Ohse kochte vor Wut. Nach dem Essen ging er in das Zimmer seiner Frau und verlangte, dass sie ihre taktlose Freundin zur Abreise veranlasse. Frau Neubert, die im Nebenzimmer war, hörte seine lauten Worte, sie kam herein, stemmte die Arme in die Seiten und sagte ihm „ordentlich Bescheid", wie sie das nannte.

„Rausschmeißen brauchen Sie mich nicht erst, Herr Ohse, ich gehe schon ganz alleine, zu Hause fängt das Weihnachtsgeschäft an, und hier bei Ihnen passt es mir sowieso nicht. Parkettfußböden, Zentralheizung und Damastsessel hab` ich zu Hause auch, und Essen und Trinken so lecker wie möglich. Aber bei uns ist es wenigstens gemütlich, da kann man reden, wie einem der Schnabel gewachsen ist, und braucht nicht bei jedem Wort zu denken, ob es auch fein genug ist für die hochnäsige Dienerschaft, die Sie hier herumwimmeln haben. Es ist ein Skandal, dass Sie solche Kerle ins Haus nehmen, wo Sie so eine tüchtige Hausfrau haben wie Hanne. Und das will ich Ihnen sagen, wenn Sie auch noch so reich sind, `n vornehmer Herr sind Sie darum noch lange nicht, Sie sind auch bloß Geschäftsmann. Sie denken wohl, Sie sind so `n halber Fürst, was?"

„Sparen Sie Ihre Worte, Frau Neubert," stieß Ohse mühsam hervor, „und verlassen Sie augenblicklich mein Haus, verstanden?"

„Das ist mein Haus ebensogut wie deins," schrie Hanne, „ich lade ein, wer mir passt."

Noch auf dem Flur hörte Ohse die aufgeregten Stimmen der beiden keifenden Weiber. Aber am anderen Mittag war Frau Neubert verschwunden. –

Der Monat Dezember war in jeder Beziehung der ungemütlichste, den Ohse verbrachte, seit er das Madamenschlößchen bewohnte. Der Kampf mit seiner Frau, offen oder versteckt, ging weiter. Liane zog sich in ihre eigenen Räume zurück. Ohse sah sie nur mittags oder in Gesellschaften, wo immer Hanne oder Erna dabei waren. Einem Alleinsein mit ihm wich sie geschickt aus. In dem Tanzzirkel beschäftigte man sich mit der Frage, ob Dr. Herzog und Liane sich heiraten würden, oder ob es nur ein Tanzflirt sei, der sie vereinte. Ohse war von wütender Eifersucht gepeinigt. Hanne, die sehr wohl merkte, wie verliebt ihr Karl in die schöne Baronin war, aber ebenso merkte, dass diese sich nichts aus ihm machte, rächte sich an ihrem Manne für manche erlittene Demütigung, indem sie Bemerkungen über Kasimir und Liane machte: „Ein schönes Paar, wie füreinander geschaffen, und wie verliebt sie ineinander sind, das gibt gewiss bald eine Verlobung." Solche Reden verursachten Ohse Folterqualen. „Wovon wollen die denn heiraten," knurrte er ärgerlich. „Der Karle hat ja nichts und kann nichts, bloß Tanzen und den Weibern die Köpfe verdrehen."

„Na, sie hat doch genug! Der Aufwand, den sie treibt!"

Ohse musste seinen Ärger hinunterschlucken; durfte doch seine Frau nicht ahnen, dass es sein Geld war, das die elegante Baronin so sorglos ausstreute. Er war wütend auf Liane, alles, was er ihr zu Füßen legte, nahm sie wie selbstverständlich an, nur sein Herz nicht. Darüber trat sie hinweg, als sei es nicht vorhanden. Vierzehn Tage hielt er diesen Zustand aus, dann suchte er Liane in ihrer Wohnung auf. Sie saß am Flügel und spielte mit Erna vierhändig. Ohse schickte seine Tochter fort und brach los: „Ich weiß nicht, was ich von Ihnen denken soll, Frau von Erb. Seit meine Frau da ist, ziehen Sie sich auffällig von mir zurück, ich habe überhaupt kaum noch etwas von Ihnen."

Liane sah den erregten Mann aus halbgeschlossenen Augen hochmütig an. „Meiner Meinung nach erfülle ich die Pflichten, die ich
übernommen habe, Herr Ohse. Ich habe Ihren Hausstand in hoch-
herrschaftliches Fahrwasser gebracht und führe die Oberaufsicht, ich
nehme mich Ihrer Tochter an – – –"

„Das tun Sie viel mehr, als ich verlange," stieß Ohse heraus, der
eifersüchtig auf Erna war, die mit schwärmerischer Liebe an Liane
hing.

„Ich nehme mich Ihrer Tochter so an, wie ich es für Ihre Erziehung
für nötig halte," sagte Liane scharf. „Ich suche Ihre Gattin in die
Gesellschaft einzuführen, soweit es mir möglich ist, und stehe auf
freundschaftlichem Fuße mit ihr."

„Sie halten mit meiner Frau zusammen gegen mich. Das hatte ich
mir auch anders gedacht," grollte Ohse und durchmaß das Zimmer
mit aufgeregten Schritten.

Liane saß immer noch auf dem Klavierstuhl, jetzt sprang sie
auf: „Wie haben Sie sich das gedacht?"

„Ich dachte, ich glaubte – –" – Ohse errötete unter Lianes funkelnden
Blicken – – „nun, ich hoffte, Sie würden mir ein wenig Interesse
entgegenbringen, danach sehne ich mich so grenzenlos."

„Herr Ohse," antwortete Liane kalt, jedes Wort betonend, „wenn Sie
eine Hausdame suchten zur Stütze des Hausherrn, dann haben Sie
sich in meiner Person geirrt, und es wird richtiger sein, wir trennen
uns wieder."

„O Gott," rief Ohse entsetzt, „nur das nicht! Ich wollte Sie nicht
kränken, nichts lag mir ferner! Ich kann nicht mehr leben ohne Sie,
aber Sie wollen mich nicht verstehen!"

„Herr Ohse," unterbrach ihn Liane, immer mit der gleichen eisigen Kälte, „es handelt sich nur darum, ob Sie zufrieden sind mit den Leistungen, die ich für Ihr Haus und Ihre Familie verrichte oder nicht."

„Zufrieden? Ich bewundere Sie, ich bin Ihnen unendlich dankbar für die unschätzbaren Dienste, die Sie mir erwiesen. Sie übertreffen meine kühnsten Erwartungen, nur möchte ich Gelegenheit haben, Ihnen meine Dankbarkeit besser zu beweisen, sie Ihnen persönlich zu beweisen."

Liane biss sich auf die Lippen: „Unser Vertrag war in erster Linie ein geschäftlicher, Herr Ohse, und da wir in dieser Beziehung miteinander zufrieden sind, vermag ich den Zweck dieser Unterredung nicht recht einzusehen."

„Sie sind grausam, Liane, Sie quälen mich."

Ohse sah, wie Liane den Kopf in den Nacken warf. Diese Bewegung des Unwillens kannte er schon an ihr. Er bezwang sich und sprach ruhig weiter: „Ich wäre schon zufrieden, wenn Sie mir erlaubten, Sie manchmal zu einer Plauderstunde zu besuchen."

Liane sah ihn voll an mit einem Blick, der ihm alles Blut zu Herzen trieb. „Herr Ohse, Sie haben mir so viel Teilnahme und Güte bezeigt, dass ich weiß, Sie meinen es gut mit mir. Eine alleinstehende Frau kann nicht regelmäßig die Besuche eines Herrn empfangen, ohne sich Verdächtigungen auszusetzen."

„Aber Dr. Herzog darf Tee bei Ihnen trinken?" fragte Ohse grollend.

„Er hat mir seinen Besuch gemacht, und da es gerade Teezeit war, habe ich ihm eine Erfrischung angeboten."

„Ich habe Ihnen heute auch meinen Besuch gemacht, und Sie haben mir nichts angeboten."

„Es ist sieben Uhr, mein werter Herr. Sie haben heute Ihren Klubabend, und ich muss mich ankleiden, ich gehe mit Erna in einen Vortrag."

„Ich komme mit."

„Bitte, kommen Sie mit. Es ist ein Vortrag aus der Musikgeschichte, Sie werden sich grausam langweilen."

Ohse spähte im Vortragssaal nach Kasimir Herzog aus, aber vergebens, er war nicht dort. Er langweilte sich eine Stunde lang, dann fuhr er die Damen im Auto nach Hause und begab sich beruhigt in seinen Klub. Während das Auto, in dem Ohse saß, durch das dichte Schneegestöber dahinjagte, schritt Kasimir Herzog elastischen Schrittes über den Madamenweg und öffnete mit einem kleinen Schlüssel eine wohlverschlossene Tür.

SECHZEHNTES KAPITEL

Das Weihnachtsfest, auf das sich Ohse gefreut hatte, weil er hoffte, Liane würde diese Tage in seinem Familienkreise verleben, wurde zu einer neuen Enttäuschung für ihn. Liane verreiste. Sie erklärte, in den vertrauten Räumen würden am Heiligen Abend zu viel schmerzliche Erinnerungen in ihr wach werden. Um dieser Gemütserschütterung zu entgehen, wollte sie einer Einladung von Verwandten ihres verstorbenen Mannes nach Berlin folgen. Gegen diesen Grund konnte Ohse nichts einwenden. Zu seinem Kummer fand er nicht mal Gelegenheit, die kostbaren Geschenke anzubringen, die er für Liane besorgt hatte, denn sie hatte mit der sparsamen Hanne abgemacht, man wolle sich bei den teuren Zeiten nicht gegenseitig beschenken. Nur mit Erna tauschte Liane kleine Gaben, und am Mittag des vierundzwanzigsten verabschiedete sie sich von der Familie Ohse.

Als die Dämmerung sank und weiche weiße Flocken vom Himmel rieselten, verließ Liane ihre Wohnung. Der Kragen ihres schwarzen Pelzmantels war hochgeschlagen, ein dichter Schleier war über den breitrandigen Hut gebunden. Fahrkarte und Gepäckschein nach Berlin, die ihr Fischer besorgt, hatte sie in ihrer Börse, eine kleine Reisetasche trug sie in der Hand. Eilig ging sie über den Schafmarkt und durch ein Gewirr kleiner Gässchen bis zum Liebfrauenplatz, wo sie die mächtige geschnitzte Haustür eines alten Patrizierhauses öffnete. Eine weite steingepflasterte Halle umfing sie, die eine elektrische Flamme nur schwach erleuchtete. Liane eilte die niedrigen Stufen der breiten Treppe hinan und sah sich suchend um. Zu ihrer Rechten befand sich eine bunte Glaswand, die wohl eine Wohnung von dem Flur abtrennte, zu ihrer Linken glänzte matt in der Dämmerung der Messingknauf an einer weißen Flügeltür.

Hier musste es sein. Sie drückte auf den Griff, die Tür öffnete sich, zwei Arme umschlangen Liane, eine schlanke Hand drehte den

Schlüssel im Schloss, und Kasimir flüsterte glückselig: „Da bist du, Liebste!"

„Da bin ich!" antwortete Liane atemlos und ließ sich Hut und Mantel abnehmen. Kasimir hielt sie an beiden Händen und sah ihr tief in die Augen.

„Nun bist du bei mir, Li, zum erstenmal bei mir!" Er küsste sie und geleitete sie zum Sofa. Neugierig blickte sich Liane um. Kasimir bewohnte zwei Zimmer bei einer alten Dame, die verarmt in dem Stammhause ihrer Familie ihre letzte Lebenszeit verdämmerte. Das Haus, früher der Sitz eines angesehenen Patriziergeschlechts, wurde jetzt nur von kleinen Leuten bewohnt. Dr. Herzog war bei seinen Streifzügen durch die Altstadt der stolze Bau aufgefallen, der sich zwischen den buntbemalten Fachwerkhäusern ausnahm wie einige geharnischte Ritter zwischen leichtherzigen Bürgermädchen. Kasimir hatten die Schnitzereien an Portal und Erker interessiert, er war in das Haus hineingegangen, um etwas über seine Geschichte zu erfahren, und bei dieser Gelegenheit hatte es sich gemacht, dass ihm die alte Frau Beckenrieder zwei mit altertümlichem Hausrat ausgestattete Zimmer vermietete.

„Gefällt es dir in meinem kleinen Heim, Li?" fragte Kasimir.

„Es ist entzückend hier, und, Liebling, wie reizend hast du alles zurechtgemacht." Liane blickte erstaunt über den zierlich geordneten Teetisch und über die schön geschmückte Tanne in der Ecke des Zimmers.

„Ich habe starkes Talent zum Hausvater," lächelte Kasimir, „aber nun wollen wir Weihnachten feiern."

Er zündete die Kerzen am Baume an und drehte das elektrische Licht ab. Die Weihnachtsglocken begannen zu läuten, ernst und dumpf der

Dom, hell und klingend die Liebfrauenkirche. Kasimir öffnete das Fenster, Arm in Arm standen die Liebenden und blickten hinab auf die alte Stadt. Wie eine Herde, die Schutz sucht bei ihrem Hirten, drängten sich die spitzgiebeligen Häuser um den mächtigen Bau der Liebfrauenkirche, die sich schwarz und massig vom grauen Winterhimmel hob. Hinter den niedrigen Fenstern der alten Fachwerkhäuser flammten Weihnachtslichter auf, leise umrieselte der Schnee Dächer und Erker.

Kasimir drückte Lianes Kopf an seine Schulter. „Ich wünschte, wir könnten immer zusammen bleiben, Li, immer unser ganzes Leben lang. Glaubst du, dass mein Wunsch sich erfüllen wird?"

Ein wehes Gefühl durchzitterte Liane. Sie schmiegte sich fester in Kasimirs Arme, und Tränen traten ihr in die Augen.

„Du weinst, Li," rief Kasimir bestürzt. Er schloss das Fenster und küsste die Tränen von Lianens Augen, bis sie ihn küsste, wie er von ihr geküsst sein wollte.

Um zehn Uhr verließen Kasimir und Liane ungesehen das Haus und fuhren mit dem Nachtschnellzug nach Berlin.

Kasimir glaubte alle Vorbereitungen so getroffen zu haben, dass seine schöne Geliebte zufrieden sein würde. Trotzdem war Liane ernüchtert. Also so sah das Leben aus, das sie an Kasimirs Seite führen müsste, wenn sie sich entschließen würde, ihn zu heiraten. Man wohnte in einem feinen, aber nicht luxuriösen Hotel, man fuhr mit der Elektrischen anstatt im Auto, man saß im Parkett des Theaters anstatt in einer Loge. Im Staatstheater blickte Liane hinauf zum ersten Rang. Wie manches Mal hatte sie dort in dem glänzenden Kreise der Hofgesellschaft gesessen. Jetzt machten sich Ausländer und großstädtische Lebewelt auf diesen Plätzen breit, die hatten das Geld dazu. Der Begriff Geld kam Liane wieder sehr deutlich zum

Bewusstsein, seit sie sich außerhalb des Bereiches der Ohseschen Scheckbücher bewegte. Alles, was schön, was elegant war, was Freude und Genuss bereitete, kostete Geld, Geld und wieder Geld. Liane entsetzte sich, was das Leben selbst bei mäßigen Ansprüchen kostete, sie glaubte sich reichlich mit Geld versehen zu haben, aber die Tausendmarkscheine flogen, wie früher die Markstücke. Wie arm sie war, trotzdem sie noch einen Stapel Staatspapiere ihr eigen nannte, begriff Liane erst ganz auf dem teuren Pflaster der Weltstadt. Und Kasimir war noch ärmer, der lebte von der Hand in den Mund bei seinem mäßigen Verdienst. Eine Ehe zwischen ihnen wäre Wahnsinn.

Liane sprach ihre Gedanken Kasimir gegenüber nicht aus. Er war berauscht von dem Glück, die geliebte Frau einmal ganz für sich allein zu haben.

„Du weißt, Li, dass ich hoffe, durch die Verbindungen des Herrn Sternauer in absehbarer Zeit an eine große Berliner Schriftleitung zu kommen. Kannst du dir vorstellen, dass wir uns dann hier ein gemeinsames Nest bauen?"

„Liebling," antwortete Liane ausweichend, „warum wollen wir uns die süße Gegenwart durch Zukunftsgedanken stören? Brauch` lieber deine Lippen zum Küssen als zum Reden."

Liane beugte sich über ihn und sah entzückt auf den schönen Mann, der in den weißen Kissen des Bettes ruhte wie Gott Amor selbst. Er schloss die Augen und trank Lianes Küsse in sich. Er, der Frauengünstling, glaubte die Frauen zu kennen. Solange ihn Liane küsste, wie sie ihn jetzt küsste, war sie ihm durch die Gewalt der Liebe sicherer als mit dem Stempel des Standesamtes versehen. Also wozu in diesen unübersehbaren Zeiten Zukunftspläne machen! Er zog Liane fester an sich. Liebe muss man erleben wie eine Welle, dachte sie, man muss sie über sich hinbrausen lassen und beglückt und erfrischt daraus auftauchen, ehe ihre glitzernde Schaumkrone als kraftloser Gischt über den Sand weht. Ehe ist etwas anderes als Liebe, Ehe muss ein gebändigter Strom sein, der zwischen festen Dämmen ruhig dahinfließt und sicher das Lebensschifflein trägt. Kasimir war kein sicherer Damm gegen die Sorgen des Alltags, Kasimir war ein süßes entzückendes Spielzeug, süß zum Tanzen und Küssen. Sich heben, tragen, berauschen lassen von der warmen stürmischen Welle seiner Liebe und danach der ruhige sichere Hafen: Ohse, der reiche Mann.

Im Morgengrauen des dritten Festtages kehrte Kasimir in die Landeshauptstadt zurück. Um jedes Aufsehen zu vermeiden, wollte Liane erst am Nachmittag reisen. Kasimir ging direkt vom Bahnhof in die Redaktion des Staatsanzeigers, wo sein Dienst um acht Uhr begann. Als er sein Arbeitszimmer betrat, klingelte der Fernsprecher. Kasimir ergriff den Hörer und vernahm Ohses Stimme.

Ein spitzbübisches Lächeln zuckte über seine schönen Züge, als er erwiderte: „Ich wusste gar nicht, dass Frau von Erb für die Festtage verreist ist. Wir haben uns länger nicht gesehen. Wenn sie zurückkommt, grüßen Sie bitte unsere verehrte Freundin von mir und bestellen Sie ihr, sie möchte die Güte haben und sich mal wieder um mich bekümmern.“

Diese Antwort tat Ohse wohl. Er hatte sich während der Festtage ohne seine Arbeit und ohne Liane grausam gelangweilt und war auf allerhand dumme Gedanken gekommen. Seine Sorge, dass zwischen Lianes Reise und Dr. Herzog irgendein Zusammenhang bestehen könne, war also unbegründet. Eine Karte von Liane aus Berlin, die mit der Morgenpost eintraf und die Stunde ihrer Rückkehr anzeigte, beruhigte ihn noch mehr. Gegen Abend begleitete er Erna zum Bahnhof, um Liane abzuholen. Er nahm ihr den Gepäckschein ab und sah ihn an, ehe er ihn Max übergab. Sie war in Berlin gewesen, und es war alles in Ordnung. Er schämte sich seines Verdachts. Nachdem er die beiden Damen an das wartende Auto geleitet hatte, ging er in seinen Klub und schmiedete unterwegs Zukunftspläne. Dieses Hinleben neben Liane passte ihm nicht mehr, da musste eine Änderung herbeigeführt werden, und das sofort.

Am nächsten Morgen ließ er sich zeitig bei Liane melden. Sie war noch nicht angezogen und sehr erstaunt über den frühen Besuch. Um diese Stunde pflegte Ohse sonst in der Fabrik zu sein. Er ließ Liane keine Zeit sich zu besinnen, ob sie ihn annehmen wollte oder nicht, sondern folgte dem Mädchen auf dem Fuße. Liane trug einen hellblauen Kimono, ihr schönes Haar war mit ein paar Schildpattnadeln lose zusammengesteckt.

Ohse betrachtete sie mit entzückten Blicken. Sie schien ihm schöner denn je. Den schmachtenden Liebhaber hatte er nun lange genug gespielt, es wurde Zeit, dass die heißbegehrte Frau endlich sein eigen wurde. Er hatte sich einen Plan zurechtgelegt, und nach einigen einführenden Worten begann er sogleich davon zu sprechen.

„Also, gnädige Frau, ich muss mal hier heraus. Nach all dem häuslichen Ärger der letzten Wochen spüre ich, dass ich so etwas wie Nerven habe. Die Weihnachtstage waren keine Ausspannung, brachten nur neuen Ärger. Der Waldy, der Bengel, hat ein elendes Zeugnis bekommen, und frech ist er noch obendrein. Will von der Schule herunter und Landwirt werden. Rittergutsbesitzer in Holckenbusch möchte er spielen und seine Jugend genießen. Genießen will heute jeder, aber niemand denkt daran, ob er auch durch Leistungen sich ein Recht auf Genuss erworben hat. In eine Erziehungsanstalt stecke ich den Jungen, er soll arbeiten lernen, dann mag er sich selbst das Geld verdienen, um sein Leben zu genießen. Wie gesagt, dieser Ärger mit Waldy und manches andere, was auf mir lastet und mir meine Ruhe raubt, zerrt an meinen Nerven, und Nerven darf ein moderner Geschäftsmann nicht haben, das verträgt der Beruf nicht. Also ich sehne mich nach einer Ausspannung; ich will vierzehn Tage mit Erna in den Schnee und wollte Sie um die Gefälligkeit bitten, Erna auf dieser Reise unter Ihren Schutz zu nehmen. Wir reisen mit aller Bequemlichkeit, Fischer geht mit und sorgt für alles."

Die Aussicht, eine Reise nach einem eleganten Winterkurort zu machen, begeisterte Liane. Zudem war es ihr nicht unwillkommen, sich eine Zeitlang aus Kasimirs Zauberbann zu entfernen, denn noch war die Welle seiner Liebe so stark, dass sie trotz aller vernünftigen Erwägungen fürchtete, darin zu versinken.

Doch bedrückte es sie, eine so kostbare Reise von Ohse anzunehmen. „Ich weiß nicht," begann sie zögernd.

Ohse hob abwehrend die Hand. „Sie wollen hoffentlich nicht von dem pekuniären Punkt sprechen. Ich denke, das ganz nebensächliche Thema „Geld" ist zwischen uns ein für allemal erledigt. Wollen Sie mir den Freundschaftsdienst erweisen, Erna zu begleiten, oder wollen Sie nicht?"

„Ich reise mit Ihnen," entgegnete Liane ohne weiteres Bedenken.

„Ich danke Ihnen. Können Sie bis morgen Abend für sich und Erna Sportkleidung besorgen und reisefertig sein? Wir fahren dann mit dem Schlafwagen bis München."

Liane bejahte.

„Noch eins: Erzählen Sie, bitte, bei Tisch, Sie reisten über München in die bayrischen Berge, und fordern Sie uns auf, Ihnen Erna mitzu-geben. Ich sorge dann für alle übrigen Formalitäten meiner Frau gegenüber."

SIEBZEHNTES KAPITEL

Die Sonne schien auf die schneebedeckten Täler und funkelte in allen Farben über die glitzernden Hänge der Berge, die bei Garmisch ihre weißen Spitzen in den blauen Himmel recken. Wie bunte Farbentupfen auf einer großen Palette wirkten die Menschen, die auf Schlitten und Schiern über die blendende Schneedecke sausten.

Frisches Lachen, sorglose Fröhlichkeit, ausgelassene Ferienstimmung überall. Das war ein Leben, wie Liane es liebte, das war Jugend, Schönheit, Genuss! Sie war berauscht von Licht und Luft, von der Freude am Sport, von dem eleganten gesellschaftlichen Leben, das sich abends im Hotel entfaltete. Sie lachte und plauderte, tanzte und flirtete und bezauberte die ganze Gesellschaft, und Erna tat es ihr nach mit natürlicher Anmut.

Ohse war strahlender Laune, er fühlte sich stolz als Beschützer der beiden reizenden jungen Damen und beteiligte sich mit erstaunlicher Frische an allen sportlichen Veranstaltungen.

Liane hatte im Hotel eine Pensionsfreundin getroffen, die, junge Kriegswitwe wie sie selbst, in München lebte in dem einzigen Bestreben, ihr Leben zu genießen. Diese junge Frau von Saldern war mit einer großen Münchener Gesellschaft da; Künstler und Halbkünstler, berufslose Aristokraten und einige Geldleute von der Art Ohses. Die Damen dieses Kreises waren alle hübsch, schick und kokett, Pflichten hatte keine von diesen meist geschiedenen oder verwitweten Frauen. Elterliche Autorität schien es für diese jungen Mädchen nicht mehr zu geben; alle jagten von Genuss zu Genuss, wollten sich ausleben, sich entwickeln und sahen verächtlich herab auf alle Menschen, die eine andere Lebensauffassung hatten.

Dolly von Saldern machte Liane gegenüber kein Hehl daraus, dass Dr. Märk, der zahlungsfähige Rechtsanwalt, ihr augenblicklicher

Freund sei. „Warum heiratet ihr euch nicht," fragte Liane, „er verdient doch viel Geld?"

Dolly verzog ihr keckes Jungengesicht zu einer spitzbübischen Grimasse: „Dazu fühlen wir uns noch zu rüstig."

„Liebst du denn den phlegmatischen Märk so sehr, dass du ohne Ehe –"

„Ach, Liebe," sagte Dolly wegwerfend, „Liebe ist ein ganz veralteter Begriff. Ich bildete mir mal ein, ich liebte einen jungen Maler, ich wollte mit ihm hungern und dürsten und mit ihm zum Traualtar gehen, ebenso brav wie einst mit meinem seligen Kuno. Da das aber nicht so schnell ging und die Liebe auf beiden Seiten brennend war, so machten wir unsere Hochzeitsreise vorweg. Nach sechs Wochen war von der ganzen Liebe nichts mehr da. Ich hatte das gleiche Gefühl wie als Kind, nachdem ich zu meinem Geburtstag zwei Pfund Pralinés auf einmal gegessen – – Übersättigung und Ekel. Ich habe seitdem eine Idiosynkrasie gegen junge Maler und gegen die sogenannte Liebe."

„Aber warum denn Märk?"

„Du bist, scheint mir, ein rechtes Provinzschaf. Märk und ich täuschen uns gegenseitig keine Gefühle vor, die wir nicht hegen. Wir genießen gemeinsam unser Leben, und wenn wir eines Tages keinen Genuss mehr aneinander finden, sagen wir uns Lebewohl."

„Aber dass du dazu ausgerechnet Märk nimmst!"

Dolly lachte wie toll und schüttelte ihr braunes Pagenköpfchen. „Eine arme Kriegswitwe wie ich muss auch mal praktisch sein, besonders während der Reisesaison."

„Pfui!" sagte Liane.

„Na erlaube," rief Dolly, „lebst du etwa hier von deiner Leutnants-witwenpension? Salon mit Schlafzimmer und Bad bewohnst du hier ja wohl?" Sie öffnete die Tür zum Schlafzimmer, das mit weißen Möbeln sehr elegant für zwei Personen eingerichtet war, und blieb laut lachend auf der Schwelle stehen.

„Sei nicht so albern, Dolly," sagte Liane ärgerlich, „ich bewohne diese Zimmer mit Fräulein Ohse zusammen, als ihre Erzieherin mache ich diese Reise."

„Der arme Herr Ohse," lachte Dolly, „ich meinte, er teilte diese Prunkgemächer mit dir. Hör` mal, Liane, der dicke Herr ist unter den Männern von heute eine Rarität: ein Mann, der für eine Frau so glänzend bezahlt, ohne gewisse Gegenleistungen zu verlangen! Solche Idealisten gibt`s ja gar nicht mehr."

„Was hast du für eine Lebensauffassung, Dolly!"

„Gar keine habe ich. Ich nehme das Leben, wie ich es sehe. Alle Menschen streben nach Geld und nach Genuss, da mache ich es eben auch so. Ein dämliches kleines Frauenzimmer wie ich kann die Zeiten nicht ändern, die macht eben mit oder verstaubt im Winkel. Schöner war`s vielleicht, wie man noch mit all seinen Idealen im elterlichen Nest saß. Aber wir wollen nicht weich werden. Hast du erst mal zwei Pfund Pralinés gefuttert, kommst du auch auf meinen Standpunkt."

Liane dachte an Kasimir, und eine Blutwelle schoss ihr ins Gesicht. Dolly betrachtete sie prüfend. „Armes Tierchen, futterst dich wohl gerade durch die Liebe durch? Möge es dir ebenso wohl bekommen wie mir. Wenn du hindurch bist, werden dir die Reize des begüterten Herrn Ohse in hellerem Lichte erscheinen."

In hellerem Lichte erschienen Liane diese Reize schon heute. Das Leben, welches sie in Garmisch an Ohses Seite führte, war verführerisch schön. Dafür lohnte es sich schon einige Opfer zu bringen.

Ohse beobachtete Liane unausgesetzt. Er sah, welche Freude sie an dieser Reise hatte, wie das elegante Leben sie berauschte, und wie sie ihn, den Spender all dieser Herrlichkeiten, mit freundlicheren Augen betrachtete. Das war die Stimmung, die ihm günstig erschien, die Stimmung, in die er Liane versetzen wollte. Er ließ ihr ein paar Tage Zeit, die Reize des neuen Aufenthaltes, den er ihr bot, voll in sich aufzunehmen, dann ging er geradewegs auf sein Ziel los. Er hatte diese Reise nicht gemacht, um sich zu erholen oder seiner Tochter ein Vergnügen zu bereiten, er hatte sie gemacht, um sich Lianes Besitz zu sichern, und dazu wurde es jetzt hohe Zeit, denn die schöne Frau wurde arg umschwärmt.

Ohse wusste Liane geschickt von der Gesellschaft zu trennen, die nach dem Frühstück zur Rodelbahn aufbrach. Er bog in einen schmalen Weg, der, in die glitzernde Schneefläche eingetreten, sich an einem sonnigen Hang hinzog.

„Bitte, Liane, lassen Sie uns heute allein gehen," begann er ohne Umschweife, „ich habe Ihnen viel zu sagen."

Liane warf einen schnellen Blick auf Ohse. Sein Gesicht zeigte jenen Ausdruck gespannter Energie, die alle Hindernisse beiseitezuschieben gewohnt war. Sie wusste, es gab kein Ausweichen mehr.

„Ich bin bereit," sagte sie.

„Sie wissen, Liane, dass ich Sie liebe, dass ich Sie leidenschaftlich liebe." Seine Stimme bebte. Er zwang Liane, stehenzubleiben und ihm in die Augen zu sehen.

„Ich habe nie über die Gefühle nachgedacht, die Sie für mich hegen, Herr Ohse."

Klar und kalt blickte Liane in Ohses flimmernde Augen. Er wurde blass bei ihren harten Worten.

„Das ist nicht wahr," stieß er heiser hervor. „Sie sind zu klug, um nicht gemerkt zu haben, welche Wünsche ich hege."

„Ich muss Sie bitten, Herr Ohse, an der Wahrheit meiner Worte nicht zu zweifeln."

Liane war weitergegangen. Ihre herrliche Gestalt, die der grellblaue gestrickte Sportanzug weich umschmiegte, hob sich plastisch von dem weißen Schnee. Die blaue Gestalt tanzte vor Ohses Augen. Er wusste in diesem Augenblicke nicht, ob er die vor ihm herschreitende schöne Frau liebte oder hasste.

„Da Sie von Ihren Wünschen sprechen," fuhr Liane fort, „gebe ich offen zu, dass ich weiß, dass Sie mich heiraten möchten, wenn Ihnen die Scheidung Ihrer Ehe gelingt."

„Also haben Sie meine Gefühle doch verstanden," triumphierte Ohse.

„Sie sind ein Mann, Herr Ohse, der im Leben viel geleistet und viel erreicht hat. Sie sind es gewohnt, zu bekommen, was Sie wünschen. Ihr Geld ist das Zaubermittel, durch das Sie sich verschaffen, was Sie reizt. Sie sind ein Mann auf der Höhe des Lebens. Ihre Frau passt nicht auf diese Höhe. Sie wollen eine elegante Frau aus vornehmer Familie haben, die versteht, Ihren Reichtum zu repräsentieren. Ich bin arm. Sie haben alles gekauft, was einst meiner Familie gehörte: das Gut, das Haus, einen Teil der Einrichtung. Sie wollten meine Schmucksachen kaufen. Sie haben erkannt, dass ich den Ansprüchen, die Sie an eine Gattin stellen, genüge, nun wollen Sie mich kaufen."

„Liane!" rief Ohse erschrocken.

„Einen Augenblick, Herr Ohse, ich bin gleich fertig. Sie kennen die Welt und die Menschen, Sie haben meine Schwäche für Luxus, Schönheit und Eleganz richtig herausgefühlt. Sie sind wie der Teufel, Sie führten mich auf einen hohen Berg und zeigten mir alle Schätze der Welt und ihre Herrlichkeit. Und ich habe keine Kraft gehabt, Ihnen zu widerstehen. Ich habe mich von Ihnen auf den Berg führen lassen, und ich habe Ihnen damit das Recht gegeben zu der Annahme, Sie könnten mich als Ehefrau kaufen."

„O Gott, Liane, so stehe ich in Ihren Augen da, eine so niedrige Meinung haben Sie von mir?"

„Die Meinung, die Sie von mir haben, ist vermutlich auch keine sehr hohe."

„Ich liebe Sie, Liane," sprach Ohse mit zitternder Stimme, „ich liebe Sie mehr, als ich mit Worten ausdrücken kann. Ich muss wohl sehr weit zurückgreifen, um Ihnen klarzumachen, wie ich Sie liebe."

Liane schritt weiter, den Blick gesenkt, sie sah Ohse nicht an, der ihre Hand gefasst hatte und dicht neben ihr ging.

„Als ich ein armer junger Bursche war, Liane," begann Ohse wieder, „da sah ich Ihre Mutter, und wie ein Blitzstrahl fuhr der Begriff der Frauenherrlichkeit in meine Knabenseele. In dem bescheidenen Stande, in dem ich damals lebte, lernte ich nie ein Mädchen kennen, das an meine Seele rührte. Das Bild Ihrer Mutter wurde mir zu meinem Ideal von Frauenhoheit und Frauenschönheit. Ich habe scharf gearbeitet in meiner Jugend. Wenn andere zu Spiel und Tanz gingen, grübelte ich über die Konstruktion einer Maschine nach. Als ich in die Jahre kam, wo für den gesunden Mann die Frau eine Lebensnotwendigkeit wird, lief mir Hanne über den Weg. Ihre frische Blondheit streifte an mein Ideal, ohne große Überlegung heiratete ich sie. Sie gab mir, was ich damals brauchte. Die ganze Kraft meiner Seele verzehrte meine Arbeit. So blieb es jahrelang, ich war zufrieden durch meine Erfolge; meine Gedanken kreisten Tag und Nacht um meine Arbeit. Da sah ich Sie im Theater sitzen, Liane, und ein ganz neues Gefühl erwachte in mir, oder ein ganz altes Gefühl, das lange Jahre in mir verschüttet gewesen war, wurde wieder lebendig; es knüpfte an den Eindruck an, den Ihre Mutter mir einst gemacht hatte. Die Liebe zu Ihnen, die Sehnsucht nach einer geistig ebenbürtigen Gefährtin begann in mir zu keimen. Sie, das vornehme junge Mädchen, waren mir, dem verheirateten bürgerlichen Manne, genau so unerreichbar, wie die schöne Hofdame es einst für den Klempnergesellen gewesen war. Der sehnsüchtige Liebeskeim in meinem Herzen konnte nicht gedeihen, aber er wollte auch nicht sterben. Da fügte es das Schicksal so merkwürdig, dass unsere Lebensbahnen sich kreuzten, und nun wuchs und wuchs der Liebeskeim und erfüllte mein Herz mit leidenschaftlicher Sehnsucht nach Ihnen. Was weiter kam, wissen Sie. Griff ich zu unedlen Mitteln, um Sie zu gewinnen, so verzeihen Sie mir. Ich habe heiß gerungen um manches Ziel. Wir Leute von unten sind es gewohnt, uns hart hinaufzukämpfen. Im rücksichtslosen modernen Geschäftsleben stumpft man ab in der Wahl der Mittel, die zum Ziele führen. Nie in meinem Leben habe ich so heiß, so leidenschaftlich um ein Ziel gerungen wie um Ihren Besitz. Wer um sein alles kämpft, der kämpft mit allen Mitteln."

Sie hatten inzwischen die Höhe erreicht, die in voller Mittagssonne dalag. Liane setzte sich auf den Rodelschlitten, den Ohse hinter sich hergezogen hatte, legte die Hand über die Augen und sagte tonlos: „Sie haben keine Schuld, Herr Ohse, ich selbst trage die größte Schuld. Wenn ich gewusst hätte, dass Sie mich liebten, wäre ich nicht in Ihr Haus gekommen."

Ohse blickte auf Liane nieder; plötzlich stürzte er auf die Knie, riss sie in seine Arme und bedeckte ihr Gesicht mit leidenschaftlichen Küssen.

Einen Augenblick lag Liane besinnungslos, dann spannte sich ihr Wesen in einer einzigen Abwehr, aber vergeblich suchte sie sich aus Ohses Armen zu befreien, die sie wie Eisenklammern hielten.

„Ich liebe dich so wahnsinnig, Liane," flüsterte Ohse zwischen seinen Küssen, „ich kann nicht mehr leben ohne dich – ich bin halb von Sinnen, Liane – o Gott, ich habe selbst nicht geahnt, dass ich dich so rasend liebe."

Erst als der Sturm nachließ, der Ohse schüttelte, und er, schwer atmend, den Kopf in Lianes Schoß vergraben, vor ihr lag, kam sie zu Worte: „Ich bitte Sie, Herr Ohse, stehen Sie auf, ich habe Ihnen kein Recht gegeben zu solchem Benehmen."

Ohse blickte zu Liane auf mit dem Blick weicher Güte, den sie aus der ersten Zeit ihrer Bekanntschaft an ihm schätzte. „Seien Sie mir, bitte, bitte, nicht böse, ich wollte Ihnen nicht zu nahe treten, es ist eben so über mich gekommen, es war stärker als ich. Sie wissen nun, Liane, welche Glut in mir lodert. Die zu ersticken liegt nicht mehr in Ihrer oder in meiner Macht. Ich musste zu Ihnen sprechen. Neben Ihnen hinzuleben wie bisher, geht über meine Kraft."

„Wir wollen doch weitergehen," sagte Liane unsicher, „die Schatten werden länger, ich möchte im Hotel sein, ehe die Sonne sinkt."

„Ich muss wissen, Liane, ob ich Aussicht habe, Ihr Herz und Ihre Hand zu gewinnen. Den Zustand der Ungewissheit ertrage ich nicht länger. Ich weiß, dass Sie meine Liebe nicht erwidern, sagen Sie mir, ob Ihr Herz frei ist, und ob Sie glauben, eines Tages die Meine werden zu können."

„Ich bin mir nicht klar darüber, Herr Ohse," flüsterte Liane leise.

„Wie ist es mit Kasimir Herzog? Sie lieben ihn, Sie wollen ihn heiraten?" Ohses Stimme klang drohend.

Liane wurde dunkelrot und dann sehr blass: „Ich habe nicht die Absicht, Herrn Doktor Herzog zu heiraten. Ich habe eingesehen, dass ich an seiner Seite kein dauerndes Glück finden würde," entgegnete sie mit fester Stimme.

Ohse atmete tief auf. Er begann nun Liane auszumalen, wie er sie auf Händen durchs Leben tragen wolle, wie er gerade ihre Neigung für Luxus und Eleganz schätze, wie diese Neigung keine Schwäche, sondern ein Vorzug sei, wenn sie seine Frau würde. Er sprach auch von der versöhnenden Gerechtigkeit, die darin liege, dass sie durch ihre Heirat mit ihm wieder in den Besitz des alten Familiengutes gelange. Alle diese Worte klangen süß in Lianes Ohr und übertönten die unbestechliche Stimme ihres Blutes, die gegen den reichen Freier sprach.

„Sie vergessen nur eins, Herr Ohse," sagte sie, als sie fast an ihrem Hotel angelangt waren, „dass Sie kein freier Mann sind und es vielleicht nie sein werden. Ihre Frau hat mir mehr als einmal gesagt, keine Macht der Welt könne sie veranlassen, Sie frei zu geben."

„Es wird ein harter Kampf werden," meinte Ohse, „aber ich werde Hanne zu zwingen wissen, mir meiner Freiheit wiederzugeben. Jetzt, während der Gesellschaftssaison, will ich der Stadt nicht das Schauspiel eines offenen Ehekrieges geben. Im Frühjahr ziehen wir nach Holckenbusch, und dann gibt es eine endgültige Trennung von meiner Frau." Zwischen seinen starken blonden Brauen zeigte sich eine drohende Falte: „Ich setze durch, was ich will."

Liane musste an sich selbst erfahren, dass Ohse der Mann war, seinen Willen durchzusetzen. Er wollte von ihr ein bindendes Versprechen haben, ehe sie wieder in das Madamenschlößchen zurückkehrten.

„Glauben Sie," hatte er ihr gesagt, „dass ich ein so einsames Leben führen würde, wenn ich Sie nicht so über alles liebte? Es gibt genug schöne und elegante Frauen, die gern bereit wären, einem Manne wie mir Ersatz für meine magere Ehe zu bieten. Aber ich bin für keine Frau zu haben, solange ich die Hoffnung hege, Sie zu gewinnen. Sehe ich aber ein, dass sich diese Hoffnung nicht erfüllen wird, so will ich mir mein Leben nicht verderben, indem ich einem unerreichbaren Ideal nachtrauere."

Dolly hatte ihr geraten: „Halte deinen Milliardär nicht zu kurz. Die Männer sind in Punkto Erotik unberechenbar, und wenn ihnen eine über den Weg läuft, die ihrem Geschmack entspricht und die sich auf die Männerjagd versteht, so lassen sie sich alle fangen. Deinem Goldfasan werden Schlingen genug gelegt."

„Mir liegt nichts an Männern, die ich fangen muss," hatte Liane gesagt. „Wer sich nicht um mich bemüht, hat keinen Reiz für mich."

„Pah, mit solchen Ideen kommt man nicht weit. Was fängst du an, wenn Ohse dich fallen lässt? Arme adelige Witwe, nichts Rechtes gelernt, viele Vorurteile, dabei hübsch, schick, verwöhnt, voll Lebenshunger. Du kommst auf die Bahn, auf der ich schon lange herunterrutsche. Vergnüglich ist die Fahrt, aber es ist eine Fahrt ins Ungewisse, vielleicht endet sie mit einem Absturz."

Die leichtsinnige kleine Dolly hatte ganz wehmütig ausgesehen bei diesen Worten.

Solche Reden stimmten Liane nachdenklich. Am letzten Tage in Garmisch gab sie Ohse das Versprechen, ihn zu heiraten, doch unter der Bedingung, dass von Liebe zwischen ihnen nicht die Rede sein dürfe, bis die Ehe zwischen ihm und Hanne geschieden sei. Zu dieser Bedingung wollte sich Ohse nicht verstehen, aber Liane setzte all seinen Überredungskünsten einen so eisernen Widerstand entgegen, dass er sich schließlich fügen musste.

In München gab es noch einen letzten Zusammenstoß. Man war am Spätnachmittag dort angekommen und abends in die Oper gegangen. München war überfüllt von Fremden, und man musste froh sein, überhaupt in einem erstklassigen Hotel in drei in verschiedenen Stockwerken gelegenen Zimmern unterzukommen.

Liane hatte nach dem Theater Erna zur Ruhe gebracht, und erst, als sie ihren Schützling wohlversorgt wusste, suchte sie ihr eigenes Zimmer auf.

Als sie die Tür öffnete, erhob sich Ohse aus einem Lehnstuhl und trat mit schnellen Schritten auf sie zu. Schreck und Abwehr malten sich deutlich in Lianes Zügen.

„Liebe Liane," bat Ohse herzlich, „erschrecken Sie nicht und blicken Sie mich nicht so zornig an." Er nahm ihr den Mantel ab, geleitete sie zum Sofa und setzte sich neben sie. Er nahm Lianes Hand und suchte ihre Augen, aber sie blickte hartnäckig zu Boden.

„Liebe Liane," wiederholte Ohse, „Sie haben mir Ihr Leben anvertraut, Sie wollen Ihr Schicksal mit dem meinigen verknüpfen. Glauben Sie, dass eine Frau von dem Manne, der in ihr seine künftige Gattin und die Mutter seiner Kinder ehrt, etwas zu fürchten hat? Sehen Sie mich doch einmal an, Liane."

Sie hob den Blick, in Ohses Zügen lag ein treuherziger Ausdruck. Er legte den Arm um sie, seine Hand schob sich auf ihren bloßen Arm in einer Art, die anzeigte, dass diese Hand gewohnt war, Besitz zu ergreifen und festzuhalten. Die Berührung dieser großen breiten Hand tat Liane wehe, sie suchte sich ihr vorsichtig zu entziehen, aber die Hand hielt fest.

„Liebe Liane," sprach Ohse weiter, „Sie haben meine Werbung angenommen, aber unter einer Bedingung, die sehr hart für mich ist, so hart, dass ich nicht weiß, ob meine Kraft ausreicht, sie zu halten. Sie wissen, wieviel Arbeit auf mir lastet, wissen, wie unendlich schwierig in unseren wirren Zeiten das Leben eines Großindustriellen ist. Nur mit eiserner Nervenkraft kann man dieses Heer von Schwierigkeiten erfolgreich überwinden. Zu meinen beruflichen Lasten kommt noch der Druck der häuslichen Verhältnisse. Ich habe wahrhaftig ruhige Nerven nötig, um die Zügel fest in der Hand zu behalten. Die verzehrende Sehnsucht einer unerfüllten Liebe aber reißt an meinen Nerven, und ich kann diesen quälenden Zustand nicht mehr lange ertragen. Ich bitte Sie, Liane, schenken Sie mir diese Stunde, erfüllen Sie einmal meine Sehnsucht, geben Sie mir die Kraft, die ich nötig habe, um Ihr und mein Leben erfolgreich zu lenken."

Ohse zog Liane fester an sich, seine Lippen suchten die ihren, sie fühlte, wie er zitterte, und dieses Zittern teilte sich ihr mit. Kasimirs Bild tauchte vor ihr auf, lockend und anklagend zugleich. Noch war sie an ihn gebunden durch Wort und Gefühl.

„Lieber Herr Ohse," begann sie mit fliegendem Atem, „ich bin offen gegen Sie gewesen, ich habe Ihnen gesagt, dass ich Ihre Gefühle nicht erwidere. Ich habe Ihnen das Versprechen gegeben, Ihre Frau zu werden, weil Sie dies Versprechen zu Ihrer Ruhe nötig haben, und weil ich die Zuversicht habe, dass aus der Achtung, die Ihre

Tüchtigkeit mir einflößt, und aus der Dankbarkeit, die ich für Sie empfinde, Liebe werden kann, wenn Sie mir Zeit lassen."

„Liane," flüsterte Ohse leidenschaftlich, „ich weiß, dass Sie meine Liebe noch nicht erwidern, aber es muss doch süß sein für eine Frau, schenken zu dürfen, erlösen zu können. Liane, ich kann mich nicht von Ihnen trennen, nicht so von Ihnen trennen – – –"

Liane sah sein zuckendes Gesicht, seine flimmernden Augen, fühlte seinen heißen Atem über ihren bloßen Hals hinstreichen, und wieder sprang ein Gefühl unüberwindlicher Abneigung jäh in ihr auf.

„Herr Ohse," rief sie beschwörend, „ich bitte Sie, dringen Sie nicht in mich. Durch Ihren Mangel an Selbstbeherrschung zerstören Sie Ihre und meine Zukunft. Um unseres gemeinsamen Glückes willen bitte ich Sie, gehen Sie jetzt. Ich bitte Sie!"

Lianes eindringliche Bitte blieb nicht ohne Wirkung auf Ohse. Er riss sich zusammen und stand auf.

„Ich kann Ihnen nichts abschlagen, Liane," sagte er mit schwerer Stimme. „Weil Sie mich bitten, will ich gehen."

Er fasste ihre beiden Hände und blickte sie lange an, heiß und traurig zugleich. „Vergessen Sie nicht, Liane, dass Sie eine Verantwortung auf sich genommen haben, dass mein Schicksal in Ihrer Hand liegt."

Er drückte einen langen Kuss auf Lianes zitternde Lippen, dann ging er schnell hinaus.

Liane stürzte zur Tür, drehte den Schlüssel um und sank auf einen Sessel. Sie schlug die Hände vors Gesicht. So blieb sie lange. Dann öffnete sie ihre Handtasche und nahm einen Brief heraus. „Wenn meine süße angebetete Madame nicht bald zurückkommt und den verlassenen Kasimir in ihre liebenden Arme nimmt, macht der arme

Junge Dummheiten," las Liane. Sie riss den Brief in kleine Stückchen. Ihr Gesicht zeigte einen harten Ausdruck. „Diese Kinderei muss ein Ende haben," murmelte sie zwischen zusammengebissenen Zähnen.

Aber diese Kinderei nahm kein so rasches Ende, wie Liane beabsichtigt hatte. Sie hatte Kasimir die Zeit ihrer Rückkehr mitgeteilt, und sie wusste, dass er noch am gleichen Abend zu ihr kommen würde. Sie setzte sich vor den Kamin in ihrem Rokokosaal in dem dunklen hochgeschlossenen Straßenkleide, das sie auf der Bahnfahrt unter dem Mantel getragen hatte. Als der Zeiger der kleinen Standuhr auf dem Marmorsims elf Uhr zeigte, hörte sie elastische Schritte auf der Treppe, und Kasimir trat herein. Ohne sich Zeit zu nehmen, seinen Mantel abzulegen, stürzte er auf Liane zu und nahm sie in seine Arme.

„Liebe, süße, einzige Li, endlich, endlich bist du wieder da," rief er unter heißen Küssen. Er kniete neben ihrem Sessel und blickte sie glückstrahlend an. Liane strich ihm das weiche braune Haar aus der Stirn und sah in sein Gesicht, in dieses schöne Gesicht mit den dunklen Augen, aus denen Liebe und Verlangen ihr entgegensprühten. Eine warme Welle von Zärtlichkeit überflutete sie, doch sie schob Kasimir sanft zurück und sagte bittend: „Komm, setze dich mir gegenüber, ich habe dir etwas zu sagen."

Der strahlende Schimmer in Kasimirs Augen erlosch. „Du bist so anders als sonst, Li. Du liebst mich nicht mehr, du bist mir untreu geworden? Und in welch einem Anzug empfängst du mich! Ist das ein Kleid, Madame, in dem man einen Geliebten erwartet?"

„Mir ist nicht nach einem Schäferstündchen zumute, Kasimir. Komm, lass uns einmal ernsthaft miteinander reden."

Kasimir sprang auf. „Das ist der Empfang, Liane, den du mir bereitest!" rief er empört. „Wochenlang amüsierst du dich, während ich mich hier abquäle, wie ein Mönch lebe und die Stunden bis zu deiner Rückkehr zähle! Bei grimmiger Kälte und eisigem Nordwind lauf' ich zu dir, und du weißt nichts Besseres mit mir anzufangen, als ernsthaft mit mir zu reden? Was hat das zu bedeuten? Was ist an deinem Stimmungswechsel schuld, steckt Ohse dahinter?"

„Sieh mal, Kasimir," begann Liane von neuem, „auf der Berliner Reise ist uns doch klar geworden, dass wir einander nicht heiraten können, denn unsere Ansprüche an das Leben stehen in keinem Verhältnis zu unserem beiderseitigen Einkommen – – –"

„Was sollen diese Erwägungen jetzt? Wir sind doch freie moderne Menschen und können unserer Liebe die Form geben, die uns die geeignetste dünkt. Ich wenigstens bin restlos glücklich in unserem Liebesbund, und du hast mir unzählige Male gesagt, dass du es auch bist. Jetzt fällt dir plötzlich ein, weil wir uns wahrscheinlich nicht heiraten können, könnten wir uns auch nicht mehr lieben. Die Ehefrage ist doch zur Zeit gar nicht brennend, warum uns also über die Zukunft den Kopf zerbrechen? Ich kann eine einträgliche Stellung finden, ich kann Erfolg mit meiner Feder haben, die wirtschaftliche Lage kann sich bessern und dadurch dein Vermögen im Werte steigen, so dass sich eine Ehemöglichkeit für uns ergeben kann."

„Das sind alles ganz unwahrscheinliche Aussichten, Kasimir." Liane sprach sehr schnell wie immer, wenn sie erregt war. „Auf so unsichere Möglichkeiten kann ich in diesen schwierigen Zeiten mein Leben nicht gründen. Ich bin sehr verwöhnt, das gebe ich offen zu, und ich bin anspruchsvoll. Ich würde elend werden in beschränkten Verhältnissen, und du bist ähnlich wie ich. Warum sollen wir warten, bis unsere Liebe ermattet und im grauen Alltag traurig stirbt? Wir haben unendlich glückliche Stunden verlebt, Kasimir, ich werde mich immer in Dankbarkeit deiner erinnern."

Kasimir lachte bitter auf: „Was sollen diese Worte, die wie aus einem schlechten Roman klingen? Anstatt der dankbaren Erinnerung, die du mir freundlicherweise widmen willst, wäre ich dir dankbarer, wenn du mir jetzt endlich einen Kuss geben wolltest."

Er setzte sich auf die Lehne von Lianes Stuhl und schlang den Arm um sie: „Liebst du mich noch, Li?" Innig und beschwörend zugleich blickte er sie an.

„Ja," flüsterte Liane, hingerissen durch die betörende Schönheit seiner bewegten Züge, „ich liebe dich, Kasimir, und doch – – so schwer es ist – – Ich bitte dich, mich freizugeben."

Kasimir wurde blass und sprang auf: „Ich denke nicht daran, dich ohne weiteres freizugeben. Zu einer solchen Bitte musst du, da du mich doch unverändert liebst, schwerwiegende Gründe haben. Ich habe ein Recht, diese Gründe zu wissen."

„Ich möchte – – ich habe – –." Liane stockte.

„Du hast einen vorteilhaften Heiratsantrag?" fragte Kasimir in plötzlicher Erleuchtung.

„Ja," sagte Liane erleichtert. „Und daher, Kasimir – –"

Dr. Herzog ging erregt im Zimmer umher. „Ich habe dir außer meiner heißen Liebe nur wenig zu bieten. Willst du dieses wenige nicht annehmen, so werde ich als anständiger Kerl dir selbstverständlich nicht im Wege stehen, wenn du glaubst, mit einem anderen glücklicher zu werden als mit mir. Ich mache es dann geradeso wie du und schließe auch eine Geldheirat." Zornig blitzten seine dunklen Augen Liane an.

„Ach so," meinte sie, „darauf bezog sich wohl die Bemerkung in deinem Briefe von den Dummheiten, die du machen wolltest? Du hast wohl schon eine reiche Frau in Aussicht?"

Auf Kasimirs schönem Gesicht erschien ein Ausdruck schmollender Koketterie. Er schob mit der Spitze seines Lackstiefels die Fransen des Perserteppichs hin und her und blickte stumm vor sich nieder. Er sah aus wie ein großen Junge, der sich anschickt, einen Schelmenstreich zu beichten.

„Nun ja," sagte er halb eitel, halb verlegen, „wenn die grausame Madame mich vierzehn Tage ganz verlassen und unbeaufsichtigt dasitzen lässt, dann kann sie sich nicht wundern, wenn andere Frauen die Angel nach mir auswerfen."

„Und da hast du gleich angebissen, Kasimir?" fragte Liane.

Er warf ihr einen Blick voll blitzender Schelmerei zu. „Nur ein bisschen angeleckt."

Liane lachte hellauf. „Mehr habe ich auch nicht getan."

„Das wollte ich mir auch ausgebeten haben," fuhr Kasimir auf, „noch bist du an mich gebunden, Liane, und so leicht," – er trat hinter ihren Sessel und schlang den Arm um sie – – „so leicht gebe ich dich nicht frei. Also wer ist es, den du heiraten willst?"

„Sag' du zuerst, wen du heiraten willst?"

„Ich brauche kein Geheimnis daraus zu machen," entgegnete Kasimir mit merklicher Eitelkeit und beobachtete Liane scharf. „Es ist Ruth Sternauer."

„Da hast du Glück," sagte Liane, und ihre Stimme klang merkwürdig unsicher.

„Man sagt so. Die halbe Stadt spricht schon von einer Verlobung zwischen Ruth und mir. Du erinnerst dich an das pikante geistvolle Mädchen, das wir kurz vor Weihnachten im Theater trafen."

Kasimir stand hinter Liane und beobachtete sie unausgesetzt. Ein triumphierendes Lächeln spielte um seine feingeschwungenen Lippen.

„Ruth war lange in Frankfurt bei Verwandten. Die erwachsene Tochter ist der koketten Mutter im Hause lästig. Ruth will sich verheiraten, sie ist eine Millionenerbin und kann sich ihren Mann aussuchen. Ihre Wahl ist auf mich gefallen."

„So greif doch zu," sagte Liane tonlos.

„Ich habe keine Eile," erwiderte Kasimir nachlässig, „sie mag warten, bis es mir passt. Vielleicht passt es mir auch nicht, dann mag sie einen anderen beglücken. Aber wen willst du heiraten? Nun, wen?"

„Ich beabsichtige Herrn Karl Ohse zu heiraten," sagte Liane kurz und warf den Kopf in den Nacken.

„Ohse?" wiederholte Kasimir in höchstem Staunen. „Dass der Mann bis über die Ohren in dich verliebt ist und sich mit Wünschen an dich klammert, sieht ja jeder und lacht darüber. Aber dich heiraten? Der Mann ist doch verheiratet?"

„Er lässt sich scheiden. Bei seiner Energie glückt ihm alles, was er will. Ich gelange durch diese Heirat wieder in den Besitz meines Elternhauses, meines Familiengutes und nehme eine Stellung ein, die meiner Erziehung und meiner Veranlagung entspricht."

„Also bloß um des elenden Mammons willen! Das ist Wahnsinn, Liane." Er zog Liane in die Höhe und trat mit ihr vor den Spiegel. „Sieh uns an, Li; hat die Natur uns nicht füreinander geschaffen? Müssen wir dem Schicksal nicht dankbar sein, dass es uns zusammengeführt hat? Und wir wollten uns trennen, nur um des Geldes willen? Du willst deine blühende Jugend und deine edle Rasse an den alternden Emporkömmling ketten, und ich soll die kleine magere Tochter Judas freien? Komm, Li, komm, wir wollen uns nicht länger quälen!"

Liane sah Kasimirs weiße Zähne unter dem dunklen Schnurrbart blitzen, sie ließ sich küssen und schluchzte an seiner Brust: „Mach' es mir nicht so schwer, Kasimir, ich habe Ohse versprochen, ihn zu heiraten, und muss mein Wort halten."

Kasimir küsste ihr die Tränen fort. „Ach Unsinn, damit hat es noch eine gute Weile. Vielleicht gelingt es ihm überhaupt nicht, von seiner Frau loszukommen. Jedenfalls kann Jahr und Tag darüber hingehen. Bis dahin kann sich viel ändern. Solch unsichere Zukunftsmusik ist kein Grund, schon jetzt unsere Liebe zu begraben."

„Und Ruth Sternauer?"

„Was frag' ich nach der," rief Kasimir und küsste Liane wieder und wieder, „solange ich dich mein eigen nenne, meine stolze junge Königin."

ACHTZEHNTES KAPITEL

Ohse hatte gleich nach seiner Rückkehr in ruhiger Weise versucht, seiner Frau klarzumachen, dass eine endgültige Trennung zwischen ihnen, die sich so völlig auseinandergelebt hatten, für beide Teile das wünschenswerteste sei. Aber Hanne setzte jedem seiner Vorschläge eisernen Widerstand entgegen. Sie hatte sich nicht nur an die neuen Zustände im Hause gewöhnt, sie hatte sich sogar damit ausgesöhnt. Im Sanatorium hatte sie gelernt, ihre Gesundheit sehr wichtig zu nehmen. Zu ihren wirklich vorhandenen Beschwerden kamen eine ganze Reihe eingebildeter Leiden, durch die sie sich bei ihren Kränzchenfreundinnen interessant machte. Zur Besserung ihrer Leiden wandte sie nicht die Vorschriften an, die ihr der Arzt gab, um dessen Besuch sie alle paar Tage bat, sondern ihre eigenen: Likör und starken Kaffee. Ihre Füße waren bei der so unbekömmlichen Lebensweise dauernd geschwollen, und so war es ihr ganz bequem, dass sie sich um den Haushalt nicht zu kümmern brauchte.

Mit ihrer vornehmen Mitbewohnerin vertrug sie sich sehr gut. Liane war immer liebenswürdig gegen sie, lud sie häufig zum Tee ein und nahm bei allen vorkommenden häuslichen Zwistigkeiten meistens ihre Partei gegen den Hausherrn oder wusste in geschickter Weise so zu vermitteln, dass Hanne nicht zu kurz kam. Bis jetzt hatte Hanne keinen Grund gehabt, in Liane eine Konkurrentin zu fürchten. Die Verliebtheit ihres Mannes in die soviel jüngere Frau erfüllte Hanne mit Schadenfreude. Sie gönnte es ihm, der immer seinen Willen durchsetzte, dem alles glückte, was er anfasste, dass er einmal nicht zu seinem Ziele kam. Von Scheidung war bis jetzt immer nur die Rede gewesen im Anschluss an einen Familienkrach. Hanne kannte das leicht aufbrausende Temperament ihres Mannes und nahm seine Reden über Scheidung nicht ernst. Als er jetzt aber ohne vorhergehenden Zank ganz ruhig von Scheidung sprach, horchte Hanne auf.

Dies war ein neuer Ton, und ihre Bauernschlauheit erriet schnell die Veranlassung zu diesem Vorgehen ihres Mannes.

Sie legte Waldys Socken, die sie gerade stopfte, aus der Hand und sah ihren Mann prüfend an, wie man einen gefährlichen Feind ansieht. An ihres Mannes Liebe lag ihr nichts mehr, aber ihren Mann als wirtschaftlichen Vorspann gab sie nicht her. Ohse sah den Blick seiner Frau. Hannes ehemals hübsche Züge waren verschwommen, die Haut sehr rot, die Augen erschienen klein in dem breit gewordenen Gesicht. Tücke und Hass glomm darin auf. Diese Frau konnte zur Furie werden, wenn sie ihre behagliche Existenz bedroht sah.

„So," sagte Hanne, „sie hat dich verliebten alten Kater wohl auf der Reise gründlich abfallen lassen. Nun hast du endlich eingesehen, dass du sie als Geliebte nicht bekommst, nun probierst du es als ernsthafter Freier aufzutreten, denkst, du könntest sie mit deinen Millionen als Ehefrau kaufen."

Ohse wurde blass vor ohnmächtiger Wut.

„Aber ich räume nicht das Feld." Hanne klopfte mit dem Fingerhut auf die Platte des Nähtisches. „Ich denke gar nicht daran, mich scheiden zu lassen. Du kannst aufstellen, was du willst, ich willige nicht ein. Und das sage ich dir, wenn ich merke, dass die da" – sie zeigte mit dem Daumen in der Richtung nach Lianes Wohnung –, „wenn ich merke, dass die da gegen mich intrigiert und dich heiraten will, dann fliegt sie zum Hause hinaus, da kannst du dich drauf verlassen. Mir kommt es auf einen Skandal nicht an, ich pfeife auf die ganze vornehme Gesellschaft, ich habe das Recht auf meiner Seite, und wenn du zu unverschämt wirst, dann kenne ich keine Rücksicht und blamiere dich vor der ganzen Stadt."

Ohse ballte die Hände zu Fäusten. Er hätte die Frau, die breit und triumphierend vor dem Nähtisch saß, erwürgen können vor Wut; mit eiserner Energie zwang er sich zur Ruhe, aber seine Stimme klang drohend: „Hanne, wenn du dich mit Frau von Erb erzürnst, verschwindest du wieder in einem Sanatorium, aber in einem, aus dem du ohne meine Einwilligung nie mehr zum Vorschein kommst."

Hanne lachte ihrem Manne ins Gesicht: „Glaub' ja nicht, dass ich ein zweites Mal so dumm bin und in die Falle gehe."

Ohse stürzte hinaus, um sich nicht tätlich an seiner Frau zu vergreifen. Wie ein gereizter Löwe rannte er in seinem Zimmer hin und her. Dazu hatte er nun fünfzig Jahre gearbeitet und gestrebt, um jetzt wehrlos in den Krallen eines bildungsunfähigen borniertem Weibes zu schmachten. Ohse hasste seine Frau von dieser Stunde an, aber er schwor sich, von der doppelten Kraft des Hasses und der Liebe getrieben, sie auf irgendeine Weise loszuwerden. Um sich zu beruhigen, setzte er sich an seinen Schreibtisch und sah die eingelaufene Post durch. In einem Kontoauszuge der Bank machte ihn die Summe stutzig, die Hanne während seiner vierzehntätigen Abwesenheit verbraucht hatte. Er kehrte in das Zimmer seiner Frau zurück und stellte sie zur Rede.

„Ich gebe aus, was mir passt," erklärte Hanne sehr von oben herab, „hier im Hause wird soviel Geld vertan, da wäre es noch schöner, wenn deine Frau über jeden Pfennig Rechenschaft ablegen sollte."

Ohse brachte nichts aus ihr heraus und verließ nach heftigem Wortwechsel zum zweitenmal als Besiegter das Zimmer seiner Frau. Erna, die bei dem Streit zugegen gewesen war, schlich ihm nach. „Papa, das Geld hat Mutter ganz sicher Waldy gegeben, sie ist viel zu geizig, um soviel Geld für sich auszugeben, und im Haushalt kann sie es unmöglich aufgebraucht haben."

Ohse ließ seinen Sohn durch Erna herbeirufen. Waldy erschien im Smoking und Lackschuhen und warf sich lässig in einen Klub-sessel. „Wo willst du hin?" herrschte Ohse ihn an.

Waldemar, der mit seiner Liebsten ein Tanzlokal besuchen wollte, log mit heiterer Stirn: „Ins Theater. Aber alter Herr, ich sehe zu meinem Bedauern, dass du wenig rosiger Stimmung bist. Solltest du etwa wieder die leidige Schulfrage anschneiden wollen, so erkläre ich dir nochmals, dass ich mich ganz energisch weigere, länger als bis Ostern auf der Penne zu bleiben."

Ohse trat dicht vor seinen Sohn hin. „Wo hast du das viele Geld gelassen, das du deiner Mutter abgeschwindelt hast?"

Waldy ließ vor Schreck die Zigarette fallen, die er sich gerade anstecken wollte. „Mutter hat nicht reinen Mund gehalten?" fragte er unbedacht.

„Ich weiß alles, sag' die Wahrheit, Bengel, oder –" Ohse machte eine bezeichnende Bewegung mit der Hand, die Waldy veranlasste, erschrocken an seinen Kopf zu greifen.

„Ein junger Kavalier braucht eben Geld, und da du es mir nicht freiwillig gibst, so habe ich mir erlaubt, es mir auf Umwegen zu verschaffen."

Rechts und links versetzte Ohse seinem Sohne eine Ohrfeige. Waldy wollte sich aufschreiend auf seinen Vater stürzen, aber der hatte ihn mit beiden Händen an den Armen gepackt und hielt ihn wie in einem eisernen Schraubstock.

Waldy gab die Partie verloren, beichtete unter Tränen all seine Sünden und flehte des Vaters Verzeihung an.

In der Stimmung, in der er sich befand, gab er seiner Frau die Hauptschuld und ließ den Sohn nach einer gründlichen Ermahnung laufen, ihm als Strafe nur abendlichen Hausarrest androhend.

Waldy stürzte zu seiner Mutter und flüsterte ihr zu: „Olly, du bist ein Schaf, jetzt sei bloß vorsichtig, der Alte ist wie ein gereizter Stier, der schlägt alles kurz und klein."

Über Hannes Haupt ergoss sich ein fürchterliches Unwetter: Anzeige beim Staatsanwalt, Zuchthaus und alle Höllenstrafen drohte Ohse ihr an. Hanne, die im Grunde feige war, duckte sich widerspruchslos unter dem Wutausbruch ihres Mannes und holte heulend die bezahlten Wechsel hervor. Aber es waren noch andere, unbezahlte, da.

Am folgenden Morgen begab sich Ohse in das Geschäftslokal des Herrn Isidor Karfunkel in der Mauerstraße. Als er in seinem kostbaren Gehpelz und seinen eleganten Stiefeln über den Schafmarkt schritt, konnte er nicht umhin zu bemerken, dass das Pflaster sehr schlecht sei und seiner durchaus unwürdig. In der Mauerstraße erregte die Erscheinung eines feingekleideten Herrn einiges Aufsehen. Die Gegend, in der Ohse seit zwanzig Jahren nicht gewesen, war heruntergekommen; es wohnten dort nur kleine Leute. Ohse empfand direkten Widerwillen in dem Gedanken, dass er aus dieser engen schmutzigen Straße stammte. Als er an sein ehemaliges Elternhaus kam, sah er hinter den Fenstern alte Kleider, Schuhe und verbrauchten Hausrat aller Art hängen. Eine Schrift quer über den Scheiben besagte, dass hier An- und Verkauf von getragener Damen- und Herrengarderobe, Stiefeln, Möbeln und Betten betrieben wurde durch Isidor Karfunkel. Ohse musste sich einen Ruck geben, ehe er sich überwand, in die Haustür einzutreten. Die blecherne Klingel hallte noch genau so über den steingepflasterten Flur wie damals als der Merbachsche Lakai die Tür öffnete.

Eine schlampige Frauensperson in schwarzem Wuschelhaar klappte ein kleines Schiebefenster auf und sah neugierig auf den feinen Herrn. Gleich darauf erschien der Inhaber des Geschäfts. Sein scharfgeschnittenes Gesicht, von dichtem schwarzem Haar und Bart umrahmt, drückte unterwürfige Bereitwilligkeit aus. Seine Augen, wie zwei blanke dunkle Knöpfe, liefen unruhig über den Besucher hin.

„Belieben einzutreten, Euer Gnaden," sprach mit einem Kratzfuß Herr Karfunkel, der seine schätzenswerte Geschäftstätigkeit erst während des Krieges aus dem fernen Osten in die mitteldeutsche Stadt verlegt hatte.

In dem kleinen Laden war es halbdunkel, da die Fenster mit Hosen und Röcken aller Art verhängt waren. Es roch muffig nach alten Betten und unsauberen Kleidungsstücken.

„Sie haben meinem Sohn Geld auf Wechsel gegeben und Wucherzinsen genommen," begann Ohse in barschem Ton.

„Gott, der Gerechte, Herr Baron, die jungen Herren wollen leben, ein armer Mann wie ich, ein kleiner Mann wie ich muss auch leben. Dazu die schlechten Zeiten, das Risiko mit den jungen Kavalieren – – hab' ich die Ehre, den gnädigen Herrn Ohse vor mir zu sehen?"

„Sie haben noch Wechsel von meinem Sohn, heraus damit."

„Wollen der gnädige Herr zahlen die Wechsel samt Zinsen?" fragte der Trödler vorsichtig.

„Heraus mit den Wechseln! Mein Sohn ist minderjährig. Ich bringe Sie ins Gefängnis, Mann, wenn Sie mir nicht parieren.

Ohse schlug mit dem Spazierstock auf den wurmstichigen Ladentisch.

„Oh, so ein hitziger Herr,“ jammerte Karfunkel, rückte aber doch mit den Wechseln heraus, und nach langem Feilschen kam endlich ein Vergleich zustande. Angewidert ging Ohse davon.

Zu Hause hielt er nochmals großes Strafgericht. Hanne musste ihr Scheckbuch abliefern und bekam wöchentlich nur eine kleine Summe zu ihrem Privatverbrauch. Alle Rechnungen für ihre Kleidung musste sie an ihren Mann schicken lassen. Waldy wurde sein Taschengeld entzogen und er jeden Abend um sieben Uhr mitsamt einigen Butterbroten in sein Zimmer eingeschlossen. Hanne ging ihrem Manne aus dem Wege wie ein verprügelter Hund und überlegte, wie sie wieder zu Gelde kommen könnte. Der erbitterte Krieg zwischen dem Ehepaar ging weiter, und weiter ging die heimliche Liebe zwischen Liane und Kasimir Herzog.

NEUNZEHNTES KAPITEL

Anfang Februar war im Madamenschlößchen großer Empfang. Liane, Freifrau von Erb, geborene Freiin Krüger von Merbach, hatte die Einladungen ergehen lassen, und da ihre eigene Wohnung zu beschränkt war, um zweihundert Personen zu empfangen, so hatten Herr und Frau Ohse die Liebenswürdigkeit gehabt, der Mitbewohnerin ihres Hauses ihre Gesellschaftsräume zur Verfügung zu stellen. Der vornehme Name der Gastgeberin übte seine Zauberwirkung im demokratischen Deutschland ebenso wie einst im kaiserlichen Reich. Alle Geladenen folgten der Aufforderung, alle, die früher Herrn Ohse sehr von oben herab behandelt hatten, ließen es sich wohl sein in seinem reichen Hause. Im Madamenschlößchen schien an diesem Abend etwas von der versunkenen Fürstenherrlichkeit wieder lebendig geworden zu sein. Die prachtvollen Räume, die soviel höfischen Glanz gesehen, strahlten im Licht von Hunderten von elektrischen Flammen, die Dienerschaft, in Schnallenschuhen und Wadenstrümpfen, eilte in der lila Livree lautlos hin und her, jedem Winke des Haushofmeisters folgend.

Liane, das Diadem der hochgeborenen Herzogin im Haar, den Weißfuchspelz des niedrig geborenen Herrn Ohse um die Schultern, in einem silberdurchwirkten Spitzenkleide, das der neue Reichtum eines Emporkömmlings bezahlt hatte, und in ihrer rassigen Schönheit, dem Erbteil eines alten Geschlechts, stand im Mittelpunkt der Halle und empfing die Gäste mit bezaubernder Anmut und liebenswürdiger Verbindlichkeit. Hinter ihr stand das Ehepaar Ohse; aber Karl wusste sich unauffällig so vorzuschieben, dass er fast neben Liane stand, während Hanne mehr in den Hintergrund zurückgedrängt wurde.

Ohse dünkte, heute sei einer der schönsten Tage seines Lebens. Mehr als einmal warf er einen schnellen Blick in die Höhe auf das Gitter, das die Galerie des ersten Stockes von der Halle trennte. Dort hatte er vor zweiunddreißig Jahren als armer Klempnergeselle gekauert und den gesellschaftlichen Glanz, der sich an der gleichen Stelle wie heute entfaltete, mit staunenden Augen betrachtet, und sein junges Herz war erzittert von dem Liebreiz einer vornehmen Frau, in deren lichten Haaren das Diadem der Herzogin funkelte. Er warf einen schnellen Blick auf Liane; sie war rassiger als ihre Mutter, sie hatte die markanten hochmütigen Gesichtszüge der Grafen Holck, und er, Karl Ohse, der Klempnersohn aus der Mauerstraße, stand neben ihr, noch nicht ihr Gatte, aber mit begründeter Aussicht, es einst zu werden. Der Stolz, solche Höhe im Leben erreicht zu haben, hob seine Brust, und er reckte sich, um neben der hochgewachsenen Liane eine möglichst gute Figur zu machen.

Liane hatte es verstanden, alles aus der Stadt heranzuziehen, was durch Rang, Geld, Einfluss oder Talent nur irgend Bedeutung hatte. Ihrer Anmut, ihrer Leichtigkeit im Anknüpfen von Beziehungen vermochte niemand zu widerstehen. Sie hatte eine Tischordnung gemacht, durch die sich jeder Gast geehrt und befriedigt fühlte, sie schien sich um nichts zu bekümmern, sondern sich ganz ihren Tischnachbarn, Geheimrat Ritterbusch und Landgerichtspräsidenten Röber, zu widmen, und fand doch Zeit, Kasimir Herzog, der sich von Ruth Sternauer den Hof machen ließ, einen verstohlenen Blick voll süßer Verheißung zuzuwerfen und mit einem unmerklichen Wink ihrer Hand, einer Wendung ihres stolzen Hauptes Fischer zu dirigieren.

Die Vorbereitungen für dieses Fest hatten die Bewohner des Madamenschlößchens seit der Rückkehr aus München in der angenehmsten Weise beschäftigt und ausgleichend auf die Verstimmungen gewirkt, die zwischen ihnen herrschten. In dem erbitterten Ehekrieg trat eine Gefechtspause ein, und die Befangenheit, die zwischen Liane und dem Hausherrn seit dem Abend in München hing, verlor sich völlig in dem Eifer, mit dem die bevorstehende Gesellschaft beide erfüllte. Ohse wollte, dass dieses Fest etwas noch nie Dagewesenes sein sollte, nicht nur sollte die Bewirtung eine erlesene sein, auch die zur Unterhaltung der Gäste geplanten künstlerischen Darbietungen sollten ein ganz besonderes Gepräge haben. In der ehemaligen Residenz hatte sich neben vielen anderen Kulturerrungenschaften der neuen Zeit auch eine hochelegante Weindiele aufgetan, die besten der dort tätigen Künstler wollte Ohse als sensationelle Neuheit in seinem Hause auftreten lassen.

Liane war entsetzt über die Geschmacklosigkeit dieses Planes, es gelang ihr aber nicht, ihn dem Hausherrn völlig auszureden, der auf einige Tänzer aus dem Kabarett versessen war. Ohse war nicht mehr ganz so nachgiebig und demütig gegen Liane wie früher, sondern bestand gelegentlich gerade ihr gegenüber eigensinnig auf seinem Kopf. Schließlich verfiel Liane darauf, den Gästen eine Übersicht über die Entwicklung des Tanzes zu geben und Berufstänzer und Dilettanten auf diese Weise abwechselnd auftreten zu lassen.

Die eitle Hanne wollte durchaus, dass ihre beiden hübschen Kinder an dem Fest teilnahmen. Vergebens versuchte Liane ihr vorzustellen, dass Waldy und Erna mit fünfzehn und sechzehn Jahren zu jung dafür seien, und schließlich einigte man sich, dass sie nach dem Essen erscheinen durften, um die Aufführungen anzusehen; auch sollte Erna bei den Tänzen mitwirken. Kasimir Herzog hatte sich erboten, die einleitenden und verbindenden Worte zu den Tanzvorführungen zu sprechen. Als nach dem üppigen Abendessen der Mokka getrunken war, begannen in der Halle die Aufführungen. Wie eine regierende Fürstin saß Liane inmitten ihrer Gäste. Ohse stand hinter ihrem Stuhl und bemerkte mit Missvergnügen, wie dem schönen „Herzog Kasimir", der sich seiner Aufgabe mit Geist und Anmut unterzog, die bewundernden Blicke aller Damen zuflogen. Erna erntete reichen Beifall mit einem antiken Tempeltanz;

Gesellschafts- und Kunsttänze, in Phantasiekostümen, in Rokoko und Biedermeiertracht folgten in buntem Wechsel, bis ein Tänzerpaar aus dem Kabarett mit der Vorführung mondäner Gesellschaftstänze das vielseitige Programm abschloss.

Wie hypnotisiert starrte Erna auf dieses Paar. Sie hatte viele Tänzerinnen gesehen, aber noch nie einen Berufstänzer. Boris von Halvey tanzte mit einer solchen Ruhe, Sicherheit und Geschmeidigkeit, dass die schwierigen Tänze einfach und selbstverständlich erschienen. Seine Partnerin, eine kleine Ballettratte mit frechen dunklen Augen und rötlich gebleichtem Haar, stand künstlerisch nicht auf der gleichen Höhe, sie tanzte mit gelenkigen Gliedern, aber seelenlos, und war kein vollwertiges Instrument für die Intentionen des Herrn von Halvey. Ach, dachte Erna voll glühender Begeisterung, wäre ich an ihrer Stelle, wie wollte ich tanzen! Als die Vorführungen beendet waren, stürzte Erna auf ihren Vater zu. „Papa, fordere doch Herrn von Halvey auf, hierzubleiben, ich möchte für mein Leben gern mit ihm tanzen."

„Aber Erna, du solltest doch jetzt wieder nach oben gehen."

„Mama hat erlaubt, dass ich mittanze, liebster bester Papa, bitte, bitte!"

Hanne war der Ansicht, wenn das viele Geld nun einmal ausgegeben werde, sollten ihre Kinder auch etwas davon haben, und Ohse tat seinem Liebling Erna den Willen, wie immer. Boris von Halvey stand zwischen den Tänzerinnen aus dem Kabarett. Er war von leichter mittelgroßer Gestalt, mit seinem blauschwarzen Haar, seinem wohlgeformten, blassen Gesicht, mit den mandelförmigen schwarzen Samtaugen war er eine interessante und auffallende Erscheinung. Von den anwesenden Herren wussten nur wenige den Frack mit gleicher Eleganz zu tragen wie er.

Liane, die Ohse immer unbemerkt unter Augen hatte, damit er keine Ungeschicklichkeit beging, eilte hinzu. Es wurde Zeit, dass diese Leute verschwanden, auch für Waldy, der sich an die eine Tänzerin, eine üppige Brünette, herangemacht hatte, war es genug. Liane hörte, wie der Tänzer mit einer Verbeugung sagte: „Sie sind sehr gütig, Herr Ohse, Ihre Einladung nehme ich gern an und die Damen..."

Liane erfasste sofort die Situation; dieser Unglücks-Ohse lud die Komödianten zum Dableiben ein! Der junge Mensch mochte angehen, er schien sich benehmen zu können, blitzschnell fiel sie ihm in die Rede: „Sie sind mir willkommen, Herr von Halvey. Ehe ich Sie der Gesellschaft vorstellen lasse, haben Sie vielleicht die Güte, Ihre Damen an das wartende Auto zu begleiten. Meine Damen, ich danke Ihnen."

„Ich bitte mir diese Ritterpflicht zu übertragen," rief Waldy keck, bot den beiden Schönen, die halb verlegen, halb gekränkt dastanden, den Arm und verschwand mit ihnen.

„Gnädigste Baronin," sprach Herr von Halvey mit zitternder Stimme, „ich möchte mich nicht aufdrängen."

Liane sah ihn an, der Mann stammte nicht aus Varietékreisen. „Wie kommen Sie in das Kabarett, Herr von Halvey?"

Eine Blutwelle schoss in das blasse Gesicht. „Ich war ungarischer Offizier, Oberleutnant bei den Honveds. Bei der trostlosen wirtschaftlichen Lage meiner Heimat blieb mir keine Wahl – Tänzer ist noch erträglicher als Kellner."

Auch einer, der vom Luxus nicht lassen kann, dachte Liane; auf welch sonderbare Weise verschaffen wir verarmten Aristokraten uns heutzutage die Mittel zum eleganten Leben. Boris von Halvey sah einen freundlicheren Ausdruck in dem stolzen Gesicht der

Baronin. „Ich bin sehr glücklich, durch Ihre Güte wieder einmal einen Abend in der Gesellschaft verleben zu dürfen," sagte er bescheiden.

Liane winkte Kasimir Herzog herbei. „Ich empfehle Ihnen Herrn Oberleutnant von Halvey, machen Sie ihn bitte mit der Gesellschaft bekannt."

Ohse mit Erna kam auf die beiden Herren zu. „Meine Tochter wünscht Sie als Tänzer, Herr von Halvey, sie tanzt vorzüglich," sprach der stolze Vater wohlgefällig. Der Angeredete blickte erstaunt auf das reizende Mädchen, das ihn mit kaum verhohlenem Entzücken anlächelte. Teufel, dachte er, sollte ich eine Eroberung gemacht haben an der kleinen Blechprinzessin? Nimm dich zusammen, alter Junge, vielleicht kann sie die Leiter werden, an der du wieder hinaufsteigst. Seine samtweichen Augen ruhten mit zwingendem Blick auf dem lieblichen Mädchen, dessen Grazie im Tanz ihn in Erstaunen setzte. „Sie sind ja eine Künstlerin, gnädiges Fräulein."

„Ich bin es noch nicht, aber ich könnte es werden." Sie ging an seinem Arm in den Wintergarten und erzählte ihm von ihrer Tanz-ausbildung. „Mein Vater wird nie erlauben, dass ich in der Öffent-lichkeit tanze, es genügt mir auch, mein Talent innerhalb der Gesellschaft zu betätigen. Einen Tänzer wie Sie, Herr von Halvey, habe ich noch nie gesehen."

Boris betrachtete seine Begleiterin mit immer größerem Interesse. Diese zierlichen dunkeläugigen Blondinen waren sein Geschmack. Talent hatte die Kleine und Temperament, dabei solch ein süßes taufrisches Ding, und Geld hatte sie, viel, viel Geld!

Boris von Halvey wich nicht von Ernas Seite. Sie war berauscht von seiner Meisterschaft im Tanzen, aber ebenso berauscht von seiner fremdartigen Schönheit und dem Feuer, mit dem er ihr den Hof machte. Sie war gerührt von seinem schweren Geschick, von dem Unglück seines ungarischen Vaterlandes und bewunderte den Schneid, mit dem der verwöhnte Offizier sich in die veränderten Verhältnisse gefunden hatte.

Liane, die heute nicht so eifrig wie sonst tanzte, um sich auch den älteren Herrschaften widmen zu können, sagte leise zu Hanne: „Schicken Sie Erna nach oben, Frau Ohse, es taugt nicht für sie, den ganzen Abend mit dem Ungarn zu tanzen."

„Das ist doch 'n adeliger Herr und war früher Offizier, da kann Erna ruhig mit tanzen," entgegnete Hanne, die sich nicht lassen konnte vor Stolz über die Komplimente, die man ihr von allen Seiten über ihre anmutige Tochter machte.

Liane zuckte die Achseln. „Seine Angaben scheinen auf Wahrheit zu beruhen, aber er kann auch ein geschickter Schwindler sein, jedenfalls gehört es sich nicht, dass die Tochter des Hauses ausschließlich mit diesem Fremden tanzt."

Aber Erna war nirgends zu finden, im Bibliothekzimmer lag sie in den Armen des talentvollen Boris und schwur ihm unter heißen Küssen, niemand anders zum Manne zu nehmen als ihn.

ZWANZIGSTES KAPITEL

„Na, wie fandest du es denn gestern Abend?" fragte Ohse seinen Bruder Fritz, als sie sich pünktlich wie immer in früher Morgenstunde in Karls Privatkontor geschäftlich miteinander berieten.

Fritz zuckte die Achseln: „Ich möchte dich nicht kränken, Karl. Die Festlichkeit als solche war glänzend, hatte Schick und Stil, aber ich halte eine derartige Prachtentfaltung nicht für richtig in unserer Zeit der sozialen Spannungen. Das fordert den Hass der Besitzlosen heraus und verschärft die ohnehin schon so gespannten Klassengegensätze. Bei der drohenden Streikgefahr ist es doppelt unvorsichtig, die öffentliche Meinung in solcher Art herauszufordern."

„Aus dir spricht der Politiker, Fritz. Kannst du die leidige Politik denn nie ausschalten?"

„Du bist merkwürdig blind für politische Vorgänge, Karl. Dass meine Befürchtungen nicht aus der Luft gegriffen sind, mag dir dieses Flugblatt zeigen, das heute früh am Fabriktor an unsere Arbeiter verteilt wurde."

Fritz Ohse schob seinen goldenen Klemmer zurecht und strich sich über das leicht ergraute Haar. Dann begann er zu lesen:

„Brüder, Genossen!

Den Druck der Fürstenwirtschaft habt ihr von euch abgeschüttelt, aber der Druck des Kapitalismus liegt schwerer auf euch denn je. Während ihr in harter Arbeit kaum so viel verdient, dass ihr euch und eure Familien durch die schwere Zeit hindurch bringen könnt, verprassen die Kapitalisten die überreichen Gewinne, die sie durch eure Arbeit einstreichen. Ihr habt nicht genügend Milch für eure kleinen Kinder, ihr habt nicht mal einen Vorrat von Kartoffeln im Keller, ihr verdient in einer Stunde saurer Arbeit nicht so viel, wie ein Pfund Fleisch kostet, aber eure Arbeitgeber bewirten in ihren üppigen Palästen Hunderte von Gästen mit den teuersten Delikatessen und den kostbarsten Getränken. Euer Arbeitgeber kann es sich leisten, Unsummen für einen festlichen Abend auszugeben. Das zeigt, welch einen ungerechten Gewinn er aus eurer Arbeit zieht.

Brüder, Genossen, brecht die Macht des Kapitalismus, dieser Gottesgeißel der Menschheit, brecht sie, wie ihr die Tyrannenwirtschaft der Fürsten gebrochen habt. Arbeiter der Ohse-Werke, tretet in den Ausstand, zwingt eure Arbeitgeber, euch von ihren Riesengewinnen die Löhne zu zahlen, die zu einem menschenwürdigen Leben nötig sind."

Auf Karls Stirn schwoll die Zornesader. Er riss seinem Bruder das Flugblatt aus der Hand. „Wie kommst du zu dem Wisch?"

„Der alte Kruschke hat ihn mir zugesteckt. Du siehst, Karl, dass meine Befürchtungen nicht aus der Luft gegriffen sind. Diese Festlichkeit in deinem Hause wirkt wie der Funke, der ins Pulverfass fliegt."

„Diese infame Bande," knirschte Karl, „sie leben besser, als sie je gelebt haben, aber wir, die wir ihnen durch unseren Unternehmungsgeist die Verdienstmöglichkeiten schaffen, wir dürfen uns nichts leisten! Wer kauft all die teuren Nahrungsmittel, die in Hülle und Fülle in den Schaufenstern liegen? Wer kauft die Würste und die Fleischstücke, wer kauft das weiße Brot und die leckeren Kuchen, wer die Pralinés und Schokoladen? Der Mittelstand hat kein Geld dafür, die Masse kauft es, die Masse! Und wer ist denn die Masse? Das sind die Arbeiter, die so gut verdienen, dass sie sich die teuersten Lebensmittel leisten können. Zweihundert Gäste habe ich in meinem Hause bewirtet, aber zweitausend Arbeitern schaffe ich eine Existenzmöglichkeit."

Karl ging erregt im Zimmer umher, am Schreibtisch blieb er stehen und schlug mit der geballten Faust auf die eichene Platte:

„Ich lasse mir keine Vorschriften machen von meinen Untergebenen, ich lebe, wie es mir passt. Ehe es nicht gelungen ist, die Tüchtigkeit und die Leistungsfähigkeit der Menschen gleichzumachen, kann man auch ihre Lebensrechte nicht gleichmachen. Wenn meine Arbeiter sich unterstehen, meine Lebensführung zu kritisieren, dann sollen sie mich kennenlernen. Mögen sie in den Ausstand treten, wir sind die größte Fabrik am Platze; wenn bei uns gestreikt wird, greift der Streik auf die gesamten Metallarbeiter der Stadt über. Dann antworten die Unternehmer mit dem Gegenstreik. Wir sperren die Bande aus, bis sie zahm wird. Wir wollen mal sehen, wer es länger aushält, sie oder wir. Vielleicht ist es gut, wenn die gärende Unzufriedenheit sich einmal Luft macht und eine Kraftprobe den Arbeitern zeigt, dass wir doch noch ihre Herren sind.“

Fritzens schmales kluges Gesicht drückte ernste Besorgnis aus: „Du hast recht und unrecht zugleich, Karl. Eine kraftvolle Persönlichkeit wird sich immer mehr Rechte im Leben nehmen als eine schwache, eine Herrennatur wird immer das Bestreben haben, sich durchzusetzen und den eigenen Willen anderen aufzuzwingen. Aber, Karl, eine starke Natur hat nicht nur Rechte, sie hat auch Pflichten. Der geborene Herrenmensch hat die Pflicht, sich der Schwächeren anzunehmen, ihnen Beschützer und Führer zu sein, und muss die Selbstüberwindung haben, den eigenen starken Lebensdrang zu zügeln, soweit es im Interesse der Allgemeinheit nötig ist. Und der Geist unserer Zeit verlangt gebieterisch diese Selbstüberwindung.“

„Der Geist unserer Zeit!“ fuhr Karl auf. „Was ist denn der Geist unserer Zeit? Rücksichtsloser brutaler Kampf ums Dasein. Wer nicht tritt, der wird getreten.“

Fritz sah seinen Bruder an, der breitbeinig dastand, die Hände in den Taschen seines gestreiften Beinkleides. Karl Ohse trug schon am Morgen den Cutaway, der seiner starken Gestalt besser saß als der Jackettanzug.

„Du gerätst nicht so leicht in Gefahr, zertreten zu werden," antwortete er mit flüchtigem Lächeln.

„Nein," sagte Karl und klopfte mit der Spitze seines feinen Stiefels auf den Fußboden. „Ich stehe fest, ich wollte den sehen, der versucht, mich umzurennen!"

„Gerade weil du eine so starke Lebenskraft hast," fuhr Fritz fort, „bedaure ich so sehr, dass du gar nicht das Bestreben hast, dich in den Dienst der Allgemeinheit zu stellen."

„Was kommt dabei heraus?" unterbrach ihn Karl. „Was hast du davon, dass du dein Leben der Allgemeinheit widmest? Du reist herum, hältst Reden und Vorträge, ärgerst dich im Landtag, du opferst Zeit, Geld, Kraft, und was kommt dabei heraus? Die Sozialisten regieren, und ihr könnt nichts weiter als immer vergebliche Opposition machen."

„Nicht immer vergeblich. Die Gesundung unseres Volkes kommt, sie wird kommen, wenn wir alle mit ganzer Kraft daran arbeiten. Karl, siehst du denn gar nicht in all der gärenden Unrast unserer Zeit, in aller Brutalität des Lebenskampfes das Heraufdämmern eines neuen Ideals? Wenn im Sozialismus nicht ein starkes und gesundes Ideal steckte, hätte er gar nicht die Stoßkraft gehabt, erstarrte Formen zu zerbrechen."

„Das sagst du, der herzogliche Kommerzienrat? Ich weiß ja, du hast immer so menschenfreundliche Anwandlungen gehabt, du bist wohl selbst für eine neue Lohnerhöhung?"

„Ich bin allerdings dafür, bei den immer steigenden Lebensmittelpreisen und den Aufträgen, die unsere Industrie hat, den Leuten eine große Lohnaufbesserung zukommen zu lassen."

„Du bist ein Idealist, Fritz. Wenn ich nicht ein Gegengewicht bildete, würdest du wahrscheinlich unsere Leute am Gewinn beteiligen, was? Aber ich bin nicht für den Humanitätsdusel, ich habe mich hart heraufarbeiten müssen, mögen es andere sich auch sauer werden lassen. Wer tüchtig ist, kommt doch hoch, und wer schwach ist, mag zugrunde gehen. Aber wir wollen die Zeit nicht mit nutzlosen Erörterungen hinbringen."

Karl nahm das Flugblatt, knüllte es zusammen und warf es in den Papierkorb. „Mögen sie über mich schreiben, was sie wollen, ich lebe, wie es mir passt."

„Ich möchte dich doch herzlich bitten, Karl, lege dir in nächster Zeit in deiner Lebensführung etwas Zurückhaltung auf. Die Landtagswahlen stehen vor der Tür, wir dürfen den Linksparteien kein Material in die Hand geben, das sie im Wahlkampf in gehässiger Weise gegen uns ausnutzen können. Die 'Volkstribüne' wird sich die Gelegenheit zu einem Hetzartikel im Anschluss an dein gestriges Fest kaum entgehen lassen."

Es klopfte; Fritzens Sekretärin steckte den Kopf zur Tür hinein. „Der Parteisekretär aus Hannover ist am Telephon, Herr Kommerzienrat."

Fritz stand auf: „Wegen der Betriebsratssitzung müssen wir uns morgen noch bereden."

Karl nickte zustimmend und begrüßte seine Mutter, deren Besuch zu so früher Stunde ihn in Erstaunen versetzte. Sorgfältig geleitete er die alte Dame zu einem Sessel. „Na, Mutter, was ist los? Nichts Gutes, scheint mir, du machst ein so bekümmertes Gesicht."

Die alte Dame seufzte: „Ich mache mir seit langer Zeit schwere Sorgen um dich, Karl, ich hätte schon früher gern mal mit dir gesprochen, aber ich wollte mich nicht ungefragt in deine Angelegenheiten mischen –"

„Und willst es jetzt doch tun, Mutter?"

„Es drückt mir das Herz ab, Karl, ich muss mit dir reden. Wer soll es tun, wenn nicht ich, deine Mutter, die dich liebt und die zittert um dein Glück."

„Mutting," sagte Karl mit weicher Stimme, „ich ahne, wo du hinauswillst. Aber mach' dir keine unnötigen Sorgen um mich, ich verstehe es, mein Schicksal zu lenken."

„Hanne war neulich bei mir. Du weißt, Karl, Hanne und ich haben uns nie nahegestanden. Du weißt, dass ich damals gegen diese Heirat war, und ich habe recht gehabt, sie war nicht die richtige Frau für dich. Das Mutterherz ist hellsehend, Karl, das fühlt, was ihrem Kinde frommt, und fühlt, wenn ihrem Kinde Gefahr droht. Und dir droht Gefahr, Karl, schwere Gefahr, ich fühle es."

„Du spielt auf Frau von Erb an. Ich bitte dich, Mutter"

„Ich bitte dich, Sohn, höre mich an. Hanne hat mir unter heißen Tränen anvertraut, du wolltest dich von ihr scheiden lassen, um die Baronin zu heiraten. Ist das wahr, Karl?"

„Hanne passt nicht mehr zu mir, Mutter. Wir sind uns völlig fremd geworden. Ich will Hanne glänzend stellen, ich will ihr das weiteste Entgegenkommen zeigen in betreff der Kinder. Hanne kann sich ihr Leben einrichten, wie sie will, es soll ihr an nichts fehlen. Nur meine Freiheit soll sie mir wiedergeben."

„Hast du ein Recht, Karl, deine Frau, die dir – ihre Mängel zuge-geben – doch immer eine treue Gefährtin gewesen ist, aus dem Hause zu stoßen?"

„Ja," brauste Karl auf, „das Recht habe ich kraft meiner höheren Natur. Ich habe mich entwickelt, ich bin von Stufe zu Stufe hinauf-gestiegen. Sie aber ist unten geblieben, sie konnte und wollte nicht hinauf. Gerade du, Mutter, hast das oft beklagt. Soll ich die Frau, die wie ein Bleigewicht an mir hängt, bis an das Ende meiner Tage mit durch das Leben schleppen? Nein, Mutter, daran denke ich nicht, und da dich Hanne zu ihrer Vertrauten gemacht hat, tätest du gut daran, ihr zuzureden, sich meinem Willen nicht zu widersetzen. Ich drücke meinen Willen durch, geht's nicht im Guten, geht's im Bösen!"

„Das hast du mir damals auch gesagt, als ich dir abriet, Hanne zu heiraten. Du hast deinen Willen durchgesetzt, aber ist es zu deinem Glück gewesen?"

„Damals war ich jung und unerfahren und kannte mich selbst noch nicht und wusste nicht, was mir frommte. Jetzt bin ich ein reifer Mann, der die Welt kennt und sich selbst kennt, ein Mann, der weiß, was er braucht, um glücklich zu sein."

„Und du brauchst die Baronin zu deinem Glück? Glaubst du, dass die junge schöne Frau dich jemals lieben wird?"

Eine dunkle Röte stieg in Ohses Gesicht, die Mutteraugen ruhten durchdringend auf ihm, als schauten sie in die Tiefe seiner Seele. Er musste die Worte für seine Antwort mühsam suchen. „Sie – ist – bereit – mich – zu heiraten."

Es wurde still nach diesen Worten, ganz still. Die alte Frau atmete schwer. „Also so weit ist es mit dir gekommen, Karl? Du willst dir die Frau kaufen, wie du dir alles kaufst, was dich reizt. Und sie lässt sich kaufen."

„Mutter!" Wie ein Schrei kam es aus Ohses Brust, schwer ließ er sich in den Stuhl vor seinem Schreibtisch fallen.

Die alte Frau trat neben ihren Sohn und drückte seinen Kopf zärtlich an ihre Brust. „Du liebst sie?" fragte sie mit leiser Stimme.

Karl ruschelte seinen Kopf in die weichen Seidenfalten wie ein Kind; er umschlang seine Mutter und flüsterte: „Warum sagtest du die harten Worte, Mutter? Ich kann nicht mehr leben ohne sie, und dass ich all meine Vorzüge in die Waagschale werfe, um sie zu gewinnen, das ist doch menschlich, das ist doch verzeihlich!"

Die Mutter strich zärtlich über Karls dichtes Haar: „Gerade weil du sie liebst, Karl, darfst du nicht durch die Macht deines Geldes sie zu gewinnen trachten. Gerade weil du sie liebst, darfst du nur durch die Kraft deiner Persönlichkeit um sie werben. Karl, wenn sie dich nur um des Geldes willen nimmt, wird sie dein Herz brechen, weil du sie liebst."

„Komm, Mutter, red' nicht von diesen Dingen, die du nicht richtig beurteilen kannst. Ist sie erst mal meine Frau geworden, wird sie schon lernen, mich zu lieben. Ehe, die Vernunft und Liebe geschlossen haben, werden die besten. Bei ihr ist die Vernunft, bei mir die Liebe. Hilf mir doch, Mutter, rede doch Hanne zu, mich freizugeben! Warum klammert sie sich denn an mich? Sie hat keinen Funken von Liebe mehr für mich, keine Spur von Verständnis, sie klammert sich an mich, weil sie es mir nicht gönnt, höher hinaufzusteigen, weil sie vor der Welt nicht als verlassene Frau dastehen will, weil sie ihr und ihrer Kinder Erbe nicht durch eine zweite Ehe meinerseits geschmälert sehen will. Aus Neid, Ehrsucht und Geldgier hält sie mich fest. Sie weiß, dass ich eine andere liebe, sie weiß, dass sie mir nichts mehr bedeutet, und doch hängt sie sich an mich. Ist dieser Mangel an Stolz nicht verächtlich? Du musst es doch verstehen, Mutter, dass ich danach lechze, dieses inferiore Weib loszuwerden, das mir überall ein Hemmschuh ist. Selbst wenn ich Liane nie gesehen hätte, wenn ich gar nicht an eine zweite Ehe dächte, würde ich danach streben, mich von Hanne zu befreien. Du, Mutter, hast das Streben nach oben in uns genährt, du hast unseren Ehrgeiz geweckt, du hast uns hinaufgetrieben, immer höher hinauf, du musst es mir doch nachfühlen können, dass ich leide unter Hannes Kulturlosigkeit. Hilf mir doch, Mutter!"

Ohses Worte blieben nicht ohne Eindruck auf die alte Frau. „Ich habe euch hinaufgetrieben, Karl, da hast du recht. Aber manches hatte ich mir doch anders gedacht, als es jetzt in deinem Leben ist. Sieh mal Fritz an. Ich wünschte –"

„Ich weiß, Mutter, du wünschtest, ich wäre ebenso wie Fritz für das Allgemeinwohl tätig, aber ich bin nun mal anders als Fritz. Und in meiner Weise tue ich doch auch etwas für meine Mitmenschen. Habe ich nicht immer eine offene Hand, Mutter, wenn du mich bittest für deine Vereine, deine Armen, deine Kranken? Glaube mir, an meinen Geldbeutel werden von allen Seiten Anforderungen gestellt; ich glaube nicht, dass unser Herzog früher für das Allgemeinwohl soviel ausgegeben hat, wie ich es jetzt tue."

„Gewiss, Karl, du hast eine offene Hand, aber du gibst, um mich zu erfreuen oder um dein Ansehen zu heben, du gibst nicht aus Menschenliebe. Als ich gestern das üppige kalte Büfett in deinem Hause sah, die gefüllten Puter, die Hummermayonnaisen und Gänseleberpasteten, da musste ich immer denken, wie viele, viele Menschen jetzt Hunger leiden."

„Bitte, Mutter," unterbrach Karl sie ungeduldig, „fang damit nicht an, über diesen Punkt habe ich schon von Fritz genug zu hören bekommen." Er wies auf den hohen Stapel eingelaufener Postsachen, die auf seinem Schreibtisch lagen. „Sieh, Mutter, was ich zu arbeiten habe, lass uns nicht die Zeit mit fruchtlosen Erörterungen vergeuden. Sag' mir lieber, was du von meinen Eheplänen hältst."

„Ich kann es verstehen, Karl, dass du eine Lösung deiner Ehe ersehnst, aber du müsstest damit warten, bis die Kinder aus dem Hause sind. Traurig bleibt eine Ehescheidung für mein Empfinden immer, aber ich habe vielleicht veraltete Ansichten; heutzutage denkt man anders. Aber Karl, mit der zweiten Ehe, die du schließen willst, kann ich mich nicht befreunden."

„Mutter, ich bin fünfzig Jahre alt, ich habe wenig von meinem Leben gehabt. Die zwanzig oder fünfundzwanzig Jahre, die ich günstigen-falls noch zu leben habe, möchte ich glücklich sein. Gönn' mir das, was ich für mein Glück halte."

„Karl, versprich mir, dass du von Liane ablassen willst, wenn du einsiehst, dass sie dir nicht aus Achtung vor deiner Persönlichkeit die Hand reicht. Karl, nimm in dem Kampf um dieses Ziel nicht dein Geld zu Hilfe. Menschenseelen gewinnt man nur durch Liebe, sie durch Geld an sich zu fesseln, ist ein gefährliches Unternehmen und macht beide Teile gleich elend.

„Mutter, quäl' mich nicht. Wenn nur die Scheidung meiner Ehe gelingt, alles andere wird schon gut werden."

An diesem Morgen kam Ohse zu keiner Ruhe. Bald nachdem seine Mutter ihn verlassen, wurde ihm eine Karte überbracht: Boris von Halvey, Oberleutnant a. D.

„Ich bin nicht zu sprechen," entschied er kurz, aber der Besucher ließ sich nicht abweisen. In einem auf Taille gearbeiteten schwarzen Überzieher, mit hellen Gamaschen, den Zylinder in der Hand, trat der

Ungar ein und verbeugte sich respektvoll. Ohse reichte ihm nicht die Hand, bot ihm auch keinen Sitz an. Er selbst stand an seinen Schreibtisch gelehnt und musterte den mit schauspielerhafter Eleganz gekleideten jungen Mann mit nicht gerade freundlichen Blicken.

„Meine Zeit ist äußerst besetzt, Herr von Halvey, teilen Sie mir, bitte, kurz und bündig mit, was Sie von mir wünschen."

Halvey schlug die Hacken zusammen: „Wie Sie befehlen, Herr Ohse. Ich liebe Ihre Tochter, Erna erwidert meine Liebe, wir haben uns gestern verlobt. Ich habe die Ehre, Sie um die Hand Ihres Fräulein Tochter zu bitten."

„Sie sind verrückt, Herr."

„Ich bin Offizier, Herr Ohse."

„Das mögen Sie außerdem noch sein. Auf Ihren unverschämten Antrag verdienen Sie überhaupt keine Antwort, also verschwinden Sie, junger Mann, und möglichst schnell."

„Herr Ohse, ich war Offizier, Sie haben kein Recht, mich so zu behandeln," rief Halvey mit bebender Stimme.

„Was Sie waren, ist mir gleichgültig, es kommt nur darauf an, was Sie sind. In meinen Augen sind Sie ein Hanswurst, nichts weiter," schrie Ohse wütend, den nach all den Störungen dieses Morgens die Geduld verließ. Er setzte sich an seinen Schreibtisch und klopfte ungeduldig mit den Fingern auf die Platte: „Also bitte, ich möchte nicht von meinem Hausrecht Gebrauch machen."

„Ist das Ihr letztes Wort, Herr Ohse?" rief Halvey drohend.

Ohse würdigte ihn keiner Antwort, sondern machte nur eine abwehrende Handbewegung.

„Sie werden Ihre Handlungsweise bereuen, Herr Ohse," sprach Halvey würdevoll und entfernte sich mit knapper Verbeugung, von der Ohse keine Notiz nahm.

Trotz seiner äußeren Ruhe zitterte Halvey innerlich vor Wut. Er tupfte sich mit dem parfümierten seidenen Taschentuch die Stirn, als er den Weg nach dem Bürgerpark einschlug. Von allen Demütigungen, die er hatte hinunterschlucken müssen, war dies die bitterste. Seine Zähne knirschten aufeinander. Das reiche Mädchen, das ihm der Zufall in den Weg geführt, musste sein Rettungsanker werden um jeden Preis. Er ging langsam, um sich zu beruhigen, und als er an dem Schwanenhäuschen im Bürgerpark auf die ihn dort erwartende Erna zueilte, zeigte sein Gesicht wieder den Ausdruck lächelnder Anmut, und seine vor kurzem noch zornig blitzenden Augen hatten wieder den Samtschimmer, der Erna entzückte.

„Wie war es, Boris?" fragte sie atemlos.

„Dein Vater verweigert seine Einwilligung."

„Warum denn?" fragte Erna erstaunt. „Hast du nicht gesagt, dass ich dich liebhabe?"

„Doch, Liebling, aber das fiel bei dem alten Herrn gar nicht ins Gewicht."

„Wenn ich Papa recht lieb bitte, erlaubt er sicher, dass wir uns heiraten. Papa erfüllt mir jeden Wunsch."

„Dieses Mal wird er deinen Wunsch nicht erfüllen, Erna, ganz gewiss nicht."

„Was machen wir denn da?" fragte das verwöhnte Mädchen unsicher.

Halvey überschüttete sie mit einem Feuerwerk seiner raffiniertesten Blicke. „Liebst du mich, Erna?" fragte er pathetisch und zog ihren Arm durch den seinen.

„Ich liebe dich wahnsinnig," beteuerte Erna schwungvoll.

„Für mich ist das Leben wertlos ohne dich," fuhr Boris düster fort. „Wenn du nicht zu mir hältst, Erna, erschieße ich mich."

Erna schrie leise auf: „Sag' nicht etwas so Schreckliches, Liebling, sag' lieber, was wir tun können, um Papa umzustimmen."

„Du fährst mit mir nach Paris, Erna. Morgen mit dem D-Zug über Köln reisen wir ab. Ich habe vom 1. März an dort ein Engagement, ich habe Pässe für mich und meine Partnerin. Du reist auf ihren Namen und Pass. Ihre Personalbeschreibung passt auf dich: Zierliche Gestalt, dunkle Augen, dein dunkelblondes Haar machen wir mit etwas Goldpuder rötlich. Wir üben in Paris unsere Tänze, und bis zum Ersten bist du so weit, dass du mit mir auftreten kannst. Etwas Geld habe ich noch, du nimmst an Geld und Schmuck mit, was du irgend kannst, damit wir bis zum Ersten leben können. Vom Ersten ab verdienen wir jeden Abend tausend Franken. Wir lassen uns in Paris gleich trauen, wir verleben dort unsere Flitterwochen und betrachten den Pariser Aufenthalt als Hochzeitsreise. Wir schreiben sofort an deine Eltern, damit sie sich nicht ängstigen. Wenn dein Vater sieht, dass wir ohne seine Einwilligung geheiratet haben, muss er nachgeben."

„Ach, Boris," flüsterte Erna atemlos, „das ist alles so ungewöhnlich, was du vorschlägst."

„Du liebst mich nicht," sprach Boris düster und zog einen kleinen Revolver aus der Tasche. „Wenn du nicht einwilligst, Erna, bin ich ein toter Mann."

Er setzte den Revolver an seine Schläfe.

„Um Gottes willen," kreischte Erna entsetzt, „tu das schreckliche Ding weg."

„So lieben wir, wir Ungarn," fuhr Boris fort, immer mit dem gleichen düstern Grabeston. „Erfüllung der Liebe oder Tod! Etwas anderes gibt es nicht für uns."

„Tu den Revolver weg!" flehte Erna.

„Nicht ehe du einwilligst, mit mir zu entfliehen. Ein Leben mit dir, oder den Tod zu deinen Füßen."

„So sehr liebst du mich?" fragte Erna hingerissen.

„Ja," sprach Boris und blickte beschwörend in das süße Gesichtchen, „so sehr liebe ich dich!"

Er zog Erna an sich und küsste sie wieder und wieder. „Kommst du mit? In vier, spätestens sechs Wochen sind wir als glückliches junges Ehepaar wieder hier."

„Ich komme mit," hauchte Erna, „aber tu den schrecklichen Revolver fort." Gelassen schob Boris den ungeladenen Revolver in seine Tasche.

Erna atmete auf: „Es ist wohl unrecht von mir, meine Eltern so zu hintergehen, aber ich liebe dich so sehr, und warum ist Papa so eigensinnig?"

„Ja," bekräftigte Boris, „warum ist er so eigensinnig? Gegen mich ist doch weiter nichts einzuwenden, als dass ich kein Geld habe."

„Und Papa hat Geld übergenug. Er muss dir eine Stellung in der Fabrik einräumen und uns ein schönes Haus bauen. Ach, Boris, wie glücklich wollen wir leben."

Sie berieten nun alle Einzelheiten der Flucht. Erna wollte ihre Kleidungsstücke unbemerkt in Lianes Wohnung schaffen und dort einpacken. Liane war zu ihrer Schwägerin gereist, und Erna konnte ungestört in ihrer Wohnung die Reisevorbereitungen betreiben.

Boris wollte am anderen Nachmittag einen Dienstmann nach Madamenweg 15 schicken, um das Gepäck abzuholen. Sollte jemand die Koffer sehen, wollte Erna sagen, Liane habe telephoniert, man möge ihr Sachen nachschicken. Erna sollte dann um drei Uhr wie immer ihrem Vater den Kaffee kredenzen und ihm dabei erzählen, sie sei zum Tee zu einer Freundin gebeten. Abends würde getanzt, sie käme erst spät zurück und würde von einem jungen Herrn, wie üblich, nach Hause begleitet. Ihre Flucht würde auf diese Weise erst am anderen Morgen entdeckt werden, wenn man bereits in Paris eingetroffen war. Ein in Köln abgesandter Brief würde die Eltern über ihren Aufenthalt unterrichten, damit sie sich keine Sorge machten.

Gleich nachdem Herr Ohse das Haus verlassen, sollte auch Erna fortgehen, sich am Bahnhof eine Bahnsteigkarte lösen und an dem Kölner D-Zug entlang gehen. In einem Abteil erster Klasse wollte Boris sie erwarten. Er schärfte Erna noch ein, ihrem Vater gegenüber freundlich und unbefangen zu sein, und wenn er seiner, Boris, überhaupt erwähnen sollte, nur sagen, sie habe beim Tanz mit ihm geflirtet, mache sich aber gar nichts aus ihm.

Erna befolgte alle Vorschriften Halveys genau.

Ohse war, als er aus der Fabrik nach Hause kam, schlechter Laune, die sich noch steigerte, als er erfuhr, dass Liane verreist sei. „Was hast du gestern Abend mit dem Tänzer vorgehabt?" herrschte er seine Tochter an.

„Gar nichts," erwiderte Erna erstaunt, „ich habe nur ein bisschen mit ihm geflirtet."

Ohse sah sie prüfend an: „Gefiel er dir sehr?"

„Er tanzt gut, nichts weiter."

„Er ist ein ganz unverschämter Patron, sollte er sich hier eindrängen wollen, wird er nicht angenommen, verstanden?"

EINUNDZWANZIGSTES KAPITEL

Liane war in die kleine Harzstadt gefahren zum Geburtstag ihrer Schwägerin. Sie hatte schlechte Zugverbindungen und traf erst am Nachmittag an ihrem Reiseziel ein. Sie hatte sich nicht angemeldet. Als sie an Frau von Merbachs Tür die Klingel zog, war es bereits Teezeit, und mehrere Gäste waren in Maries Biedermeierzimmer versammelt.

Lianes Eintritt erregte nicht nur die Verwunderung der Schwägerin, Liane fühlte, wie die anwesenden Damen sie teils neugierig, teils missbilligend musterten. Sie glaubte sich passend und geschmackvoll angezogen zu haben in einem hochgeschlossenen pelzverbrämten Samtkleid. In dieser Umgebung empfand Liane dieses eine erstklassige Schneiderkunst verratende Kleid fast als peinlich. Alle Damen trugen unmoderne dunkle Wollkleider oder steifsitzende Seidenblusen. Äußerlich wie innerlich repräsentierten sie den Geist einer Zeit, die schon vor vier Jahren zu Grabe getragen war. Liane kam sich wie ein Eindringling vor, wie ein Wesen aus einer anderen Welt. Die Unterhaltung, die durch ihren Eintritt ins Stocken geraten war, plätscherte, nachdem einige Höflichkeitsphrasen mit ihr ausgetauscht waren, wieder im gewohnten Fahrwasser dahin. Sie drehte sich um die hohen Preise, um besonders vorteilhafte Einkaufsgelegenheiten, um Rezepte, die sparsam waren und schmeckten, als ob Eier oder Fett darin sei. Zwei Damen verbreiteten sich weitläufig über die Notwendigkeit der Erhöhung der Beamtenwitwenpensionen.

„Die arbeitslosen Proletarier werden vom Staate reichlich unterstützt, aber unsereins kann verhungern."

Geld, Geld und wieder Geld bildete den Kernpunkt aller Gedanken und Gespräche. Armut beengte und drückte all diese Mitglieder einer missvergnügten Kaste; Bitterkeit, Neid, Hochmut bildeten die begleitenden Akkorde dieser unaufhörlich rauschenden Melodie

– Geld – Geld – Geld. Liane hatte seit Monaten nicht mehr von Geld sprechen hören. Wie merkwürdig, dachte sie, ums Geld drehen sich die Gedanken all der Menschen, die es nicht haben, die es angeblich verachten, und die Menschen, die Geld haben und es hoch achten, sprechen nicht davon.

„Ihnen geht es wohl recht gut, Frau von Erb?" bemerkte eine alte Dame, die aussah wie ein großer schwarzer Unglücksrabe.

„Ich habe meine Vorurteile über Bord geworfen, Frau Äbtissin," entgegnete Liane ruhig, „ich habe mich an die Kreise angeschlossen, deren geschäftliche Tüchtigkeit, durch den Zeitgeist und die politischen Verhältnisse begünstigt, sie zu gesellschaftlichen Nachfolgern unserer überlebten Adelskaste macht."

„Es kann eben nicht jeder so hinabsteigen," sagte die Stiftsdame maliziös. „Liebste Exzellenz, Sie hatten doch ein so vorzügliches Rezept für Kotelettes aus Linsen, ich würde es mir so gern aufschreiben."

„Wie hältst du es aus unter diesen Mumien, Marie?" fragte Liane, befreit die Arme dehnend, als die Exzellenzen und Komtessen sich unter vielen Komplimenten verabschiedet hatten.

„Es sind nun einmal meine Standesgenossen, und wenn sie auch meinem Gemüt nichts bedeuten, verbindet uns doch eine gewisse Interessengemeinschaft."

„Warum siehst du mich so merkwürdig an, Marie, habe ich irgend etwas Auffallendes an mir?"

Frau von Merbach blickte Liane forschend an. „Du bist verändert, Liane."

„Nun ja, ich lebe in der großen Welt, in eurem stillen Winkel wirke ich scheinbar etwas extravagant."

Die forschenden Augen ruhten unablässig auf Liane: „Ich muss eine Frage an dich richten. Ich bin deine einzige Verwandte. Sei offen gegen mich: Bist du Ohses Geliebte?"

Liane sprang auf: „Wie kommst du darauf?"

„Antworte mir: Ja oder nein," beharrte Frau von Merbach.

„Nein," antwortete Liane kurz.

Frau von Merbach atmete tief auf: „Gott sei Dank!"

„Wie kommst du darauf, Marie?"

Frau von Merbach überflog Lianes elegante Erscheinung. „Die Kleidung, die du trägst, kostet mehr, als deine Einnahme eines ganzen Jahres beträgt. Wo kommen die kostbaren Sachen her?"

Liane wurde dunkelrot: „Da mir Herr Ohse doch kein Gehalt zahlt, hat er mir einen Fond für meine Kleidung zur Verfügung gestellt. Er weiß, dass ich den Toilettenaufwand, den das Leben in seinem Hause erfordert, nicht bezahlen kann. Er ist so furchtbar reich, bei ihm spielt Geld überhaupt keine Rolle. Er würde es lächerlich finden, wenn ich sein Anerbieten abgelehnt hätte."

„Herr Ohse ist verliebt in dich, Liane. Er webt mit seinem Geld ein Netz um dich, aus dem du dich bald nicht mehr wirst befreien können. Was soll daraus werden?"

„Ich will ihn heiraten," sprach Liane hastig. „Er lässt sich scheiden, er würde sich sowieso scheiden lassen, seine Frau ist ihm ganz fremd geworden. Er will gut für sie sorgen, es geschieht ihr kein Unrecht. Ich bin entschlossen, ihn zu heiraten, Marie. Mein Vater war auch zweimal verheiratet und fünfundzwanzig Jahre älter als meine Mutter. Er war auch ein einflussreicher Mann, und sie eine arme

Hofdame, und die Ehe war sehr glücklich. Es liegt eine so ausgleichende Gerechtigkeit darin, wenn ich durch diese Heirat wieder in den reichen Merbachschen Familienbesitz gelange. Es scheint mir eine Schicksalsfügung zu sein, dass Ohse und ich uns heiraten."

„Liane, du rechtfertigst deinen Entschluss mit vielen Gründen. Er hätte keiner Rechtfertigung bedurft, wenn du mir drei Worte gesagt hättest: Ich liebe ihn. Du liebst ihn nicht, du willst ihn des Geldes wegen heiraten."

„Quäl' mich nicht, Marie, und brauche nicht so krasse unbarmherzige Worte. Ich würde Ohse trotz seines Reichtums nicht heiraten, wenn ich ihn nicht achtete. Es werden so viele Vernunftehen geschlossen, und die Menschen sind in solchen Ehen oft zufriedener als in den sogenannten Liebesheiraten. Ich bin über die erste Jugend hinaus, habe ein Liebesglück verloren und fühle mich innerlich ruhig genug, um eine Vernunftehe schließen zu können. Ich bin eingewurzelt in den Zuschnitt des Ohseschen Hauses, ich kann aus dem Kreise der oberen Zehntausend nicht mehr hinaus, und ich will auch nicht hinaus. Ich bin für die Höhe geboren und will auf der Höhe bleiben."

„O Liane," sagte Frau von Merbach traurig, „bist du schon so sehr angesteckt von dem Geiste unseres kapitalistischen Zeitalters, dass Reichtum und Lebenshöhe dir das gleiche bedeuten? Wenn du aufwachst aus der Verwechslung deiner Begriffe, wenn du einsiehst, dass du ein falsches Hinauf erstrebt hast und hinabgekommen bist, viel, viel tiefer hinab, als du jemals glaubtest hinabkommen zu können, dann wirst du elend sein trotz aller Pracht, die dich umgibt. Denk an das Bibelwort: Was hülfe es dem Menschen, wenn er die ganze Welt gewönne und nähme doch Schaden an seiner Seele."

Liane warf den Kopf zurück: „Lass doch die Bibel aus dem Spiel. Ich kenne mich genügend, um zu wissen, was ich brauche, um glücklich zu sein. Ich brauche Reichtum, ich kann ohne Reichtum nicht mehr leben. Er wird mir geboten von einem Manne, der mich liebt, den ich seiner Klugheit und Tüchtigkeit wegen achte. Wäre es nicht Wahnsinn von mir, diese Heirat auszuschlagen? Ich mache den Mann glücklich, dieses Gefühl ist doch befriedigend für eine Frau."

„Dieses Gefühl kann das Leben einer Frau ausfüllen und adeln, wenn sie die Kraft der selbstlosen Liebe hat, nur für das Glück eines anderen zu leben. Du aber, Liane, hast diese Kraft nicht, noch hast du sie nicht. Noch bist du zu jung, zu lebens- und glückshungrig, noch suchst du dein Glück im Selbsterleben und Selbstgenießen."

„Das lässt sich in der Ehe mit Ohse doch verbinden. Ich genieße mein Leben und mache ihn glücklich."

„Liane," sprach Frau von Merbach eindringlich, „du bist so verblendet durch das Geld, dass du dir gar nicht klarzumachen scheinst, was eine Ehe bedeutet. Du willst dich einem Manne hingeben, der dir innerlich fremd ist, der dir nicht kongenial ist –"

Liane hielt sich die Hände vor die Ohren: „Sei still, Marie, du ziehst Schleier von Dingen, die man lieber verhüllt lässt. Tausende von Frauen haben getan und tun, was ich tun will, und sind nicht unglücklich."

Frau von Merbach setzte sich neben ihre Schwägerin in das Sofa und fasste ihre beiden Hände: „Ich habe dich lieb, Liane, ich kann es nicht ansehen, dass du in dein Unglück rennst. Schwache Naturen mögen solchen Schritt tun können, ohne dafür büßen zu müssen, du bist eine Vollnatur, geschaffen für ein Volleben, du wirst unglücklich werden an der Seite eines ungeliebten Mannes und unglücklich machen."

„Ich bitte dich, Marie, quäle mich nicht. Ich bin fest entschlossen, Ohse zu heiraten, und wenn du mit Menschen- und Engelszungen redest, du bringst mich nicht davon ab."

Frau von Merbachs Worte hatten Liane doch tiefer getroffen, als sie ihr eingestanden hatte. Als sie am folgenden Tage in der Bahn saß, wollte ihr der Ausdruck: „ein Mann, der dir nicht kongenial ist", nicht aus dem Kopf. Sie dachte daran, wie Ohse sie in Garmisch umarmt hatte, und ein leiser Schauer rann über ihre Glieder. Sie fürchtete sich vor Ohses Händen. Diese Hände waren weiß und gepflegt, aber groß und breit, Eroberererhände, die fest zufassen, herrschsüchtige Hände, die an sich reißen, was sie begehren, Hände, die halten, was sie besitzen. Liane sah Kasimirs Hände vor sich, diese schlanken Hände, die zärtlich und schmiegsam waren, Hände, geschaffen, Frauen zu beglücken, aber nervöse Hände, die keine Millionen zusammenraffen. Liane empfand plötzlich Sehnsucht nach Kasimir.

Spätabends kam sie im Madamenschlößchen an, aber Kasimir kam nicht, natürlich nicht, sie hatte erst morgen zurückkommen wollen, aber zwischen ihr und ihrer Schwägerin hatte sich die eingetretene Entfremdung so schmerzlich fühlbar gemacht, dass es Liane fortgetrieben hatte.

Als die junge Frau am andern Morgen in ihrem herrlichen Schlafzimmer erwachte, als ihr die Jungfer das sorgfältig bereitete Frühstück ans Bett brachte, ihr dann geschickt und aufmerksam beim Ankleiden half, als die duftende Batistwäsche, die weichen Seidenfalten kostbarer Kleidungsstücke ihre Glieder umschmeichelten, da fühlte Liane wieder den verführerischen Zauber des Reichtums. Sie lächelte über die sentimentalen Gedanken, die sie gestern in der Bahn gehabt hatte. Wie lächerlich von ihr! Hände, die solchen Reichtum erwarben, solchen Reichtum anderen spendeten, waren mehr wert als Kasimirs zärtliche Finger.

Aber das Gefühl der Einsamkeit, das Liane seit dem kühlen Abschied von ihrer Schwägerin beschlichen hatte, wollte nicht von ihr weichen. Sie sehnte sich nach dem einzigen Menschen, den sie in diesem reichen Hause liebte, sehnte sich nach Erna. Sie sehnte sich nach den strahlenden braunen Augen, nach den weichen Armen, die sich um ihren Hals schlangen, den roten Lippen, die so zärtlich flüstern konnten: „Liebe süße Frau von Erb, Gott sei Dank, dass Sie wieder da sind." Gerade wollte sie hinuntergehen, um sich nach Erna umzusehen, als an der Tür, die vom Rokokosaal nach der Galerie führte, heftiges Klopfen ertönte. Liane schloss auf. Totenbleich stürzte Hanne herein: „Erna ist fort, ihr Bett ist unberührt!"

Hanne berichtete, dass Erna am gestrigen Nachmittag um halb vier zu einer Freundin fortgegangen sei und abends zu einer Tanzerei eingeladen gewesen sei.

Mit zitternden Knien eilte Liane ans Telephon. Eine vorsichtig gefasste Erkundigung bei der Freundin ergab, dass Erna nicht dort gewesen sei und keine Tanzerei stattgefunden habe. Der Ungar, war der erste Gedanke, der durch Lianes wirbelndes Hirn jagte. Vermeidung eines Skandals der zweite.

Sie teilte ihre Befürchtungen Hanne mit, die völlig gebrochen vor sich hin schluchzte.

„Bitte, Frau Ohse, gehen Sie ruhig in Ihr Zimmer und verbergen Sie Ihre Aufregung vor den Dienstboten. Ich will sofort in die Astoria-Diele gehen und mich nach dem Tänzer erkundigen. Rufen Sie auch Ihren Mann nicht telephonisch an, in anderthalb Stunden kommt er zu Tisch, bis dahin bin ich zurück, und es ist früh genug, wenn er dann die Unglücksbotschaft erfährt."

Liane machte sich schnell zum Ausgehen fertig und brachte die verstörte Hanne in ihr Zimmer, ihr nochmals einschärfend, sich hier bis zu ihrer Rückkehr ganz ruhig zu verhalten. Als sie über die Galerie ging, standen in der offenen Tür von Ernas Zimmer die Dienstboten und steckten neugierig die Köpfe zusammen.

Liane blieb stehen: „Über Fräulein Erna brauchen Sie sich keine Sorge zu machen, die ist unvernünftigerweise hinter mir her gereist. Ich habe sie für ein paar Tage bei meinen Verwandten gelassen."

Die Leute sahen sich verblüfft und unsicher an.

„Fischer, ich habe Ihnen Aufträge zu erteilen."

Fischer beeilte sich, der Baronin nach unten in das kleine Wohnzimmer zu folgen.

„Fischer, sorgen Sie dafür, dass keine dummen Redereien entstehen. Wer von den Leuten seinen Mund nicht halten kann, der fliegt – verstanden? Es soll Ihr Schade nicht sein, wenn Sie sich in dieser Angelegenheit Ihrer Herrschaft nützlich erweisen."

In der Astoria-Diele erfuhr Liane, dass Herr von Halvey seit gestern verschwunden sei und seine Frau mittellos zurückgelassen habe.

Am Ausgang der Diele stieß Liane auf die rotblonde Balletteuse. „Können Sie mir sagen, wo ich Herrn von Halvey sprechen kann?"

Die frechen dunklen Augen blickten die vornehme Dame höhnisch an: „Können Sie mir sagen, wo ich Fräulein Ohse sprechen kann?"

„Was soll die Frage?"

„Tun Sie nicht so von oben herab. Ihnen ahnt doch ebensogut wie mir, dass die beiden miteinander ausgerückt sind."

„Wie kommen Sie darauf," fragte Liane herrisch.

„Mein Mann ist fort mit all seinen Koffern und meinen Papieren. Ich habe in Erfahrung gebracht, dass er gestern Mittag auf dem Bahnhof gewesen ist, und als ich vor einer Stunde in dem Ohseschen Hause nach dem gnädigen Fräulein fragte, machte der Diener ein ganz verstörtes Gesicht und stotterte schließlich hervor, das gnädige Fräulein sei verreist. Da weiß ich genug; unsereins ist doch gerissen. Aber ich gebe mich nicht so stillschweigend damit zufrieden, dass mir mein Mann weggenommen wird und ich hier nun brotlos sitze, ich mache Krach, ganz gefährlichen Krach, da können sich die Herrschaften drauf verlassen."

„Sie irren sich," entgegnete Liane kalt, „Fräulein Ohse ist mit mir zu meinen Verwandten gereist."

„Wer's glaubt!" höhnte die andere und lief davon, ehe Liane etwas erwidern konnte. Sehr niedergeschlagen kehrte sie nach Hause zurück.

Am Gartentor traf sie den Postboten. Ein Kuvert zeigte Ernas Handschrift. Liane flog mit dem Brief nach oben, den Hanne mit zitternden Fingern erbrach. In beweglichen Worten bat Erna die Eltern um Verzeihung wegen ihrer Flucht und versprach nach Hause zurückzukehren, sowie der Vater seine Einwilligung zu ihrer Heirat mit Boris gäbe.

Ohse tobte, als er Ernas Flucht erfuhr. Plötzlich schlug er die Hände vors Gesicht und brach in fassungsloses Schluchzen aus: „Meine Erna, mein Liebling, dass sie mir das antun konnte!"

Nach dem einsilbig verlaufenen Mittagessen saß man im Wintergarten und beriet bei einer Tasse Kaffee, was zu tun sei. „Vor allem Erkundigungen über diesen Lumpen, den Halvey, einziehen und dann," sagte Ohse, der äußerlich seine Ruhe wiedergewonnen hatte, „die Person, die Tänzerin fassen, damit sie keinen Lärm schlägt."

Max brachte eine Karte: Boris und Cécile von Halvey stand darauf; die ersten beiden Worte waren durchgestrichen. „Also Cécile von Halvey," konstatierte Ohse, „kommt wie gerufen."

In einem grasgrünen Jackenkleide, dessen Rock zu kurz war und dessen offene pelzverbrämte Jacke eine weiße Bluse sehen ließ, die zu tief ausgeschnitten war, in grauseidenen Strümpfen und winzig kleinen Lackschuhen kam die Tänzerin hereingetrippelt. Ihre schwarz ummalten Augen sahen unter dem tiefsitzenden Hütchen und den rötlichen Wuschelhaaren halb frech, halb unsicher auf Ohse und die beiden Damen.

„Setzen Sie sich, Fräulein. Sie wünschen?" Der Hausherr sah die Tänzerin scharf an. Die Anrede „Fräulein" schien diese als durchaus in der Ordnung zu finden.

„Ich komme, Herr Ohse, um Sie zu fragen, ob Sie mir eine angemessene Entschädigung zahlen wollen dafür, dass Ihre Tochter mit meinem Mann ausgerückt ist. Wir haben Kontrakt bis zum fünfzehnten Februar in der Astoria-Diele, der Direktor hält sich an mich, ich soll die Konventionalstrafe für meinen entflohenen Mann bezahlen. Halvey hat mich nicht nur völlig mittellos zurückgelassen, er hat mich auch erwerbslos gemacht, denn wo komme ich allein so bald wieder unter?"

„Ja, mein Fräulein," entgegnete Ohse, das Wort „Fräulein" ein wenig betonend, „es tut mir leid, sehr leid, dass Ihr Mann davongelaufen ist und Sie in so schwierigen Verhältnissen zurückgelassen hat. Aber wie komme ich dazu, Ihnen zu helfen?"

„Sie wollen doch nicht abstreiten, dass Halvey mit Ihrer Tochter ausgerückt ist?" Ein lauernder Blick flog zu Ohse hin.

„Ach Gott, das unvernünftige verblendete Kind," schluchzte Hanne.

„Na also, Ihre Frau gesteht's ja ein," frohlockte die Tänzerin. „Sie werden sich meiner annehmen, Herr Ohse, oder –"

„Oder?" fragte Ohse drohend.

Aus der grünen Jackentasche wurde ein Blatt Papier hervorgezogen, und die rotgeschminkten Lippen sagten lächelnd: „Oder dieser Artikel erscheint morgen in der Volkstribüne."

Ohse riss ihr das Papier aus der Hand. Vor seinen Augen tanzten die Worte: Blechprinzessin – genusssüchtige verwöhnte Tochter des Milliardärs – haltloser gescheiterter Kavalier, der seine Ehefrau, die brave talentvolle Tochter aus dem Volke schmählich verlässt, weil er einer Kokette ins Netz gegangen ist – Reise auf fremden Pass – Paris – Hang zu Abenteuern, der in den faulen Kindern der Kapitalisten wuchert.

„Ich glaube," sprachen die roten Lippen lächelnd weiter, „einem reichen Herrn wie Ihnen ist die Ehre seiner Tochter und die Ehre seines Hauses wohl eine Million wert."

„Sie sind verrückt," schrie Ohse, „verklagen Sie Ihren sauberen Partner, der ist verpflichtet, Sie zu unterhalten."

„Dabei kommt nix heraus, er hat nix und faul ist er und tut nichts Rechtes. Da verkauf' ich lieber das Blättchen da an die kommunistische Presse. Wenn Sie es vertragen können, Herr Ohse, dass schon wieder ein Hetzartikel gegen Sie in den linksradikalen Blättern erscheint, dann kann ich ja gehen."

„Bleiben Sie," stieß Ohse heiser hervor. „Ich stelle meine Gegenforderungen: Sie verlassen noch heute die Stadt."

„Mit Vergnügen, wenn ich nur das Geld habe, sonst pfändet mir der Direktor noch meine Kostüme."

„Erzählen Sie, was Sie über Halvey wissen."

„Aber gern, wenn Sie zahlen. Ich habe ihn in Wien kennengelernt, im Krieg, wie unsereins eben die Kavaliere kennenlernt. Als der Zusammenbruch kam, hat er dagesessen, das arme Hascherl. Lass ihn laufen, rieten meine Kolleginnen. Aber ich war versessen auf ihn, da haben wir das Tanzen angefangen, und weil er ein großes Talent dafür hat, sind wir vorangekommen. Und jetzt gerad', wo's Geschäft geht, jetzt rennt der Lackel davon, und ich kann sehen, wo ich einen andern Partner auftreibe, es ist eh 'ne Schand. Aber so sein die vornehmen Herrn, wenn's was Besseres finden, geben's unsereins 'nen Tritt."

„Also wo wollen Sie hin?"

„Nach München, daher bin ich gebürtig."

„Schön. Hunderttausend Mark kriegen Sie heute Abend im D-Zug nach München, weitere hunderttausend Mark können Sie in vier Wochen bei der Deutschen Bank in München abheben, wenn bis dahin keine Notiz in der Volkstribüne war."

„Und den Rest?"

„Bekommen Sie überhaupt nicht, und wenn Sie damit nicht zufrieden sind, verklage ich Sie wegen Erpressung."

„Ui jejerl," rief die Kleine und willigte nach einigem Hin und Her in Ohses Bedingungen ein. Fischer wurde gerufen und beauftragt, die Dame mit Sack und Pack in den Münchner D-Zug zu verstauen.

Ohse fuhr sofort in die Stadt und wandte sich an eine Auskunftei, um Erkundigungen über Boris von Halvey einzuziehen. Liane blieb bei Hanne, die schluchzend im Bett lag und auf ihren Mann schimpfte. Der hätte Erna allen Willen getan, nun sähe man, was dabei herauskomme!

Liane war wie betäubt von dem traurigen Vorfall. Sie machte sich Vorwürfe, Erna allein gelassen zu haben, und grübelte darüber nach, ob es eine Möglichkeit gäbe, das verblendete Mädchen wieder in ihr Elternhaus zurückzuholen.

Als Kasimir abends kam, fand er Liane blass und bedrückt vor ihrem Kamin sitzend. Kasimir war enttäuscht. Er kam von Sternauers. Ruths prickelnde Koketterie lag ihm noch in den Nerven. Liane vertraute ihm das unglückliche Vorkommnis im Ohse-Hause an. Kasimir ließ es ganz kühl.

„Schade um das niedliche Mädel. Warum erziehen die Leute ihre Kinder nicht besser; aber komm, Liebchen, wir wollen uns doch dadurch nicht die Laune verderben lassen." Er wollte Liane an sich ziehen. Sein Atem roch nach Wein.

„Lass, Kasimir, mir ist nicht zu Sinn nach Küssen und Kosen."

„Das hätt' ich wissen sollen," fuhr er auf, „wir saßen bei Sternauers so gemütlich beim Wein, sie wollten mich gar nicht fortlassen, aber mich trieb die Sehnsucht zu dir."

„Kannst du nicht auch einmal als mein Freund bei mir sitzen, Kasimir, und meine Sorgen mit mir beraten?" Sie deutete ihm die

Entfremdung an zwischen ihr und ihrer Schwägerin, die ihr schmerzlich war.

„Ich küsse dir deine Sorgen fort, Liebste, Süße, aber komm, sei lieb."

„Kannst du denn nur tändeln, Kasimir?" fragte Liane vorwurfsvoll.

„Ich bin zu einem Schäferstündchen gekommen –"

„Wenn du dich meiner ernsten Stimmung nicht anpassen kannst, wollen wir uns heute lieber trennen."

Kasimir, von den Damen Sternauer maßlos verwöhnt, war tief gekränkt. „Ich habe nicht nötig, mich aufzudrängen, andere Frauen wären glücklich, wenn es mich nach ihrer Liebe verlangte. Guten Abend, Madame." Ehe Liane etwas erwidern konnte, war er zur Tür hinaus.

Sie seufzte, sein Schmollen erschien ihr so kindisch. Sie ging hinunter und schob den Riegel vor die Haustür. Kasimir sollte heute keine Gelegenheit haben, zurückzukommen.

ZWEIUNDZWANZIGSTES KAPITEL

An Ohse zehrte der Schmerz um seine Tochter mehr, als er der Außenwelt zeigte. Nur Liane, die Erna liebte und seinen Schmerz teilte, fühlte, wie er litt.

„Seien Sie ein wenig gut zu mir, Liane," bat Ohse, „ersetzen Sie mir mein verlorenes Kind. Erna war mein Sonnenschein, die einzige im Hause, die etwas für meine Bequemlichkeit sorgte. Sie schenkte mir nachmittags meinen Kaffee ein, sie reichte mir das Streichholz für meine Zigarre, sie saß plaudernd neben mir. Wie oft holte sie mich bei schönem Wetter mittags aus der Fabrik ab, damit ihr Väterchen sich Bewegung machen sollte. Immer war sie freundlich um mich besorgt. Ein bisschen Freude braucht doch jeder Mensch, nur Sie können mir noch Freude bringen, Liane."

Es wurde ihr nicht schwer, Ohses Bitte, nachmittags, ehe er in die Fabrik ging, seinen Kaffee bei ihr trinken zu dürfen, zu erfüllen. Der gemeinsame Schmerz um Erna wob so etwas wie ein inneres Band zwischen ihnen. Sie sprachen viel von Erna. Sie hatte aus Paris geschrieben, ein Brief von Boris, in dem auch er um Verzeihung bat für sein eigenmächtiges Vorgehen, war beigefügt und eine Adresse angegeben. Ohse forderte seine Tochter in ernsten Worten auf, unverzüglich nach Hause zurückzukehren, er wollte dann sehen, wie er ihr Schicksal gestalten könne. Aber Erna weigerte sich, ohne ihren geliebten Boris zurückzukommen und ohne die bestimmte Erklärung des Vaters, ihre Halbehe anzuerkennen und zu legalisieren. Es zeigte sich, dass Erna den harten Kopf des Vaters hatte; sie kam nicht zurück, trotz aller beschwörenden Briefe, die außer Ohse auch Hanne und Liane ihr geschrieben hatten.

Auch Kasimir kam nicht zurück. Nachdem Liane zwei Abende vergeblich auf ihn gewartet, hatte sie wieder den Riegel vor ihre Haustür am Madamenweg geschoben. Am Sonntagmorgen erschien im

Staatsanzeiger die Verlobungsanzeige von Dr. Kasimir Herzog und Ruth Sternauer. Eine fein lithographierte Karte, von Kasimirs Hand adressiert, zeigte Liane dieses freudige Ereignis noch besonders an.

Sie blickte lange stumm auf die Karte nieder, um ihre Lippen zuckte herber Spott. Das war nun das Ende dieser so heißen Liebe! Auch Kasimir, der angebliche Idealist, erlag dem Zauber des Geldes.

Am anderen Mittag holte sie Ohse aus der Fabrik ab. Seine Freude war rührend.

Es war ein milder Tag zu Ende des Februar, ein erstes scheues Frühlingsahnen durchzitterte die herbe Luft. Am Abend war Festvorstellung im Theater: „Fidelio" in neuer Besetzung und neuer Ausstattung. Ohse bezeigte Lust, ins Theater zu gehen. Seine Loge, in der ehemals das herzogliche Paar zu sitzen pflegte, hatte lange leer gestanden. Die braven Einwohner der Landeshauptstadt hatten sich zwar allmählich daran gewöhnt, an Stelle des gekrönten Hauptes ihres durchlauchtigsten Herzogs das rosige Gesicht von Herrn Karl Ohse zu sehen, doch setzte Lianes Eintritt in die ehemalige Fürstenloge immer noch eine Schar von Operngläsern in Bewegung; war sie doch eine der wenigen Erscheinungen aus der Hofgesellschaft, die nach dem politischen Umsturz in den nunmehr tonangebenden Kreisen der Stadt, der Plutokratie, eine Rolle spielte.

Liane hatte sich heute besonders elegant gekleidet. Als sie sich in dem weißseidenen Sessel niederließ, auf dessen schwellendem Polster die Fürstenkrone in Gold noch prangte, wusste Liane, dass sie heute mit besonderer Neugier betrachtet wurde und dass unter den Augen, die auf sie blickten, auch die beiden dunklen Augen sich befanden, um deretwillen sie heute besonders schön sein wollte. Die Verlobung von Kasimir Herzog bildete das Stadtgespräch. Die Gesellschaft war gespannt gewesen, ob Herzog und Frau von Erb ein Paar würden, oder ob die Sternauerschen Millionen den Löwen des

Winters zur Strecke bringen würden. Liane hatte sich nicht getäuscht. In der Pause sah sie das neue Brautpaar im Foyer, umringt von einem Kreis von Gratulanten, die unwillkürlich zurückwichen, als Liane näher kam. Sie beglückwünschte das Brautpaar, in ihren liebenswürdigen Worten schwang ein leiser Unterton von Ironie: „Es ist verdienstvoll, Fräulein Sternauer, dass sie den Schmetterling in Ketten gelegt haben, in Rosenketten natürlich..."

Kasimir konnte den Blick nicht von Liane wenden. So schön, so stolz, so andere Frauen überragend, war sie ihm noch nie erschienen. Ein Spiegel warf das Bild der plaudernden Gruppe zurück. Zwei Idealgestalten, von der Natur füreinander geschaffen, standen Liane und Kasimir inmitten der Durchschnittsmenschen. Die Braut neben ihm, klein und mager, übermodern, erschien Kasimir wie die Karikatur eines Weibes. Wir sind wie ein Adler und eine Elster, dachte er.

Ohse, dessen starker Hals in einer rosigen Fettfalte über den Kragen quoll, erschien neben Liane wie ein Ackergaul neben einem Vollblutpferd. Kasimir strich sich über die Stirn. War er denn wahnsinnig gewesen, auf dieses Götterweib zu verzichten! Der goldene Reif an seinem Finger drückte ihn plötzlich wie ein Sklavenring. Als die Musik wieder einsetzte und im Dunkel der Loge Ruth sich kokett an ihn lehnte, zerrte er den Ring hin und her und hätte ihn am liebsten in den dunklen Zuschauerraum geschleudert. Als die Vorstellung zu Ende war, geleitete er seine Braut nach Hause und verabschiedete sich von ihr so schnell wie möglich. Er raste nach dem Madamenweg, mit zitternden Händen steckte er den Schlüssel in die Paradiespforte, aber sie öffnete sich nicht, der Riegel war von innen vorgeschoben. Er wagte die Klingel zu ziehen, die Tür öffnete sich nicht. Er eilte nach Hause und schrieb an Liane. Er beschwor sie, den Mut zu haben, ihr Leben mit dem seinen zu vereinen.

Liane hatte Kasimirs nächtliches Klingelzeichen wohl vernommen. Sie biss in die Kissen, um ihr Schluchzen zu ersticken. Die Liebe zu Kasimir saß doch fester in ihrem Herzen, als sie in der Sicherheit seines Besitzes geglaubt hatte. Es war ihr auf dem Rückweg aus dem Theater schwer geworden, ihre Erregung zu beherrschen. Ohse hatte einen Blick von Herzog aufgefangen, der über Liane hingeflammt war. Dieser Blick gab ihm zu denken. Das Verlangen, sich Lianes Besitz zu sichern, überfiel ihn mächtig. In der Loge hatte er seinen Stuhl dicht hinter den ihren geschoben und den Duft ihres Haares, ihrer entblößten Schultern entzückt in sich gesogen. Die leidenschaftliche Musik steigerte seine Erregung, auf dem Heimwege, den man an dem schönen Abend zu Fuß machte, wagte er es, auf dem dunklen Wall seinen Arm unter den Lianes zu schieben. Sie duldete es, als er aber von seinen Gefühlen zu sprechen begann, schnitt sie ihm so scharf das Wort ab, dass er bestürzt schwieg. Als er sie bat, mit ihm in einem Restaurant zu Abend zu essen, lehnte sie kurz ab. Ohse, dem nicht nach einsamem Zubettgehen zumute war, schlug vor, zu Hause noch eine Flasche Wein zu trinken, aber auch das lehnte Liane ab. Sie hatte keinen anderen Gedanken, als allein zu sein, nur allein zu sein.

Im Madamenschlößchen angekommen, entzog sie Ohse ungeduldig ihre Hand, auf die er wieder und wieder seine heißen Lippen drückte. Mit langen Blicken starrte er ihr nach, als sie die Treppe hinaufstieg. Hanne, die das Klappen der Haustür gehört hatte, war auf die Galerie getreten und beobachtete, über das Geländer gebeugt, ihren Mann, wie er mit sehnsüchtigen Augen der Baronin nachsah. „Das Getue hat jetzt auch die längste Zeit gedauert," murmelte sie gehässig.

DREIUNDZWANZIGSTES KAPITEL

Ohse war schlechter Laune. Der lang drohende Streik war ausgebrochen, die Ohse-Werke lagen still. Auf die Erkundigungen, die er über Boris von Halvey eingezogen, war immer noch keine Antwort eingelaufen. Mit dem Pass nach Paris, um den er sich bemühte, machte man ihm Schwierigkeiten. Die unglückliche Geschichte mit Erna kam nicht weiter, sie schrieb aus Paris, sie fühle sich glücklich, Boris sei sehr gut zu ihr, das Auftreten als Tänzerin mache ihr großen Spaß, sie könne es aushalten, bis ihr Vater zur Einsicht käme. Als Ohse mittags nach Hause kam, fühlte er sich matt und abgespannt. Hanne trug eine gekränkte Miene zur Schau: „Das verstehe ich auch nicht, Karl, das du ins Theater gehen konntest, wo wir den schrecklichen Kummer um Erna haben."

„Lass doch, Hanne," wehrte Ohse, „ich tue, was ich kann. Sowie ich den Pass habe, fahre ich nach Paris und hole Erna wieder. Und wenn die Angaben dieses – dieses Lumpen stimmen, wenn er kein Schwindler und Hochstapler ist, dann will ich mir die größte Mühe geben, einen brauchbaren Menschen aus ihm zu machen, und dann mag sie ihn heiraten."

„Karl," sagte Hanne flehend, „kann uns dies Unglück denn nicht wieder zusammenbringen? Es ist doch dein und mein Kind, um das wir beide leiden. Ach, Karl, könntest du doch bloß von dem vornehmen Tick lassen! Hättest du nicht das pomphafte Fest gegeben, hätte Erna den Kerl gar nicht kennengelernt, und das ganze Unglück wäre nicht geschehen. Das Geld hat dich verrückt gemacht und die da oben, die auch bloß dein Geld will."

Ohse wollte auffahren, als Liane eintrat. Sie war blass, eine leichte Puderschicht bedeckte ihr Gesicht. Ohses scharfe Augen bemerkten das sofort. Sollte der Puder Tränenspuren verdecken, Tränen, die sie um den anderen geweint? Die Zornesader auf seiner Stirn schwoll. „Wo ist Waldy?" herrschte er seine Frau an.

„Er liegt schon seit gestern Nachmittag mit Halsschmerzen im Bett."

„Er hat wohl wieder herum gelumpt?" Ohse hatte über allen Aufregungen der letzten Wochen vergessen, seinen Sohn zu überwachen.

„Wie kannst du solchen Ausdruck gebrauchen?" entgegnete Hanne verletzt. „Waldy ist nur mit mir ausgegangen oder mal mit seinen Freunden zum Glase Bier."

In Wahrheit hatte sich Waldy in den letzten Wochen Abend für Abend in Tanzdielen und Bars herumgetrieben. Die schwache Mutter fand immer wieder Mittel und Wege, ihrem Liebling Geld zuzustecken, das sie sich unter allen möglichen Vorwänden von Ohse zu verschaffen wusste. Auch war manches ihrer Schmuckstücke zu dem ehrenwerten Karfunkel gewandert, der seine Geschäftsverbindungen zum Hause Ohse eifrig pflegte.

Die Unterhaltung bei Tisch schleppte sich mühsam hin. Hanne sah, wie ihr Mann die Baronin beobachtete. Seit Kasimir Herzog sich verlobt hatte, hasste und fürchtete sie Liane als ihre voraussichtliche Nachfolgerin und wartete nur auf die Gelegenheit, sie aus dem Hause zu treiben.

„Wie war es denn im Theater?" fragte sie, als Ohse gegen Ende der Mahlzeit ans Telephon gerufen wurde. „Ich verstehe nicht, dass Sie meinen Mann verleiten, in dieser für uns so traurigen Zeit mit Ihnen auszugehen."

Liane stand auf: „Wollen Sie nicht lieber Ihren Mann darüber zur Rede stellen, dass er ausgegangen ist?"

Hanne erhob sich ebenfalls: „Das wollte ich Ihnen gesagt haben: Sie mögen sich noch so viel mit meinem Mann herumtreiben und dem alten Kerl den Kopf verdrehen, heiraten können Sie ihn doch nicht. Ich lasse mich nicht scheiden; so einer wie Ihnen macht eine anständige Frau noch lange nicht Platz."

Liane wurde totenbleich, maß Hanne mit einem verächtlichen Blick und verließ das Zimmer.

Als Ohse um drei Uhr zum Kaffee zu ihr kam, fand er sie mit Packen beschäftigt. „Ich verlasse noch heute Ihr Haus, Herr Ohse, keine Nacht bleibe ich mehr unter einem Dache mit Ihrer Frau, die mich tödlich beleidigt hat."

Ohse geriet außer sich: „Wenn Sie mir das antun, Liane, breche ich zusammen. Ich bin auch nur ein Mensch, und die Widerwärtigkeiten, die jetzt von allen Seiten auf mich einstürmen, gehen nicht in einen hohlen Baum. Ich stelle Hanne zur Rede, sie soll Ihnen Abbitte leisten, oder sie kommt noch heute Abend aus dem Hause."

Er stürmte davon in Hannes Zimmer. Sie lag auf dem Sofa und las die Zeitung. „Was hast du mit Frau von Erb gehabt?" brach Ohse los. „Du wirst sie sofort um Verzeihung bitten."

Hanne lachte gellend auf: „Fällt mir gar nicht ein! Ich lasse mir deine Herumtreibereien mit der Person nicht mehr gefallen, ich schaff' sie aus dem Hause. Ich bring' in der ganzen Stadt herum, dass sie schamlos genug ist, ein Verhältnis mit einem verheirateten Manne zu haben, und dafür von ihm ausgehalten wird."

„Weib," knirschte Ohse, „ich vergreife mich an dir!"

Hanne sprang auf und brachte den Tisch zwischen sich und ihren Mann. „Glaub' ja nicht, dass ich mich nochmal von dir dumm machen lasse wie damals bei der Wechselgeschichte. Was ist denn bei deiner Kindererziehung 'rausgekommen? Eine feine Dame sollte die Baronin aus Erna machen, meine Moral für anständige Mädchen war ja nicht fein genug. Und was ist aus Erna geworden? 'ne Dirne, ebensolche Dirne wie deine saubere Baronin!"

Mit einem erstickten Schrei wollte sich Ohse auf seine Frau stürzen, geschickt wich sie in ihr Schlafzimmer zurück und verschloss die Tür. Rote Nebel wogten vor Ohses Augen, ein Schwindel fasste ihn, mit letzter Kraft suchte er Halt an der Türklinke und brach schwer in die Knie. Es dauerte mehrere Minuten, bis er wieder so weit zur Besinnung kam, dass er aufstehen konnte. Er verschloss Hannes Wohnzimmer, steckte den Schlüssel ein und kehrte zu Liane zurück.

Sie erschrak bei seinem Anblick, sein Gang war unsicher, sein Gesicht glühend rot. „Ich bin nicht ganz wohl," stieß er hervor und ließ sich auf das Ruhebett fallen. Liane half ihm sich ausstrecken und legte eine feuchte Kompresse auf seine Stirn. Er schloss die Augen und zog Liane zu sich heran. Sie saß neben ihm auf dem breiten Ruhebett, er legte ihre Hand auf sein Herz, das wie ein Hammer schlug. Er schloss die Augen, unbeweglich saß Liane neben ihm. Sie empfand aufrichtiges Mitleid mit dem erschöpften Mann und blickte bang auf ihn hernieder. Die Gedanken jagten durch ihr Hirn. Klar war ihr nur eins: dieser Zusammenstoß mit Hanne war der Anfang vom Ende. Eine von ihnen musste weichen.

Liane überlegte, wo sie hin sollte, bis Klarheit geschaffen war. Zu ihrer Schwägerin? Nach der letzten Auseinandersetzung war das unmöglich. Es blieb ihr nichts übrig, als sich in Berlin oder in Hannover in ein Fremdenheim zu begeben. Schmerzlich kam ihr zum Bewusstsein, wie einsam sie geworden war. Ihr Eintritt in die Familie Ohse hatte sie ihren Verwandten und ihren Standesgenossen entfremdet. Ihr Wille, sich dauernd an diese reiche Familie zu binden, hatte den Verlust ihres Geliebten eingeleitet, Kasimirs letzten

Brief hatte sie ungeöffnet zurückgeschickt, der Verlobte einer anderen durfte ihr nichts mehr sagen.

Vor einigen Tagen war eine Nachricht durch die Zeitungen gelaufen, dass der Staatsanzeiger leider seinen geschätzten Mitarbeiter, Herrn Dr. Herzog, verlieren würde, da er in eine große Berliner Schriftleitung eingetreten sei. Herr James B. Sternauer brachte seinen Schwiegersohn in die Kreise, in denen seine verwöhnte Tochter leben wollte. Durch Bekannte hatte Liane gehört, dass Dr. Herzog bereits seine neue Tätigkeit in Berlin angetreten hatte. Der Gedanke, dass er nicht mehr in der Stadt weilte, war ihr angenehm.

Sie legte die Hand auf Ohses Herz, das allmählich ruhiger schlug. Die Röte in seinem Gesicht machte einer tiefen Blässe Platz. Liane legte eine Decke über ihn und rieb seine Stirn mit Kölnischem Wasser. Er schlug die Augen auf und sah Lianes Blick voll Güte und Besorgnis auf sich gerichtet. Er tastete nach ihrer Hand. „Verlassen Sie mich nicht, Liane, und fügen Sie durch törichtes Verlassen der Stadt nicht eine neue Schwierigkeit zu den schon vorhandenen. Mein Haus ist in den letzten Wochen genug im Munde der Leute gewesen, die Geschehnisse, die sich jetzt vollziehen, müssen in der Stille vor sich gehen. Zwischen Hanne und mir hat das Endstadium unseres jahrelangen Kampfes begonnen, vielleicht ist es gut, dass sie selbst es herbeigeführt hat. Nach dem, was sich heute nachmittag zwischen mir und Hanne zugetragen, kann ich keinen Tag mehr mit ihr zusammenleben. Wenn sie nur einen Funken Ehrgefühl besitzt, wird sie von selbst mein Haus verlassen. Tut sie es nicht, so werde ich sie gewaltsam daraus entfernen."

„Regen Sie sich nicht auf, Herr Ohse, Sie sind sehr angegriffen."

„Ich beruhige mich am ehesten, wenn ich mit Ihnen überlegen kann, wie am schnellsten aus diesem Chaos herauszukommen ist. Ich habe breite Schultern, ich kann Lasten tragen, aber zwischen uns beiden muss Harmonie herrschen. Versprechen Sie mir, mich in meinen Maßnahmen zu unterstützen?"

Liane bejahte leise.

„Klingeln Sie bitte. Ich möchte Max zu meiner Mutter schicken. Ich hoffe, sie tut mir den Gefallen und siedelt für die nächsten Wochen zu uns über. Sie wissen, welches Ansehen meine Mutter durch ihre selbstlose soziale Tätigkeit in der Stadt genießt. Die Tatsache, dass sie in dieser kritischen Zeit in meinem Hause lebt und Sie, liebe Liane, unter ihrem Schutz stehen, wird kein böswilliges Gerede aufkommen lassen. Und nun erquicken Sie mich mit einer Tasse Kaffee, dann werde ich mich bald wieder ganz frisch fühlen."

Als die alte Frau Ohse kam, fand sie ihren Sohn ganz behaglich im Zimmer der Baronin auf der Chaiselongue liegend. Er berichtete ihr kurz und klar, was sich zugetragen, händigte ihr den Schlüssel zu Hannes Zimmer aus und bat sie, mit ihr zu verhandeln, er selbst wollte sie, wenn irgend möglich, nicht wiedersehen.

Hanne fauchte vor Wut in ihrem unfreiwilligen Gefängnis; sie hörte ihre Schwiegermutter kaum an: „Ich bin eine anständige Frau, ich habe mir nichts zu schulden kommen lassen. Mein Mann hat kein Recht, mich aus dem Hause zu weisen. Er mag anstellen, was er will, ich bleibe hier. Diese adelige Katze hat ihn ganz verrückt gemacht, wir wollen sehen, wer's länger aushält, sie oder ich."

Damit ging Hanne an der alten Dame vorbei in das Zimmer ihres Sohnes. Waldys Hals war dick verschwollen und das Fieber gestiegen. Hanne ließ sofort den Hausarzt rufen. Er sah dem Jungen in den Hals, schüttelte den Kopf, sah wieder hinein, verordnete einen feuchten Umschlag und ein fieberstillendes Mittel und erklärte, er werde am anderen Morgen wieder nachsehen.

Hanne befahl, dass Max bei dem Kranken schlafen sollte, dann ging sie hinunter und ließ sich im Gefühl ihres Sieges das Abendbrot trefflich schmecken.

Ohse legte sich auf Lianes Rat früh zu Bett, während die junge Frau ruhelos durch ihre Zimmer ging. Die Ungewissheit der Zukunft lastete schwer auf ihr.

Am anderen Morgen fühlte sich Ohse wieder völlig wohl. Die Post brachte verschiedene Überraschungen. Zunächst eine freudige: die Auskunft über Halvey, die sehr günstig war: Sohn einer durch die Revolution verarmten ungarischen Adelsfamilie, ehemaliger pflicht-getreuer Offizier, unverheiratet. Nach dem Zusammenbruch war er Reisender für Zigaretten, Kellner und Ansager in einem Kabarett gewesen, bis er mit seiner Geliebten, der Balletteuse Cenzi Rohr-müller, zusammen als Berufstänzer auftrat. Ohse fiel ein Stein vom Herzen, das war günstiger, als er erwartet hatte. Vielleicht ließ sich Ernas Schicksal noch wieder zurechtrücken. Unter den Geschäfts-briefen befanden sich Rechnungen aus Konfektions-, Wäsche- und Juweliergeschäften der Stadt. Ohse rechnete die Beträge zusammen, deren Höhe ihn entsetzte. Er schickte Max mit den Rechnungen zu seiner Frau, ob sie diese Einkäufe gemacht habe. Sie ließ erklären, sie wüsste nichts davon.

Ohse ging zu Liane, zeigte ihr freudestrahlend die Auskunft über Halvey und befragte sie wegen der Rechnungen. Sie konnte auf das bestimmteste erklären, dass Erna diese Einkäufe auch nicht gemacht habe. Da Ohse seines Passes wegen sowieso zur Stadt wollte, fuhr er in den verschiedenen Geschäften vor, und es ergab sich nach Um-fragen bei den Verkäufern die überraschende Tatsache, dass der junge Herr Ohse diese Einkäufe gemacht hatte.

Zornentbrannt rannte Ohse in Waldys Zimmer, aber er hatte keine Gelegenheit, ein Strafgericht abzuhalten. Hanne saß schluchzend am

Ende des Bettes, denn Waldy lag in hohem Fieber und sprach wirres Zeug vor sich hin. Die Krankheit hatte sich erheblich verschlimmert. Der Arzt war wieder dagewesen und hatte versprochen, mit einem Kollegen, einem Facharzt, wiederzukommen. Max folgte seinem Herrn auf die Galerie.

„Wenn Herr Ohse nur mal zuhören wollten, was der junge Herr im Fieber alles vor sich hin spricht, da wird selbst unsereins rot dabei. Ich glaube, der ist einem schmutzigen Frauenzimmer in die Hände gefallen. Daisy hat er diese Nacht immer gerufen."

In Ohse dämmerte eine Ahnung – Daisy – Daisy – „So hieß doch die eine Tänzerin, die auf unserer Gesellschaft war," half Max seinem Gedächtnis nach.

„Also, Max, Sie sind doch ein findiger Bursche, gehen Sie mal gleich in die Astoria-Diele und erkundigen Sie sich, ob die Person noch da ist."

Nach anderthalb Stunden kam Max zurück: „Das Frauenzimmer ist seit dem fünfzehnten März fort. Sie hat während ihres Aufenthaltes in der Stadt einen grünen Bengel am Narrenseil hinter sich hergezogen, dem man wegen seiner Zahlungsfähigkeit den Spitznamen 'das goldene Kalb' angehängt hatte."

Ohse lachte grimmig vor sich hin. Das goldene Kalb sollte in Zukunft fest angebunden werden.

Dem Kälbchen legte das Schicksal selbst einen Zügel an. Um Mittag kamen die beiden Ärzte. Das Fachgebiet des zugezogenen Spezialisten machte Ohse stutzig. Die Diagnose war sehr schnell gestellt. Der Apfel, den die gefällige Evatochter dem jungen Herrn so verlockend gereicht, war vergiftet gewesen, und der lebenshungrige

Waldy würde längere Zeit brauchen, um sich von diesem Genuss zu erholen.

Hanne war wie von Sinnen, sie schluchzte und schrie und erklärte, das könne nicht wahr sein. Ihr Herzensjunge sei ja noch ein halbes Kind, noch kaum sechzehn Jahre alt!

Ohse sah über seine Frau hinweg, als sei sie Luft. Er besprach mit dem Facharzt die sofortige Überführung Waldys in eine Privatklinik. Schon am Nachmittag fand sie statt. Hanne, die sich von ihrem Liebling nicht trennen wollte, quartierte sich ebenfalls in der Klinik ein.

Die alte Frau Ohse zog noch am selben Abend ins Madamenschlößchen. Ohse atmete auf. Die Krankheit seines Sohnes ging ihm nicht sehr zu Herzen. Das faule Muttersöhnchen hatte ihm nur Ärger bereitet, mochte Hanne im Zusammenleben mit ihm ihren Lebensinhalt finden. Liane würde ihm neue Kinder schenken, Kinder, denen die Gewohnheit, auf der Höhe des Lebens zu stehen, im Blute lag, Kinder, die bestimmt waren zu herrschen, würdigere Erben seines Reichtums als das Kälbchen, das auf Vaters Kosten ein Bummelleben führen wollte.

Nun galt es noch, seinen Liebling Erna in geordnete Verhältnisse zu bringen. Ohse ging rauchend in seinem Zimmer hin und her und überlegte sich den Fall Halvey. Er überwand sich und schrieb an Ernas Entführer, sachlich, ruhig, Mann zu Mann. Er verlangte die sofortige Rückkehr seiner Tochter, versprach Halvey, ihm zu einer kaufmännischen Ausbildung zu verhelfen, ihm eine Stellung in seinem Werke einzuräumen und die Heirat zu gestatten, falls er sich als fleißig und strebsam erweisen sollte.

Die Antwort traf nach einigen Tagen ein. Halvey schrieb sehr höflich und bescheiden, wusste er doch, dass sich das Goldfischlein unlöslich in seiner Angel verbissen hatte. Er ließ einfließen, es sei ihm sehr erwünscht, Erna in ihrem Elternhause gut aufgehoben zu wissen, während er sich seiner neuen Berufsausbildung widmete. Für seine junge Frau sei es während der nächsten Monate nötig, ganz ihrer Gesundheit zu leben. Ohse fasste sich an die Stirn, dass er daran nicht gedacht hatte! Also war im Interesse seiner Tochter und des zu erwartenden Kindes eine sofortige Heirat nötig. Die Zielsicherheit des Herrn von Halvey nötigte ihm fast Bewunderung ab. Vielleicht war aus dem Manne etwas zu machen.

Ohse teilte dem jungen Paare mit, sie möchten unverzüglich aus Paris abreisen, in Köln würde Frau von Erb Erna in Empfang nehmen und mit ihr während der nächsten Monate in Baden-Baden leben, während Halvey mit ihm die Vorbereitungen für die Heirat und seine Unterbringung als Volontär in einem Bankhause betreiben sollte. Zum erstenmal nach Ernas Flucht schlief Ohse wieder gut. Nun schien Ordnung in das Chaos seiner Familienverhältnisse zu kommen. Er hatte die Scheidungsklage auf Grund völliger Zerrüttung der Ehe anhängig gemacht und Hanne mitgeteilt, falls sie nicht in die Scheidung willigte, würde er den Sohn von ihr trennen und ihn nach seiner Genesung in ein strenges Erziehungsheim stecken, oder wenn er die Krankheit nicht überwinde, ihn in einer Anstalt unterbringen. Ihr selbst sei sein Haus verschlossen, sie könnte mit einer mäßig bemessenen Rente leben, wo sie wolle. Willigte sie aber in die Scheidung, versprach er, ihr den Sohn ganz zu überlassen und ihr ein hohes Jahrgeld zu zahlen. Er zweifelte nicht, dass sie aus Liebe zu ihrem Sohn und aus Geldgier sich seinen Vorschlägen gefügig zeigen würde.

Mit dem beruhigenden Gefühle eines Mannes, der seine Angelegenheiten in guter Ordnung weiß, fuhr er zu einer Sitzung nach Berlin.

Liane packte ihre Koffer und wartete nur auf eine Nachricht aus Paris, um die Reise nach Köln anzutreten. Sie freute sich glühend auf das Wiedersehen mit Erna, und ebenso sehr freute sie sich während der nächsten Wochen, wo die beabsichtigte Scheidung der Ohseschen Ehe Tagesgespräch sein würde, nicht in der Stadt zu sein.

Als Ohse nach drei Tagen aus Berlin zurückkam, war er erstaunt, dass Liane noch nicht nach Köln abgereist war. Das erwartete Telegramm war nicht eingetroffen, wohl aber war vor einer Stunde ein an Herrn und Frau Ohse adressierter Brief aus Paris angekommen, den Liane und die alte Frau Ohse nicht geöffnet hatten, da die Rückkehr des Hausherrn unmittelbar bevorstand.

Noch im Reiseanzug ging Ohse an seinen Schreibtisch und öffnete den Brief. Er warf einen Blick hinein, das Papier entglitt seiner Hand, mit einem gurgelnden Laut stürzte er schwer zu Boden.

Die beiden Frauen, die ihm gefolgt waren, um den Inhalt des Briefes zu erfahren, eilten ihm entsetzt zu Hilfe. Er lag leblos wie ein Toter da. Klingelzeichen gellten durch das Haus, der Arzt wurde herbeigerufen, Fischer und Max betteten mit seiner Hilfe ihren Herrn auf der Chaiselongue. Als Ohse wieder zu sich kam, suchte sein erloschener todestrauriger Blick den Brief, der noch auf dem Fußboden lag. Liane hob ihn auf, der Kranke wollte sprechen, nur wie ein Hauch kam das Wort: „Vorlesen" von seinen blassen Lippen. Der Brief war wirr geschrieben, Tränenspuren verwischten oft die Worte. Auch Liane konnte nur unter heftigem Weinen den Brief zu Ende lesen.

Halvey hatte alle Vorbereitungen zur Abreise getroffen. Erna hatte ihn mit Bitten bestürmt, sie wollten am letzten Abend noch einmal öffentlich auftreten, es sei wahrscheinlich das letztemal in ihrem Leben, dass sie dazu Gelegenheit hätten. Der stürmische Beifall, den ihre Tänze beim Publikum entfesselten, versetzte Erna jeden Abend von neuem in eine Art Rausch, dem sie sich hemmungslos hingab. Boris hatte ihren süßen Bitten nicht widerstehen können, sie diesen beseligenden Rausch noch einmal genießen zu lassen. Erna zog ihr schönstes Kostüm an und tanzte mit einer Hingabe, wie noch nie. Beim letzten Tanze war sie gestürzt, eine furchtbare innere Blutung war eingetreten, die ihrem Leben in wenigen Stunden ein Ende gemacht hatte.

Sie war gestorben, ohne das volle Bewusstsein wiedererlangt zu haben.

VIERUNDZWANZIGSTES KAPITEL

Ohse war ein ungeduldiger Patient. Er war nie krank gewesen, hatte nie auch nur einen Tag zu Bett gelegen. Er begriff nicht, warum der Arzt ihn zum Stillliegen verdammte, und wollte keine Verordnung befolgen. Als Max ihm zum ersten Frühstück Haferflocken und Kakao brachte, weigerte er sich, dies zu genießen. Vergebens bat ihn die Mutter, vernünftig zu sein. Er verlangte starken Tee und kalten Aufschnitt. Max erklärte mit pfiffigem Gesicht: „Ich weiß etwas," und rannte davon. Nach wenigen Minuten kehrte er mit Liane zurück.

Ohse saß in seinem Bett, eine Serviette in den Kragen seines Nacht-hemdes gesteckt. Mit seinem trotz seiner Krankheit rosigen Gesicht und seiner dichten Haarmähne erschien er Liane wie ein Riesenbaby, das maulend und missvergnügt sein Breichen nicht essen will. Sie setzte sich in ihrem hellblauen Morgenkleide auf den Rand seines Bettes, nahm den Teller mit den verachteten Haferflocken und fragte schelmisch: „Will der eigensinnige Karl nun essen?" Sanft wie ein Lamm ließ er sich von Liane füttern; er stellte sich schwächer, als er war. Als sie ihm die Tasse mit Kakao an die Lippen hielt, musste sie ihn stützen, weil ihn das Sitzen anstrengte. Plötzlich brach er in Schluchzen aus: „Meine süße kleine Erna! Niemand als du kann sie mir ersetzen, Liane, sei gut zu mir."

Sanft strich Liane über sein Haar und ließ ihn in die Kissen gleiten. „Versuchen Sie ein wenig zu schlafen, Karl, ich bleibe bei Ihnen."

Ohse litt an völliger Schlaflosigkeit, auch starke Schlafmittel ver-schafften ihm nur wenige Stunden Nachtruhe. Liane legte ihre Hand auf seine Stirn und sah ihn unverwandt an. Nach einer Viertelstunde lag er in ruhigem Schlaf.

Liane kam nun kaum mehr von Ohses Bett fort. Er war nicht zu bewegen, etwas zu genießen, das sie ihm nicht reichte, er lag nur ruhig, wenn sie neben seinem Bett saß. Sie pflegte ihn gern. Ihre Trauer um Erna verband sie innerlich mit ihm. In der Krankheit nahm seine Liebe zu ihr nicht die Form an, vor der sie zurückzuckte. Manchmal, wenn er unter ihren Händen einschlief und sie in sein friedliches Gesicht sah, dachte sie schmerzlich: Wenn er mein Vater oder mein Bruder wäre, könnte ich ihn lieben aus ganzen Herzen.

Unter Lianes Pflege erholte sich Ohse überraschend schnell. Nach vier Tagen verließ er schon das Bett und setzte von seiner Chaiselongue aus seine ganze Umgebung in Bewegung. Fischer musste im ersten Hotel von Marienbad eine elegante Wohnung bestellen, Max musste Toilettensachen für seinen Herrn besorgen, den Schneider herbei telephonieren, beide Privatautos wurden für die vom Arzt verordnete Erholungsreise instand gesetzt, deren Vorbereitungen Ohse mit Feuereifer betrieb. Stundenlang saß der Rechtsanwalt bei ihm, um die Scheidung zu besprechen. Da es Ohse nicht darauf ankam, als schuldiger Teil erklärt zu werden, versprach die Sache schnell zu gehen. Der Kommerzienrat kam und berichtete über den Geschäftsgang. Er hatte die Krankheit seines Bruders benutzt, um sich mit den Arbeitern zu verständigen; der Streik war abgeblasen, die Schornsteine der Ohse-Werke rauchten wieder. Der Arzt schüttelte den Kopf zu dieser Betriebsamkeit seines Patienten, aber gegen dessen starken Willen war nichts auszurichten. Und die Erholung ging gut vonstatten.

Die alte Frau Ohse beobachtete ihren Sohn mit bangen Blicken, sie sah seine Abhängigkeit von der geliebten Frau, sah, wie mit fortschreitender Genesung sein Verlangen nach ihrem Besitz täglich unbezwinglicher wurde, sah, wie Liane zwischen dem bewussten Willen zur Hingabe und der unbewussten Abneigung davor hin und her schwankte. Sie war wie ein scheuer Vogel: Ein unbeherrschter

Blick von Ohse, ein zu zärtliches Wort, und sie mied stundenlang sein Krankenzimmer. Dann lagen Wetterwolken auf Ohses Stirn, sein unruhiger Blick suchte immer wieder die Tür, er jagte Max hin und her und wurde erst wieder ruhiger, wenn Liane in das Zimmer trat. Der alten Frau war bange ums Herz. Ohse durfte wieder etwas gehen; an Lianes Arm schritt er durchs Haus und nahm die Mahlzeiten mit ihr und der Mutter zusammen ein.

Als man beim Frühstück saß, brachte Max eine Quittung über einen eingeschriebenen Brief. Während Liane unterzeichnete, nahm Ohse die Postsachen in Empfang. Ein duftendes lila Kuvert trug in eleganten Schriftzügen Lianes Adresse. Auf der Rückseite war Dr. Kasimir Herzog in Berlin als Absender angegeben. Ohses Gesicht zuckte, seine starke weiße Hand lag auf dem Brief: „Er ist von Herzog, Liane, darf ich den Brief lesen?"

Liane streckte die Hand aus. „Gib mir den Brief," sagte sie kalt. Ohse sah sie unruhig an. Ihre Mundwinkel waren ein wenig herabgezogen, kalten Hohn lag auf ihrem schönen Gesicht. Unsicher schob er ihr den Brief hin.

Liane stand auf, nahm vom Kaminsims einen Leuchter, den sie anzündete und auf einen Teller stellte, dann ergriff sie mit der Zuckerzange den Brief und hielt ihn in die Flamme. Man sah viele eng beschriebene Blätter sich im Feuer biegen, dann eine helle Flamme, und ein Häuflein Asche sank auf den Teller.

Ohse sprang auf und riss Liane in seine Arme. „Mein, endlich mein?" fragte er ungestüm. In diesem Augenblick kam die alte Frau Ohse in das Zimmer. Ohse hörte sofort auf, Liane zu küssen, aber die Mutter hatte doch blitzschnell den Ausdruck der beiden Menschen gesehen, verzückte Inbrunst in dem Gesicht des Mannes, Resignation in dem der Frau.

Den Arm um Liane geschlungen, sprach Ohse glückstrahlend: „Mutter, hier bringe ich dir meine Braut."

Die alte Frau musste sich setzen, so zitterten ihr die Knie. War das ein Glück? In ihren Augen glänzten Tränen, auch Lianes Lippen zuckten. Ohse selbst war bewegt, aber er hasste rührselige Familienszenen. Er kehrte sich zum Fenster und trommelte erregt an die Scheiben. Liane ging auf seine Mutter zu, in deren feinen Zügen tiefe Bewegung zuckte: „Liane, vergiss nie, dass ein Menschenleben in deine Hand gelegt ist," sprach sie mit tiefem Ernst.

„Mutter," flüsterte Liane, kniete vor der alten Frau nieder und barg das Haupt in ihrem Schoß, „ich habe nie eine Mutter gehabt." Dann hob sie ihr Gesicht und sah fest in die treuen Mutteraugen: „Ich will ihn glücklich machen, Mutter, so glücklich, wie es in meinen Kräften steht."

Die alte Dame streichelte mit leiser Hand über das weiche helle Haar der neuen Schwiegertochter: „Gott segne dich, mein liebes Kind."

Am anderen Morgen traten Herr Karl Ohse und Freifrau Liane von Erb mit Dienerschaft und Gepäck in zwei Automobilen die Reise nach Marienbad an. Es war ein sonniger Frühlingsmorgen, die Welt und ihre Herrlichkeit lagen ausgebreitet zu ihren Füßen.

FÜNFUNDWANZIGSTES KAPITEL

Auf dem Brunnenwall hatten die Kastanien wieder einmal ihre weißen Hochzeitskerzen aufgesteckt, und ihr blühender Kranz umschmeichelte das gewaltige Standbild des Herzogs Kasimir, das starr auf das Madamenschlößchen blickte, das mit herabgelassenen Vorhängen wie ausgestorben dalag. Ebenso starr blickte die hell gekleidete Dame, die auf der Bank zu Füßen des Denkmals saß, auf das gegenüberliegende Haus. Erinnerungsbilder stiegen bedrängend vor ihr auf, sie legte die Hand über die Augen, ihre Lippen zuckten, und ein tiefer Seufzer hob ihre Brust.

Der Kies knirschte unter herankommenden Schritten. Die Dame nahm die Hand von den Augen, ein kalter hochmütiger Ausdruck legte sich wie eine Maske über ihr schönes Gesicht. Ein hochgewachsener Herr, den grauen Filzhut in der Hand, blieb in der Nähe des Denkmals stehen und blickte hinüber nach dem Madamenschlößchen. Er stand unbeweglich, seine dunklen Augen ließen nicht von dem Hause.

„Kasimir!" Leise wie ein Hauch der zärtlichen Maienluft umzitterte der Name das Ohr des Mannes. Er hob den Blick. „Liane!" sagte er tonlos und setzte sich neben die Dame auf die Bank. Schweigend sahen sich die beiden an mit langen forschenden Blicken. „Wie kommst du hierher, Kasimir?" brach endlich Liane das Schweigen.

„Ich bin auf der Fahrt nach Harzburg. Die Sternauers leben dort in ihrem Landhause. Ich will über Sonntag meine – meine –"

„Du willst deine Braut besuchen? Du bist glücklich, Kasimir?"

„Ich bin nicht unglücklich," antwortete er langsam. „Meine Braut ist ein sehr kluges und ungewöhnlich gebildetes Mädchen. In der feinkultivierten Atmosphäre ihres Elternhauses, in der ich mich von jeher wohl fühlte, bin ich wahrhaft heimisch geworden. Ich verehre meinen Schwiegervater. Seine geistige Regsamkeit, sein künstlerischer Qualitätssinn fördern mich, seine vornehme Art in Geldangelegenheiten imponiert mir. Und da Ruth ihrem Vater sehr ähnlich ist, so achte ich sie, ich werde weiterkommen mit einer so vielseitigen und gewandten Frau."

„Du wirst lernen, sie zu lieben, Kasimir."

„Ich hatte das gehofft, aber ich fürchte, ich lerne es nie. Sie ist als Frau nicht mein Geschmack, und ich – ich kann nicht frei werden von der Erinnerung an eine andere. Aber sprechen wir nicht von mir. An meinem Schicksal ist nichts Beachtenswertes. Ein Mann, der klug heiratet, um Karriere zu machen, das ist so entsetzlich alltäglich." Er lachte schneidend. „Sprechen wir von dir, Liane. Warum sitzt du hier in den Anblick deines eigenen Hauses versunken?" Liane lächelte, ein Lächeln, das Kasimir ins Herz schnitt. „Ich wohne augenblicklich nicht im Madamenschlößchen, ich wohne in Holckenbusch. Ich bin nur zu Besorgungen in die Stadt gekommen, und als mich mein Weg über den Brunnenwall führte, stiegen so viele Erinnerungen in mir auf, dass ich mich einen Augenblick setzen musste, um mich zu sammeln."

„Wo ist –?" Kasimir stockte.

„Du meinst Ohse?"

Kasimir nickte stumm.

„Er ist verreist, um nach seinem Sohn zu sehen, den er in einem Sanatorium untergebracht hatte. Von dort ist Waldemar ausgerückt und endlich in Pyrmont in Begleitung einer Schönen wieder eingefangen worden. Ohse will ihn jetzt in eine andere Anstalt bringen, in der er mehr unter Aufsicht steht."

„Er hat viel Unglück gehabt mit seinen Kindern? Ist es wahr, dass die Tochter gestorben und der Sohn schwer krank und verkommen ist?"

„Es ist wahr. Über die Familie Ohse ist schreckliches Unglück hereingebrochen. Die Frau behauptet, an diesen Schicksalsschlägen sei das unselige Geld schuld, das allen zum Fluche werde, die zu Ohse gehörten. Sie wollte nun selbst von ihm los, sie war von einer abergläubischen Angst erfasst, er werde auch sie zugrunde richten. Sie legte Ohses Wünschen kein Hindernis mehr in den Weg, und die Scheidung ging schnell vonstatten, wie alles, was Ohse anfasst."

„Ich hörte, er sei schwer krank?"

„Er war sehr krank. Der Tod seiner Tochter hatte ihm einen Nervenschock verursacht, wir fürchteten zuerst, es sei ein Schlaganfall gewesen, es war aber nur eine tiefe Ohnmacht. Ich habe ihn gepflegt und war dann mit ihm in Marienbad, wo er sich überraschend schnell erholte. Jetzt ist er wieder gesund und tatkräftiger und leistungsfähiger denn je."

Liane sprach in einer stillen Art, die gegen ihre frühere Lebhaftigkeit sehr abstach. Kasimir blickte sie forschend an, sie war verändert, das Gesicht war schmaler geworden, ein nervöser Zug zitterte um ihre Lippen, die ihm röter erschienen denn je. Er dachte daran, wie oft er diese Lippen in überströmender Seligkeit geküsst hatte, und ihn überfiel die Erregung, die ihn immer in ihrer Nähe überfallen hatte. „Du bist nicht glücklich, Liane," stieß er hervor, „du bist wie eine Rose, über die ein Regenschauer hingegangen ist."

Zwischen ihren dunklen Wimpern zuckte ein schneller Blick zu ihm hinüber, dann sah Liane wieder zu Boden und zog mit ihrem Sonnenschirm Striche in den Kies. „Das siehst du?"

„Natürlich sehe ich das, ich, der ich jeden Zug deines Gesichtes so gut kenne. Liane, dein Bild hat mich nie verlassen, ich habe an dich gedacht, wie ich nie an eine Frau gedacht habe." Er zog seine Brieftasche heraus und nahm einen kleinen flachen Schlüssel heraus. „Dieser Schlüssel ist wie ein Zauberring, der mich nicht los lässt, solange ich diesen Schlüssel habe, bilde ich mir ein, es gäbe noch irgendeinen Zusammenhang zwischen dir und mir. Dieser Schlüssel ist verknüpft mit den glücklichsten Stunden meines Lebens. Liane, bist du jemals wieder so glücklich gewesen wie damals mit mir?"

„Nein."

„Kannst du mit ihm, um dessentwillen du mich hast fallen lassen, so glücklich werden?"

Liane streckte die Hand nach dem Schlüssel aus. „Gib mir mein Eigentum zurück."

„Ich will es dir zurückgeben, aber nicht hier. Liane, es hat mich hergezogen mit unwiderstehlicher Gewalt. Wir haben uns damals ohne eigentlichen Abschied getrennt."

„Es kann dir nicht sehr weh getan haben, Kasimir, du verlobtest dich unmittelbar darauf mit Ruth Sternauer."

„Sie verlobte sich mit mir. Ich ließ es geschehen, weil ich verlassen, verzweifelt, zwischen Liebe und Hass hin und her schwankte. Aber, Liane, wir müssen uns unsere Erlebnisse erzählen, immer hat das Gefühl auf mir gelastet, ich könnte ein neues Leben nicht anfangen, ehe ich nicht wüsste, wie sich dein Schicksal gestaltet hat."

„Wir können hier nicht länger sitzen," sagte Liane, „wir sind zu bekannt in der Stadt."

Kasimir fasste ihre Hand, beim Druck seiner schlanken Finger durchrieselten sie süße Erinnerungen. „Ich will dir den Schlüssel zurückgeben, Liane," flüsterte er, „in dem Raume, wo du ihn mir einst gegeben hast."

„Nein, Kasimir, nein," rief sie in angstvoller Abwehr.

„Doch, Li, doch! Du bist mir eine letzte Aussprache schuldig, ich habe es nicht verdient für all meine heiße Liebe, von dir so einfach zur Seite geschoben zu werden."

„Ich muss nach Holckenbusch zurück, ich habe keine Zeit."

„Du bist allein dort, es ist gleichgültig, ob du eine Stunde früher oder später zurückkehrst. Kannst du die letzte Bitte eines Mannes abschlagen, den du angeblich so sehr geliebt hast?"

„Nicht angeblich, Kasimir, ich habe nie einen Mann geliebt wie dich."

„Beweise es mir, Liane, indem du meine Bitte erfüllst. Wenn du sie abschlägst, bleibt ein Stachel in meinem Herzen zurück. Der Madamenweg ist menschenleer um diese Zeit, niemand sieht mich. Geh voran, Liane, ich komme in einer Viertelstunde nach." Seine dunklen Augen ruhten auf ihr mit Blicken, die wie Küsse waren.

In Lianes blasses Gesicht, in dem sich deutlich ihre Unentschlossenheit zeigte, stieg ein zartes Rot. „Ich will es tun, Kasimir," sagte sie endlich, bezwungen von den geliebten schönen Augen. Sie stand auf und ging schnell davon. Kasimir sah ihr nach, ein sehnsüchtiger Glanz brannte in seinen Augen. Er nahm den Schlüssel aus seiner Brieftasche und drückte ihn an die Lippen. Süße verführerische Bilder umgaukelten ihn. Klopfenden Herzens eilte er den Madamenweg hinunter und atmete tief auf, als sich die wohlbekannte Tür hinter ihm geschlossen hatte. Im Rokokosaal brannte Licht. „Ich will die Fensterläden nicht öffnen, es könnte den Nachbarn auffallen," sagte Liane, die vor dem Spiegel stand und ihr Haar zurechtschob. Kasimir sah sich in dem vertrauten Raum um, die Erinnerungen stürzten über ihn her. Er legte den Arm um Liane, zart und leise, als berühre er ein Heiligtum, sein Gesicht drückte tiefe Bewegung aus.

„Li, süße Li," flüsterte er zärtlich, „du bist nicht glücklich. Warum wohnst du nicht hier in dem herrlichen Hause?"

Weil ich in diesen Räumen die Erinnerung an dich und deine süße Liebe nicht ertragen kann, im Arm eines anderen, noch nicht ertragen kann, hätte ihm Liane entgegen schreien mögen. Sie löste sich leise aus Kasimirs Arm und setzte sich in einen Lehnstuhl, er nahm ihr gegenüber Platz.

„Warum wohnst du nicht hier, sondern in Holckenbusch?" fragte Kasimir noch einmal.

Liane strich sich mit der Hand über die Stirn. „Weil ich gern auf dem Boden lebe, der meinen Vorfahren gehörte und der jetzt mein Eigentum ist. Ohse hat gleich nach unserer Verlobung das Gut mit allem toten und lebenden Inventar mir zuschreiben lassen. Durch seine Krankheit ist ihm der Gedanke gekommen, es könnte einmal ein schnelles Ende mit ihm nehmen, und für den Fall, dass etwas Derartiges einträte, ehe wir verheiratet wären, wollte er mich versorgt wissen."

„Du bist nun reich, Liane, und bist doch nicht glücklich?"

„Wer ist glücklich?" sagte Liane sinnend. „Ich bin wieder Herrin auf dem Boden, der Jahrhunderte lang Eigentum meiner Vorfahren war. Ich habe zurückgewonnen, was sie verloren, ich habe es gewonnen auf dem Wege, auf dem wir Frauen am schnellsten und am sichersten die Schätze dieser Welt gewinnen."

„Aber du bist nicht glücklich," beharrte Kasimir.

„Lebst du darum so einsam in Holckenbusch? Was tust du dort den ganzen Tag?"

Liane sah an Kasimir vorbei immer mit dem gleichen versonnenen Ausdruck. „Ja, was tue ich eigentlich? Morgens, wenn Ohse in der Fabrik ist und ich Herrin meiner Zeit bin, reite ich viel. Ich durchstreife auf meiner geliebten Diana die Umgegend. Manchmal reite ich bis an das Dorf Merbach. Dort ist ein merkwürdiger Teich, er hat wohl unterirdische Zuflüsse, der Merbach wird aus seinen Wassern gespeist. Die Leute behaupten, der Teich sei grundlos, sie nennen ihn den Zauberteich. Ein sehr alter Mann, der früher im Dorfe Kantor gewesen ist, sitzt an schönen Tagen am Ufer des Teiches. Er erzählt wunderliche Menschenschicksale aus vergangenen Zeiten, der Teich spielt eine merkwürdige Rolle in der Geschichte meines Geschlechtes. Zwei meiner Vorfahren liegen in seinen Fluten begraben. Ich sitze gern dort an dem hohen Ufer, schaue in den dunklen Wasserspiegel und plaudere mit dem Alten. Er tut mir wohl, er hat alles überwunden, was Menschen erschüttert, er sieht von einer hohen Warte über das Leben. Er sieht nur noch die sich immer gleichbleibenden Grundlinien der Menschenschicksale, alles Zufällige, Zeitliche scheint schon von ihm abgefallen zu sein. Mit einer langsamen Bewegung seiner durchsichtigen Greisenhand bringt er das Leben auf eine Formel: Hinauf – hinab, hinab – hinauf. Das tut mir wohl, zu hören. Ich wollte hinauf im Leben, aber ich wusste nicht, was hinauf war. Ich kam hinab. Jetzt will ich wieder hinauf, aber es ist ein anderes Hinauf, das Hinauf, worauf es allein ankommt."

Kasimirs dunkle Augen ruhten unverwandt auf Liane, immer mit den gleichen Blicken, Blicke, die Küsse und Liebkosungen waren. „Versteht dein Mann dein Streben, Liane?"

Ein flüchtiges Lächeln zuckte um Lianes Lippen. „Wie sollte er es verstehen? Er glaubt auf der höchsten Lebenshöhe zu sein. Er hat sich sauer hinaufgearbeitet, er ist ein reichen Mann, und die Welt und ihre Herrlichkeit ist sein."

„Die Welt und ihre Herrlichkeit," wiederholte Kasimir schmerzlich. „Das Beste in uns brachten wir ihr zum Opfer. Bei all meinem Leichtsinn und all meiner Lust am bunten Treiben der Welt brannte doch immer eine dunkle unbekannte Sehnsucht in mir, ein Hinauf schwebte mir vor wie ein Nebelschleier. Eine unbezwingliche Unruhe trieb mich, ich jagte von einer Frau zur anderen, von Genuss zu Genuss, von Begierde zu Begierde. Bei dir war Ruhe, Liane, du gabst mir mehr als einen flüchtigen Liebesrausch, du hättest mich hinauftreiben können. Ich empfand es instinktiv, dass du etwas Besonderes für mich bedeutetest, dass du berufen warest, eine über den Tag hinausgehende Rolle in meinem Leben zu spielen. Aber jetzt erst wird es mir ganz klar, jetzt, wo wir einander verloren haben."

„Die falsche Herrlichkeit der Welt hatte unseren Blick verdunkelt, wir hatten keinen Mut und keine Kraft zu dem echten Hinauf. Das Schicksal zeigte uns einen Weg zur Höhe, als es uns durch die Liebe zusammenführte, wir sind ihn nicht gegangen. Nun heißt es einen anderen Weg finden. Ich sehe den meinen klar vor mir, du wirst auch den deinen finden, Kasimir. Du wirst das Mädchen, das dir vertraut, glücklich machen und die Befreiung aus literarischer Fronarbeit, die du ihrem Vater verdankst, dazu benutzen, mitzuarbeiten an dem seelischen Wiederaufbau unseres Vaterlandes. Das ist dein Weg, Kasimir, versprich mir, dass du ihn gehen willst."

Kasimir zuckte die Achseln. „Ich weiß nicht, ob ich die Kraft dazu haben werde, Liane. Ohne dich werde ich die Kraft nicht haben."

„Das Schicksal hat noch nicht mit ehernem Hammer an die Pforten deiner Seele geklopft, Kasimir. Auch deine Stunde wird kommen, und dann wirst du deinen Weg vor dir sehen wie ich den meinen."

„Und welches ist dein Weg, Liane?"

„Ich werde Ohse heiraten und ihn glücklich machen."

„Du bist noch nicht verheiratet," rief Kasimir, und verhaltener Jubel klang aus seiner Stimme.

„Was kommt darauf an? Das Urteil im Scheidungsprozess, das Ohse seine Freiheit wiedergab, ist erst vor einigen Tagen gesprochen. Ich bin an Ohse gebunden mit Banden, die fester sind als die des Standesamtes, mit Banden, die unlöslich sind. Meine Genusssucht, mein unüberwindlicher Hang zum Luxus, mein Hochmut hat mich in die Arme des ungeliebten Mannes getrieben, er aber liebt mich auf seine Weise ehrlich und aufrichtig, er würde zusammenbrechen, wenn ich ihn verließe. Ich kann meine Selbstachtung nur bewahren, indem ich trage, was ich mir aufgeladen habe, und meinen Mann so glücklich mache, wie es nur irgend in meinen Kräften steht. Es ist nicht leicht, aber ich werde es lernen."

„Das ist Wahnsinn, Liane, einen erkannten Irrtum soll man offen eingestehen."

Liane warf den Kopf in den Nacken. „Ich könnte nicht leben ohne Selbstachtung, und ich würde mich verachten, wenn ich durch meine Charakterschwäche andere unglücklich machen würde."

„Aber du machst dich unglücklich, Liane. Deine Aufgabe ist zu schwer für dich."

Liane sah zu Boden, sie war totenblass. „Ich wusste nicht, dass es so schwer ist, einem ungeliebten Manne zu gehören," flüsterte sie tonlos.

Kasimir kniete neben ihr. „Du sollst ihm nicht gehören, Li," rief er mit leidenschaftlicher Innigkeit, „mir sollst du gehören, mir allein."

„Vergiss, was ich gesagt habe, Kasimir," sprach Liane hastig, „ich habe mich vergessen, ich..."

„Ich lasse dich keinem anderen! Der Gedanke, dass du mit einem anderen Stunden verlebst, wie du sie mit mir erlebt hast, macht mich wahnsinnig." Kasimir umschlang sie, weich und schmeichelnd wie Blütenblätter empfand Liane die Berührung seiner schlanken Finger. Sie dachte an Ohses gierige Hände, ein Schauder überrieselte sie. „Lass mich, Kasimir, ich bin eines anderen Eigentum," rief sie zitternd.

„Mein bist du und mein bleibst du," flüsterte Kasimir zwischen heißen Küssen, „sag' mir nur eins, Li, mir zu gehören, war das auch schwer? War es süß, mir zu gehören, Li?"

„Es war süß, unbeschreiblich süß," hauchte Liane und duldete seine Küsse. Kasimir flüsterte ihr zwischen seinen Liebkosungen selige Erinnerungen ins Ohr, bis sie ihn küsste, wie sie ihn einst geküsst.

SECHSUNDWANZIGSTES KAPITEL

Karl Ohse kehrte von seiner Reise früher zurück, als er gedacht hatte. Um Mitternacht traf er in seiner Vaterstadt ein, und da er am Bahnhof kein Auto fand, um nach Holckenbusch hinauszufahren, ging er zu Fuß den nahen Weg um die Wallanlagen bis zum Madamenschlößchen, um dort zu übernachten. Fischer wohnte im Hause, und Ohses Zimmer war stets zu seinem Empfang bereit.

Als er sich seinem Hause näherte, glaubte er unter den Fenstern des Seitenflügels, in dem Lianes Zimmer lagen, einen Lichtschimmer zu sehen. Einbrecher! war sein erster Gedanke. Er ging leise um das Haus herum und blickte zu den Fenstern hinauf. Die Läden waren geschlossen, aber aus ihren herzförmigen Ausschnitten quoll rötliches Licht. Wie glühende Herzen lag dieser Lichtschimmer auf dem dunklen Gartenweg. Ohses Pulse begannen zu hämmern. Was ging im Spiegelzimmer vor sich? War Liane in die Stadt gekommen? Sie war nicht im Madamenschlößchen gewesen, seit sie in Marienbad die Seine geworden war, sie schien eine Scheu zu empfinden vor ihren Räumen, erst vom Herbst ab wollte sie wieder in der Stadt leben.

Ohse starrte auf die Fenster des Spiegelzimmers, er strich sich mit der Hand über die Augen, es war keine Täuschung, die leuchtenden Herzen schwebten in der Dunkelheit der warmen mondlosen Frühlingsnacht. Leise rauschten die Blätter der Kastanien, eine weiße Blüte sank lautlos zur Erde, sie fiel in den Lichtschimmer. Wie eine Totenblume auf einem blutenden Herzen, dachte Ohse, dem derartige Gedankengänge sonst fremd waren. Die Worte, die seine Mutter einst zu ihm gesprochen, die Worte: Sie wird dein Herz brechen! durchzuckten ihn wie mit Messerschärfe. Ihm war seltsam beklommen zumute.

Er ging um das Haus herum zurück. Als er die Haustür aufschloss, hörte er den Hund herankommen, er schlug nicht an, drängte sich nur mit leisen Freudenlauten an seinen Herrn. Ohse drehte das Licht in der Halle an und überlegte, ob er Fischer wecken sollte. Er ging nach oben und horchte an der Tür zu Lianes Badezimmer, horchte an der Tür zum Rokokosaal. Der Hund stand schweifwedelnd neben ihm, ihn mit seinen klugen braunen Augen aufmerksam anblickend. Schon hob Ohse die Hand, um an die Tür zu klopfen, aber die Hand sank nieder, Liane! wollte er rufen, aber die Stimme versagte. Er ging in sein Schlafzimmer, legte Hut und Mantel ab und ging auf den schweren Schrank zu, der die Mitte der einen Längswand einnahm. Der Hund stand neben seinem Herrn und sah ihn fragend an.

Ohse stemmte sich gegen den Schrank, seine breiten Schultern dehnten sich, der Schweiß rann ihm von der Stirn. Allmählich gelang es ihm, den Schrank so weit abzurücken, dass eine schmale Tapetentür sichtbar wurde, die in Lianes Badezimmer führte. Der Hofmarschall hatte die Tür machen lassen; nach dem frühen Tode seiner Frau war sie durch einen Schrank zugestellt worden, ein schweres eingelegtes Prunkstück, das Ohse mit dem Hause käuflich erworben hatte. Er selbst hatte die Tür erst entdeckt, als er das Zimmer neu tapezieren ließ. Im Badezimmer war die Tür geschickt durch einen Spiegel verkleidet, Liane wusste nichts von ihrem Vorhandensein.

Endlich gab der lange Jahre nicht gebrauchte Riegel dem Druck der zitternden Finger nach, Ohse schlich durch das Badezimmer in das Ankleidezimmer, der Hund dicht neben ihm, ohne einen Ton von sich zu geben. Aus dem Spiegelzimmer drangen Laute, die Ohse alles Blut zum Herzen trieben, er öffnete die Tür und stürzte zum Bett. Die Aufregung gab ihm Riesenkräfte, er riss den Mann, der in Lianes Armen lag, in die Höhe, zerrte den Wehrlosen zum Fenster, stieß den Laden, aus dem das eine Herzzeichen in die Nacht geleuchtet hatte, auf und stieß den Mann hinunter in den Garten, Herrenkleider, die auf einem Stuhl am Fenster lagen, warf er hinterher, als wolle er jede Spur des Eindringlings verwischen. Schwerfällig wandte er sich um, seine Augen waren blutunterlaufen, keuchend ging sein Atem. Liane saß aufrecht im Bett, ihr weiches helles Haar fiel aufgelöst auf die marmorweißen Schultern, sie hielt die Hände auf das Herz gedrückt, ihr Gesicht war wie versteinert vor Entsetzen.

„Das konntest du mir tun! Liane, das konntest du mir tun!" Ein Lachen gellte von Ohses Lippen, schauerlich hallte es wieder von den runden Spiegelwänden. Ohse machte ein paar unsichere Schritte auf das Bett zu, seine zitternden Hände griffen in die Luft, ein Röcheln brach aus seiner Brust, und schwer stürzte er zu Boden.

Der Hund stand mit gespreizten Beinen, seine Rückenhaare sträubten sich, er sank in sich zusammen und kroch zu dem Toten hin. Sein Winseln zitterte durch das offene Fenster hinaus in die dunkle Maiennacht, es zitterte hinaus mit dem Schimmer des Lichtes, das jetzt in breitem Strahl in den Garten fiel und das verstörte Antlitz von Kasimir Herzog beleuchtete, der sich taumelnd auf dem weichen Rasen aufrichtete. Der Fall hatte ihm nicht geschadet, aber die Angst um das Schicksal der geliebten Frau schnürte ihm die Kehle zu. Er starrte hinauf zu dem hellen Fenster, nichts war zu hören als das Winseln des Hundes. Da, wo der Schatten der Kastanien einen schwarzen Fleck auf den Rasen malte, leuchtete ein blutrotes Herz, eine weiße Blüte lag darauf.

SIEBENUNDZWANZIGSTES KAPITEL

Als die Sonne glänzend über Wiesen und Wälder emporstieg und ihr goldener Strahl die taufrischen Rosen vor der Terrasse im Parke von Holckenbusch küsste, sauste ein Auto die Landstraße entlang und hielt vor der Rampe des Schlosses.

„Die gnädige Frau Baronin," rief Max erstaunt, der gerade Türen und Fenster öffnete, um die würzige Morgenluft einzulassen.

„Bestellen Sie dem Reitknecht, er solle sofort Diana satteln," befahl Liane kurz.

Max sah seine Herrin erschrocken an. Wie sah die aus? Wie versteinert! Es wurde einem ganz gruselig bei ihrem Anblick! „Wollen Frau Baronin nicht erst –" stotterte er unsicher, aber Liane schnitt ihm das Wort ab. „Tun Sie, wie ich Ihnen befohlen habe."

Nach einer halben Stunde stand Diana fertig vor der Rampe des Schlosses. Liane trat heraus, die Schleppe ihres Reitkleides über dem Arm, und prüfte die Gurte.

„Herr Dr. Herzog hat angerufen," meldete Max verschüchtert, „wann er der Frau Baronin seine Aufwartung machen dürfte. Antwort erbittet er möglichst sofort an das Hotel Continental, wo er auf der Durchreise abgestiegen ist."

Ein weiches Lächeln huschte wie ein verirrter Sonnenstrahl über Lianes steinerne Züge. „Es ist gut, ich werde später selbst antworten."

Max trat zurück, und Liane wandte sich wieder dem Pferde zu, das mit seiner weichen Schnauze nach der Tasche seiner Herrin schnupperte. Liane hielt ihm ein Stück Zucker hin, legte ihren Kopf an den glänzenden Hals der Stute und flüsterte leise: „Er wird seinen rechten

Weg finden, seinen Weg, der zum Licht führt. Du gehst mit mir, Diana, du gehst meinen Weg mit mir. Du bist jung, Diana, du bist schön, Diana, du stammst aus edlem Blut, du schienest geboren, um leicht und frei und glücklich zu leben. Das Schicksal hat es anders bestimmt. Du liebst die Sonne, Diana, und die Wiesen und den grünen Wald, sieh sie dir noch einmal an, diese wahren Herrlichkeiten der Erde, du siehst sie zum letztenmal. Du bist unschuldig, Diana, und doch musst du sterben, du wirst deiner Herrin treu bleiben, wie sie sich selber treu bleiben wird."

Liane drückte einen Kuss auf den seidenweichen Hals der Stute, deren braungoldene Augen sie unter langen schwarzen Wimpern ansahen, so voll Liebe und Verständnis ansahen, dass ein Zittern Lianes Gestalt durchlief. Noch einmal drückte sie ihre Wange an das schmeichelnde Fell des treuen Tieres, dann winkte sie dem Reitknecht, der wartend zurückgetreten war. Er hielt die verschränkten Hände hin, leicht schwang sich Liane in den Sattel und ritt davon.

Der Mann richtete sich aus seiner gebückten Stellung auf und blickte der Reiterin kopfschüttelnd nach. „Heute hat sie mal wieder den Teufel im Leibe," murmelte er und ging in den Stall. – –

Der Merbachteich lag im warmen Schimmer der Morgensonne, die goldene Lichtfunken in seinen dunklen Spiegel warf. Auf der Böschung des abschüssigen Ufers saß der alte Kantor und ließ sich von der Sonne bescheinen. Er blickte über die fruchtbare, leicht gewellte Ebene. Wiesen und sauber bestellte Felder wurden von Streifen Waldes unterbrochen. Der schiefergraue Kirchturm von Merbach reckte sich trotzig in den blauen Himmel, Glockengeläut schwebte über das friedliche Land. Der alte Kantor schob sein schwarzseidenes Käppchen zurecht, das seine spärlichen silberweißen Haare bedeckte, er stand auf, um zur Kirche zu gehen, als am Rande des Waldes eine Reiterin erschien. Der Alte breitete die

Schöße seines langen schwarzen Rockes auseinander und setzte sich wieder hin, er plauderte gern ein wenig mit der schönen Baronin, es war noch reichlich Zeit bis zum Anfang des Gottesdienstes.

Im Galopp jagte die Reiterin über die Wiese, die Gerte sauste auf den Hals der Stute. Der Kantor wollte warnend den Arm heben, er wollte schreien, die Reiterin schätzte die Lage des tiefliegenden Teiches offenbar falsch ein, aber schon flogen Sand- und Grasbüschel unter den Hufen der Stute hervor, ihm um den Kopf, das Entsetzen lähmte ihm die Zunge, Wasser spritzte klatschend auf, und Ross und Reiterin waren verschwunden wie ein Spuk.

Der alte Mann saß erschüttert. „Wieder eine, die dein Handgeld genommen hat, Satan," murmelte er mit blassen Lippen. Scheu blickte er in den Teich hinunter. Große Kreise zitterten in den aufgestörten Fluten, aber nicht mehr schwarz und dunkel wie ein Auge des Teufels lag der Teich da, sondern blau und schimmernd wie ein Auge, das Mutter Erde vertrauensvoll zum Himmel auf-schlägt und das Gottes Herrlichkeit widerspiegelt. Eine Lerche stieg aus dem hohen Grase des Ufers jubelnd in den blauen Maien-himmel, an dem die weißen Lämmerwölkchen zogen, und laut und feierlich klangen die Kirchenglocken von Merbach über das Land.

Der Greis blickte zum Himmel, aus dessen weit offener Pforte eine Flut goldenen Lichtes brach. Andächtig faltete er die Hän-de. „Hinauf," flüsterte er, „hinauf!"

NACHWORT
Gerd Biegel

Mit ihrem Roman „ *Geld* " gibt uns die zu Unrecht vergessene Schriftstellerin Lena Voß (1882-1972) eine interessante Schilderung der braunschweigischen Gesellschaft in der Zeit nach der Novemberrevolution 1918/19. Literarisch verarbeitet sie den gesellschaftlichen Wandel nach dem Ende des Herzogtums und der Welfenmonarchie sowie die Folgen. Sie steht damit in der Tradition der Historienromane sowie der fiktiven Literatur braunschweigischer Autorinnen und Autoren, die sich in vielfältiger Form mit der Geschichte von Stadt und Region im Speziellen und mit Geschichte im Allgemeinen auseinandergesetzt haben. Dies reicht von Hrotsvith von Gandersheim, über Herzog Anton Ulrich, Wilhelm Raabe und Ricarda Huch bis Anna Klie, um nur einige Beispiele zu erwähnen. Die meisten derjenigen, die noch zu erwähnen wären, sind heute längst vergessen, wie etwa Robert Jordan oder Ernst Bergfeld. Ausgewählte Erzählungen und Romane zur braunschweigischen Geschichte wollen wir aber mit entsprechenden Erläuterungen wieder auflegen in der neuen Reihe *Literarische Geschichte Braunschweigs.*

„KRONEN WAREN IN DEN STAUB GEROLLT, DAS GELD HERRSCHTE AN IHRER STELLE"

Seit das Geld allmählich den ursprünglichen Tauschhandel ablöste, spielte es als allgemein übliche Zahlungsmöglichkeit und Symbol kumulierenden Wohlstands eine aus dem Alltag des Menschen nicht mehr wegzudenkende Rolle. Dieser Wandel war mit einem langen Prozess verbunden, der über die Industrialisierung hinaus bis zurück ins Mittelalter und die Antike reichte.[1] Geld war und ist stets ein Teil der irdischen Glücksgüter, und die Sicherung der damit verbundenen Glückseligkeit wurde im 18. Jahrhundert sogar als Aufgabe des Staats angesehen, wie es Johann Heinrich Jung (1740 – 1817) in seinem Lehrbuch der Staats-Polizey-Wissenschaft formulierte: *„Da nun die zeitliche Glückseligkeit, die übrigen Rechte der Menschheit dazu genommen, sich vorzüglich verhält wie die Gröse des Eigenthums, so ists auch eine der ersten Pflichten der Polizey, jedem Bürger den ruhigen Besiz und Genuß seines Eigenthums zu sichern, und*

---

[1] Für einen geschichtlichen Überblick siehe Ferguson, Niall: Der Aufstieg des Geldes. Die Währung der Geschichte. Berlin 2010

ihm alle Mittel an die Hand zu geben und zu erleichtern, wodurch er es immer mehr und mehr vergrößern kann."[2]

Wirtschaftlich von unbestrittener Bedeutung, besaß bereits im Verständnis der Aufklärung das Geld zugleich für die *„allgemeine Befindlichkeit einen hohen Wert.*"[3] Bei aller Euphorie gab es allerdings ebenso kritische Stimmen: *„Wenn der Durst nach Gold den fürnehmsten Gegenstand einer Gesellschaft ausmacht, und der Maßstab der Hochachtung und der Glückseligkeit geworden ist: so wird Tugend, Verdienst, Vaterlandsliebe erstickt, guter Name, Ruhm, Redlichkeit, Mitleiden, Großmuth sind Hirngespinste, das Geld entscheidet von der Gunst, von den Staats- und Kriegsbedienungen, selbst von den Kirchendiensten. Man wünschet, ehret, verlangt nichts als Geld, um Bedürfnisse zu befriedigen, welche Eitelkeit und Einbildung unendlich machen.*"[4] Diese Zwiespältigkeit im Ruf hat das Geld bis in die Neuzeit stets bestimmt und hat, wie Georg Simmel (1858–1918) es deutlich machte,[5] zur persönlichen Freiheitsentwicklung ebenso beigetragen, wie zu Entfremdungserscheinungen im sozialen Gesellschaftsgefüge. Alle diese Erscheinungen, Begriffsentwicklungen und Mechanismen des Geldes finden sich seit der Antike nicht nur in wirtschaftlichen und wissenschaftlichen Abhandlungen, sondern ebenso als Motiv *Geld* in der Literatur, vom Märchen (z. B. *Hans im Glück*) über Dramen (z. B. Friedrich Schiller, *Kabale und Liebe*) und Romanen (z. B. Émile Zola, *Das Geld*, Thomas Mann, *Buddenbrooks*, Ricarda Huch, *Aus der Triumphgasse*) bis hin zu Trivialromanen (z. B. Karl May, *Alter Dessauer/Erzgebirgische Dorfgeschichten*). In fast allen literarischen Gattungen finden sich hunderte von Beispielen bis in die Gegenwartsliteratur.[6] Berühmte Autorinnen und Autoren haben zu diesem Thema ebenso Werke geschaffen, die bis in unsere Zeit kanonisiert sind, wie sich sicherlich eine weitaus größere Zahl unbekannter Literatinnen und Literaten sowie Werke (sog. *„Graue*

---

[2] Jung, Johann Heinrich: Lehrbuch der Staats-Polizey-Wissenschaft. Leipzig 1788, S. 13

[3] Fiederer, Margrit: Geld und Besitz im bürgerlichen Trauerspiel. Würzburg 2002, S. 13

[4] Pfeiffer, Johann Friedrich von: Grundsätze der Universal-Cameral-Wissenschaft oder deren vier wichtigsten Säulen: Nämlich der Staats-Regierungskunst, der Polizey-Wissenschaft, der allgemeinen Staats-Oekonomie und der Finanz-Wissenschaft. Frankfurt 1783, Bd. 1, S. 100f.

[5] Simmel, Georg: Philosophie des Geldes. Leipzig 1900

[6] Vgl. z. B. das Themenheft *„Geld"* der Zeitschrift *„Kritische Ausgabe"*. Zeitschrift für Germanistik & Literatur, 16. Jahrgang Nr. 23, 2012

Literatur") mit dem Thema Geld beschäftigt haben. Der hier zu betrachtende Roman ist aus heutiger Sicht eher dieser letzten Gruppe zuzuordnen.

Geld und politische Macht schufen seit der Wende zum 20. Jahrhundert neue gesellschaftliche Realitäten. Der jahrhundertelang bestimmende *„Geburtsadel"* verlor seine Vorherrschaft und der neue *„Geldadel"* füllte das entstandene Machtvakuum bis in die soziale Hierarchie des städtischen Bürgertums. Dieser Problematik widmeten sich zahlreiche Literatinnen und Literaten in der ersten Hälfte des 20. Jahrhunderts, darunter mit enthüllender Klarheit Lena Voß in ihrem Roman mit dem, an Zola erinnernden, und bezeichnenden Titel *Geld*.[7] Es ist ein Roman um Aufstieg und Fall einer städtischen Handwerkerfamilie, die mit Fleiß und durch das Zeitgeschehen begünstigte Umstände zu Reichtum gelangt, in den *„Geldadel"* einer fiktiven Großstadt aufsteigt und am Ende tragisch scheitert. Die behandelte Zeitebene umfasst überwiegend den Ersten Weltkrieg und die ersten Jahre der Zwischenkriegszeit mit den damit einhergehenden gesellschaftlichen Umbrüchen, und es wird bewusst an das revolutionäre Vorbild der napoleonischen Zeit erinnert: *„Damals unter Napoleon wurden Bürger zu Fürsten, und jetzt werden Fürsten zu Bürgern. Es geht immer hinauf und hinab in der großen Welt".*[8] Schnell wird bei der Lektüre klar, dass als Folie des Geschehens die Stadt Braunschweig dient, jener Ort, in dem die Autorin zeitgleich zur beschriebenen Epoche lebte. Wie fast alle ihre Werke, so ist auch Lena Voß selbst längst in Vergessenheit geraten. Das umfassende Braunschweigische Biographische Lexikon hat keinen Eintrag zu ihr.[9] Ebenfalls findet sie sich nicht in den gängigen niedersächsischen Literaturlexika oder dem Braunschweiger Stadtlexikon, selbst bei Kurt Hoffmeister, *Braunschweigs Literaten,* fehlt sie, obwohl dieser jeden nur denkbaren Namen aufgespürt hat und selbst Herzogin Victoria Luise zu Braunschweigs Literatinnen zählt.[10] Auch in Wikipedia bleibt sie ungenannt! Vor diesem Hintergrund des Vergessens scheint einleitend eine kurze biographische Skizze sinnvoll.

---

[7] Voß, Lena: Geld. Leipzig 1924 (abgekürzt im Folgenden zitiert: Geld, S.). Die folgenden Seitenangaben beziehen sich auf den vorliegenden Nachdruck.

[8] Geld, S. 66

[9] Braunschweigisches Biographisches Lexikon. 19. und 20. Jahrhundert, hg. von Horst-Rüdiger Jarck und Günter Scheel. Hannover 1996

[10] Hoffmeister, Kurt: Braunschweigs Literaten. 140 Autorenportraits. Eine etwas andere Literaturgeschichte. Braunschweig 2003

LENA VOSS (1882-1973)
EINE VERGESSENE LITERATIN BRAUNSCHWEIGS

Geboren wurde Christine Helene Elisabeth Wietfeldt am 1. Juli 1882 in Meinerdingen, Kreis Fallingbostel, wo ihr Vater das Amt eines Pastors bekleidete. Ihre Mutter war Tochter eines baltischen Arztes. Da der Vater sich als Freiwilliger des Krieges von 1870/71 in den Festungsgräben vor Metz ein schweres Nierenleiden zugezogen hatte, verstarb er schon früh, und die Witwe kehrte mit zwei Kindern in ihre baltische Heimat nach Goldingen in Kurland zurück. So kam es, dass die junge Lena Gelegenheit hatte, die damaligen baltischen Verhältnisse kennen zu lernen. Als jedoch die deutschen Schulen *„russifiziert"* wurden, wie es damals hieß, zog es die Mutter vor, ihre Kinder in Deutschland erziehen zu lassen und verließ Kurland erneut. Nach einem dreijährigen Aufenthalt auf der Insel Norderney begab sich die Familie nach Hildesheim, wo Lena die Höhere Mädchenschule besuchte, da für den bis dahin üblichen Privatunterricht der Familie die notwendigen Gelder fehlten. Am 10. Mai 1904 heiratete Lena Wietfeldt in Braunschweig den Kaufmann Wilhelm Voß und das Ehepaar lebte in der Celler Str. 22. Voß war Mitinhaber der Eisengroßhandlung Voss + Löhr, später bekannt als Grüner Löwe, am Radeklint. Lena Voß genoss zunächst das großbürgerliche Leben in der kulturreichen und von einem unterhaltsamen Gesellschaftsleben geprägten Residenzstadt Braunschweig. Die Nähe zum regierenden Herzogshaus und eine enge Einbindung in die sog. *„bessere Gesellschaft"* bestimmten diese Jahre ebenso, wie die zahlreichen Reisen, die aus Briefen und späteren Aufzeichnungen von Lena Voß überliefert sind. Angeregt durch ihre Mutter (eine ebenfalls bisher völlig unbekannte Schriftstellerin in Braunschweig) und die gewonnenen Reiseeindrücke begann Lena Voß mit 30 Jahren ihre literarische Tätigkeit. Ihr erster Roman *Deutsches Erbe* behandelte baltische Lebensschicksale aus der Zeit um 1900. Er erschien während des Ersten Weltkriegs und wurde in mehreren großen Zeitungen zunächst als Fortsetzungsroman gedruckt. Eine Buchausgabe aber wurde durch die Kriegsverhältnisse verhindert. Im Jahre 1922 erschien das bekannteste Buch von Lena Voß *Goethes unsterbliche Freundin (Charlotte von Stein). Eine psychologische Studie an Hand der Quellen* bei Klinkhardt & Biermann in Leipzig. Die Veröffentlichung fand in der Kritik eine überaus freundliche, nur selten kritische Aufnahme. Die Rezensenten betonten, dass es der Verfasserin gelungen sei, einem viel behandelten Thema ganz neue Seiten abzugewinnen. Lena Voß kommt in ihrer Betrachtung auf Grund eingehender Untersuchungen zu dem Ergebnis, dass die Beziehungen zwischen dem Dichter und Frau von Stein nur

„*ideal*" gewesen sein können. Beim Publikum fand das Buch großen Zuspruch und erlebte vier Auflagen, darunter eine bei Georg Westermann in Braunschweig (8. – 9. Tausend).

Das interessanteste Werk von Lena Voß aber sollte ihr Roman *Geld* werden, der 1924 im Verlag Georg Wigand in Leipzig erschien, und zwar als erster Band der Sammlung *Schriftsteller unserer Zeit*. Im Mittelpunkt steht der „*Geldadel*" („*die Raffkes*") einer fiktiven Stadt, die sich schnell als keineswegs fiktiv erweist, erkennt man doch unzweifelhaft Braunschweig. Die zeitgenössischen Reaktionen der braunschweigischen Gesellschaft auf den darin vorgehaltenen Spiegel waren allerdings nicht besonders freundlich, trotz der überwiegend positiv besprochenen literarischen Qualität des Werkes. Nach den negativen Erfahrungen mit der Reaktion der Öffentlichkeit auf die von ihr geübte offene Gesellschaftskritik hat sich Lena Voß in den 1920er Jahren zwei neue literarisch–wissenschaftlich–gesellschaftliche Betätigungsfelder erschlossen: Frauenfragen und Astrologie. Sie wurde aktives Mitglied der Frauenbewegung in Braunschweig und Ortsgruppenvorsitzende der Vereinigung „*Deutsche Frauenkultur*" sowie Vorstandsmitglied im „*Lessingbund*". Lena Voß verlagerte seitdem ihre Aktivitäten vermehrt in die Öffentlichkeit, veranstaltete Ausstellungen zu Frauenfragen oder Modeschauen und hielt zahlreiche Vorträge zu Themen über Zeitgeist und Mode, Eheprobleme von Heute und Morgen (Sexualität war eines ihrer Lieblingsthemen, auch in den Romanen), über Mutterrecht und Mutterstaat und verfasste vielfältige Zeitungsbeiträge, vor allem in der Braunschweigischen Landeszeitung. Obwohl Lena Voß mit ihren Aktivitäten zur Stellung der Frau in der Gesellschaft der Zwischenkriegszeit sowohl in der Öffentlichkeit als auch in den Medien sehr präsent war, findet sie in den Abhandlungen zur Frauengeschichte keinerlei Erwähnung. Es ist dies ein Desiderat der Forschung, zu dem derzeit weitere Projektarbeiten am Institut für Braunschweigische Regionalgeschichte und Geschichtsvermittlung der TU Braunschweig geplant sind. Ist ihr literarisches Schaffen in der Zwischenzeit eher als marginal einzuordnen, so zeigen bereits die ersten Untersuchungen, dass ihrem Engagement als Frauenaktivistin größere Bedeutung zukommt, als dies bisher bekannt ist.

Intensiv beschäftigte sich Lena Voß zukünftig mit Astrologie und wurde 1929 aufgrund ihrer Arbeiten in den Deutschen Astrologenverband aufgenommen. Sie schrieb zwei grundlegende Werke zu diesem Thema: *Der Mensch und seine Götter* (Berlin 1926) und *Der Mensch und sein Schicksal. Astrologische Lebensbilder* (Leipzig 1928). Mit großem Erfolg hielt sie zu diesem Fachgebiet Vorträge und erstellte –auf Wunsch– Horoskope für Persönlichkeiten der zumeist lokalen und regionalen, gelegentlich aber auch überregionalen Gesellschaft. Ein Horoskop zu Kaiser Wilhelm II. (1851 - 1941) liegt als Originalmanuskript im Nachlass vor. Als die Nationalsozialisten 1933 alle traditionellen Frauenvereine auflösten, endeten diese Aktivitäten von Lena Voß. Sie arbeitete zunächst bis 1935 als Lektorin im Westermann Verlag und die eigene schriftstellerische Arbeit ruhte weitgehend. Lena Voß war zwar Mitglied der Reichsschrifttumskammer, jedoch nicht Parteimitglied der NSDAP. In der familiären Überlieferung heißt es zwar, sie sei sogar aus der Reichsschrifttumskammer ausgeschlossen worden – jedoch hat ihr der Vorsitzende noch 1942 offiziell zum 60. Geburtstag gratuliert und eine Anerkennungsurkunde überreicht. In den archivalischen Quellen hat sich bisher kein belastbarer Beleg für den Ausschluss gefunden.[11] Schon früh waren allerdings die Schwierigkeiten mit der örtlichen Parteiführung in Braunschweig so groß geworden, dass sie sich mit ihrer Familie 1938 aufs Land nach Salzgitter-Thiede (Thiederhall 1) zurückzog.

1950 verstarb Ehemann Wilhelm Voß, und in den folgenden Jahren arbeitete Lena Voß wieder als Schriftstellerin. Kleinere Arbeiten in Zeitungen und Zeitschriften erschienen, in denen sie sich erneut mit Goethe, speziell mit dem Thema „Goethe in Braunschweig", beschäftigte. Versuche zu Buchpublikationen bei den Verlagen Graff oder Appelhans 1972 scheiterten. Daher befinden sich in ihrem Nachlass im Archiv des Instituts für Braunschweigische Regionalgeschichte und Geschichtsvermittlung der TU Braunschweig noch eine größere Zahl unveröffentlichter Manuskripte, darunter ein weiterer umfangreicher Familienroman. 1973 starb Lena Voß im Alter von 91 Jahren in Salzgitter-Thiede, von der Öffentlichkeit nicht mehr beachtet und als Schriftstellerin längst vergessen.

Ihr Credo als Schriftstellerin fasste sie im Alter folgendermaßen zusammen: „Es kommt nicht darauf an, eine wahre Begebenheit wahrheitsgetreu darzustellen, sondern so zu beschreiben, dass der Leser sie als wahr empfindet!"[12]

---

[11] Archiv KWSBB o. Nr.

[12] Handschriftliche Notiz Archiv KWSBB o. Nr.

LENA VOSS UND IHR ROMAN GELD

Vordergründig handelt es sich bei *Geld* um einen Roman über Aufstieg und Fall einer kleinbürgerlichen Handwerkerfamilie in den ersten Jahrzehnten des 20. Jahrhunderts in einer fiktiven Stadt. Sprachlich lässt er sich in die Nähe der Unterhaltungsromane des 19. und 20. Jahrhunderts einordnen, wie schon die zeitgenössischen Kritiken in bewusst abwertender Form deutlich machten: *„Immerhin, Frau Voß versteht zu plaudern, Episodenhaftes wird mit Scharfblick, oft mit Humor erfaßt"*.[13] Doch dies ist nur die eine Seite, sozusagen die triviale, denn der Roman geht deutlich über den in ihrer Zeit populär-unterhaltenden *„Lesestoff der kleinen Leute"*[14] hinaus, vor allem, was die kritische Reflexion des Titelthemas betrifft. Thematisch sowie im Aufbau der zeitkritisch-historischen Handlung, lässt sich der Roman als spätes Beispiel des Genres Historienroman einordnen.

Zunächst zum Inhalt des Romans *Geld*. Die äußere Rahmenhandlung spielt in einer Residenzstadt und im Mittelpunkt steht die Familie des Klempnermeisters Ochse. Dieser lebt mit seiner Frau und den Söhnen Fritz (15) und Karl (18) in einem bescheidenen Haus am Rande der Innenstadt. Als er eines Abends aufgrund eines Wasserschadens in die hochherrschaftliche Residenz, das *„Madamenschlößchen"* des Hofmarschalls Krüger von Merbach gerufen wird, erlebt der ihn begleitende Sohn Karl den äußeren Glanz des Adels und der führenden städtischen Gesellschaft. Vom Obergeschoss im *„Schlößchen"* kann er die Persönlichkeiten der höfischen und städtischen Gesellschaft, darunter den regierenden Herzog, bewundern, die sich zu einem festlichen Empfang versammelt hatten. Beeindruckt von dem Erlebten, nimmt sich Sohn Karl als Lebensziel vor, selbst einmal *„ein reicher und mächtiger Mann"* zu werden.[15] Dazu soll ihm eine zeittypische technische Erfindung dienen, nämlich eine Dosenverschlussmaschine, die die Konservenindustrie revolutionieren würde. Die Brüder Fritz und Karl träumen abends im Kinderzimmer von einer gemeinsamen Fabrik, die ihnen einen gesellschaftlichen Aufstieg ermöglichen soll, um herauszukommen *„aus der dumpfen Mauerstraße, wir kauften ein Rittergut und ein*

---

[13] Ausriss aus einer Zeitung ohne Nachweis im Nachlass Lena Voß, Archiv KWSBB o. Nr.

[14] Schenda, Rudolf: Die Lesestoffe der kleinen Leute. Studien zur populären Literatur im 19. und 20. Jahrhundert. München 1976 - Gelfert, Hans Dieter: Was ist gute Literatur? München 2004

[15] Geld, S. 11

prächtiges Haus am Wall und führen vierelang wie unser Herzog".[16]
Konsequent wollen sie als Fabrikanten sogar den Familiennamen Ochse durch Änderung in Ohse aufwerten. Dies erfolgt tatsächlich nach dem Tod des Vaters, der zur Überraschung der Familie ein kleines Vermögen hinterlassen hat, das nach Wunsch der Mutter in das Geschäft der Söhne investiert werden soll, denn *„die Hauptsache ist, dass unser Geschäft aufblüht und meine Söhne es zu etwas bringen".*[17] Einziger Missklang in dieser Zeit ist, dass der nun 25jährige Sohn Karl mit Hanne aus dem Goldenen Löwen eine in den Augen der Mutter für den gesellschaftlichen Aufstieg unpassende Frau heiraten will. Sie ist überzeugt, *„wer in der Welt weiterkommen will, muss beim Heiraten daran denken, sich mit einer angesehenen Familie zu verbinden".*[18] Soziale Schranken durch eine standesgemäße Ehe überwinden hat lange gesellschaftliche Tradition und ein gewichtiges Hilfsmittel, Standesunterschiede zu überwinden ist Besitz und Vermögen. Neben finanziellen Erwägungen stehen außerdem bei einer aus Vernunft geschlossenen Ehe Bildung und gesellschaftliches Ansehen des zukünftigen Ehepartners im Vordergrund, was zu diesem Zeitpunkt der Sohn allerdings nicht sehen will. Daher bleibt Karl bei seiner Entscheidung, geht eine Ehe ein, die aus Sicht der Mutter eine Mesalliance darstellt, und hat mit seinem Bruder Erfolg beim Aufbau der *„Blechwarenfabrik der Brüder Ohse".* Sein Bruder Fritz ist ebenfalls verheiratet und führt ein standesgemäß gutbürgerliches Leben. Als Stadtrat und Landtagsabgeordneter ist er angesehenes Mitglied der führenden Gesellschaftskreise, erfüllt also die Vorstellungen der Mutter von der Funktion einer Ehe. Als Fritz mit Frau und Schwiegermutter im Hoftheater der Residenz an einer Galavorstellung zur Feier der Silberhochzeit des Herzogpaares, bei der auch das Kaiserpaar anwesend ist, teilnimmt, befindet er sich daher im Parkett im Kreis des Adels und der Honoratioren. Anders dagegen sein Bruder Karl und dessen Frau Hanne, die unbeachtet von der Gesellschaft vom zweiten Rang aus neidvoll das Geschehen verfolgen, denn *„sie hatten keinen Titel und keine Beziehungen, sie hatten nur Geld".*[19] Karl Ohse hat zwar zwischenzeitlich eine prachtvolle Villa am Brunnenwall in der Nachbarschaft des *„Madamenschlößchens"* der Familie Krüger von Merbach erwerben können, dennoch bleibt seine Familie gesellschaftlich isoliert.

---

[16] Geld, S. 12

[17] Geld, S. 16

[18] Geld, S. 14

[19] Geld, S. 28

Besondere Aufmerksamkeit widmet Karl während des Festaktes der jungen Liane von Merbach, einer Tochter aus dem herrschaftlichen Nachbarhaus, deren Mutter bereits den jungen Handwerkersohn in schwärmerische Verehrung versetzt hatte. Die Baronesse heiratet den Freiherrn von Erb und lebt zunächst in Berlin. Karl Ohse aber bleibt von einer geradezu wilden Leidenschaft für die elegante Adlige gepackt, was sein zukünftiges Leben entscheidend beeinflussen wird, denn obwohl er zwischenzeitlich *„vom Handwerker zum wohlhabenden Fabrikanten aufgestiegen* [war]*"*, muss er erkennen: *„Welch unüberbrückbare Kluft trennte ihn von [...] der großen Welt"*.[20] Auch die *„Bildungsunfähigkeit seiner Frau, die für seinen gesellschaftlichen Aufstieg ein schweres Hindernis war"*[21], belastet aus Sicht Karls zunehmend das familiäre Verhältnis.

Nach einem Zeitsprung findet sich der Leser am Beginn des Ersten Weltkriegs, als nach Kriegsbeginn die Soldaten und Kriegsfreiwilligen am Bahnhof die Stadt nach Westen verlassen. Betreut werden diese von Damen der städtischen Gesellschaft im ehrenamtlichen Dienst des Roten Kreuzes. Unter ihnen befindet sich auch Liane von Erb. In diesem Zusammenhang kreuzen sich erneut ihre Wege mit Karl Ohse, da dieser auf dem Bahnhof seinen Sohn Heinrich als Kriegsfreiwilligen verabschiedet. Bereits im Herbst des ersten Kriegsjahres trauern beide Familien. Liane um ihren Ehemann, Ohses um den Sohn. Im weiteren Verlauf des Krieges beginnen sich die gesellschaftlichen Verhältnisse in der Stadt spürbar zu verändern. Während die sozialen Aktivitäten der Damen zunehmend unter fehlendem Geld leiden, wächst das Vermögen der Fabrikanten und *„Heereslieferanten"* rasant an. Auch der Dosenhersteller Ohse profitiert davon, zählt als Kriegsgewinnler aber zur gesellschaftlichen Außenseitergruppe der *„Neureichen"*. Als zur vierten Kriegsweihnacht die Unterstützungen durch soziale Dienste akut gefährdet sind, beschließen die Damen, bei den Reichen der Residenzstadt um Geldspenden zu bitten. Ausgerechnet Liane von Erb wird damit beauftragt, bei ihrem Nachbarn Ohse um Spenden zu werben. Erneut wird das Geld zu einem gesellschaftlichen Faktor, aber jetzt unter veränderten Vorzeichen, denn nun ist die stolze adlige Frau Bittstellerin gegenüber dem vermögend gewordenen Handwerker-Fabrikanten. Karl Ohse nutzt die Situation prompt aus. Er bietet eine Großspende unter der Bedingung an, dass sich Liane von Erb im Gegenzug dafür einsetzt, seine Familie gesellschaftlich aufzuwerten, und zwar *„durch Anerkennung*

---

[20] Geld, S. 31

[21] Geld, S. 33

meiner Leistungen höheren Orts.[22] Das Geld fließt, aber die erwartete Gegenleistung bleibt relativ bescheiden. Statt dem erstrebten Titel Kommerzienrat wird es *„nur"* ein Orden vom Landesherrn, verbunden mit einer Einladung zu einem Gesellschaftstee. Bei diesem bleiben die *„Neuen Reichen"* erneut unbeachtet, was Karl Ohse geradezu rasend macht und gleichzeitig seinen Ehrgeiz weiter anstachelt. Die Revolution 1918 bringt schließlich die völlige Umwälzung aller politischen und gesellschaftlichen Verhältnisse. Die Arbeiter erklären sogar den 9. November zum Feiertag, denn *„mit dem neunten November 1918 beginnt eine neue Zeit"*[23]. Die Monarchie findet ihr Ende, die rote Fahne weht über dem Residenzschloss und in der Ohseschen Fabrik ruht nach dem Willen der Arbeiter die Arbeit. Der Adel aber hat endgültig seine Vorrechte verloren. Für den Fabrikanten Ohse jedoch hat nach seiner Ansicht – trotz der Drohungen der radikalen Arbeiterschaft – der Kapitalismus seine Macht nicht abgegeben und er sieht den Tag kommen, da seine Macht des Geldes die der Krone besiegt. Damit verbindet Karl Ohse zugleich die Hoffnung auf Erfüllung seiner heimlichen Leidenschaft zu Liane von Erb. Schon einmal hat schließlich eine Revolution die Standesschranken niedergerissen: *„Damals unter Napoleon wurden Bürger zu Fürsten, und jetzt werden Fürsten zu Bürgern."*[24] Diese leitmotivische Geschichtserinnerung bleibt durch den Roman hindurch präsent.

Eine der gravierendsten Folgen der neuen Machtverhältnisse ist die eintretende Verarmung des alten Adels. Dadurch hat Karl die Möglichkeit, das Rittergut Holckenbusch in Merbach zu erwerben, das im Besitz der adligen Nachbarsfamilie Krüger von Merbach war. Außerdem ist der Baron nicht mehr in der Lage, seine Residenz in der Stadt zu unterhalten. Er beschließt daher, mit seiner Familie in ein kleines Städtchen am Harz zu ziehen. Zuvor jedoch fährt er über Merbach nach Holckenbusch. In der dortigen Kapelle – die auf dem Gelände steht, das nun Karl Ohse gehört – sind sowohl seine Vorfahren als auch seine Frau beigesetzt. An dieser Stätte nimmt sich der Baron, der mit den neuen gesellschaftlichen Verhältnissen in Stadt und Land nicht mehr zurecht kommt, das Leben. Karl Ohse findet den Toten und sieht es als seine Aufgabe an, dessen Familie in der Stadt von dem Unglück zu unterrichten. Liane von Erb reagiert überraschend gefasst auf die Mitteilung und begleitet Karl Ohse

---

[22] Geld, S. 45

[23] Geld, S. 55

[24] Geld, S. 66

zur Kapelle. Dort wird ihr plötzlich schmerzlich bewusst, dass alle Männer, die sich jemals um sie gekümmert haben, tot waren – ihr Vater, ihre Brüder und ihr Mann. Die einzige Angehörige, die sie noch hat, ist ihre Schwägerin Marie. Mit Marie zieht Liane – wie vom Vater vorgesehen – in die kleine Harzstadt, mit der zweifelsohne Blankenburg gemeint ist. Karl Ohse wird nun der neue Besitzer des *„Madamenschlößchens"* am Brunnenwall in der Residenz und die Leute nennen ihn daraufhin spöttisch *„Blechbaron"*: *„‚Blechbaron' riefen ihm die Kinder nach, die in den Anlagen herumspielten, wenn sein prächtiges Gespann aus dem Gittertor der Einfahrt in den Brunnenwall bog – und ‚Blechbarönchen' riefen sie Waldemar nach, wenn er, nach der allerneusten Mode gekleidet, den Madamenweg hinunter in die Konfirmandenstunde ging."*[25]

Der Erwerb der nachbarschaftlichen Adelsvilla führt erstmals zu Spannungen zwischen Karl und seinem Bruder Fritz, da dieser mit der öffentlichen Präsentation von Karls Reichtum (*„Größenwahn"*) nicht einverstanden ist. Zwischen Karl und seiner Frau kommt es ebenfalls zu Streitigkeiten, da Hanne zunehmend bewusst wird, dass sie weder in die höhere Gesellschaft, noch in das herrschaftliche Haus passen: *„Hier passen wir nicht rein, dies ist ein Haus für vornehme Herrschaften, und wenn du nun auch viel Geld verdienst, vornehm werden wir darum doch nicht, da muss man zu geboren sein."*[26]

Trotz des wirtschaftlichen Erfolgs und dem demonstrativ vorgeführten Reichtum erreicht Karl Ohse, im Gegensatz zu seinem Bruder, weiterhin keine gesellschaftliche Anerkennung in der fortan bestimmenden Gesellschaftsschicht der alteingesessenen Kaufleute und Industriellen, denn *„dieser Kreis bezeigte eine eisige Ablehnung gegen die neuen Reichen, welche die politische Umwälzung zur Höhe geschleudert hatte."*[27] In der Folgezeit bemüht sich Karl Ohse zunehmend intensiver um Liane von Erb, bietet ihr sogar eine Position als Hausdame in ihrem ehemaligen Familiensitz an, verbunden mit der Aufgabe, für seine Tochter Erna als Erzieherin tätig zu sein. Vordergründig nimmt Karl Ohse an, auf diesem Wege durch Vermittlung von Liane von Erb doch noch einen Zugang zur Gesellschaft zu finden. Tatsächlich aber ist es seine grenzenlose Leidenschaft zu Liane von Erb, um derentwillen er sich sogar von seiner

---

[25] Geld, S. 79

[26] Geld, S. 80

[27] Geld, S. 83

Frau Hanne trennen will. Er trifft dabei mit seinen Plänen bei Liane von Erb auf eine eher ambivalente Stimmung, denn wenn schon Reichtum ohne Kultur nicht glücklich, aber Kultur ohne Reichtum auch unglücklich macht, so bleibt schließlich Geld ein maßgebliches Hilfsmittel, um Standesschranken zu überwinden, denn *„Geld füllt jede Kluft aus, es muss nur genug davon da sein.“*[28] Und genug war bei Karl Ohse vorhanden.

Liane von Erb lebt daher zukünftig als Hausdame in Ohses Haushalt, bewohnt einige repräsentative Räume ihres ehemaligen Elternhauses. Karl Ohse sieht sich endlich in seinem lebenslangen Bestreben bestätigt, reich und einflussreich zu werden: *„Mutter, flüsterte Karl und drückte ihre Hand, weißt du noch, wie du uns als Kinder die Geschichte vom Krüger aus Merbach erzähltest? Jetzt habe ich es ebenso weit gebracht, und vieles, was einst sein war, ist jetzt mein.“*[29] Dabei denkt er nicht nur an materielle Güter. Die Zeiten haben sich schließlich grundlegend gewandelt *„und seit wir keine Fürstenhöfe mehr haben, müssen wir reichen Leute die gesellschaftlichen Traditionen hochhalten.“*[30] Doch die Mutter erkennt erneut als einzige das tönerne Fundament dieser neu erworbenen Stellung des Sohnes, denn es *„ist doch nicht dein Werk, das hat die Baronin gemacht“* und warnt ihn, *„Die Frau ist dein Unglück, die richtet dich zugrunde.“*[31]

Liane von Erb lässt sich unterdessen in eine Beziehung zu dem Schriftsteller Kasimir Herzog ein. Bei einer Reise mit ihm nach Berlin wird ihr jedoch klar, wie das Leben an seiner Seite aussehen würde: *„Man wohnt in einem feinen, aber nicht luxuriösen Hotel, man fuhr mit der Elektrischen anstatt im Auto, man saß im Parkett des Theaters anstatt in einer Loge“*, denn *„alles, was schön, was elegant war, was Freude und Genuss bereitete, kostete Geld, Geld und wieder Geld.“*[32] Geld ist mächtiger als Gefühle und so stimmt Liane von Erb letztlich einer Heirat mit dem reichen Karl Ohse zu. Dieser will daraufhin die Scheidung von seiner Frau Hanne, um wieder heiraten zu können. Die Spannungen in der Familie eskalieren, die Tochter

---

[28] Geld, S. 95

[29] Geld, S. 137

[30] Geld, S. 137

[31] Geld, S. 137

[32] Geld, S. 163f.

Erna flüchtet mit einem dubiosen Liebhaber nach Paris, Sohn Waldemar macht zwielichtige Geschäfte und verschuldet sich hoch, und Ehefrau Hanne verweigert zunächst die Scheidung. Zu guter Letzt legt ein Streik die Fabrikation in den Ohse-Werken lahm, eine irritierende Erfahrung für den Machtmenschen Karl. Am Ende wird der Sohn in eine Klinik eingewiesen. Seine Mutter Hanne begleitet ihn und willigt daher in die Scheidung ein. Karl und Liane verloben sich und erhalten zeitgleich die Schreckensnachricht vom Tod der Tochter Erna in Paris.

Nach geraumer Zeit treffen sich zufällig Kasimir und Liane noch einmal am Fuße des Herzogdenkmals in der Landeshauptstadt. Sie beklagen ihre unglücklichen Beziehungen. Erneut macht sich Kasimir Hoffnungen auf Liane, zumal als er erfährt, dass letztere noch nicht mit Ohse verheiratet ist. Obwohl die alten Gefühle zwischen Kasimir und Liane scheinbar wieder aufflammen, nimmt ihm Liane jegliche Hoffnung auf eine dauerhafte Bindung, indem sie ihr Verhältnis zu Karl Ohse und zugleich ihre eigenen Erwartungen in geradezu brutaler Deutlichkeit beschreibt: *„Ich bin an Ohse gebunden mit Banden, die fester sind als die des Standesamtes, mit Banden, die unlöslich sind. Meine Genusssucht, mein unüberwindlicher Hang zum Luxus, mein Hochmut hat mich in die Arme des ungeliebten Mannes getrieben, er aber liebt mich auf seine Weise ehrlich und aufrichtig, er würde zusammenbrechen, wenn ich ihn verließe.“*[33] Als Karl Ohse in die Klinik zu Sohn und Frau Hanne reist, treffen sich Liane und Kasimir zu einer Liebesnacht in der Ohse-Villa. Karl aber kehrt vorzeitig von seiner Reise zurück, überrascht die Liebenden und stößt den Nebenbuhler aus dem Fenster. Zwar übersteht dieser den Sturz unbeschadet, jedoch erleidet Karl Ohse in der Aufregung des Streits einen tödlichen Herzanfall. Am nächsten Morgen fährt Liane von Erb zurück nach Schloss Holckenbusch, das ihr zwischenzeitlich Karl überschrieben hatte, lässt sich ihr Pferd satteln, reitet im Galopp zum Teich von Merbach und ohne Halt in diesen hinein, ganz wie in einer alten Legende überliefert: *„Ross und Reiterin waren verschwunden wie ein Spuk.“*[34]

Gerade weil weder die Autorin noch ihr Roman *Geld* bekannt sein dürften (um nicht zu sagen, völlig unbekannt sind), erschien es sinnvoll, die inhaltliche Zusammenfassung des 315 Druckseiten umfassenden Romans etwas ausführlicher ausfallen zu lassen. Vordergründig erscheint die

---

[33] Geld, S. 263

[34] Geld, S. 270

Erzählung dem Leser als ein mehr oder weniger literarisch gelungener Unterhaltungsroman, der am Beispiel von Aufstieg und Fall zweier Familien unterschiedlichen Standes in einer fiktiven und namenlosen Stadt ein durchaus zutreffendes Gesellschaftsbild Deutschlands in den Endjahren des Kaiserreiches, der Revolution von 1918 und den Anfangsjahren der Weimarer Republik zeichnet. Dabei stehen weniger die Adelsfamilie Krüger von Merbach oder der Handwerker–Fabrikant Ohse im Mittelpunkt, sondern das Thema „Geld". Allerdings wirkt dieses Motiv zunächst eher als Hintergrund eines Gemäldes mit Ereignissen der großen Politik, dem Hofleben und der Wirtschaftsentwicklung einer Residenzstadt. Dem Leser werden das hier residierende Herzogpaar mit dem Kaiser an der Seite, der Erste Weltkrieg, die Revolution 1918 und die Wirtschaft der Stadt vorgeführt. All dies sind historische Momente, scheinbar räumlich und inhaltlich an jedem beliebigen Ort des Deutschen Reiches zu verorten. Die Personen und ihre Handlungen sind durchweg beherrscht und berauscht vom Geld, das ihren Lebensweg und ihre Lebensentscheidung wie eine alles bestimmende Macht lenkt. Geld erscheint dabei nicht als Symbol der Macht, sondern als Ausdruck des Sozialen. Instrumentalisiert von der Autorin als Barometer für Höhen und Tiefen der städtischen Gesellschaft, steht es zugleich für Grenzen und Grenzenlosigkeit von Alltagsleben und Erwartungsdruck, bestimmt es Brüche und Umbrüche in der Gesellschaft, sowohl in der Zeit als auch bei den handelnden Personen: „*Trotz Kriegs-elend, politischer und sozialer Umwälzung rauschte der Lebensstrom weiter, wie er immer gerauscht; auf seiner Oberfläche war es licht und warm, in seiner Tiefe dunkel und kalt.*"[35] Keineswegs aber sind die Verhältnisse und Personen so beliebig, wie es auf den ersten Blick scheint, vielmehr handelt es sich um einen gesellschaftspolitischen Schlüsselroman, der deutlich zu verorten ist. Sehr schnell wird bei fortschreitender Lektüre erkennbar, dass keine fiktive Stadt die Bühne des Geschehens bietet, sondern es geht um Braunschweig, Residenz der Welfen und Hauptstadt des gleichnamigen Landes.[36]

In die erzählte Zeit ihrer fiktiven Geschichte hat die Autorin faktische Elemente der Geschichte mehr oder weniger verschlüsselt eingebettet, so

---

[35] Geld, S. 91

[36] Zur Geschichte im Überblick siehe Jarck, Horst-Rüdiger/Schildt, Gerhard (Hg.), Die Braunschweigische Landesgeschichte. Jahrtausendrückblick einer Region. Braunschweig 2000

dass mit dem Roman nicht allgemeine Zeitverhältnisse als Hintergrund der handelnden Personen dienen, sondern konkret fassbare. Damit hat die Handlung eine realistische Grundlage, so dass der Roman als konkrete Gesellschaftskritik von Lena Voß an den Verhältnissen im Braunschweig der erzählten Zeit gelesen, mithin sogar als Enthüllungsroman verstanden werden kann. Betrachten wir in einem Exkurs einige zentrale Momente der Geschichte Braunschweigs in dieser Erzählzeit und versuchen wir anschließend zu überprüfen, welche Bezüge zwischen literarischer Fiktion und historischer Realität der Stadtgeschichte tatsächlich herzustellen sind, die die Ausgangsthese eines Schlüsselromans verifizieren.

ZUM HISTORISCHEN KONTEXT
AM BEGINN DES 20. JAHRHUNDERTS

Braunschweig war im ersten Jahrzehnt des 20. Jahrhunderts wirtschaftlich, politisch und kulturell auf einem guten Weg beim Ausbau als junge Großstadt, war Residenz und Wirtschaftsmetropole zugleich. Die Stadt schien den mit Industrialisierung und Gründerzeit verbundenen Strukturwandel erfolgreich zu bewältigen. Seit dem Tod des letzten Welfen auf dem braunschweigischen Thron wurde das Land durch Regenten von Preußens Gnaden regiert, war doch Herzog Wilhelm (1806 - 1884) unverheiratet geblieben und ohne legitime Thronerben 1884 verstorben. Die nach welfischem Hausgesetz erbberechtigte hannoversche Welfenlinie befand sich seit der Auseinandersetzung mit Preußen, das Hannover 1866 annektiert hatte, im österreichischen Exil und Preußen verhinderte mit Hilfe des Deutschen Bundes jahrzehntelang die Rückkehr auf den braunschweigischen Welfenthron – bis zum Jahr 1913. Als am 24. Mai 1913 in Berlin die Hohenzollernprinzessin Victoria Luise (1892 - 1980) und der hannoversche Welfenprinz Ernst August (1887 - 1953) heirateten, war dies ebenso ein europaweit beachtetes Ereignis, wie ein gewichtiger Moment der braunschweigischen Landesgeschichte. Zugleich diente die Hochzeit als prunkvolle Bühne für das letzte große Zusammentreffen des europäischen Hochadels, darunter der deutsche und der österreichische Kaiser, der russische Zar und der englische König. Es war nach allgemeiner Meinung nicht nur eine europäische Fürstenhochzeit, sondern *die* letzte Fürstenhochzeit vor dem Ende des monarchischen Zeitalters. In der Rückschau setzte die Hochzeit der Belle Epoque ein letztes schillerndes Denkmal, bevor sich bis Mitte des Jahres 1914 die politischen Verhältnisse verschärften und im Ausbruch des Ersten Weltkriegs eskalierten. Die Heirat 1913 war zugleich von innenpolitischer Bedeutung, denn sie brachte das Ende des seit 1866 bestehenden Konflikts zwischen (hannoverschen) Welfen und Hohenzollern, wodurch der braunschweigische Herzogthron legitimerweise wieder den Welfen zugänglich wurde. Die Menschen jubelten im Mai 1913 begeistert in Berlin und feierten zeitgleich in Braunschweig.[37]

Jäh gestoppt wurde die weitere Entwicklung Braunschweigs durch den Ausbruch des Ersten Weltkriegs. Im Jahr zuvor noch sonnte sich die Stadt im *„Glanz der Krone"*, der aber schnell seine Strahlkraft verlieren sollte und Stadt und Land in den Sog der Ereignisse gezogen wurden, die den Ersten Weltkrieg auslösten.[38] Die *„Urkatastrophe des 20. Jahrhunderts"*, wie der Erste Weltkrieg in der Geschichtswissenschaft bezeichnet wird, brachte für das Land Braunschweig grundlegende gesellschaftliche und politische Veränderungen bis hin zum Ende der Monarchie in der Novemberrevolution von 1918, *„früher als in Berlin und den meisten Bundesstaaten, und sie verlief in Braunschweig in vieler Hinsicht radikaler als sonst im Reich".*[39] Die Wirtschaft in Braunschweig war in den letzten Jahren vor dem Ersten Weltkrieg auf Wachstumskurs. Die Heeresaufträge brachten zusätzlichen Entwicklungsschub, wobei die Umstellung der

---

[37] Ausführlich zur Vorgeschichte und dem Jahr 1913 in Braunschweig siehe Biegel, Gerd: 1913 – Braunschweig zwischen Monarchie und Moderne. Europäische Geschichte im Fokus regionaler Erinnerungskultur?, in: Steinführer; Hennin/Biegel, Gerd (Hg.): 1913 – Braunschweig zwischen Monarchie und Moderne. Braunschweig 2015, S. 11 – 25; Ute Daniel, Christian K. Frey (Hgg.): Die preußisch-welfische Hochzeit 1913: Das dynastische Europa in seinem letzten Friedensjahr. Braunschweig 2016.

[38] Grundlegend zum Ersten Weltkrieg und Braunschweig siehe Ludewig, Hans-Ulrich: Das Herzogtum Braunschweig im Ersten Weltkrieg. Wirtschaft – Gesellschaft – Staat. (Quellen und Forschungen zur Braunschweigischen Geschichte Bd. 26). Braunschweig 1984

[39] Ludewig, Hans-Ulrich: Der Erste Weltkrieg und die Revolution (1914 – 1918/19), in: Jarck, Horst-Rüdiger/Schildt, Gerhard (Hg.): Die Braunschweigische Landesgeschichte. Jahrtausendrückblick einer Region. Braunschweig 2000, S. 915-944, hier S. 916; Ders.: 160 Tage weht die rote Fahne. Die Revolution in Braunschweig 1918/1919. Braunschweig 2020

Braunschweiger Betriebe auf die Kriegswirtschaft schnell und problemlos verlief. Konserven- und Zuckerindustrie machten enorme Gewinne und die metallverarbeitenden Großbetriebe fuhren Überstunden, um die bestellten Waffen und Munition zu liefern. Im Herzogtum Braunschweig waren 1916 mehr als 400 Firmen mit der Rüstungsproduktion beschäftigt. Enge Kontakte zur preußischen Heeresverwaltung hatte schon früh die Firma Büssing unterhalten, die intensiv mit der Entwicklung von zivilen Nutzfahrzeugen beschäftigt war, die im Kriegsfalle auch Verwendung für militärische Zwecke finden konnten. Für Büssing bedeutete die Förderung durch die Heeresverwaltung eine spürbare Steigerung des Absatzes, man profitierte vom Krieg und machte ebenso wie z.B. die Konservenindustrie hohe Gewinne.

Mit dem Ende des Ersten Weltkriegs kam zugleich das Ende der Monarchie, auch in Braunschweig. Bereits am 3. November 1918 versammelten sich mehrere tausend Menschen auf dem Leonhardplatz zu einer Kundgebung, auf der der radikale Sozialist August Merges (1870–1945) anstelle des kurzfristig „verhinderten" Karl Liebknecht (1871–1919) sprach. Es war der Beginn der Novemberrevolution 1918 in der Stadt. Am Abend des 6. November traf schließlich ein kleiner Trupp Matrosen von der Küste herkommend in Braunschweig ein, die sich mit den Spartakisten verbündeten. Am nächsten Tag, dem 7. November, kam es zu zahlreichen Demonstrationen. Die Arbeiter aus den Großbetrieben, Jugendliche und Soldaten schlossen sich an. Aus dem Gefängnis wurden politische Gefangene befreit, der Hauptbahnhof und das Polizeipräsidium besetzt, die Polizei entwaffnet und die Soldaten in den Kasernen zur Übergabe gezwungen. Am 8. November setzten sich die Demonstrationen unbeirrt fort. Nach der Einsetzung eines Arbeiter- und Soldatenrats marschierten die Revolutionäre in Richtung Residenzschloss, wo sich ca. 20.000 Demonstranten versammelten. Auf dem Schloss wurde die rote Fahne gehisst und am späten Nachmittag traf eine Delegation des neu gebildeten Arbeiter- und Soldatenrats unter Führung von August Merges ein, die Herzog Ernst August die Abdankungsurkunde vorlegte und den endgültigen Thronverzicht erzwang. Während am 9. November in Berlin dessen Schwiegervater Kaiser Wilhelm II. abdankte, die Vertreter der MSPD die Republik proklamierten und die Regierung übernahmen, wurde am 10. November in Braunschweig im Landtag durch den Arbeiter- und Soldatenrat die *„Sozialistische Republik Braunschweig"* ausgerufen, zu deren Präsident August Merges gewählt und die Regierung durch den Rat der Volkskommissare mit Josef Oerter (1870–1928) von der USPD als Vorsitzendem übernommen wurde.

GESCHICHTE ZWISCHEN FIKTIONEN UND FAKTEN

Soweit einige Momente aus der Stadtgeschichte von Braunschweig. Deutlich lassen sich dabei Vorlagen erkennen, die von Lena Voß im Roman genutzt werden und die fiktive Stadt als Braunschweig identifizieren. Die Rolle als herzogliche Residenzstadt in Harznähe bestätigt diese Deutung zusätzlich. Gleich zu Beginn erhält der Leser des Romans einen Eindruck von der Stadt, und zwar von jenem Stadtquartier, in dem sich das Hauptgeschehen abspielt: *„Vom Schafmarkt führte eine niedrige breite Steintreppe auf die Wallanlagen, die wie ein grüner Kranz die alte Herzogstadt umgaben. [...] die beiden mächtigen Springbrunnen, die dem Brunnenwall seinen Namen gaben, sprühten ihre schimmernden Perlenschnüre über den samtgrünen Rasen fast bis an das gewaltige Standbild des Herzogs Kasimir, dessen eherne Gestalt, vom Schimmer der Patina überhaucht, auf trotzig sich bäumenden Ross, durch die zarten Blätter der Kastanien über das Gewirr der roten Ziegeldächer der Altstadt zu blicken schien, bis zu den ragenden Türmen des altersgrauen Domes"*[40] Ergänzend dazu: *„Ihr Weg führte die beiden Frauen vom Brunnenwall an das Magdeburger Tor an den zwei Torhäuschen vorbei, die hier noch Wache hielten wie in den Zeiten, da die Stadttore abends verschlossen wurden, und weiter die lange Magdeburger Straße entlang, an deren äußerstem Ende sich die Blechwarenfabrik der Brüder Ohse befand."* [41]

Sowohl die Wallanlagen als auch die typischen Torhäuser an den großen Ausfallstraßen sind charakteristisch für Braunschweig. Es handelt sich dabei um eine der bedeutendsten stadtplanerischen Maßnahmen der neuzeitlichen Stadtentwicklung Braunschweigs, den Umbau der Stadtbefestigung Braunschweigs zu einem großartigen grünen Wallring durch den klassizistischen Architekten Peter Joseph Krahe (1758–1840). An den Stadtausgängen waren entsprechende Torhäuser errichtet, die ebenso wie der Wall noch heute die Stadtgestalt Braunschweigs dominieren. Im Zentrum der Stadt befindet sich der Dom Heinrichs des Löwen am

---

[40] Geld, S.4f.
[41] Geld, S.26f.

Burgplatz, der alten Burg Dankwarderode benachbart. Der „*Brunnenwall*" entspricht einem besonders repräsentativen Teil der Kraheschen Wallanlage, dem heutigen Löwenwall, mit einem Obelisken und zwei Fontänen. Das im Roman angesprochene Denkmal von Herzog Kasimir kann dem Denkmal von Herzog Wilhelm entsprechen, das am 7. Mai 1904 vor der Burg Dankwarderode errichtet worden war. Nimmt man allerdings wörtlich, dass Reiter und Pferd „*durch die zarten Blätter der Kastanien über das Gewirr der roten Ziegeldächer der Altstadt zu blicken schien, bis zu den ragenden Türmen des altersgrauen Domes*"[42], so trifft dies eher auf eine der beiden Reiterstatuen für die Herzöge Carl Wilhelm Ferdinand (1735–1806) und Friedrich Wilhelm (1771–1815) vor dem braunschweigischen Residenzschloss am Bohlweg zu. Auf jeden Fall hat Lena Voß identifizierbare Vorlagen vor Augen bei ihrer Beschreibung. Die Wohnstraßen entlang der neu geschaffenen Wallanlage, die sich entlang der Okerumflut als repräsentativer Grüngürtel rings um die Innenstadt erstreckt, waren aufgrund der exklusiven Lage von Anfang an ein hervorgehobenes Wohngebiet. Hier hatten die Mitglieder der führenden Gesellschaftsschicht von Adel, Unternehmer- und Fabrikantentum sowie höheren Beamten und Hofbeamten ihre prachtvollen Villenbauten. In diesem Umfeld verortet Lena Voß die repräsentative Residenz der Familie des Hofmarschalls Krüger von Merbach: „*Das schönste Haus am Brunnenwall, ein stattlicher Bau im späten Barockstil, von einem parkartigen Garten umgeben, gehörte Seiner Exzellenz dem Hofmarschall Krüger von Merbach*".[43] Dazu könnte die ehemalige Gerloffsche Villa als Motiv gedient haben, heute das sogenannte Stiftungshaus mit Sitz der Stiftung Braunschweigischer Kulturbesitz. Es lässt sich allerdings auch an das ehemalige Garten- und Sommerhaus von Joachim Heinrich Campe (1746 – 1818) denken, das von der nachfolgenden Familiengeneration Campe-Vieweg zum ansehnlichen Wohnhaus ausgebaut wurde. Campes Garten und Park, in dem er laut Tagebuch eigenhändig mehr als 30.000 Bäume selbst gepflanzt haben will, ist durch Bahnhofsbau und sechsspuriger Zufahrtstrasse 1960 auf einen kleinen Restteil geschrumpft und aktuell durch naturfeindliche Stadtplanung noch weiter mit Zusatzbebauung bedroht. Im Gegensatz zu dieser repräsentativen Wohnlage befinden sich Wohnung und Werkstatt des Klempnermeisters Ochse in der (realen) „*Mauer[n]straße*", einem Quartier mit Wohnungen überwiegend von Handwerkern und Arbeitern, also der ärmeren Schichten innerhalb der städtischen Gesellschaft Braunschweigs. Diese soziale Problematik spiegelt

---

[42] Geld, S. 5
[43] Geld, S. 5

sich in einem alten braunschweigischen Kinderreim wider: „*Mauernstraße, Klint und Werder, davor hüte sich ein Jeder. Nickelnkulk ist auch nicht besser, denn da wohnen Menschenfresser.*"

Ähnliche topographische Übereinstimmungen und vergleichbare Annäherungen finden sich über diese Beispiele hinaus durchgehend im Roman, so z. B. bei der Lage der Blechwarenfabrik der Brüder Ohse, die außerhalb der Wallanlagen angesiedelt ist. An der Hamburger Straße außerhalb des Walles wurde 1898 tatsächlich die Blechwarenfabrik von Andreas Schmalbauch (1851–1904) gegründet, die sich ähnlich wie diejenige der Brüder Ohse bis nach dem Ersten Weltkrieg zur größten in der Stadt entwickelte und sich nicht nur dadurch als Vorlage für Lena Voß identifizieren lässt. Andreas Schmalbauch und seine Söhne haben ihren für die Produktion in der Konservenindustrie eher negativ konnotierten Familien- und Firmennamen durch Streichung eines Buchstabens marketingorientiert in Schmalbach geändert, so wie die Söhne Ochse ihren Familien- und Firmennamen zu Ohse wandelten. Und noch weitere Übereinstimmungen sind augenfällig. Der Vater Johann Andreas Schmalbauch, der sich aus kleinen Handwerkerverhältnissen hochgearbeitet hatte, starb schon früh im Jahre 1904 und vererbte seinen Betrieb seinen beiden Söhnen Willi (1876–1929) und Gustav (1880–1931). Die Brüder Schmalbauch teilten sich die Aufgaben im Betrieb; der eine, Willi, war für die Buchhaltung, der andere, Gustav, für die Technik zuständig und entwickelte die erste halb automatische Dosenverschlussmaschine, so wie Karl Ohse bei Lena Voß. Über allem aber „*wachte als guter Geist und aufmerksame Beobachterin die Mutter Johanne*"![44], was uns an Mutter Ochse/Ohse erinnert. Während des Ersten Weltkriegs stellten die Brüder Schmalbach die Produktion auf Kriegsbedarf um, was ihnen erhebliche Vorteile und wirtschaftliches Wachstum einbrachten. Zeitweise arbeiteten wegen des hohen Bedarfs bis zu 500 Personen während dieser Zeit in der Fabrik. Auch sozial haben die Brüder Schmalbach ihren Beitrag in dieser Zeit geleistet, indem sie neben einzelnen Unterstützungen 1917 eine Stiftung „*Braunschweiger Heimatdank für erwerbsunfähige Kriegsinvaliden*" gründeten und mit 100.000 Mark ausstatteten. Damit weisen die Brüder Ohse deutliche Parallelen zu den Brüdern Schmalbach auf, was zweifellos in der Zeit, als der Roman erschienen ist, jedem Braunschweiger Leser ohne großes Nachdenken die

---

[44] Geßner, Wilhelm: Johann Andreas Schmalbauch, Willi Schmalbach, Gustav Schmalbach, Herbert Munte, in: Niedersächsische Lebensbilder 7, 1971, S. 247 – 264, hier S. 251

Übereinstimmung Ohse – Schmalbach augenfällig werden ließ. War diese anekdotisch anmutende Geschichte offenbar bewusst als Identifikationsmerkmal gewählt, so dürfte auch das Thema Blechwarenfabrikation und Konservenindustrie kein Zufall gewesen sein. Braunschweig war zu diesem Zeitpunkt das Zentrum der Konservenindustrie im Deutschen Reich. Der Aufstieg der Konservenindustrie im Herzogtum Braunschweig hatte in den 1860er Jahren begonnen. 1882 gab es bereits 29 Fabriken, 1899 waren es 42 und 1914 schließlich 52 Konservenfabriken, davon alleine in der Stadt Braunschweig 43 Fabriken. In der Saison, vor allem der Spargelzeit, beschäftigte der Verein der Konservenfabrikanten in der Stadt mehr als 20.000 Menschen, überwiegend Frauen. 1907 wurden in Braunschweig 15 Millionen Kilodosen produziert und um 1910 kamen knapp 50 % der deutschen Gemüsedosenproduktion aus Braunschweig. Die Arbeitsbedingungen waren dabei äußerst hart. Stets eng verknüpft mit der Konservenindustrie war die Dosenindustrie und schließlich entstanden Fabriken für die Herstellung kompletter Fertigungsanlagen für die Konservenindustrie.[45]

Die topographischen Vergleiche und weiteren Hinweise lassen keinen Zweifel zu, dass Lena Voß ihren Roman *Geld* in ihrer Heimatstadt Braunschweig angesiedelt hat. Dass es ihr allerdings nicht nur um die Motivwahl für die Kulisse einer Erzählung dramatischen Familiengeschehens ging, wird dann klar, wenn man die sozial- und gesellschaftskritischen Zusammenhänge näher betrachtet und Protagonisten des Romans als reale Personen der Geschichte identifiziert. Gelingt dies, wird die fiktive Narration mit Elementen faktischen Geschehens durchsetzt, womit eine zweite Darstellungsebene geschaffen wird, mit der Lena Voß ihre gesellschaftskritische Zeitbetrachtung zu Braunschweig ohne Bruch ihrer erzählten Geschichte formuliert. Dazu gehören kapitalismuskritische Fakten und moralische Fiktionen, die geschickt ineinander verwoben werden, um ein kulturgeschichtliches Gesamtbild Braunschweigs in einer grundlegenden Umbruchphase zu zeichnen. Die sozialen Gegensätze bilden nicht nur den Auftakt des Romans, sondern weisen bereits perspektivisch auf die Zukunft. Der Sohn des Handwerkermeisters Ochse hat nach seiner abendlichen Begegnung mit dem Glanz der höfischen Gesellschaft im *„Schlößchen"* des Hofmarschalls Krüger von Merbach die Vision des Aufstiegs zum Fabrikanten, denn *„wir kämen heraus aus der dumpfen*

---

[45] Biegel, Gerd (Hg.), Braunschweigische Industriegeschichte 1840 – 1990. Braunschweig 1989

Mauerstraße, wir kauften ein Rittergut und ein prächtiges Haus am Wall und führen vierelang wie unser Herzog ". [46]

Damit sind die sozialen Gegenpositionen topographisch ebenso verortet zwischen *„dumpfer Mauerstraße"* und *„Wall",* wie der soziale Aufstieg zum Fabrikanten, einer gesellschaftlichen Stellung auf Augenhöhe mit dem Adel, einer Stellung, die Karl Ohse als Handwerkersohn vor allem mit Geld zu erreichen glaubt: *„ich werde auch ein reicher und mächtiger Mann, das kannst du mir glauben"* [47], bekräftigt er gegenüber seiner Mutter. Als Vorbild für einen solchen Aufstieg dient Karl Ohse die Geschichte vom Ahnherrn des Hofmarschalls Krüger von Merbach, die ihm seine Mutter erzählt. Der Großvater des Kammerherrn *„stand in dem Dorfe Merbach hinter der Theke und schenkte den Bauern und den durchziehenden Solda-*

---

[46] Geld, S. 12; In der Frage der Abgrenzung von Historiographie und Geschichtsromanen spielen Elemente von Faktizität und Fiktion eine große Rolle, auch wenn seit den 1970er Jahren Hayden White einen vieldiskutierten Anstoß zum linguistic turn gegeben hatte. In der Zuspitzung bezüglich seiner Diskussionsbeiträge stellte er fest: „Rein als sprachliche Kunstwerke gesehen, sind Geschichtswerke und Romane nicht voneinander unterscheidbar." (Hayden White: Auch Klio dichtet oder Die Fiktion des Faktischen. Studien zur Topologie des historischen Diskurses. Stuttgart 1986, S. 145). Dieser Abwertung wissenschaftlicher Objektivität und faktenbasierter Authentizität hat Wolfgang E. J. Weber eine deutliche Absage erteilt, ohne gleichzeitig die Bedeutung literarischer Qualitäten von romanhafter Geschichtserzählung in Abrede zu stellen: „Durch diese Literarisierung der Historie muss die Wissenschaftlichkeit der historischen Forschung als direkt bedroht angesehen werden, weil es unter ihrer Perspektive nicht mehr auf die konkrete Anwendung des wissenschaftlichen Instrumentariums der Geschichtsforschung ankommt, die deren Rationalitätscharakter und Objektivitätsanspruch eigentlich tr[ä]g[t], sondern lediglich auf die jeweilige rhetorisch-literarische Qualität, Plausibilität und Überzeugungskraft." (zitiert nach: Eugen Kotte: Geschichte im Roman. Historische und/oder literarische Authentizität, in: Mark Häberlein/Stefan Paulus/Gregor Weber (Hg.): Geschichte(n) des Wissens. Festschrift für Wolfgang E. J. Weber zum 65. Geburtstag. Augsburg 2015, S. 177-191, hier: S. 178); Daniel Fulda/Silvia Serena Tschopp (Hg.): Literatur und Geschichte. Ein Kompendium zu ihrem Verhältnis von der Aufklärung bis zur Gegenwart. Berlin/New York 2002. Der Roman *Geld* erfüllt trotz deutbarer faktischer Bezüge die Kriterien eines historischen Romans, ohne damit die literarische Qualität einer besonderen Wertung zu unterziehen.

[47] Geld, S. 11

ten Branntwein aus".[48] In den Wirren der napoleonischen Kriege hatte er den Dorfkrug verkauft und war in der Stadt mit zweifelhaften Geschäften zu Geld gekommen, denn in den revolutionären Tagen *„ist mancher arm geworden in Deutschland und mancher reich"*.[49] Auch konnte der alte Krüger nach den Freiheitskriegen mit seinen Kriegsgewinnen das verschuldete Rittergut Holckenbusch erwerben und sein Sohn heiratete die verarmte Gräfin Holck, um schließlich vom Herzog zum Freiherrn Krüger von Merbach ernannt zu werden. Dieses Rittergut kann nun Karl Ohse aufgrund seines Reichtums erwerben, Geld, das auch er maßgeblich in Kriegszeiten erwirtschaftete: *„Reich bin ich allerdings erst während des Krieges geworden, aber nicht auf unreelle Weise. Ich konnte gar nicht anders als reich werden. Der Staat zahlte uns für unsere Heereslieferungen Preise, bei denen man reich werden musste. Wir hätten nie daran gedacht, diese hohen Preise zu fordern, die der Staat uns freiwillig gab. Ich bin Kriegsgewinner nur in dem Sinne, wie es alle deutschen Industriellen und Kaufleute sind, die Heereslieferungen gehabt haben."*[50] Zu diesen viel kritisierten Kriegsgewinnlern des Ersten Weltkriegs zählte in Braunschweig vor allem Heinrich Büssing (1843-1929), der ebenfalls zum Kreis der von Lena Voß in ihrem Roman kritisierten Unternehmern Braunschweigs gehörte. Aber auch weitere Großbetriebe wie Brunsviga, Miag, Voigtländer oder BMA sowie Pianofortehersteller gerieten in den Fokus. Dies erklärt auch die heftigen Reaktionen, wie in der familiären Überlieferung kolportiert wird.

Gesellschaftlicher Wandel und die Überwindung sozialer Standesunterschiede lassen sich jedoch nicht alleine durch persönliche Tugenden (*„Seid fleißig und strebsam, Kinder"*)[51] und Akzeptanz gesellschaftlicher Konventionen (*„wer in der Welt weiterkommen will, muss beim Heiraten daran denken, sich mit einer angesehenen Familie zu verbinden"*)[52], sondern nur durch revolutionäre Umwälzungen erreichen. Dabei nutzt Lena Voß bewusst den Rückgriff auf die Geschichte zu Beginn des 19. Jahrhunderts und die Folgen der französischen Besetzung des Braunschweiger Landes,

---

[48] Geld, S. 10

[49] Geld, S. 10

[50] Geld, S. 109

[51] Geld, S. 11

[52] Geld, S. 14

um die Notwendigkeit zu präjudizieren, dass Braunschweig und das fest gefügte wilhelminische Gesellschaftssystem einer revolutionären Erschütterung bedürfen, um den Gegebenheiten und Notwendigkeiten der rasant fortschreitenden Moderne gerecht zu werden.[53]

Der beispielhafte Rückgriff auf die Wirren und Unruhen der napoleonischen Zeit lag aus lokal-geschichtlicher Perspektive durchaus nahe, spielten die französische Besatzung und der Verlust der staatlichen Souveränität des Fürstentums Braunschweig-Wolfenbüttel in der Zeit des unter der Herrschaft von Napoleons Bruder Jérôme Bonaparte regierten Königreichs Westphalen in der lokalen Erinnerungskultur mehr als 100 Jahre später noch immer eine bestimmende Rolle für die braunschweigische Identität, so dass dem zeitgenössischen Leser ohne Probleme das Geschehen nachvollziehbar und verständlich war. In dieser schrittweise durch historische Rückgriffe geweckten Erwartungshaltung liegt zugleich der poetische Zugriff auf Spannungserzeugung, die zum Weiterlesen animieren soll.

Das über gesellschaftliche Normen und emotionale Gegebenheiten der Romanfiguren hinausgehende Leitmotiv „Geld" ist das entscheidende Element der Kontinuität, das über alle politische Ereignismomente und historische Gegebenheiten hinaus dauerhaft gültig ist. Der Umgang mit dem Geld wird allerdings nicht alleine ökonomisch gewertet, sondern in eine moralische Kategorie, gleichsam zur Mahnung, eingebunden, wenn Mutter Ochse ins Gespräch einwirft: *„Das Geld der Familie Krüger von Merbach wurde adelig ausgegeben, war aber nicht adelig verdient"*[54]. In diesem Sinne ist zugleich der soziale Aufstieg der Familie Krüger begründet und kritisch bewertet. An die Familie des Kammerherrn Krüger von Merbach wurde vom herzoglichen Hof das sogenannte *„ Madamenschlöß-chen"* am Brunnenwall verkauft, in dem einst die Favoritin des Herzogs Kasimir gewohnt hatte. Erneut greift Lena Voß dabei ein doppeltes Motiv der braunschweigischen Erinnerungskultur auf. Diese Frau von Bellini wird mit Lady Milford in Schillers *„Kabale und Liebe"* verglichen. Darin ist jedoch in Abwandlung eine präsente Überlieferung der narrativen Geschichtserinnerung Braunschweigs enthalten. Es handelt sich um Maria

---

[53] Siehe dazu Biegel, Gerd, 1913 (wie Anm. 37)

[54] Geld, S. 10

von Branconi (1746–1793), Mätresse von Herzog Carl Wilhelm Ferdinand, die ein Palais nahe beim Residenzschloss bewohnte, das spätere Palais Hardenberg, und auch sie wird literarisch instrumentalisiert. Gotthold Ephraim Lessing soll sie nämlich in der Person der Gräfin Orsina, Mätresse des Prinzen, in seinem Schauspiel „*Emilia Galotti*" verewigt haben.

Die Parallele in der Erzähltradition ist dabei offenkundig.[55] Des Weiteren finden sich im Namen der Residenz der Familie Krüger von Merbach offenkundige Braunschweig-Bezüge. Das „*Madamenschlößchen*", das direkt am „*Madamenweg*" liegt, erinnert an einen mittelalterlichen Heer- und Handelsweg von Braunschweig nach Hildesheim, der nach 1695 zu einem „*Herrschaftlichen Weg*" zwischen der Residenzstadt und Schloss Vechelde ausgebaut wurde. Es war der Weg, den die zweite Ehefrau von Herzog Rudolf August (1627–1704) nutzte, um zu ihrem Lieblings-aufenthalt Schloss Vechelde zu reisen. Es war die Bürgerliche Rosine Elisabeth Menthe (1663–1701), die allgemein „*Madame Rudolfine*" genannt wurde. Daher hat der Volksmund diesen Weg, auf dem die Bürger der Stadt die Herzogin sehr oft volksnah erleben konnten, als „*Madamen-weg*" bezeichnet, ein Name, der seit 1860 offiziell im Straßenverzeichnis der Stadt Braunschweig enthalten ist. Auch bei dieser Namenswahl spielt für Lena Voß die Beispielhaftigkeit des sozialen Aufstiegs von der Bürgerlichen zur Ehefrau des regierenden Herzogs eine wichtige Signal-rolle. In diesem Sinne finden sich weitere Identifikationsmerkmale für die Verortung und damit die Zielrichtung von Lena Voß. So im vierten Kapitel die Schilderung der Silberhochzeit des Herzogpaares, die mit einer Galavorstellung im Hoftheater gefeiert und betont wird, „*Fürstlichkeiten aus allen Teilen waren als Gäste des hohen Jubelpaares in die Residenz gekommen*"[56], darunter das Kaiserpaar. Eine bedeutende Hochzeit konnte

---

[55] Fiedler, Gudrun: Branconi, Maria Antonia Pessina, geb. Elsner, in: Jarck, Horst-Rüdiger u.a (Hg.), Braunschweigisches Biographisches Lexikon. 8.-18. Jahr-hundert. Braunschweig 2006, S. 107; Rimpau, W.: Frau von Branconi, in: Zeit-schrift des Harzvereins für Geschichte und Altertumskunde 33, 1900, S. 1-176, hier S. 14; Fiedler, Gudrun: Maria Aurora von Königsmarck (1662-1728) und Maria Antonia Pessina di Branconi (1746-1793) – Zwei Mätressen, zwei Jahr-hunderte, ein Vergleich, in: Buning, Rieke/Fiedler, Beate-Christine/ Roggmann, Bettina (Hg.): Maria Aurora von Königsmarck. Ein adeliges Frauenleben im Europa der Barockzeit. Köln, Weimar, Wien 2015, S. 285-297; eine Zuordnung zu Lessings Schauspiel ist jedoch reine Fiktion bzw. Volksmundüberlieferung.

[56] Geld, S. 26

Braunschweig in dieser erzählten Zeit am Beginn des 20. Jahrhunderts tatsächlich feiern, die für den Leser als Hintergrund der Feierlichkeiten präsent war, nämlich die Berliner Hochzeit von Welfenprinz Ernst August (1887-1980) und Hohenzollernprinzessin Victoria Luise, Tochter von Kaiser Wilhelm II.

Auch der Erste Weltkrieg wird im Roman thematisiert, zum einen mit der Schilderung der Truppenversorgung auf dem Hauptbahnhof am Beispiel des sozialen Dienstes der Frauen der vornehmen Gesellschaft (*„Wohltätigkeit"*), zum anderen mit der kritischen Darstellung von Kriegsgewinnen der Unternehmer. Frauen war Wehrdienst nicht möglich, dennoch gab es Bestrebungen von Frauenverbänden und Frauenvereinen, einen aktiven Beitrag zu dem großen vaterländischen Krieg zu leisten. Dies gelang über soziale Beiträge und so spielte der Dienst für die *„Wohltätigkeit"* eine wichtige Rolle. Das mit dem Motiv *„Geld"* stets verbundene Ideal der Wohltätigkeit wird bei Lena Voß erstmals thematisiert, wenn über die Wohltätigkeit bei Kriegsbeginn den Frauen eine aktive gesellschaftliche Teilnahme am Kriegsereignis ermöglicht wird, wenn auch nach wie vor in eng und deutlich gezogenen sozialen Grenzen: *„Die adligen Damen gaben dem Kreise das Ansehen nach außen, die Frauen des höheren Beamtentums leisteten die mühevollste Arbeit im Inneren, und die Gattinnen der reichen und angesehenen Patrizier zahlten die höchsten Beiträge".*[57] Die Frauen, die im Roman freiwillig im Dienst des Roten Kreuzes Liebesgaben an die Soldaten (u.a. Zigaretten) verteilten, taten dies daher aus dem Wunsch heraus, *„sich in den Dienst des Vaterlandes"*[58] zu stellen. Als Vorbild diente Lena Voß hierbei der Nationale Frauendienst (NFD), ein von Frauenrechtlerinnen im Ersten Weltkrieg ins Leben gerufenes Frauennetzwerk, die über das Reich verteilt Ortsgruppen eingerichtet hatten. Die damalige Vorsitzende des Bundes Deutscher Frauenvereine (BDF) verstand diesen Einsatz als *„Heimatdienst"*, als *„die Kriegsübersetzung des Wortes ,Frauenbewegung'"*.[59] Eine solche Ortsgruppe des NFD bestand auch in Braunschweig und ihre Mitglieder kamen überwiegend aus dem Bürgertum.

---

[57] Geld, S. 39

[58] Geld, S. 39

[59] Hopf, Caroline: Frauenbewegung und Pädagogik – Gertrud Bäumer zum Beispiel. Bad Heilbrunn 1997, S. 32

Das Ideal der „*Wohltätigkeit*" ist in den meisten Fällen ein positiv besetztes Argument für Notwendigkeit und Ziel des Ökonomischen, wenn das Motiv „*Geld*" in literarischen Texten eine zentrale Rolle spielt. Der Roman „*Geld*" ist von Beginn an ein solcher Roman. Geld ist ein Motiv, das im allgemeinen Bewusstsein der Menschen seinen zwiespältigen Ruf genießt, das gleichsam für Gut und Böse oder Schwarz und Weiß steht. Diese Janusköpfigkeit instrumentalisiert Lena Voß auf verschiedenen Ebenen, etwa indem zum einen der ökonomische Faktor in Konkurrenz zu sozialen – gesellschaftlichen Einflüssen gestellt wird, und zum anderen, wenn Geld als Machtfaktor zum Durchsetzen zweifelhafter Leidenschaften den Kontrapunkt zu moralischen Normen bildet. Diese ökonomische Macht beherrscht alle gesellschaftlichen Werte und siegt in letzter Konsequenz über Moral und Vernunft, als Liane von Erb feststellt: „*Kultur ohne Reichtum macht unglücklich*".[60] In dieser Zuspitzung des Motivs „*Geld*" lässt sich der Roman endgültig als Kapitalismus- und Gesellschaftskritik der 1920er Jahre definieren, wie Lena Voß es kurz und treffend zum Ausdruck bringt: „*Geld macht frei und Geld macht stolz, Armut macht unfrei und Armut drückt nieder.*"[61] Für den Kapitalisten Karl aber hängt soziale Gleichheit ab von Leistungsbereitschaft, an der es jedoch der Arbeiterschaft noch mangelt. Obwohl sie „*so gut verdienen, dass sie sich die teuersten Lebensmittel leisten können*"[62] fordern sie diese soziale Gleichheit, aber „*Ehe es nicht gelungen ist, die Tüchtigkeit und die Leistungsfähigkeit der Menschen gleichzumachen, kann man auch ihre Lebensrechte nicht gleichmachen.*"[63]

Die nicht zuletzt durch Vermögen bestimmte soziale Ordnung erhält im Roman ihre ersten sichtbaren Risse, als die finanziellen Mittel für die Unterstützungsaktivitäten aufgrund der generellen Ressourcen- und Vermögensengpässe im Lauf der Kriegsjahre immer knapper werden. Dies bedeutet allerdings nicht, dass der Geldmangel eine allgemeine Krise ausdrückt. Ganz im Gegenteil. Es gibt durch den Krieg wachsendes Vermögen, aber nur bei den Aufsteigern der sogenannten neuen Reichen in der Stadt, also in Kreisen, die man aus der Sicht der Führungseliten als „*ein*

---

[60] Geld, S. 97

[61] Geld, S. 84

[62] Geld, S. 205

[63] Geld, S. 205

Nichts" unbeachtet lässt.[64] Deren Geld, das eine ökonomische Macht darstellt, erweist sich sozial als Schwäche und vermag trotz aller Erwartungen die gesellschaftliche Distanz (noch) nicht zu schließen, wie Karl Ohse wütend konstatieren muss: *„Wenn sie mein Geld will, ist sie liebenswürdig, diese hochnäsige Bande, aber sonst – zugeknöpft bis oben-hin!"*.[65] Noch deutlicher Ehefrau Hanne: *„Na, Mann, war das Vergnügen das viele Geld nun wert? Was haben wir gehabt? Rumgequetscht haben wir uns und dünnen Tee getrunken, und über die Achsel haben sie uns auch noch angeguckt."*[66] Die im Roman als Vertreterin für Adel und Führungs-elite der städtischen Gesellschaft stehende Liane von Erb muss aus der Not des Wohltätigkeitskreises heraus Hilfe ausgerechnet bei dem *„Kriegs-gewinnler"* aus dem Handwerker-Fabrikantenstand, dem Kreis der *„Nichtse"*, Karl Ohse, suchen.

Hier erscheint erstmals die zweite Ebene des ambivalenten *„Geld"*-Motivs, denn nun prallen in einem emotional geführten Machtkampf adliger Führungsanspruch und die neue Macht des unternehmerischen Geldadels aufeinander. Noch siegt die alte Führungsriege, doch schon bald ändern die Niederlage im Krieg, die Revolution vom 8. November 1918 und das Ende der Monarchie die gesellschaftlichen Verhältnisse in Braunschweig und im Roman grundlegend.[67] Erneut sind die Parallelen zwischen der historischen Entwicklung und ihrer narrativen Umsetzung im Roman *Geld* unüberseh-bar: *„Unser Herzog hat abgedankt. Gestern abend spät sind Matrosen in das Schloß gedrungen, und noch in der Nacht hat das Herzogspaar im Automobil die Stadt verlassen. Was hat das zu bedeuten? Dass der Kaiser abtreten musste, hat man ja lange vorausgesehen, ist auch nicht schade drum, aber unser guter alter Herzog, mit dem wir alle so zufrieden waren! Das verstehe ich nicht. Und wo kommen hier mitten im Lande Matrosen her?"*[68] Dieses Geschehen im Roman spielt sich am 8. November 1918 ab.

---

[64] Geld, S. 31

[65] Geld, S. 52

[66] Geld, S. 52

[67] Biegel, Gerd: Herzogtum – Freistaat – Niedersachsen. Braunschweig zwischen 1918 und 1946, in: 1913 (wie Anm. 37), S. 278 - 293

[68] Geld, S. 54; Dietrich Kuessner, Maik Ohnezeit, Wulf Otte (Hg.): Von der Monarchie zur Demokratie, Wendeburg 2008; Ute Daniel/Christian Frey (Hgg.):

Der Fabrikant Ohse liest diese Nachricht ungläubig in der Morgennummer des Staatsanzeigers vom nächsten Tag: *„Das ist denn doch unglaublich, das ist denn doch – Wir haben doch nicht den ersten April, wo sich die Zeitungsschreiber einen schlechten Witz erlauben dürfen, wir haben doch den neunten November!"*[69]

Mit der Revolution beginnt eine neue Zeit mit einem völligen Wandel aller politischen und gesellschaftlichen Verhältnisse. Lena Voß beschreibt diesen Wechsel mit allen Stimmungen und Aufregungen der Straße im Umfeld der Familie Ohse und der Arbeiterschaft der Ohse-Werke, die Unruhen der Arbeiter (*„Heute wird nicht gearbeitet, aber bezahlt wird"*[70]), das militärische Auftreten der Aufständischen und ihr radikales Vorgehen am 9. November 1918 (*„Einer der verwegen aussehenden Gesellen mit der roten Binde um den Arm trat an Ohse heran. Sein Gewehr hing ihm an einem verknoteten Bindfaden um die Schulter. Wenn Sie hier der Arbeitgeber sind, lassen Sie sich gesagt sein, dass heute Feiertag ist. Mit dem neunten November 1918 beginnt eine neue Zeit, und der Anfang wird gefeiert.")*[71], aber auch die Unsicherheit und Besorgnis der Menschen (*„Es geht etwas vor, etwas Unheimliches, etwas Neues"*[72]). Es ist eine sehr einfühlsame Narration dieser unsicheren revolutionären Zeit, doch trotz spontaner Arbeitsniederlegung in den Ohse–Werken, den Unruhen auf den Straßen, dem radikalen Wandel der politischen Verhältnisse, wie er sich in den Reden der Führer der Aufständischen niederschlägt, in denen vom gestürzten Imperialismus, zusammengebrochenem Militarismus und morschem Kapitalismus die Rede ist, bleibt Karl Ohse seiner Überzeugung treu, denn, so ist er sich sicher, *„Kapitalismus ist nicht morsch, der ist kräftiger denn je. Der Imperialismus mag zusammenstürzen, den Militarismus mögt ihr zerbrechen, der Kapitalismus hält".*[73] Die politischen Systeme können wechseln, die Macht des Geldes bleibt stabil und ist

---

Hochzeit 2013 (wie Anmerk. 37 S. 124ff)

[69] Geld, S. 54

[70] Geld, S. 55

[71] Geld, S. 55

[72] Geld, S. 56

[73] Geld, S. 58

einziges Element der Kontinuität: *„Mochte nun Deutschland Kaiserreich sein oder Republik, das Geld behielt seine Macht"*[74], ist sich der Fabrikant sicher. Das Geld wirkt über alle politischen, geographischen und moralischen Schranken hinweg. Es öffnet mit dem radikalen Wechsel der Verhältnisse in der Stadt zugleich alle Schleusen menschlicher Leidenschaften und emotionaler Begehrlichkeiten, die bisher durch gesellschaftliche Konventionen noch weitgehend gebremst wurden. Das Geld als Machtmittel kennt weder ökonomische noch ethische Grenzen. Seine Wirkmächtigkeit sieht Ohse, der seine ungezügelte Leidenschaft auf die adlige Schönheit Liane von Erb gerichtet hat, als einziges Mittel, alle seine langjährig gehegten und geradezu besessen verfolgten Ziele endlich zu erreichen, denn *„vielleicht kommt der Tag, wo mein Geld mehr gilt als deine freiherrliche Krone!"*[75].

Tatsächlich wird der Handwerker–Fabrikant Karl Ohse Besitzer des alten Merbachschen Ritterguts Holckenbusch und erwirbt in der Stadt das *„Madamenschlößchen"*. Karl Ohse ist der Prototyp einer neuen Machtelite, der Neureichen, die zukünftig als Geldadel die Geschicke in der Stadt maßgeblich bestimmen. Aber nicht Leistung, Ansehen oder Tradition bilden das Fundament der Veränderungen. Bei der Betrachtung der Schnelligkeit und Radikalität der Veränderungen verwundert es kaum, dass dies durch eine Revolution erfolgen musste. Und hierfür bietet – wie erwähnt – die Geschichte napoleonischer Zeit das Vorbild[76]. Es geht nicht um konkrete historische Rekonstruktion oder das Aufgreifen des Topos *„historia magistra vitae"*, sondern um das erschreckende Verlusttrauma, das die braunschweigische Erinnerungskultur mit dem napoleonischen Hegemonialstreben nach dem 14. Oktober 1806 (Schlacht bei Jena und Auerstedt/ Hassenhausen, Tod des braunschweigischen Herzogs Carl Wilhelm Ferdinand, Verlust der Selbständigkeit des Fürstentums Braunschweig-Wolfenbüttel) verband und das dauerhaft als identitätsstiftendes Element des landesgeschichtlichen Selbstverständnisses der Neuzeit (probraunschweigischer Patriotismus) wirkte. Lena Voß nutzt dieses historisch unverdächtige Ereignis der noch erinnerten Zeit sowohl zur Erzeugung von Spannung im äußeren Geschehen des Romans als auch, um emotionale

---

[74] Geld, S. 59

[75] Geld, S. 59

[76] Geld, S. 66

Betroffenheit beim Leser gegenüber den Folgen des Wandels für das Verhalten der Protagonisten hervorzurufen. Die Tiefpunkte der Geschichte werden zu einer latenten Folie, um aus Sicht des konservativen Bürgertums zu verdeutlichen, dass die Revolution die Verhältnisse keineswegs zum Besseren wendet. Die politischen Verhältnisse können sich zwar radikal ändern, bloßer Reichtum zur Grundlage der neuen Macht werden, ein Allheilmittel zur emotionalen Wunscherfüllung von Karl Ohse sind diese Veränderungen noch lange nicht. Macht bedeutet vor allem nicht automatisch Steigerung gesellschaftlichen Ansehens, wie rücksichtslos ehrgeizig Karl Ohse diese und sein Geld auch einsetzt. Dies musste der Fabrikant bitter erfahren, nachdem er die Merbachsche Residenz erworben hatte und als Blechbaron verhöhnt wurde. *„Karl Ohse war nun auf der Höhe und doch nicht glücklich."*[77] Wie bereits anfangs festgestellt, stehen Kapital, Besitztum und Vermögen zugleich als Metaphern für innere Werte. So zeigt sich in Schillers *„Kabale und Liebe"* das erstrebenswerte *„Kapital im Herzen"* nicht zuletzt in der *ganze[n] allmächtige[n] Börse"*[78], die einen hohen Wert im Sinne eines Glücksgutes besitzt. Geld ist also stets gekoppelt mit Glückseligkeit. Lena Voß hatte nach ihren wenigen Notizen zu ihrem Werk zu urteilen, diese Eindeutigkeit der moralischen Wertung in Schillers Werk mit Skepsis betrachtet[79]. Sie stellt sich die Frage, ob der Tugendwert das Maß der Glückseligkeit war oder das Kapital, das steigende Bedeutung gewann und schließlich Vorrang hatte. Unter Einbeziehung historischer und gesellschaftlicher Vorstellungen des zunehmend bestimmenden Bürgertums kommt sie in ihrem Roman zum Schluss, dass nicht alleine die ökonomischen Wertmaßstäbe über das vollkommene Glück entscheiden, sondern ebenso immaterielle Werte in der Metapher *Geld* enthalten sind, die sich entscheidend auswirken auf das Leben der Vermögenden. Kapitalismus ohne Moral zerstört diese dem Geld immanente Glückseligkeit und damit die Zukunft des Menschen, für den einzig die Ökonomie des Geldes für sein Denken und Handeln bestimmend ist. Das Motiv der Janusköpfigkeit des Geldes scheint erneut auf. Gegenpart zum kapitalistischen Bürger Karl aber ist im Roman dessen feinsinniger Bruder Fritz.

---

[77]Geld, S. 79

[78] Schiller, Friedrich: Kabale und Liebe, in: Kraft, Herbert (Hg.), Schillers Werke Bd. 1. Frankfurt 1966, S. 315 und S. 323

[79] Nachlass Lena Voß, Archiv KWSBB o. Nr.

Fritz, ein kluger Kopf, ist der gebildete Denker, gutbürgerlich verheiratet und integriert in das traditionelle Bildungsbürgertum. In der Fabrik ist er zuständig für die organisatorisch-wirtschaftlichen Aufgaben, daneben politisch engagiert und Mitglied des Stadtrats und des Landtags. Der ältere Bruder Karl dagegen, der Praktiker und Macher, rücksichtslos beim Durchsetzen seiner Aufstiegspläne vom einfachen Handwerker zum erfolgreichen und vermögenden Unternehmer und verheiratet mit einer Frau aus einfachen Kreisen. Er leidet jedoch zutiefst unter der Nichtbeachtung seiner Leistung durch die führenden Gesellschaftskreise in der Stadt, die offen ihre Ablehnung *„gegen die neuen Reichen, welche die politische Umwälzung zur Höhe geschleudert hatte"*[80], zeigen. Für Karl Ohse gibt es nur einen Wertmaßstab und das ist Geld. Je deutlicher er sein Vermögen zur Schau stellt, umso größer wird die gesellschaftliche Isolation. Lena Voß legt damit den Finger in die gesellschaftliche Wunde ihrer Zeit, den alles beherrschenden Kapitalismus. Dem traditionellen bürgerlichen Werte- und Normenverständnis von Fritz, *„Geist statt Geld"*, stellt sie historisch mahnend Karls Paradigma *„Geld statt Geist"* gegenüber, womit sie mit ihrem Roman eine für unsere Gegenwart überraschende Aktualität gewinnt. Doch bloße Kritik an den Verhältnissen ohne Ursachenforschung, und damit dem Versuch einer Lösung, ist nicht das Ziel der Autorin. Das entscheidende Manko sieht Lena Voß in fehlender Bildung und Kultur und zeigt diese Problematik in den konträren Persönlichkeitsbildern der Brüder Fritz und Karl auf. Die einzige Lösung dieser persönlichen Krise glaubt Karl Ohse in einer Bindung zu Liane von Erb zu sehen, die ihm, da aus altem Adel der Stadt stammend, das notwendige gesellschaftliche Ansehen ermöglichen kann, verkörpert sie doch all die Werte, die ihm und seiner Familie in der Öffentlichkeit fehlen: Standesbewusstsein, Stil, kulturelle Bildung, gesellschaftskonformes Auftreten und Zugang zu den führenden Kreisen der städtischen Gesellschaft. Wie immer war sich Karl Ohse sicher, dass er seinen Willen durchsetzen werde, und zwar mit dem einzigen Mittel, das sein Denken und Handeln bestimmte, mit seinem Geld: *„Wo ein Wille, da ein Weg. Sich von Hanne zu befreien, erschien ihm nicht allzu schwierig, das war hauptsächlich eine Geldfrage. Schwerer würde es sein, die junge vornehme Frau zu gewinnen."*[81] Tatsächlich wird dies letzte Problem zum gravierendsten, enthält es doch den Widerstreit zwischen Kapitalismus und Kultur, Ökonomie und Bildung. Letzteres Gegensatzpaar ist zu Beginn des Romans in einem gesellschaftskonformen Gleichgewicht,

---

[80] Geld, S. 83

[81] Geld, S. 94

indem der alles beherrschende Adel in den Augen von Lena Voß beide Elemente verkörpert und lebt. Doch dieses stabile (wenn auch nicht gesamtgesellschaftlich positive) Wertesystem ist nicht mehr gültig. Sozio-ökonomische Maßstäbe haben sich grundlegend in der wilhelminischen Epoche als Folge von Industrialisierung und Gründerzeit verändert und ebenso radikal sind durch Krieg und Revolution die gesellschaftlichen Verhältnisse neu gestaltet worden. Vor diesem Hintergrund stehen die Werte und Normen von Liane von Erb vor völlig neuen Herausforderungen zwischen Tradition, Moral und Kapitalismus. Kontinuitätsfaktor in diesem rasanten Wandel stellt erneut nur das Geld dar.

„SO SCHLIMM KANN SELBST EIN SATIRISCH GESEHENES BRAUNSCHEIG NICHT SEIN"

Die Dominanz des Geldes als übergeordnetem Wert, der das persönliche Handeln selbst gegen jegliche Vernunft bestimmt, lenkt daher auch die letzten Überlegungen und Entscheidungen Liane von Erbs: „*Also Reichtum ohne Kultur macht auch nicht glücklich, dachte Liane, aber Kultur ohne Reichtum macht unglücklich; und ein Gefühl grenzenloser Abneigung gegen ihre augenblickliche Daseinsform stieg in ihr auf, als sie die Lichter der kleinen Stadt am Bergeshang im nächtlichen Dunkel auftauchen sah. Enge, Einschränkung, Hemmung überall, dachte sie verzweifelt, als das Auto durch die Straßen der winkeligen Stadt fuhr. Ohse hatte weiter-gesprochen von seiner Ehe, von seiner Frau. Liane hatte gar nicht mehr zugehört; was ging sie das alles an? Dieser Mann hatte ja Geld, Geld, den Schlüssel zum Paradiese in dieser Welt, der konnte sich alles kaufen, was er nur wollte, wahrscheinlich auch eine neue Frau, wenn ihm die alte nicht mehr gefiel. Für Geld gab es alles: Butter und Schinken, neue Kleider, Handschuhe, Bücher, Theaterbilletts und Menschen. Menschen waren am billigsten.*"[82] Damit erweist sich das stark emotional gelenkte strategische Denken und Handeln des Fabrikanten Karl Ohse letztlich als erfolgreich, allerdings nicht als dauerhaft. Es führt nach mehreren Katastrophen nicht zu gesellschaftlicher Anerkennung und persönlichem Glück, sondern zum Tod der Protagonisten Karl und Liane. Geld als alleiniger Wertmaßstab zerstört die Humanität und das Leben, so für Lena Voß das bittere Fazit, das zugleich als Mahnung für ihre Zeitgenossen dient. Diese Mahnung hat in unseren Zeiten, bei denen im Zuge einer ökonomisch dominierten Globa-

---

[82]Geld, S. 97f.

lisierung Werte wie Humanität oder Menschenwürde weitgehend an Bedeutung verloren haben, erneut eine unerwartete Aktualität für uns.

Mit ihrem Roman *Geld* beschreibt Lena Voß das Auf und Ab alter und neuer Familien in einer alten Residenzstadt, die sich rasch als Braunschweig zwischen Kaiserzeit und Weimarer Republik erkennen lässt. Dabei nähert sie sich in ihrer Erzählform den Historienromanen der zweiten Hälfte des 19. Jahrhunderts und erinnert in Anlage und Stil an zwei lokale Vorbilder, deren Werke ihr bestens bekannt waren, nämlich Wilhelm Raabe (1831–1910) und Ricarda Huch (1864–1947). Besonders Stil und Motivwahl lassen die Nähe zu Ricarda Huchs *Ursleu*-Roman erkennen, was eine gesonderte Vergleichsstudie verdiente, die in unserem Zusammenhang allerdings nicht zu leisten ist.[83] Ricarda Huchs Roman handelt ebenfalls vom Verfall einer hanseatischen Kaufmannsfamilie in Braunschweig und betrifft ihre eigene Familiengeschichte. Die Kritik reagierte auf diesen erkennbaren Einblick in gesellschaftliche Ereignisse Braunschweigs ähnlich polemisch wie im Falle des Romans *Geld* von Lena Voß, wo in der Presse zu lesen war: *„So schlimm, Frau Lena Voß, kann selbst ein satirisch gesehenes Braunschweig nicht sein".*[84] Doch kann das tatsächlich nicht sein? Möchte man heutzutage fragen.

Aus Briefen und Notizen im Nachlass von Lena Voß ist ersichtlich, dass einige der sich vom Roman demaskiert Fühlenden ebenso empört waren, wie die prägnanten Schilderungen der städtischen Gesellschaft heftige Reaktionen beim Publikum allgemein hervorriefen. Nicht zuletzt aus diesen Reaktionen heraus lässt sich der Roman *Geld* als Schlüsselroman zur braunschweigischen Gesellschaft am Beginn des 20. Jahrhunderts lesen. Lena Voß, die gebildete und durch ihre Heirat mit einem angesehenen Kaufmann dem gehobenen Bürgertum Braunschweigs angehörige Schriftstellerin, wertet die durch die Revolution 1918 radikale Umwälzung der politischen Verhältnisse in der Residenzstadt Braunschweig äußerst negativ. Sie sieht besonders kritisch die Tatsache, dass die durch den Krieg zu Reichtum gekommenen Familien durch ihr *„Geld"* (*„Geldadel"*) die Funktionen der früheren Adels- und Honoratiorengesellschaft übernahmen, jedoch ohne dass eine Verbesserung der gesamtgesellschaftlichen Verhältnisse eintritt: *„Das Leben ist eine amüsante Komödie, solange man Geld*

---

[83] Huch, Ricarda: Erinnerungen an Ludolf Ursleu dem Jüngeren. Berlin 1893

[84] Notiz Lena Voß Nachlass. Archiv KWSBB o. Nr.

hat oder angemessene Arbeit, die Geld einbringt. Ist man aber arm und unfähig zur Arbeit, wird eine Tragödie daraus, eine Tragödie.[85] Die „Kriegsgewinnler", die sie anklagt, erinnern an gegenwärtige Ausbeutungsgewinne von Großkonzernen und Unternehmen, die an den Krisen wie Energieknappheit oder Putins Krieg schamlose Bereicherung ihrer Eigeninteressen betreiben.

Wenn Kapital aber der einzig verbleibende Wert im *„großen Wettrennen nach Ehre und Reichtum"*[86] ist und Kultur, Bildung und Humanität dafür geopfert werden, so führt dies am Ende für alle Menschen zur Tragödie und zerstört die Zukunft sowohl des Einzelnen als auch der Gesellschaft. *„Geld"* ist ein kapitalismus- und gesellschaftskritischer Roman von Lena Voß, der zugleich ein scharf konturiertes Spiegelbild der Verhältnisse ihrer Heimatstadt Braunschweig am Beginn des 20. Jahrhunderts bietet und dabei das (noch) bestimmende Bürgertum keineswegs positiv gesehen wird. Kein Wunder, dass die Reaktionen des bürgerlichen Braunschweigs wenig erfreut ausfielen. Dennoch hat Lena Voß mit *Geld* einen des Nachdenkens werten Roman über das Problem geschrieben, dass Geld kein alleiniger Wert für eine human geprägte Gesellschaft sein kann.

Denkt man an unseren aktuellen gesellschaftlichen Wertewandel hin zu *„Geld statt Geist",* gewinnt dieser Roman eine wieder lesenswerte Aktualität.

---

[85] Geld, S. 132

[86] Geld, S. 132

Braunschweig zu Lebzeiten von Lena Voß

Impressum und Hinweise

Die Deutsche Bibliothek – CIP – Einheitsaufnahme
Die Deutsche Bibliothek verzeichnet diese Publikation in der Deutschen Nationalbiografie;
detaillierte bibliografischen Daten sind im Internet unter http://www.dub.de abrufbar.

1. Auflage 2023
ISBN-Nummer 9783 9454 62980
Adlerstein Verlag Braunschweig
Herstellung: BoD, Books on Demand Norderstedt
Alle Rechte vorbehalten

Geld
von Lena Voß
Herausgeber: Gerd Biegel
Nachwort: Gerd Biegel
Abbildungen: Archiv IBRG
Texterfassung und Redaktion:
Irmela Biegel, Angela Klein, Giesela Klemt, Dörte Kuthe-Ringel

Der abgedruckte Text des Romans Geld folgt in Wortlaut, Orthographie und Zeichensetzung
der Erstausgabe, die im Verlag von Georg Wigand / Leipzig [1924] erschien.
Druckfehler wurden stillschweigend verbessert, Text-Korrekturen und Angleichung an die
neue Rechtschreibung nur behutsam vorgenommen.

Dank für Rat und Unterstützung
Hans-Jürgen Sträter, Adlerstein-Verlag Braunschweig

Weitere Bücher von Hans-Jürgen Sträter finden Sie hier: